INEZ CORBI

Die Gärten von Heligan

Ruf der Fremde

NEU START KULTUR

VG WORT

Die Beauftragte der Bundesregierung für Kultur und Medien

Weitere Titel der Autorin:

Die Gärten von Heligan. Spuren des Aufbruchs

Titel auch als Hörbuch erhältlich

INEZ CORBI

Die Gärten von Heligan

Ruf der Fremde

ROMAN

lübbe

Dieser Titel ist auch als Hörbuch und E-Book erschienen

Die Bastei Lübbe AG verfolgt eine nachhaltige Buchproduktion. Wir verwenden Papiere aus nachhaltiger Forstwirtschaft und verzichten darauf, Bücher einzeln in Folie zu verpacken. Wir stellen unsere Bücher in Deutschland und Europa (EU) her und arbeiten mit den Druckereien kontinuierlich an einer positiven Ökobilanz.

FSC
www.fsc.org
MIX
Papier aus verantwortungsvollen Quellen
FSC® C014496

Originalausgabe

Textredaktion: Ulrike Brandt-Schwarze, Bonn
Karte Innenklappe: Kirstin Osenau unter Verwendung von Motiven von © PhotoStock-Israel / Alamy Stock; Siam SK/Shutterstock und Alvaro Puig/Shutterstock
Umschlaggestaltung: Sabine Ruhrberg unter Verwendung von Illustrationen von © shutterstock: Konstanttin | Jonas M
Satz: two-up, Düsseldorf
Gesetzt aus der Arno
Druck und Einband: GGP Media GmbH, Pößneck

Printed in Germany
ISBN 978-3- 404-18593-1

1 3 5 4 2

Sie finden uns im Internet unter luebbe.de
Bitte beachten Sie auch: lesejury.de

Die handelnden Figuren

Die historischen Personen sind mit einem * versehen. Zu einigen von ihnen findet sich auch Weiteres im Nachwort.

HELIGAN GARDENS – GEGENWART
Lexi Davies (eig. Emilia Alexandra Andrews)
Constance Andrews, ihre Mutter
Ben Pascoe, Gärtner in Heligan
Theodora »Theo« Williams, Lexis Chefin
Caitriona »Cait« Murphy, Lexis Mitbewohnerin,
Kellnerin in der Cafeteria
Derek Yates, Obergärtner
Eliza Morgan, Aushilfe
Orlando Hill, Guide

Phyllis »Filly« Butterworth, Lexis Großtante

Anett Pascoe, Bens Mutter
Richard Payne, Bens Großvater

Rob Harper, Lexis Ex-Freund

VERGANGENHEIT
Heligan
* Henry Hawkins Tremayne, Squire
* John Hearle, sein Sohn
* Caroline, dessen Frau, Schwester von Isabella Buller
Damaris, Henry Hawkins Verwandte
Julian Harrington, Gutsverwalter und Ehemann von Damaris
Avery, ihr Sohn
Lowenna, ihre Tochter

Florence »Florrie«, ihre Tochter
Gordon Curfey, deren Ehemann
Alison »Allie«, Henry Hawkins Verwandte, Damaris' Schwester
Tristan Harrington, Julians Sohn aus erster Ehe, ihr Gatte
William Bickford, Bediensteter von Allie
Mrs Fitzgibbons, verwitwete engl. Lady
* Edward Jenner, Arzt und Erfinder der Pockenimpfung

Die Familie Buller
* Sir Anthony Buller, Rechtsanwalt und Mitglied des englischen Parlaments
* Isabella, Schwester von Caroline Tremayne, seine Frau

Die Familie Rashleigh
* Charles Rashleigh, Gründer von Charlestown
* Grace, seine Frau, Schwester von Henry Hawkins Tremayne
* Martha, ihre Tochter
Perys, ihr Sohn

Indien und Nepal
* Nathaniel Wallich, dänischer Botaniker und Arzt, Leiter des Botanischen Gartens in Kalkutta
* Sophia, seine Frau
* Francis de Silva, Wallichs Mitarbeiter, Pflanzensammler bei der Expedition
* Vishnu Prasad, indischer Hindu, Chefzeichner der Expedition
* Edward Gardner, britischer Resident in Kathmandu
Ishani, Geliebte von Avery Harrington
Naveen, ihr Sohn mit Avery
Vikram Kapoor, indischer Arzt

Der Garten schlief.
Ein Dickicht entstand, wuchs heran während unzähliger Jahreszeiten, wurde dichter und stärker, bildete eine schwere Decke aus Dornengestrüpp wie eine Haut, die den Garten vor der Außenwelt schützte. Auch viele exotische Pflanzen waren darunter, in einen Kokon aus wuchernder Vegetation gehüllt, bis sie nach Jahrzehnten sanft befreit wurden – ganz im Sinne derer, die sie einst aus der Ferne mitgebracht hatten. Jeder fremde Strauch, jeder vor langer Zeit hier gepflanzte Baum hatte ein Abenteuer hinter sich oder eine Geschichte zu erzählen.
Eine Geschichte vom Überleben.

1

LEXI

Heligan Gardens, Cornwall, Anfang Mai

Das Rotkehlchen saß auf einem Palmwedel und pickte eifrig an den Resten einer Insektenlarve. Lexi lächelte. Diese Vögel gab es in Heligan wie Sand am Meer, und sie wurde nie müde, die kleinen Piepmätze zu beobachten. Manchmal bildete sie sich sogar ein, von ihrem persönlichen Rotkehlchen begleitet zu werden.

Sie stand in der Mitte der langen, leicht schwankenden Hängebrücke, die sich hoch über den alten Baumfarnen erstreckte, und blickte hinab in den Dschungel, wie das lang gestreckte Tal voller tropischer Pflanzen genannt wurde. Unter ihr breitete sich ein farbenfroher Blütenteppich aus, vielstimmiger Vogelgesang erfüllte die Luft.

Wie fast jeden Tag war sie früh und vor dem offiziellen Einlass gekommen, um den Garten ganz für sich zu haben. Nun ja, natürlich nicht ganz für sich. Abgesehen von den vereinzelten anderen Angestellten, die an diesem Morgen schon im Nutzgarten und am obersten Dschungelteich ihrer Arbeit nachgingen, wimmelte es von kleinen Tieren – Vögel, Eichhörnchen, sogar ein Dachs huschte vorbei. Jetzt, Anfang Mai, blühten Rhododendren in leuchtendem Pink, eingerahmt von Bambus, Bananenstauden und riesigen Palmen, die sich hoch zum Himmel streckten. Es war traumhaft schön hier, und Lexi konnte sich gar nicht sattsehen an all den vielen Naturwundern. Jeden Tag entdeckte sie etwas Neues. Ein kleiner Schwarm von Kaulquappen in einem der vier Dschungelteiche, eine exotische Blüte, die sie noch nie gesehen hatte, oder ein paar lang ausgerollte Farnwedel, die am Vortag noch nicht da gewesen waren.

Die Gärten von Heligan waren mehr als zwei Jahrhunderte alt und seitdem immer weiter ausgebaut worden. Zu viktorianischen Zeiten war Heligan einer der bekanntesten und schönsten Landsitze Cornwalls gewesen, mit etlichen Gärtnern und Angestellten, die ein florierendes Anwesen am Laufen hielten. Doch als mit dem Ausbruch des Ersten Weltkriegs viele Arbeiter und Gärtner in den Schützengräben kämpfen mussten und nicht mehr zurückkehrten, begann der Niedergang. Kurz danach war Heligan von seinen Besitzern – der Familie Tremayne – aufgegeben worden und in Vergessenheit geraten.

Lexi versuchte sich vorzustellen, wie es vor knapp dreißig Jahren hier ausgesehen haben musste, als der Garten aus seinem jahrzehntelangen Dornröschenschlaf geweckt worden war. Damals hatte ein Erbe der Tremaynes mit einem Freund den verwilderten Garten unter dichten Brombeerranken und Gestrüpp aufgestöbert und bald darauf mit vielen freiwilligen Helfern die Mammutaufgabe in Angriff genommen, dieses gärtnerische Kleinod wieder auferstehen zu lassen. Zu dieser Zeit war auch der neue Name entstanden: die *Lost Gardens of Heligan*, die Verlorenen Gärten von Heligan. Wie wunderbar poetisch.

Seit gut zwei Monaten war Lexi jetzt hier. In den ersten Tagen noch als Freiwillige, aber bald schon mit einem Projektvertrag. Und vor wenigen Wochen hatte sie den besten Job schlechthin ergattert: Sie sollte die große historische Ausstellung zum dreißigjährigen Jubiläum der Wiedereröffnung organisieren. Dafür hatte sie in den vergangenen Wochen viel gearbeitet und sich in die Geschichte Heligans und seiner Bewohner vertieft.

Sie warf einen Blick auf ihre Uhr. Schon fast halb zehn. Gleich war sie mit ihrer Chefin verabredet, um gemeinsam die großen Schautafeln für die Ausstellung zu sichten, die am Tag zuvor geliefert worden waren.

Lexi beeilte sich, über die unter ihren Füßen schwingende Hängebrücke auf die andere Seite des Tals zu kommen und dann mit raschen Schritten dem Weg zum Steward's House zu folgen. Von dem ehemaligen Wohnsitz des Gutsverwalters kannte sie bislang nur das Besuchercafé im Erdgeschoss, in dem sie sich selbst schon öfter einen Kaffee oder etwas zu essen geholt hatte. Aber seit Kurzem hatte sie eine ganz neue Beziehung zu diesem Haus. Da passte es, dass Theo sich hier mit ihr treffen wollte.

Theodora »Theo« Williams stand schon vor dem großen Gebäude aus grauem Stein und rauchte.

»Bin ich zu spät?«, fragte Lexi, als sie die schwarze Frau mit der modischen Zöpfchenfrisur erreicht hatte.

»Nein, ich war zu früh«, gab Theo mit einem schiefen Grinsen zurück. Sie nahm einen letzten tiefen Zug und drückte dann die Zigarette am Mülleimer aus. »Ich sollte dringend damit aufhören, aber du weißt ja, wie das mit solchen Vorsätzen ist.« Sie warf die Kippe in den Mülleimer. »Kommst du?«

Das Café war noch nicht geöffnet, zwei Mitarbeiter legten Servietten bereit und stellten Zuckertöpfe und kleine Kännchen mit Milch auf die Tische. Lexi folgte ihrer Chefin in den hinteren Bereich des Besuchercafés, wo Theo eine Tür mit der Aufschrift *Nur für Personal* aufschob, und fand sich wieder in einem Treppenhaus, das ins Obergeschoss führte. Hier war Lexi noch nie gewesen – bis vor Kurzem hatte sie nicht einmal gewusst, dass in diesem Gebäude weitere Büro- und Ausstellungsräume existierten.

Von einem Gang gingen mehrere Türen ab. Theo schloss eine davon auf und ließ Lexi in einen Raum eintreten, in dessen Mitte ein paar zusammengerückte Tische standen, auf denen zehn große, flache Verpackungen lagen. Die Schautafeln.

»Du hast sie auch noch nicht gesehen, oder?«, fragte Lexi.

Theo schüttelte den Kopf. »Nein, nur die Vorlagen.« Diese hatten die Frauen vor wenigen Tagen gemeinsam ausgesucht. »Ich dachte, wir schauen sie uns zusammen an.«

Die Ausstellung, die die Geschichte des Gartens widerspiegeln würde, sollte Anfang des nächsten Jahres präsentiert werden, und zwar in drei historischen Phasen: die Anfänge im späten achtzehnten Jahrhundert, das Zeitalter der Pflanzenjäger im neunzehnten Jahrhundert sowie die Zeit um den Ersten Weltkrieg. Mit den Vorbereitungen für die erste Phase war Lexi so gut wie fertig. Vor einiger Zeit hatte sie in Absprache mit Theo den Druck mehrerer großer Kunststofftafeln in Auftrag gegeben, die einen Teil der Vergangenheit Heligans illustrieren sollten.

»Pack sie aus«, forderte Theo sie auf. »Du bist schließlich dafür verantwortlich.«

Lexi zog den Klebestreifen ab, der die Verpackung verschloss, griff hinein und bekam den Rand zu fassen. Theo half ihr, indem sie die Umhüllung festhielt. Die bedruckte Kunststofftafel war nicht schwer, nur etwas unhandlich, und Lexi schaffte es problemlos, die Tafel herauszuziehen und hochkant an die Wand zu stellen.

Ein Lächeln ging über ihr Gesicht, als sie das vergrößerte, gemalte Bild erkannte, das einen Mann mittleren Alters in dunkler Jacke und weißer Zopfperücke zeigte.

»Darf ich vorstellen«, wandte sie sich gespielt förmlich an Theo. »Henry Hawkins Tremayne, Gründer der Heligan-Gärten.«

»Hocherfreut, Mr Tremayne«, gab Theo mit einem winzigen Nicken zurück. Sie musterte das Porträt, das den Betrachter feierlich anblickte. »Er sieht nett aus. Ernst, aber nett.«

»Er war auch nett«, sagte Lexi. »Sogar sehr. Zumindest, soweit ich das herausfinden konnte. Jeder, der über Henry schrieb, betonte immer wieder seine Güte und Menschenfreundlichkeit.«

In den vergangenen Wochen war Henry Tremayne ihr so vertraut geworden, dass sie ihn fast persönlich zu kennen glaubte und ihn nur noch beim Vornamen nannte.

Nach und nach öffnete sie auch die anderen Verpackungen und zog weitere Schautafeln mit vergrößerten Aufnahmen heraus. Einen Plan des Gartenarchitekten Thomas Gray, der um 1785 mit dem Umbau des Gartens begonnen hatte. Eine Collage aus Rechnungen, ausgestellt zwischen den Jahren 1780 und 1790. Das vergrößerte Deckblatt von Henrys Reisetagebuch sowie ein paar kurze Auszüge daraus.

»Ich dachte«, sagte Lexi, während sie eine der Tafeln verschob, »wir zeigen erst die offiziellen Sachen zu Henry und dem Garten, und dann, vielleicht in einem weiteren Zimmer, leiten wir über zu den anderen Inhalten. Du weißt schon. Das Herz im Baum und so weiter.«

Theo wollte nämlich nicht nur den historischen Kontext zum Garten und seinen Erbauern präsentieren, sondern zusätzlich noch etwas ganz Besonderes: Geschichten hinter der Geschichte, wie sie es nannte. Eine Ausstellung, die die Vergangenheit greifbarer und lebendiger werden ließ. Möglichst unterhaltsam sollte dabei auf weniger bekannte Hintergründe eingegangen werden – auf die Menschen, die in und bei Heligan House gelebt hatten, auf ihre Beziehungen, Sorgen und Abenteuer.

Theo nickte. »Ich glaube, das könnte richtig gut werden. Die meisten Leute stehen schließlich auf dieses romantische Zeug.«

Romantisches Zeug. Ganz so profan hätte Lexi es jetzt nicht ausgedrückt, aber es stimmte: Was sie bei ihren Nachforschungen gefunden hatte, war wahrhaftig voller Dramatik und Romantik.

Die Geschichte von Henry Tremaynes junger Verwandter Damaris, die 1785 mit Henry auf eine mehrwöchige Grand Tour durch Englands prächtigste Gärten aufgebrochen war, bevor er den Umbau seines eigenen Gartens in Angriff genommen hatte. Von einem Schiffbrüchigen namens Julian Harrington, der später als Henrys Wildhüter gearbeitet hatte. Und davon, dass Damaris und Julian ein Liebespaar geworden waren.

Lexi zog die letzte der zehn Schautafeln aus der Verpackung: die vergrößerte Aufnahme eines verwitterten, kaum noch leserlichen Namens, der zusammen mit einem verzogenen Herz in die Rinde einer der uralten Buchen am Georgian Ride eingeritzt worden war. Lexi war fest davon überzeugt, dass die nur zum Teil noch lesbaren Buchstaben »Julian« bedeuten sollten. Und ebenso war sie davon überzeugt, dass es Damaris gewesen war, die diesen Namen vor mehr als zwei Jahrhunderten dort hineingeschnitten hatte.

Sie stellte auch diese Tafel an die Wand und trat einen Schritt zurück, um einen besseren Überblick zu haben.

Theo nickte zufrieden. »Sieht gut aus.«

Durch die beiden Fenster fiel helles Morgenlicht auf die weiß gestrichenen Wände. Darunter konnte man die Struktur der alten Mauer erkennen.

»Ich habe übrigens noch was rausgefunden«, sagte Lexi.

»Und das wäre?«

»Das Gebäude, in dem wir hier sind – das war doch früher das Haus des Gutsverwalters.«

»Ja. Von ihm und seiner Familie. Es soll irgendwann Ende des achtzehnten oder Anfang des neunzehnten Jahrhunderts errichtet worden sein. Inzwischen ist es natürlich umgebaut und erweitert worden, mit mehr Räumen und Nebengebäuden.« Theo sah sie an. »Sag bloß, du weißt noch mehr darüber?«

»Allerdings. Und das wird dich umhauen.« Lexi strahlte voller Vorfreude. »Ursprünglich wollte ich nur versuchen, ob ich noch mehr zu Avery Harrington rauskriegen kann. Du weißt, Julians und Damaris' Sohn, der offenbar das Land verlassen hat.«

Vor wenigen Tagen erst hatte sie zufällig einen Brief von Damaris an deren Schwägerin Grace entdeckt, in dem von einem »verhängnisvollen Duell« die Rede gewesen war, das offenbar zwischen Avery und Perys, den beiden Söhnen der Frauen, stattgefunden hatte. Wie es ausgegangen war und ob Perys dabei womöglich ums Leben gekommen war, dazu hatte Lexi nichts herausfinden können. Aber es musste ernst gewesen sein, sonst wäre Avery nicht außer Landes geflohen.

»Über ihn weiß ich leider nicht mehr«, fuhr Lexi fort, »aber ich habe noch ein bisschen in alten Taufregistern gestöbert. Und sieh mal, was ich noch gefunden habe: Damaris und Julian haben nach Avery noch zwei weitere Kinder bekommen. Zwei Mädchen, Lowenna und Florence, getauft 1791 und 1795.« Sie suchte auf ihrem Handy den fotografierten Auszug und zeigte ihn Theo, die ihn wortlos betrachtete.

»Und dabei hab ich noch was aufgespürt.« Lexi vergrößerte das Foto mit zwei Fingern und deutete auf einen Vermerk im Taufregister, der bei einem früheren Eintrag zu Averys Taufe noch nicht vorhanden gewesen war: *Beruf des Vaters.*

Theos Miene, als sie den handschriftlichen Eintrag studierte, war sehenswert. »Julian Harrington war Gutsverwalter von Heligan?«

»Yep.«

»Das ist toll. Wirklich!« Lexi hatte ihre Vorgesetzte bislang noch nie so enthusiastisch erlebt. »Das heißt also, Damaris und Julian Harrington haben mit ihrer Familie sehr wahrscheinlich genau hier, im Steward's House, gelebt.«

Lexi nickte glücklich. Es tat gut, ihre Entdeckung so gewürdigt zu wissen, auch wenn sie versuchte, ihren Triumph nicht allzu deutlich zu zeigen.

Sie zögerte kurz, dann gab sie sich einen Ruck. »Vermutlich ist es eine blöde Idee, aber ich hatte überlegt – meinst du, ich könnte demnächst meinen Arbeitsplatz hierher verlegen? Dann könnte ich dort arbeiten, wo Damaris und Julian gewohnt haben. Natürlich nur, wenn das möglich ist.«

Theo hob überrascht die perfekt geformten Brauen. »Das ist gar keine blöde Idee«, sagte sie langsam, dann nickte sie. »Ja, das ist sogar eine ausgesprochen gute Idee. Momentan überlegen wir sowieso, einen Teil der Computer-Arbeitsplätze aus dem Empfangsgebäude auszulagern. Und wie du siehst, gibt es hier auch Strom und alles andere, was man so braucht. Zum Archiv hättest du es dann allerdings etwas weiter.« Sie verzog den Mund zu einem halben Lächeln. »Da ist nur noch ein kleines Problem.«

Natürlich. Lexis Hoffnung sank. Wäre ja auch zu schön gewesen. Vermutlich war der Internet-Anschluss hier extrem störanfällig. Oder sie hatten einen Wasserschaden.

»Welches?«, fragte sie, auf das Schlimmste gefasst.

»Fürchtest du dich vor Fledermäusen?«

»Fledermäuse?« Lexi lachte erleichtert auf. Sie fürchtete sich zwar vor einigen Dingen, aber nicht davor. »Es gibt Fledermäuse in diesem Gebäude?«

Theo bejahte. »Und zwar jede Menge. Komm mit, ich zeige sie dir.«

»Na, bist du schon aufgeregt?« Cait, mit der sich Lexi seit Kurzem eine Wohnung in Mevagissey teilte, setzte einen großen Topf mit Nudelwasser auf den Herd und schaltete die elektrische Kochplatte an. Cait war eine Kollegin, die in der Heligan-Cafeteria arbeitete und mit der sich Lexi sofort gut verstanden hatte.

Lexi räumte die letzten Einkäufe in den Kühlschrank und schloss die Tür. »Warum sollte ich aufgeregt sein?«

»Weil du morgen mit einem heißen Typen einen Ausflug machst, deswegen.«

»Wir machen keinen Ausflug, das ist rein geschäftlich.« Den »heißen Typen« ließ Lexi lieber unkommentiert.

Cait hob beide Hände und grinste breit. »Klar. Ist rein geschäftlich. Ich kann mich nur an eine Frau erinnern, die gesagt hat, dass Ben Pascoe voll in ihr Beuteschema fällt.«

»Hab ich das?«, gab Lexi betont ruhig zurück, auch wenn ihr Herz plötzlich ein paar Takte schneller schlug.

Ben war ebenfalls ein Heligan-Kollege, der als Teil des Gartenentwicklungsteams für die Instandhaltung der Außenbereiche verantwortlich war. Er hatte angeboten, Lexi ins dreißig Meilen entfernte Cornwall-Archiv von Kresen Kernow zu fahren. Dann würde er seine Verwandten besuchen, die in der Nähe wohnten. Sie mochte Ben, sehr sogar, und sie hatte durchaus den Eindruck, dass auch er sich zu ihr hingezogen fühlte. Andererseits war es viel zu früh für eine neue Beziehung. Nicht nach allem, was ihr Ex-Freund Rob ihr angetan hatte.

»Oh ja, das hast du.« Cait begann, die Post durchzusehen, die sie mitgebracht hatte und die jetzt auf einem kleinen Stapel neben dem Herd lag.

»Hier ist auch was für dich.« Sie reichte Lexi einen dünnen Umschlag. »Abgestempelt in London. Aus deinem früheren Leben.«

Ihr früheres Leben. Nein, daran wollte sie am liebsten gar nicht mehr denken. Nach ihrer überstürzten Abreise aus London wegen Rob hatte sie hier in Cornwall eine neue Arbeit gefunden, die sie glücklich machte und sie erfüllte. Selbst der Gedanke an ihn schien ihr inzwischen nur noch wie ein ferner Albtraum, der nach dem Aufwachen schnell wieder verschwand.

Sie nahm den Umschlag, dessen Adressfeld mit einem Aufkleber mit ihrer neuen Anschrift überklebt war. Es gab keinen Absender. War der Brief von ihren Eltern? Nein, das konnte nicht sein, die lebten nach wie vor auf den Malediven und kümmerten sich um ihre Tauchschule.

Mit einem unguten Gefühl öffnete sie den Brief. Ein einzelnes Blatt fiel heraus. In großen, handgeschriebenen Lettern standen nur drei Worte darauf:

Hab ich dich!

Lexi glaubte zu spüren, wie ihr Herz gleich für mehrere Schläge aussetzte. Auch ohne Unterschrift erkannte sie die Handschrift, die wie gedruckt wirkenden Buchstaben: Der Brief kam von Rob.

O Gott. Oh nein. Ohneinohneinohnein! Er hatte sie gefunden. Er war hier!

Sie spürte, wie die Wände um sie näherzurücken schienen, wie ihr Herz nach dem ersten Aussetzer wild zu schlagen begann.

»Hey, Lexi, was ist denn los? Du bist weiß wie ein Laken!« Cait war neben ihr erschienen. »Schlechte Nachrichten? Darf ich?« Sie nahm Lexi das Blatt aus der Hand. »*Hab ich dich* – Was ist das denn für ein schlechter Scherz? Sag bloß, das ist von deinem Ex?«

Lexi zwang sich zu einem Nicken, während in ihrem Kopf ein einziger Gedanke in Dauerschleife lief: Sie musste fort von hier. Musste erneut fliehen, am besten ganz weit weg, und sich eine neue Bleibe und eine andere Arbeit suchen.

Dabei hatte sie doch geglaubt, sie wäre diesem gestörten Freak entkommen, so gut hatte sie ihre Spuren verwischt und ihn und fast alle ihrer früheren Kontakte glauben lassen, sie sei bei ihren Eltern auf den Malediven. Stattdessen hatte sie sich in die südwestlichste Ecke Englands begeben und – zumindest inoffiziell – einen anderen Namen angenommen. Lexi Davies, nach ihrem zweiten Vornamen und dem Mädchennamen ihrer Mutter. Aber davon wusste niemand ihrer neuen Freunde und Kollegen. Nicht mehr, als dass Lexi eine unglückliche Liebesgeschichte hinter sich hatte und sich von ihrem Lover getrennt hatte.

Eine Szene spulte sich vor ihrem inneren Auge ab.

»Wo warst du?«, fragte Rob. »Warum kommst du so spät?«

Sie sah ihn erst in dem Moment, als er aus dem Schatten in den Lichtkegel der Straßenlaterne vor ihrer Wohnung trat. Wie lange wartete er schon auf sie? Sie waren nicht verabredet – was tat er hier an diesem späten Oktoberabend?

»Auf der Arbeit«, beantwortete sie den ersten Teil seiner Frage. Sie war müde und erschöpft, der Tag war anstrengend gewesen, und sie wollte nur noch auf ihre Couch und ausspannen. »Hi, Honey, ich freue mich auch, dich zu sehen.«

»So lange? Es ist schon nach neun.«

Was dachte er sich? Ihr Widerspruchsgeist erwachte. »Bin ich dir jetzt Rechenschaft schuldig?«

»Allerdings, das bist du«, gab er zurück. »Du gehörst zu mir. Da muss ich wissen, mit wem du dich rumtreibst.«

»Ich habe mich nicht herumgetrieben. Ich war mit ein paar Kollegen noch was trinken.«

Seine Augen verengten sich. »Mit wem?«

»Kontrollierst du mich jetzt?«

»Du warst in Soho. Im Mouse and Sheep.«

»Woher weißt du das? Bist du mir etwa gefolgt?«

»Ich weiß es eben.« Er trat einen Schritt näher. »Und jetzt will ich wissen, mit wem du dort warst.«

Es hatte den halben Abend gedauert und etliche Anläufe gebraucht, bis er ihr endlich glaubte, dass sie tatsächlich nur mit ein paar Kollegen in einer Bar den Feierabend eingeläutet hatte. Danach war er voller Reue und versprach, ihr nie wieder zu misstrauen. Es wäre nur seine Liebe zu ihr gewesen, die ihn habe überreagieren lassen.

Sie hatte ihm geglaubt. Auch wenn sie sich fragte, woher er so genau wissen konnte, wo sie gewesen war.

Wenige Tage später fand sie mithilfe des Internets eine versteckte Tracking-App auf ihrem Handy.

»Offenbar kennt er deine neue Adresse nicht«, stellte Cait fest, die jetzt auch den Umschlag in der Hand hielt. »Sonst wäre der Brief dir kaum nachgesendet worden.«

Allmählich beruhigte sich Lexis rasender Herzschlag. Cait klang so ruhig, dass auch sie langsam wieder klarer denken konnte.

Den Nachsendeauftrag hatte Lexi erst vor Kurzem online erteilt. Sie erinnerte sich, wie genau sie die Datenschutzbestimmungen studiert hatte, in denen es hieß, niemand, der nicht befugt sei, werde von der Royal Mail ihre neue Adresse erfahren. Und Rob war nicht befugt.

Aber dann kam ihr ein weiterer Gedanke, der sie alarmiert auffahren ließ, und sie nahm Cait hastig den Umschlag wieder aus der Hand: Konnte es nicht sein, dass Rob irgendeine Wanze oder einen Tracker oder irgendein anderes Gerät mitgeschickt hatte, das ihm ihren Aufenthaltsort verriet?

Nein, da war nichts. Und auch das Papier war sauber. Er hatte sie einfach nur erschrecken wollen.

Dennoch: War die einstweilige Verfügung, die sie gegen ihn erwirkt hatte, etwa schon abgelaufen? Waren die drei Monate tatsächlich schon um? Es war schwierig genug gewesen, überhaupt eine Verfügung zu bekommen, und jetzt war auch dieser geringe Schutz vorbei. Bedeutete das, dass sie jetzt öfter Post von ihm bekommen würde?

Sie atmete tief durch. Ließ den Atem dann langsam wieder ausströmen und begann, rückwärts zu zählen, wie Ben es ihr einmal geraten hatte, als er ihr aus einer Panikattacke geholfen hatte. Ließ nicht zu, dass sie die Furcht übermannte.

Sie hatte alles unter Kontrolle. Rob wollte ihr Angst machen, aber er konnte nicht wissen, wo sie war. Er würde sie nicht finden. Sie konnte überall auf der Welt sein. Nein, von diesem Scheißkerl würde sie sich ihr Leben nicht länger bestimmen lassen.

Sie ging ins Bad, wo sie das Blatt in viele kleine Schnipsel zerriss und anschließend in die Toilette warf. Da gehörte es hin. In den Abfluss.

Als sie alles hinuntergespült hatte, fühlte sie sich besser.

2

LEXI

Mevagissey, Cornwall, Anfang Mai

Sie war ein bisschen aufgeregt, das musste Lexi zugeben. Natürlich nur, weil sie an diesem Tag endlich das große Cornwall-Archiv in Redruth besuchen würde und nicht etwa, weil Ben sie dorthin fahren würde. Sie horchte in sich hinein. Na ja, vielleicht auch deswegen.

Doch, ganz sicher auch deswegen.

Zum wiederholten Mal kontrollierte sie, ob sie alles in ihren kleinen Rucksack gepackt hatte, was sie brauchte – den Laptop, einen Notizblock, Stifte, ihr Smartphone und ein wenig Proviant. Cait war schon fort, um den Bus zu kriegen – da die Cafeteria ab halb zehn Frühstück servierte, musste sie spätestens um neun in Heligan sein.

Ein paar Minuten vor der vereinbarten Zeit ging Lexi nach unten. Ben sollte nicht erst mühsam einen Parkplatz suchen müssen, was in den engen Gassen von Mevagissey sicher kein Vergnügen war. Die ein- und zweistöckigen Häuser des kleinen Fischerortes schmiegten sich wie bunte Vogelnester um die schmale, lang gestreckte Bucht. Im inneren Hafen schaukelten ein paar Fischerboote, leise klatschten die Wellen an die Hafenmauer. Möwenschreie und ein leichter Geruch nach Fisch und Schalentieren erfüllte die Luft.

Sie hatte es wirklich gut getroffen. Sobald klar gewesen war, dass sie länger in Heligan arbeiten würde, hatte sie sich nach einer bezahlbaren Wohngelegenheit umgeschaut, da das B&B von Millicent und Edwin Woods, in dem sie bis dahin untergekommen war, allmählich zu teuer geworden war. Zu ihrem Glück hatte sie bald darauf Cait gefunden, die gerade auf der Suche nach einer Mitbewohnerin war. Mittlerweile waren sie und Cait gute Freundinnen geworden.

Lexi hatte noch keine fünf Minuten gewartet, als sie ein dumpfes Brummen hörte, das sich ihr näherte. Sie blickte auf. Nein, das war jemand auf einem Motorrad.

Jemand in schwarzer Ledermontur, der jetzt die Maschine am Straßenrand neben Lexi zum Stehen brachte und den Helm abnahm. Lexi klappte der Mund auf, als darunter Bens Kopf zum Vorschein kam. Mit einer Hand fuhr er sich durch die kurzen dunklen Haare, bis sie zu Berge standen.

»Guten Morgen«, sagte er. »Bereit für einen kleinen Ausflug?«

»Oh«, gab Lexi ein wenig einfältig zurück, »ich hatte gedacht, du kommst mit dem Auto …«

»Ich habe kein Auto. Nur meinen Freund hier.« Er klopfte mit einer behandschuhten Hand leicht auf den Tank der Yamaha vor ihm. »Hatte ich dir nicht erzählt, dass ich Bike fahre?«

Sie schüttelte den Kopf.

»Sorry, dann hatte ich das wohl vergessen.« Er stieg ab. »Ich hoffe, das ist kein Problem für dich.«

»Nein, ist es nicht«, sagte sie. »Ich war nur … überrascht. Ich hab noch nie auf so einem Ding gesessen.«

»Das macht nichts. Du musst dich nur hinter mich setzen und dich festhalten. Ich verspreche, ich fahre ganz vorsichtig.«

Sie nickte wortlos, nicht wirklich überzeugt, und für einen winzigen Moment war sie tatsächlich versucht abzusagen. Dann schob sie diesen Gedanken beiseite.

»Ist das wirklich okay für dich, mich mitzunehmen?«

»Du willst doch nach Kresen Kernow?«

»Unbedingt.«

»Na also. Es ist verdammt schwer, in Cornwall mit öffentlichen Verkehrsmitteln irgendwohin zu kommen. Also ja, natürlich ist es kein Problem, sonst hätte ich es nicht angeboten.«

Ben öffnete einen der beiden Seitenkoffer am Heck, entnahm ihm einen zweiten Helm und reichte ihn Lexi.

Sie nahm den Helm, überlegte kurz, dann gab sie sich einen Ruck. »Meinst du, wir könnten vorher noch kurz auf dem Friedhof von St Ewe vorbeischauen? Das ist nicht weit und liegt auf dem Weg.«

»Du willst Henry Tremaynes Grab besuchen?«

»Ja, sehr gern. Ich habe mich jetzt schon so viel mit ihm beschäftigt, da ist es ja schon peinlich, dass ich noch nie dort war, wo er begraben liegt.«

»Alles klar.«

Alles klar – der in Cornwall gebräuchliche Universalausdruck für alles und jedes, brachte Lexi zum Schmunzeln. Ben half ihr, ihren Rucksack in dem frei gewordenen Fach zu verstauen, und verriegelte alles wieder mit einem Schlüssel. Lexi stülpte sich den Helm über.

»Richtig?«

Er nickte. »Du musst nur noch den Kinnriemen festzurren. Siehst du … so.«

Ben erklärte ihr kurz, wie sie sich als Mitfahrerin verhalten sollte, dann schwang er sich auf das Motorrad und sah sie erwartungsvoll an. »Steig auf.«

Ein wenig zögerlich kletterte Lexi hinter ihm auf den Sitz der Yamaha. Er wartete, bis sie richtig saß, dann zog auch er seinen Helm wieder auf und klappte das Visier herunter.

»Alles klar?«, fragte er.

Sie nickte und hob den Daumen. »Alles klar.«

»Halt dich an mir fest.«

Lexi legte die Arme um seine Taille, dann startete Ben die Maschine.

Er fuhr wirklich vorsichtig, vermutlich, um sie an das Gefühl zu gewöhnen, auf einem Motorrad zu sitzen. Dennoch war Lexi angespannt wie auf einer Achterbahn. Sie war erleichtert, als sie nach knapp fünf Minuten Fahrt durch enge Landstraßen in St Ewe ankamen und Ben sein Bike auf einem kleinen Parkplatz vor der Kirche zum Halten brachte.

St Ewe war eine winzige Ortschaft, die offenbar nur aus einer Hauptstraße mit einigen Häusern, einem Pub und der Kirche bestand. Lexi fühlte sich wie in eine andere Zeit versetzt.

Als sie die Stufen zur Kirche hinaufstieg, sah sie einen großen Strauch mit pinkfarbenen, zum Teil schon verwelkten Blüten.

»St-Ewe-Kamelien«, sagte Ben. »Die blühen schon im Dezember.«

»Die Pflanze heißt wie das Dorf?«

Er nickte. »Sie wurde ganz in der Nähe gezüchtet, auf dem Gelände von Caerhays Castle.«

Lexi trat näher. Die dunklen, wachsartigen Blätter und rosafarbenen Blüten umrahmten ein keltisches Kreuz aus Granit. Auf den drei Seiten des steinernen Sockels standen ein paar Namen – Gefallene aus dem Ersten Weltkrieg.

Sie bückte sich und hob einen der im Gras liegenden, noch fast vollständig intakten Blütenköpfe auf, dann ging sie weiter.

Mehrere Palmen flankierten das mittelalterliche Portal und verliehen dem Platz damit eine leicht exotische Atmosphäre. Hinter der Kirche erstreckten sich Felder und ein großer, zum Teil ummauerter Friedhof voller alter Grabsteine, die allesamt von Flechten überzogen waren.

Lexi blieb erneut stehen. »Fühlt sich komisch an, zu wissen, dass Henry hier irgendwo begraben ist.«

Ben nickte. »Aber nicht auf dem Friedhof, sondern in der Familiengruft in der Kirche. Hab ich mir irgendwann schon mal angeschaut. Komm, lass uns reingehen.«

Er öffnete die Tür und betätigte einen Lichtschalter, und sofort wurde der Raum erleuchtet. Es war eine einfache Kirche mit einem Tonnengewölbe, das einzige Schmückende stellte der Altarraum mit seinem kompliziert gearbeiteten Gitter im gotischen Stil dar.

Lexi verharrte einen Moment in andächtiger Stille. Das hier war die Kirche der Tremaynes gewesen. Über viele Jahrzehnte hinweg hatten sie sich für den Erhalt dieses Gotteshauses eingesetzt – die Buntglasfenster mit den christlichen und heraldischen Motiven stammten von ihnen. Hier waren Generationen von ihnen getauft und getraut worden. Hier hatten – vermutlich – Damaris und Julian geheiratet, und hier waren Avery und zwei weitere ihrer Kinder getauft worden.

»Lexi?« Ben war in der Mitte des südlichen Seitenschiffs stehen geblieben. »Schau, hier ist es.«

Sie ging zu ihm, und er deutete auf eine große, im Boden eingelassene Schieferplatte mit eingesenktem Griff, auf der die Enden von zwei hölzernen Kirchenbänken standen. Die Platte zeigte das Wappen der Tremaynes: drei jeweils im rechten Winkel gebeugte Arme, die aus einer gemeinsamen Mitte entsprangen. Dasselbe Motiv, das sich auch in den Buntglasfenstern und in dem rautenförmigen Bild über dem Eingang fand.

Hier ging es zur Familiengruft der Tremaynes, abgeschlossen und nicht zu betreten. Lexi fühlte sich plötzlich ganz seltsam.

»Ich frage mich, warum sie gerade diese komischen drei Arme für ihr Wappen gewählt haben«, sagte Ben.

»Das bezieht sich auf ein französisches Wortspiel mit dem Familiennamen«, erklärte Lexi.

Er schüttelte den Kopf. »Der Name Tremayne ist Kornisch, nicht Französisch. Er bedeutet so viel wie ›Stadt aus Stein‹.«

»Ich weiß. Aber im achtzehnten Jahrhundert hat man gern eine mögliche Verbindung zum Französischen gesucht. Und da kam man eben auf den Gleichlaut von *trois mains,* drei Hände. Daher wohl dieses eigenartige Wappen.«

Sie legte den Helm auf eine der Kirchenbänke und ging langsam in die Hocke. Ihre Kehle wurde eng. Auch wenn Henry Hawkins Tremayne seit fast zweihundert Jahren tot war – so nah war sie ihm noch nie gewesen.

»Alles okay mit dir?«, fragte Ben.

Hastig wischte sie sich eine Träne fort und nickte. »Ich bin nur gerade etwas sentimental.« Mit dem Finger fuhr sie die drei Arme des Wappens im Boden nach.

»Hallo, Henry«, sagte sie leise.

Dann legte sie die mitgebrachte Kamelienblüte auf die Schieferplatte.

3

LEXI

Auf dem Weg nach Redruth, Cornwall,
Anfang Mai

Die Weiterfahrt empfand Lexi nicht mehr so einschüchternd wie zu Beginn. Nach und nach gewöhnte sie sich an das Gefühl, auf einem Motorrad zu sitzen. Ben fuhr sicher und nicht übertrieben schnell, und nach ein paar weiteren verkrampften Minuten entspannte sie sich allmählich.

Bald gab Ben etwas mehr Gas, aber jetzt machte es ihr nichts mehr aus – im Gegenteil, sie begann, die Fahrt zu genießen: das Brummen des Motors, der unter ihr vibrierte, der Fahrtwind, der ihre Haarsträhnen, die unter dem Helm herausschauten, verwirbelte, die vorüberfliegende Landschaft rechts und links neben ihr.

Wie er es ihr gesagt hatte, passte Lexi sich Bens Bewegungen an, drückte sich enger an ihn, legte sich mit ihm leicht in die Kurven. Als er an einer roten Ampel hielt, rutschten ihre vor seinem Bauch verschränkten Hände ein Stück nach unten, und peinlich berührt schob sie sie wieder höher.

Nach einer Weile kamen sie durch Truro, Verwaltungssitz und einzige Stadt Cornwalls, wo es nach mehreren Kreisverkehren weiter Richtung Westen ging. Sie fuhren durch neu angelegte Wohnsiedlungen und durch ein Industriegebiet. Die sich anschließende Strecke nach Redruth war wenig spektakulär – eine zweispurige Schnellstraße, die fast schnurgerade durch eine eher eintönige Landschaft verlief.

Als sie nach einer Stunde in Redruth eintrafen, hatte Lexi sich so an das Motorrad gewöhnt, dass es für sie gern noch länger hätte dauern können. Ben fuhr durch den Ort, bis er auf dem kleinen Parkplatz von Kresen Kernow zum Stehen kam. Er klappte den Fußständer herunter, drehte das Vorderrad zur Seite und stellte den Motor aus.

Mit leicht zittrigen Beinen stieg Lexi ab.

Ben tat es ihr nach. »Na, lebst du noch?«

»Na klar.« Lexi grinste. »Was bekommst du an Benzingeld?«, fragte sie, während er den Seitenkoffer aufschloss.

Er schüttelte den Kopf. »Gar nichts, ich wäre ja sowieso gefahren. Und du hast mir neulich schon die Hälfte deiner Pizza abgegeben.«

»Das ist doch schon ewig her.«

Er reichte ihr ihren Rucksack. »Noch keine Woche.«

»Darf ich dir dann wenigstens mal einen Kaffee ausgeben?«

»Jederzeit.« Er deutete auf die steinerne Fassade des Cornwall-Archivs. »Wenn du willst, gleich nachher? Da drinnen gibt's einen richtig guten Kaffee.«

»Du warst auch schon mal da?«

»So ist es. Ich war neugierig und wollte nach meinem eigenen Stammbaum forschen.«

»Ging es da um deinen Vorfahren, der früher auch in Heligan gearbeitet hatte?« Davon hatte er ihr einmal erzählt: Der Großvater seines Großvaters war um die Zeit des Ersten Weltkriegs Gärtner in Heligan gewesen.

Er nahm ihr den Helm aus der Hand und packte ihn in den Seitenkoffer. »Um den auch. Und um noch ein paar weitere Leute. Aber ich habe weniger rausgefunden, als ich mir erhofft hatte.« Er setzte sich wieder auf seine Maschine. »Wann soll ich dich abholen?«

»Wie lange bist du denn bei deiner Familie?«

Er zuckte mit den Schultern. »Bis nach dem Mittagessen, denke ich.«

»Das passt super. Ich denke, bis dahin müsste ich fertig sein.«

Lexi sah ihm nach, bis er vom Parkplatz gefahren war, dann schulterte sie ihren Rucksack und machte sich auf den Weg ins Cornwall-Archiv.

Das moderne Archivzentrum befand sich im Gebäude einer ehemaligen Brauerei. Die steinerne Fassade wies mehrere spitzgiebelige Dächer auf, die eng nebeneinanderstanden. Hier wurde die größte Sammlung der Welt zu kornischer Forschung aufbewahrt – Dokumente, Bücher, Landkarten und anderes mehr aus 850 Jahren Geschichte. In die alten Gemäuer waren moderne Elemente wie Glas und Holz eingefügt, eine interessante Mischung aus Alt und Neu.

Lexi nahm ihren Laptop, Notizheft, Handy, Portemonnaie und zwei Stifte aus ihrem Rucksack und packte den Rest ihrer Sachen in eines der Schließfächer, die sich im Eingangsbereich befanden. Dann ging sie an die Ausgabe, um die reservierten Unterlagen abzuholen.

Am Vortag hatte sie online etliche alte Dokumente geordert, von denen sie sich weitere Einsichten zur Geschichte Heligans und ihrer Bewohner versprach – Informationen zu den Familien Tremayne, Harrington, Rashleigh und Buller.

Der Archivmitarbeiter nickte zufrieden, als Lexi ihm die beiden Bleistifte präsentierte, die sie mitgebracht hatte, denn Kugelschreiber waren in dieser Abteilung verboten, und suchte dann aus einem hohen Regal im Hintergrund vier niedrige Pappschachteln heraus.

»Sie haben ja ganz schön viel bestellt«, sagte er und schob ihr die Schachteln – drei dunkelgraue und eine hellgraue – über den Tresen. »Ich gebe Ihnen erst mal den ersten Schwung, den zweiten kriegen Sie, wenn Sie den ersten zurückgeben.«

Lexi bedankte sich, nahm die vier Kartons an sich und steuerte damit den Raum im ersten Stock an, den man ihr zugewiesen hatte, damit sie ungestört arbeiten konnte.

Das kleine Zimmer hatte ein gemauertes Tonnengewölbe und eine Glasfront, aus der Lexi nach draußen auf eine gepflasterte Terrasse mit viel Grün schauen konnte. Sie stapelte ihre Schätze auf der großen Tischplatte, dann klappte sie ihren Laptop auf und öffnete die gescannte Kopie des Briefs, der der Hauptgrund für ihren Besuch in Kresen Kernow war. Ein Schreiben vom 12. April 1815 an Henry Tremaynes Schwester Grace Rashleigh, unterzeichnet von Damaris.

Liebste Grace, ich kann nicht ausdrücken, wie sehr ich bedaure, was vorgefallen ist. Obwohl Avery mein Sohn ist und ich ihn immer lieben werde, ist es unverzeihlich, was er getan hat. Dennoch hoffe ich, dass dieses verhängnisvolle Duell es nicht vermag, einen Keil zwischen unsere tiefe Freundschaft zu treiben, und dass Du mir und meiner Familie weiterhin gewogen bleibst. Ich bete für euch und vor allem für Perys. In innigster Verbundenheit und in der Hoffnung auf Deine Vergebung, Deine Freundin Damaris Harrington.

Es folgte noch ein kurzes Postskriptum, aber damit würde Lexi sich später befassen, jetzt waren erst einmal Nachforschungen zu diesem ominösen Duell dran. Schon in Heligan hatte sie versucht, mehr darüber herauszufinden – leider vergeblich. Hoffentlich hatte sie hier mehr Erfolg.

Sie zog den ersten der vier flachen Kartons mit der Beschriftung *Familie Rashleigh von Duporth Manor, St Austell* näher zu sich. Damit würde sie anfangen.

Sie holte tief Luft und hob behutsam den Deckel an.

Sie entdeckte eine Abschrift des Letzten Willens von Henrys Schwager Charles Rashleigh, der 1823 verstorben war. Lexi überflog die altertümlichen Formulierungen auf der Suche nach irgendetwas Brauchbarem. Nein, da gab es nicht viel. Nur eine lange Auflistung einzelner Gegenstände, die Charles seiner Frau Grace und seinen Kindern hinterlassen hatte. Ansonsten fanden sich Abschriften von Urkunden, Pachtverträgen, Nachlassakten und Ähnliches mehr.

Ein Stapel handgeschriebener Briefe erschien Lexi am vielversprechendsten. Sie blätterte sie durch und empfand eine stille Freude, als sie in einigen davon Henry Tremaynes Schrift erkannte. Nur wenige Dokumente waren bereits transkribiert und in Druckschrift übertragen worden, aber Lexi hatte kaum noch Probleme, die alten Briefe zu lesen. Vor allem Henrys Handschrift war ihr inzwischen vertraut wie die eines alten Freundes.

Einige weitere Schreiben stammten von Freunden und Bekannten der Rashleighs, andere von Grace' Töchtern. Darunter ein Brief ihrer ältesten Tochter Martha Rashleigh, die schrieb, sie habe sich verliebt und sei voller Hoffnung, dass der Angebetete sich ihr bald erklären würde.

Lexi lächelte. Die Liebe war eben zu allen Zeiten etwas Wundervolles.

Aber nichts über ein Duell oder etwas, was damit zusammenhängen könnte.

Sie legte alles wieder sorgfältig zurück und schloss den Deckel, dann nahm sie sich den nächsten Karton vor, der mit *Familie Tremayne von Heligan, St Ewe* beschriftet war. Eine kleine handschriftliche Notiz auf dem Pappdeckel lautete: *Unkatalogi-*

siertes Material. Davon hatte Lexi ins Blaue hinein gleich mehrere bestellt.

Vorsichtig öffnete sie die Schachtel und spähte hinein. Auch hier waren die meisten Dokumente leicht vergilbte Originale, die zum Teil in Plastikhüllen steckten. Lexi fasste sie vorsichtig an, um ihnen nicht zu schaden. Wie schon im Rashleigh-Karton fanden sich hier persönliche Papiere und Korrespondenz, dazu ein paar dünne Mappen mit Abrechnungen und einige Zeichnungen, darunter ein ungerahmtes Aquarellbild, das Heligan darstellte, wenn man vom Garten aufs Meer blickte, und eine kleine Bleistiftskizze von Heligan House, unterzeichnet mit *J.C. Tremayne, aus dem Gedächtnis.* Nein, diese Sachen waren wirklich nicht sortiert. Bei J.C. handelte es sich höchstwahrscheinlich um John Claude Tremayne, Henrys Urenkel und der letzte Eigentümer von Heligan, bevor der Erste Weltkrieg den Zerfall des Gartens einläutete. Hochinteressant, aber für ihre momentanen Recherchen leider nicht hilfreich.

Fotos mit dem Handy zu machen war erlaubt, also fotografierte sie das meiste, dann legte sie alles sorgsam zurück und wandte sich der nächsten Schachtel zu. *Familie Harrington von Heligan, St Ewe.*

Mit leicht zittrigen Fingern öffnete sie den Deckel.

Als Erstes fiel ihr eine weitere Zeichnung in die Hände, und ihr stockte der Atem. Es zeigte das Steward's House mit einem kleinen Garten davor und war mit *D. Harrington* unterschrieben. Das hatte ganz sicher Damaris gezeichnet! Damaris, deren Lebensgeschichte Lexi jetzt schon so intensiv verfolgt hatte.

Diese Funde aus der Vergangenheit hatten etwas seltsam Intimes. Dieses Blatt Papier hatte Damaris gehalten, hatte darauf mit einem Stift gezeichnet. Für einen Moment schloss Lexi die Augen und stellte sich vor, wie es wäre, den Arm über die Zeiten hinweg auszustrecken und Damaris' Hand zu ergreifen. So lebhaft war die Empfindung, dass sie für einen winzigen Augenblick glaubte, tatsächlich Damaris' Finger zu spüren.

Sie öffnete die Augen wieder. Sie saß noch immer in dem Raum mit dem Tonnengewölbe und der Glasfront, vor sich auf der Tischplatte einige Kartons mit alten Dokumenten. Und noch immer hatte sie nichts über ein Duell zwischen Avery und Perys gefunden. Allmählich machte sich Enttäuschung in ihr breit.

Dann fiel ihr ein weiteres Dokument in die Finger. Eine Art Lehrlingsvertrag für einen achtjährigen Jungen:

William Bickford, ein Waise und ehemaliger Kaminkehrerjunge aus Plymouth, Lehrling der Eheleute Harrington aus Heligan, wird bei diesen wohnen und arbeiten, beginnend vom Datum dieses Vertrags an, bis der besagte Lehrling sein volles Alter von einundzwanzig Jahren erreicht haben wird. Dafür wird er Nahrung, Unterkunft und eine Ausbildung erhalten.

Lexi hob den Kopf. Ehepaar Harrington? Ging es hier etwa um Damaris und Julian? Der Lehrlingsvertrag war auf das Jahr 1809 datiert, das konnte möglich sein. Genauso gut konnte es sich dabei aber auch um ihren Sohn Avery und dessen mögliche Frau handeln. Avery dürfte um diese Zeit dreiundzwanzig Jahre alt gewesen sein – gut möglich, dass er schon verheiratet gewesen war.

Sie suchte weiter und fand einen Brief, der mit *Liebste Maris* begann, datiert vom Juni 1785.

Maris? Damit war doch sicher Damaris gemeint!

Der Briefbogen war zerknickt und abgestoßen, als wäre er schon oft aufgefaltet und gelesen worden. Die Schrift war kindlich und mit ein paar Tintenflecken verunziert, und auch die Sprache war die eines Kindes.

Liebste Maris, ich habe einen neuen Freund. Du erinnerst Dich doch noch an Mr Harrington? Ich darf Julian zu ihm sagen, und er sagt Allie zu mir. Wir sehen uns manchmal, und dann fährt er mich in meinem rollenden Stuhl herum. Er ist gar nicht immer so unfreundlich, wie ich anfangs dachte. Ich habe ihn sogar schon zum Lachen gebracht. Wir waren auch schon am Meer. Und ich habe ihm die Grube gezeigt, in der die Ananaspflanzen wachsen. Wir hoffen beide sehr, dass eine davon reif ist, wenn ihr wieder zurückkommt. Deine Dich liebende Schwester Allie.

Lexi wurde von Entdeckerfreude durchströmt. Das waren ja gleich mehrere wunderbare Informationen auf einmal!

Es gab also nicht nur Damaris, sondern auch noch eine vermutlich jüngere Schwester namens Allie. Eine Schwester, die offenbar in einer Art Rollstuhl saß – Lexi erinnerte sich dunkel, irgendwo in den gesammelten Dokumenten im Heligan-Archiv eine Rechnung über einen »rollenden Stuhl« gesehen zu haben. Und so, wie die kindliche Schreiberin von Julian Harrington sprach, musste sich diese beginnende Freundschaft zeitlich noch vor Damaris' und Julians Romanze abgespielt haben. Wie wunderbar! Allmählich fielen immer mehr Puzzleteilchen zusammen zu einem großen Bild.

Lexi fotografierte den Brief mehrfach, von neuem Jagdfieber erfüllt. Das würde sie noch gut in die Ausstellung zur ersten Phase einfügen können – notfalls auch als einfachen Papierausdruck.

Sie warf einen Blick auf ihre Uhr. Schon fast zwölf? Die Zeit verflog ja im Nu. Wenn sie den nächsten Packen noch durchsehen wollte, bevor Ben kam, musste sie sich ranhalten.

Sie zog ein weiteres Schriftstück aus dem Karton und vertiefte sich erneut in die Dokumente aus einer lange vergangenen Zeit.

4

ALLIE

Heligan House, April 1815

Allie nahm die gepolsterten Griffe ihrer Krücken aus den Achseln und lehnte die beiden Gehstützen an die weiß gestrichene Bank am Rand des Rosengartens. In ihrer Kindheit hatte sie lange an einer Knochenkrankheit gelitten, und selbst jetzt konnte sie längere Strecken nur mithilfe ihrer Krücken laufen.

Die Sonne stand noch niedrig, aber es wehte schon ein warmer Frühlingshauch durch Heligan, als sie sich gemeinsam mit Isabella Buller setzte. Isabella war eine angeheiratete Cousine der Familie, ihre Schwester Caroline war die Frau von Henry Tremaynes Sohn John Hearle.

Ein paar Meisen nutzten die vertrockneten Stängel der Stockrosen zum Nestbau. Es war recht früh am Morgen, aber die beiden Frauen hatten bereits gefrühstückt. Von ihrem Platz vor dem Rosengarten aus konnten sie sehen, wie einige Angestellte eine lange Tafel vor dem Herrenhaus aufbauten und auf einer Wiesenfläche ein paar niedrige Tore für ein Pall-Mall-Spiel. An diesem Tag würde ein kleines Gartenfest zu Ehren der Bullers stattfinden, die demnächst England verlassen würden.

»Der Garten ist wirklich herrlich geworden«, sagte Isabella und strich sich eine blonde Haarsträhne hinter das Ohr, die sich aus ihrem Knoten gelöst hatte. »Inzwischen ist er über Cornwall hinaus bekannt, heißt es.«

Isabella hatte recht. Seit Henry Hawkins Tremayne sich vor knapp dreißig Jahren entschlossen hatte, sein Anwesen zu einem modernen Landschaftsgarten umzugestalten, war Heligan stetig weiter verbessert und verschönert worden. Im milden, feuchten Klima Cornwalls waren die Bäume, die das Anwesen wie einen Schutzgürtel umgaben, prächtig und zahlreich gewachsen und schützten das Haus vor den starken Weststürmen. Etliche immergrüne Sträucher fassten jetzt die hufeisenförmige Fläche nördlich des Hauses ein. Die Gärten, der Melonenhof und der Blumengarten hatten sich prachtvoll entwickelt, im Obstgarten standen die Kirschbäume in voller Blüte. Am schönsten aber fand Allie den Teil, der sich unterhalb des Hauses ausbreitete – geschwungene Wiesenflächen und dahinter den Alten Wald mit seinen vielen Reitwegen, dessen Boden zurzeit Tausende von leuchtend blauen Glockenblumen bedeckten.

»Wann werdet ihr aufbrechen?«, fragte Allie.

Isabella drehte den Griff ihres bislang geschlossenen Sonnenschirms. »Am Nachmittag. Dann müssten wir am frühen Abend in Lostwithiel sein.«

Isabella und Anthony Buller hatten in Heligan übernachtet, während ihre sechs Kinder mit einem Diener, der Kinderfrau und dem Großteil ihres Gepäcks in ein Gasthaus in der Nähe von Plymouth vorgefahren waren. Dort würden die Eltern noch an diesem Abend dazustoßen. Am nächsten Morgen wollten dann alle gemeinsam nach Plymouth weiterfahren und ein Schiff nach Indien besteigen, wo Anthony Buller eine Stelle als Richter angenommen hatte.

»Ich muss zugeben, liebe Cousine, ich finde das wirklich bewundernswert«, sagte Allie. »Mit der ganzen Familie nach Indien zu reisen, ohne zu wissen, was einen dort erwartet.«

Isabella lachte auf – ein wenig gequält, wie Allie fand. »Nun ja, so habe ich meine Kinder wenigstens um mich, muss mir keine Sorgen um sie machen und bin nicht einsam im fremden Land.«

Allie seufzte leise auf. »Manchmal wünschte ich, ich könnte auch in ferne Länder reisen, aber das geht ja leider nicht. Versprich mir zu schreiben, ja? So oft du nur kannst.«

Isabella lächelte. »Aber gern. Ich kann gar nicht glauben, wie schnell das alles geht. Morgen sind wir schon auf dem Schiff, und wer weiß, wann ich England wiedersehen werde.«

Allie schloss die Augen, hielt ihr Gesicht in die wärmende Frühlingssonne und stellte sich vor, wie es wäre, so weit zu reisen. Ein Teil von ihr beneidete Isabella um die Abenteuer, die vor ihr lagen. Abenteuer, die sie selbst niemals erleben würde.

»Sieh nur«, sagte Isabella, und Allie öffnete die Augen wieder. »Sind das dort nicht deine Schwester und ihr Mann?« Isabella deutete mit dem Kopf zur Seite, wo sich einige Schritte entfernt gerade ein Paar zärtlich voneinander verabschiedete.

»Damaris und Julian? Ja, das sind sie.«

»Die beiden scheinen sehr glücklich miteinander zu sein.«

Allie nickte gedankenversunken. Ihre ältere Schwester war schon lange mit dem Mann verheiratet, den sie seit ihrem sechzehnten Lebensjahr liebte.

»Ist es wahr, was man sich erzählt?«, fragte Isabella. »Dass du es warst, die die beiden zusammengebracht hat?«

»Gewissermaßen.« Allie lächelte, als sie sah, dass Julian sie bemerkt hatte und auf sie zukam. »Zumindest war ich nicht ganz unschuldig daran.«

Es dauerte nicht lange, bis er sie erreicht hatte. »Guten Morgen, Allie, Isabella«, begrüßte er sie mit einem Kopfnicken.

Isabella Bullers hübsches Gesicht rötete sich leicht. »Mr Harrington.«

»Julian«, sagte er. »Wenn ich die Verwandtschaftsverhältnisse richtig verstanden habe, dann sind wir über drei Ecken verschwägert.«

Isabella nickte langsam. »In Ordnung, dann also – Julian.«

Ihre Antwort kam so zögernd, dass Allie ein Lächeln unterdrücken musste. Sie wusste, wie einschüchternd Julian manchmal wirken konnte.

Er war schon lange Henry Tremaynes Gutsverwalter. Mit Ende fünfzig war er noch immer ein attraktiver Mann, auch wenn inzwischen graue Strähnen sein dunkelblondes Haar durchzogen.

Er blieb vor der Bank stehen. »Und, Isabella – bist du schon sehr aufgeregt?«

Die junge Frau nickte erneut. »Ja, ein bisschen schon. Wenn man bedenkt, dass unsere ganze Familie in wenigen Monaten in Indien sein wird. Ich glaube, ich werde das alles hier sehr vermissen. Den englischen Regen, die Gärten, das vertraute Essen. Aber ich freue mich auch sehr auf die Wärme Indiens und unser schönes Haus und die Möglichkeit, Neues kennenzulernen.« Isabella drehte wieder den Griff ihres Sonnenschirms. »Ich gestehe, dass ich mich etwas weniger auf die lange Schiffsreise freue. Vor allem, wenn ich daran denke, was dabei so alles passieren könnte – Stürme, Krankheiten, Schiffbruch …« Sie schlug die Hand vor den Mund, als ihr klarwurde, was sie gerade gesagt hatte, und sah Julian mit schreckgeweiteten Augen an. »O Gott, ich bitte vielmals um Entschuldigung … Ich hatte ja ganz vergessen …«

Julian war für einen Moment blass geworden, dann winkte er ab. »Das ist lange her.«

Vierunddreißig Jahre, um genau zu sein. Dieses Datum würde Allie niemals vergessen.

Jeder im Umkreis von hundert Meilen kannte inzwischen die Geschichte von dem Schiffbrüchigen, den Allie und Damaris damals halb tot in einer nahe gelegenen Bucht gefunden hatten. Julian war ein ehemaliger englischer Siedler aus Amerika, der mit seiner Familie auf dem Rückweg in die alte Heimat gewesen war. Bei einem Schiffbruch vor der Küste Cornwalls hatte er seine Frau und seine zwei kleinen Töchter verloren. Henry Tremayne hatte ihn großzügig aufgenommen und ihm Arbeit und ein Heim gegeben. In den darauffolgenden Jahren hatte Julian als Wildhüter zurückgezogen in den Tremayne'schen Wäldern gelebt.

»Es geht nach Madras, nicht wahr?«, wandte sich Julian jetzt an Isabella.

»Ja«, sagte sie, offenbar dankbar für den Themenwechsel. »Zumindest für die erste Zeit. Möglich, dass Anthony später noch einmal versetzt wird.«

»Wo genau liegt Madras eigentlich?«

»An der Ostküste Indiens, am Golf von Bengalen«, gab Allie an Isabellas Stelle zur Antwort. »Die Stadt ist seit fast zwei Jahrhunderten englische Kronkolonie. Das sollte man wissen, Julian.«

Julian sah sie in gespielter Missbilligung an, unter der Allie tiefe Zuneigung erkannte.

»Du hast dich kein bisschen verändert, Allie«, sagte er kopfschüttelnd. »Du bist immer noch dieselbe vorlaute kleine Person wie früher. Nur etwas älter.«

Isabella lachte. »Sie war schon früher so?«

»Oh ja«, wandte Julian sich an sie. »Man sollte es nicht glauben, aber Allie hat so einiges angestellt, als sie ein junges Mädchen war. Und das, obwohl sie damals noch in einem rollenden Stuhl saß.« Er schien sichtlich Spaß bei dieser Erinnerung zu haben. »Hast du davon gehört?«

Isabella schüttelte den Kopf. »Nein, aber das würde ich nur zu gern.«

»Siehst du den Weg dort?« Er deutete auf die Zufahrt, die mit ein paar Biegungen von Heligan House bis zum Alten Wald führte und die nun um einiges breiter als früher war. »Allie hatte schon immer ziemlich spontane Ideen. Sie konnte damals nicht laufen und saß in einem rollenden Stuhl, und mit dem ist sie eines Tages den abschüssigen Weg hinuntergefahren. Bis in den Alten Wald.« Er machte eine bedeutungsvolle Pause. »Um dann dort im Schlamm stecken zu bleiben«, fügte er genüsslich hinzu.

Isabella lachte auf. Auch Allie lachte, und für einen Moment fühlte sie sich wieder wie das junge Mädchen von elf oder zwölf, das vor knapp dreißig Jahren dieses kleine Abenteuer erlebt hatte.

»Und was ist dann passiert?«, fragte Isabella, die offensichtlich ihre Scheu vor Julian verloren hatte.

»Julian hat mich rausgezogen«, sagte Allie grinsend. »Und mich wieder nach Hause gebracht.«

»Und seitdem hat sie nicht mehr aufgehört, mir auf die Nerven zu gehen«, ergänzte Julian mit einem Augenzwinkern, das Allie mit einem breiten Lächeln quittierte.

Julian und sie verband seit vielen Jahren eine ganz besondere Freundschaft. Nachdem er Allie damals aus ihrer misslichen Lage im Alten Wald befreit hatte, hatte sie es in den nächsten Wochen durch kindliche Hartnäckigkeit geschafft, den spröden Einsiedler allmählich aus seiner Reserve zu locken. Ihre Schwester Damaris war zu dieser Zeit mit Henry auf einer mehrwöchigen Reise durch Englands Gärten unterwegs gewesen, bei denen er sich Inspirationen für die Umgestaltung Heligans holen wollte. Damaris hatte ihn begleitet, um die vielen neuen Eindrücke zu zeichnen.

»Und als Damaris dann wieder zurückgekehrt ist«, sagte Allie, »haben die beiden sich ineinander verliebt. Und irgendwann auch geheiratet.«

Julian nickte zur Bestätigung. »Nicht ganz ohne Komplikationen, aber so in etwa war es.«

»Das ist wahrhaftig Stoff für einen Roman«, seufzte Isabella hingerissen.

Julian lächelte. Um seine graublauen Augen zeigten sich kleine Fältchen. »Genau das sagt meine jüngste Tochter Florrie auch immer. Und sie behauptet, eines Tages würde sie das alles aufschreiben. Aber ich bezweifle, dass das jemals passieren wird.« Er blickte auf. »Seht mal, wer da kommt.«

Ein paar Vögel stiegen aus einer Mulde im Weg auf. Von dort näherten sich drei Personen. Allie erkannte Henrys Schwester Grace, deren Tochter Martha und – ihr Herz tat einen kleinen Sprung – die vertraute Gestalt ihres eigenen Ehemanns.

Isabella hatte die drei auch gesehen. »Und wenn man bedenkt, dass die Geschichte noch weitergeht …«

»Allerdings«, sagte Julian. »Als würde es nicht reichen, dass diese kleine Nervensäge meine Schwägerin ist, ist sie seit geraumer Zeit auch noch meine Schwiegertochter.«

Die kleine Gesellschaft hatte sie schnell erreicht.

»Für meine wunderbare Ehefrau«, sagte Tristan galant und hielt Allie eine bildschöne weiße Narzisse mit gelb-roter Mitte hin, die er offenbar im Garten gepflückt hatte.

»Ich danke dir, mein tapferer Held«, gab Allie zurück. »Ich bin sicher, dass du mit einem Drachen kämpfen musstest, um diese Blume zu erringen.«

Tristan grinste und wandte sich dann an Julian. Jetzt, mit achtunddreißig, ähnelte er immer mehr seinem Vater in diesem Alter. Nichts erinnerte mehr an den verschüchterten Jungen, den sie einst aus den Händen eines Kaminkehrers gerettet hatten. »Dad, wir sollten uns demnächst um eine Sache kümmern.« Sie begannen, ein Problem zu besprechen, das sie mit einem der Pächter auf Heligan hatten.

Allie fand es immer wieder bemerkenswert, wie nahe diese beiden Männer sich standen, die ein ganz besonderes Schicksal verband. Bei dem Schiffbruch war der damals vierjährige Tristan ebenfalls über Bord gegangen. Allerdings war er nicht ertrunken, sondern an einem weit entfernten Strand gefunden worden und hatte die nächsten Jahre unerkannt erst in einem Waisenhaus und dann bei einem Kaminkehrer gelebt. Julian war lange davon ausgegangen, dass seine gesamte Familie bei dem Unglück gestorben war. Erst durch einen Zeitungsartikel, den Allie zufällig entdeckt hatte und der von einem kindlichen Schiffbrüchigen berichtete, waren der Vater und sein tot geglaubter Sohn wieder vereint worden.

Die Männer verabschiedeten sich, da sie das Problem mit dem Pächter noch an diesem Tag klären wollten. Kaum waren sie fort, wandte Grace sich an Allie.

»Bist du sehr böse, Allie, wenn ich Isabella entführe? Ich will einfach noch so viele Sachen über Indien wissen, und das ist die letzte Gelegenheit. Ich lasse dir Martha zur Gesellschaft.«

»Natürlich. Geht nur.« Allie sah den beiden Frauen hinterher, die plappernd und scherzend abzogen.

Sie erhob sich und griff nach ihren Krücken. »Wie sieht es aus, Cousine?«, wandte sie sich dann an Martha Rashleigh. »Wollen wir auch ein wenig umherspazieren?«

»Sehr gerne.« Martha reichte ihr den Arm, und Allie hakte sich bei ihr ein, die Krücken in der anderen Hand.

Sie kannten sich recht gut durch den literarischen Salon, den Allie monatlich in ihrem Heim abhielt. Martha war Henrys Nichte und die einzige der drei Schwestern, die noch unverheiratet war. Dabei war sie weder hässlich noch von unangenehmem Charakter, höchstens etwas spröde.

Ein paar Minuten gingen sie schweigsam und bewunderten die farbenfrohe Blumenpracht, dann blieb Martha stehen.

»Wird Avery heute auch noch kommen?«

Allie blickte auf und warf der jüngeren Frau an ihrer Seite einen prüfenden Blick zu. Sie war auffällig errötet. Ungewöhnlich für Martha, die sonst immer so vernünftig und sachlich war und die bislang nie Interesse an Männern gezeigt hatte.

»Sicher wird er bald auftauchen«, sagte sie, während sie langsam weiterging.

Viel wahrscheinlicher war allerdings, dass ihr jüngster Neffe irgendwo in einem fremden Bett lag und den Tag verschlief. Aber das erwähnte sie lieber nicht.

5

AVERY

Gasthaus in Truro, Cornwall, April 1815

Das Geräusch riss Avery unsanft aus dem Schlaf. Ein beständiges, hartnäckiges Klopfen, das in seinem Schädel widerhallte wie in einem leeren Brunnenschacht.

Mühsam öffnete er ein Auge – und schloss es sofort wieder. Helles Sonnenlicht erfüllte das Zimmer und schien auf die weiß gestrichenen Wände. Warum zum Teufel hatte denn niemand die Vorhänge vorgezogen?

Das Geräusch ertönte erneut.

Allmählich konnte Avery es zuordnen. Da klopfte jemand. An der Tür. Von seinem Gasthauszimmer.

»Geh weg!«, murmelte er und zog sich die Decke über das Gesicht. Sein Kopf schmerzte, als hätte er die halbe Nacht getrunken. Was vermutlich der Wahrheit entsprach.

»Sir, es ist gleich zehn Uhr«, drang es gedämpft durch die Tür. »Sie hatten mich gebeten, Sie um diese Zeit zu wecken.«

Zehn Uhr? Warum war er bloß auf die blödsinnige Idee verfallen, sich zu dieser elend frühen Zeit wecken zu lassen?

Ach ja, jetzt erinnerte er sich wieder.

Er stöhnte auf. Als er die Decke zurückschlug, regte sich etwas neben ihm, und ein zerzauster roter Kopf tauchte auf.

»Guten Morgen, mein Hübscher«, nuschelte die junge Schönheit und rekelte sich schlaftrunken.

Oh, diesen nächtlichen Gast hatte er ja ganz vergessen. Dunkel erinnerte er sich daran, nach einem Besuch im Theater mit einer jungen Schauspielerin angebändelt zu haben und dann mit ihr an den Spieltisch weitergezogen zu sein. Der Abend war lang geworden. Und erfolgreich.

Wie hieß sie nur gleich? Irgendetwas mit C, kramte er aus irgendeinem Winkel seines Gedächtnisses hervor. Cecily? Calista? Auf jeden Fall eine der vielen Schauspielerinnen, die ihr mageres Einkommen verbesserten, indem sie mit Männern das Bett teilten.

»Guten Morgen, Cecily«, versuchte er es aufs Geratewohl.

»Cecily?«, wiederholte sie mit empört hochgezogenen Augenbrauen. »Ich heiße Celia!« Dann kicherte sie. »Ich könnte jetzt beleidigt sein, aber ich mache lieber etwas anderes mit dir.« Mit einer Hand fuhr sie ihm durch die Locken.

Es klopfte erneut an der Zimmertür, diesmal kräftiger. »Sir, Sie haben das Zimmer nur für eine Nacht bezahlt. Wenn Sie länger bleiben wollen, müssen Sie für eine weitere Übernachtung bezahlen.«

»Einen Augenblick!«, rief Avery. Fluchend kämpfte er sich aus der Decke – und bemerkte erst dabei, dass er nicht einmal ein Hemd trug. Aus dem Durcheinander an Kleidung, das verstreut auf dem Zimmerboden lag, fischte er das nächstbeste ihm bekannte Stück hervor – seine Hose – und stieg hinein.

Noch während er den Hosenlatz zuknöpfte, klopfte es erneut.

»Sir! Mr Harrington!«

»Ja doch, ich komme!«

Avery öffnete die Zimmertür, den Latz noch nicht ganz geschlossen. Vor ihm stand der Wirt des Gasthauses, in dem er am Vortag Logis genommen hatte, und sah ihn mit zusammengezogenen Brauen an.

»Mr Harrington, ich sagte es schon einmal: Sie haben nur für eine Nacht bezahlt.« Der Mann versuchte, an Avery vorbei ins Zimmer zu schauen. »Mir war, als hätte ich eine weibliche Stimme gehört. Sind Sie allein? Falls nicht, muss ich Ihnen nämlich noch eine weitere …«

»Natürlich bin ich allein.« Avery schloss die Zimmertür so weit, dass nur ein Spalt offenblieb. »Ich bin bald fertig. Wären Sie bitte so freundlich, mir ein Frühstück und einen ordentlichen Kaffee zu machen? Ich komme gleich nach unten.«

Der Wirt sah ihn ein wenig misstrauisch an. »Und Sie haben ganz sicher niemanden da drin?«

»Nein, hab ich nicht. Und ich wäre Ihnen sehr verbunden, wenn Sie sich jetzt um mein Frühstück kümmern könnten.« Avery schloss die Tür. Das Pochen in seinem Schädel hatte zum Glück etwas nachgelassen.

Celia kicherte. »Du hast den armen Mann angelogen. Du bist doch gar nicht allein.« Sie hob die Arme. »Kommst du wieder ins Bett? Ich bin ganz verrückt nach deinen dunklen Locken. Woher hast du die nur? War dein Vater etwa ein fremdländischer Pirat? Oder ein Prinz aus dem Morgenland?«

Avery lachte. »Nein, das ist er ganz sicher nicht.«

Er öffnete seinen Geldbeutel und warf ihr eine halbe Guinee zu, die sie geschickt auffing. Dann griff er nach seinem Hemd und streifte es sich über den Kopf.

»Zieh dich an«, sagte er, während er sein Hemd in den Hosenbund stopfte. »Und beeil dich.«

Celia rekelte sich im Bett. »Musst du etwa schon weg? Ich dachte, wir könnten uns noch ein wenig länger vergnügen.« Sie schlug die Decke zurück und zeigte sich ihm in ihrer ganzen nackten Pracht.

»Ich bin sehr versucht«, gab er zu. »Aber leider muss ich so bald wie möglich zu Hause sein.«

Sie zog einen Schmollmund. »Wer erwartet dich denn da? Deine Frau?«

Er lachte. »Nein, meine Süße, ich bin nicht verheiratet. Ich muss nach Heligan, weil der Squire ein Fest gibt, bei dem ich anwesend sein sollte.«

»Und wenn du das nicht bist?«

»Das wäre sehr unhöflich von mir.« Und könnte bedeuten, dass sein Vater Julian ihm endgültig den Geldhahn zudrehte.

»Dann bist du also nicht mehr da, wenn ich heute Abend meinen großen Auftritt haben werde?«

»Bedauerlicherweise nicht, meine Schöne. Aber ich bin mir sicher, du wirst der gefeierte Mittelpunkt der Veranstaltung sein.«

Sie kicherte und warf mit einem Kissen nach ihm. »Mach dich nicht lustig über mich!«

Avery fing das Kissen auf und deutete eine Verbeugung an. »Niemals!«

Sie setzte sich an die Bettkante. »Wann kommst du zurück?«

»Nach Truro?« Er hob die Schultern und streifte sich die Weste über. »So bald wie möglich.«

Sie grinste. »Und dann verlassen wir eine Woche das Bett nicht mehr.«

»So wird es sein, meine Schöne.«

Wenn man wie Avery ein gutes Pferd hatte, das den meilenfressenden Kantergalopp beherrschte, war der Ritt in zwei Stunden zu schaffen. Am frühen Nachmittag war er zurück in Heligan.

Er traf auf seine Eltern, als er gerade von den Ställen kam.

»Du bist spät«, sagte Julian statt einer Begrüßung.

»Ich freue mich auch, dich zu sehen, Dad«, erwiderte Avery, dem es gelang, nicht die Augen zu verdrehen. Er liebte seine Eltern, aber es war nicht immer einfach, ihr Sohn zu sein. Er war nun einmal nicht wie sein älterer Bruder Tristan, dem alles in den Schoß zu fallen schien.

»Guten Morgen, Mum.« Er gab seiner Mutter einen Kuss auf die Wange.

Damaris Harrington war eine geborene Tremayne und eine Verwandte von Onkel Henry, dem Gutsherrn von Heligan. Mit den Jahren war sie ein wenig fülliger geworden, aber noch immer war sie eine schöne Frau, deren glänzendes rotbraunes Haar nur wenige Spuren von Grau aufwies.

Schon bald trennten sie sich wieder. Avery ließ sich treiben und schlenderte durch die verschiedenen Teile des Gartens. Auf der Rasenfläche unterhalb des Hauses sah er eine kleine Gruppe von Männern und Frauen, die sich zum Pall Mall zusammengefunden hatten. Auch er wurde aufgefordert mitzumachen, aber er lehnte höflich ab. Er spielte lieber um Geld als um das Vergnügen, und einen hölzernen Ball durch ein kleines Tor zu stoßen, fand er albern.

»Da ist ja mein verlorener Neffe«, sagte irgendwann eine bekannte Stimme. Allie stellte sich vor ihn, beide Arme auf ihre unvermeidlichen Krücken gestützt.

»Tante Allie!« Avery musste sich hinunterbeugen, um ihr einen Kuss auf die Wange zu geben, denn sie war klein wie eine Zwölfjährige geblieben. »Geht es dir gut?«

»Alles bestens, du kennst mich doch. Übrigens: Martha Rashleigh hat nach dir gefragt.« Sie sah ihn prüfend an. »Gibt es da etwas, was ich wissen sollte?«

Avery schüttelte den Kopf. »Nein, nichts.«

So sehr er sie auch schätzte – Tante Allie musste nicht unbedingt wissen, dass Martha ihm Geld geliehen hatte.

Martha und er kannten sich schon fast ihr ganzes Leben lang, schließlich wohnten die Rashleighs nur wenige Meilen entfernt in Duporth bei St Austell und kamen fast jeden Sonntag zum Essen nach Heligan. Martha war ein spätes Mädchen – eine Frau, die vermutlich bis an ihr Lebensende ledig bleiben würde. Als Avery gemerkt hatte, dass er ihr nicht gleichgültig war, hatte er die Gelegenheit beim Schopf gepackt und sie ein wenig umworben. Nun ja, vielleicht etwas mehr als nur ein wenig.

Der Tag zog sich hin. Avery ließ sich hier in ein Gespräch über Pferde und ihre Zucht verwickeln und dort in eines über die besten Weine Frankreichs, bewunderte die frühlingshafte Pracht des Gartens und probierte sich durchs Büffet. Es war schon später Nachmittag, als sich für ihn endlich die Gelegenheit ergab, Martha allein zu sprechen.

Bei seinem Anblick errötete sie so heftig, dass ihr sonst so blasses Gesicht einen rosigen Schimmer annahm. Sie war eine hübsche Frau – von Mädchen konnte man bei ihrem Alter von über dreißig wohl nicht mehr sprechen.

»Avery.« Sie lächelte ihn an. »Wie schön, dich zu sehen.«

»Martha, da bist du ja endlich. Ich habe schon überall nach dir gesucht. Du hast mir nämlich Glück gebracht, teuerste Cousine.«

Wie genau sie miteinander verwandt waren, war kompliziert. Es genügte ihm, zu wissen, dass sie die Tochter von Henry Tremaynes Schwester Grace war. War sie damit eine Cousine zweiten Grades? Oder doch eher dritten?

Er griff in seine Tasche und holte den Beutel mit den Goldmünzen heraus.

»Und damit kann ich auch meine Schulden zurückzahlen. Zehn Guineen, nicht wahr? Wie ich gerade sagte, liebe Cousine, du hast mir Glück gebracht: Ich konnte meinen Einsatz gestern Abend vervierfachen.«

Ihr Lächeln erlosch so schnell, als hätte man eine Kerze ausgeblasen. »Du hast mit dem Geld, das ich dir geliehen habe, gespielt? Ich dachte, du bräuchtest es, um einen Gläubiger auszuzahlen?«

»Ach, vergiss doch diese alte Geschichte! Ich habe gewonnen, wie du siehst. Und jetzt werde ich meine Schulden zurückzahlen.«

Er öffnete den Geldbeutel und begann, zehn goldene Guineen abzuzählen. Martha sah ihm ein paar Augenblicke lang stumm dabei zu, dann hob sie ihre Hand und schloss sie um seine. »Nicht, Avery. Ich will, dass du es behältst.«

»Wirklich?«

Sie nickte. »Um meinetwillen.«

»Ich weiß nicht, was ich sagen soll. Das ist ... mehr als großzügig.« Er ließ die Münzen zurück in den Beutel gleiten und steckte ihn wieder ein.

Martha atmete auf einmal etwas schneller, er konnte eine Ader an ihrem Hals pochen sehen. »Wolltest du nur mit mir reden, um mir das Geld zurückzuzahlen?«

Avery zögerte nur kurz. Es war sicher besser, sie sich warmzuhalten, man konnte ja nie wissen.

»Nein, meine Teuerste«, murmelte er und sah ihr tief in die Augen. »Nicht nur deswegen.«

Ein kurzer Blick, ob jemand sie sehen konnte, dann zog er sie hinter einen Baum und küsste sie, wie er es schon einmal getan hatte.

Martha erschauderte kurz, dann erwiderte sie den Kuss mit einer Leidenschaft, die er dieser spröden Fassade gar nicht zugetraut hätte. Kühner geworden, fuhr seine Hand langsam über ihre Schulter und ihr Dekolleté und begann dann, ihre Brust zu liebkosen.

Martha erbebte, wich aber nicht zurück. »Was ... tust du?«, flüsterte sie atemlos.

»Dich begehren«, gab er leise zurück.

Das tat er wirklich. In seinen südlichen Regionen machte sich eine fast schmerzhafte Spannung breit. Er drängte sich noch etwas näher an sie.

»Spürst du es?«, murmelte er und küsste sie erneut. »Spürst du, wie sehr ich dich begehre?«

»Oh Avery«, keuchte sie zwischen zwei Küssen. »Ich liebe dich. Und ich bin so glücklich!«

Sie erwiderte erneut seine Küsse, dann schob sie ihn sanft von sich und umfasste seine Hände. »Wann willst du mit meinem Vater reden?«

Er hielt inne. »Worüber sollte ich mit deinem Vater reden?«

»Du Dummkopf«, schalt sie ihn zärtlich. »Bevor wir vermählt werden, musst du natürlich bei meinem Vater um meine Hand anhalten.« Sie zog seine Finger an ihren Mund und küsste ihn auf die Handfläche. »Ich weiß, man sagt über dich, du wärst ein Spieler und Schürzenjäger, aber ich bin sicher, du kannst dich ändern, sobald du nur die richtige Frau gefunden hast.«

»Wie bitte?« Avery zog seine Hand zurück, seine Erregung war wie fortgeblasen. »Ich fürchte, du hast da etwas falsch verstanden.«

Martha blickte zu ihm auf und biss sich auf die Lippen.

»Falsch verstanden?«, wiederholte sie gepresst. »Du … du willst gar nicht um meine Hand anhalten?«

Verdammter Mist, wie kam er nur halbwegs mit Anstand aus dieser Situation heraus?

»Ich habe nicht die Absicht zu heiraten«, sagte er so sanft wie möglich. »Weder dich noch irgendjemanden sonst.«

Sie sah ihn an, als würde eine Welt zerbrechen. Tränen füllten ihre hellbraunen Augen. »Warum hast du mich dann geküsst? Ich dachte …« Sie schlug die Hände vors Gesicht. »O Gott, wie konnte ich nur so dumm sein?«

Er fühlte sich unangenehm berührt von ihren Tränen. »Das

war nichts als ein Missverständnis«, versuchte er zu erklären. »Ich bin nicht der Richtige zum Heiraten, liebste Cousine.«

»Nenn mich nicht so!«, fuhr sie ihn an. »Nie wieder!«

»Martha, es tut mir wirklich leid. Aber das war ein Irrtum. Ich werde dich nicht heiraten.«

Sie schüttelte nur den Kopf.

Von der Rasenfläche, wo Pall Mall gespielt wurde, erscholl Lachen und Klatschen. Offenbar war dort jemandem ein besonders guter Schlag gelungen. In Richtung der Ställe sah Avery eine kleine Schar Reiter, die von einem Ausritt zurückkehrten. Am liebsten hätte er sich jetzt auch auf sein Pferd geschwungen und wäre davongaloppiert.

Er wandte sich wieder seiner Cousine zu, die ihn noch immer fassungslos ansah, aber ihm fiel nichts mehr ein, was er noch hätte sagen können.

Dann erblickte er Anthony Buller, den Schwager von Henrys Sohn John Hearle, der sich gerade am vor dem Haus aufgebauten Kuchenbüffet bediente. Besser als nichts.

»Entschuldige mich, Martha, aber da hinten ist Anthony. Ich muss mich noch dringend von ihm und Isabella verabschieden, bevor sie aufbrechen.«

Er ließ die aufgelöste Frau stehen und beeilte sich, zum Büffet zu kommen.

»Anthony«, sagte er in ehrlicher Erleichterung – wenn auch mehr, weil er dadurch Martha entkommen war. »Wie schön, dich noch anzutreffen. Ich hatte befürchtet, ihr wärt schon abgereist.«

Anthony Buller war ein Mann von Mitte Dreißig, mit breitem Gesicht und schütterem Haar, der älter wirkte, als er war.

»Noch nicht, aber fast. Die Kutsche steht schon bereit. Sobald Isabella sich von all ihren Freundinnen verabschiedet hat, fahren wir los.«

Avery warf einen schnellen Blick zurück. Martha war nicht mehr zu sehen. Er wandte sich wieder an Anthony. »Da habe ich ja Glück, dich zu erwischen. Hast du noch Zeit, mir etwas über Indien zu erzählen? Wo werdet ihr wohnen? Wo genau wirst du arbeiten? Und das Wichtigste: Was kannst du mir über die Frauen dort erzählen?«

6

ALLIE

Heligan House, April 1815

»Ich wünschte, ich wäre mit ausgeritten«, sagte Damaris halblaut zu ihrer Schwester, während sie sich unauffällig Luft zufächelte. »Dann müsste ich hier nicht dieses alberne Spiel spielen.«

»Na komm, Maris«, gab Allie zurück. »Diesen kleinen Gefallen kannst du Henry schon tun.«

»Natürlich. Für Henry würde ich fast alles tun.« Damaris seufzte. »Ich bin nur ein wenig neidisch. Julian und Tristan müssen sich nicht wie wir den halben Nachmittag mit dieser aufdringlichen Mrs Fitzgibbons beschäftigen.«

»Ach, komm schon, Maris. Ich finde sie ganz amüsant. Hast du ihren Hut gesehen?«

Damaris nickte grinsend. »Wie ein Wagenrad. Ein Wunder, dass er ihr nicht vom Kopf fällt.«

Die verwitwete Mrs Fitzgibbons war eine Bekannte der Familie Rashleigh und schien mit ihrem überdimensionierten Hut ein wenig aus der Zeit gefallen zu sein. In letzter Zeit war sie häufiger in Heligan anzutreffen.

Es war später Nachmittag, und das sonnige Frühlingswetter hatte zum Glück gehalten. Vorhin hatten alle gemeinsam das Ehepaar Buller verabschiedet, das an diesem Tag noch bis in die Nähe von Plymouth fahren würde, und der Kutsche hinterhergewinkt, bis sie hinter der Biegung verschwunden war. Während dann die meisten der Herren zu einem Ausritt über das ausgedehnte Gelände von Heligan aufgebrochen waren, fanden sich die anderen Gäste erneut zum Pall Mall zusammen – einem Rasenspiel, bei dem kleine hölzerne Bälle mit einem Schläger durch einen Parcours aus in die Erde gesteckten Torbögen manövriert wurden. Es war nicht sonderlich anstrengend und daher wunderbar dazu geeignet, dabei zu plaudern.

Allie fand es, ähnlich wie Damaris, schrecklich langweilig. Henry dagegen liebte es.

Henry Hawkins Tremayne, Gutsherr von Heligan, war jetzt vierundsiebzig Jahre alt und trotz seines Alters noch sehr rüstig. Er war schon lange verwitwet – seine Frau Harriet hatte kurz nach der Jahrhundertwende einen Schlaganfall erlitten und war danach lange Zeit bettlägerig gewesen, bis sie vor zehn Jahren gestorben war. Mittlerweile ging Henry zwar langsamer und oft auf einen Stock gestützt, aber bis vor Kurzem hatte er noch regelmäßig sein Anwesen abgeschritten. Das übernahm jetzt mehr und mehr sein Sohn John Hearle. Dieser hatte sich von einem quirligen Kind zu einem baumlangen Erwachsenen entwickelt, der selbst Julian und Tristan überragte. Inzwischen war er mit Caroline, der Schwester von Isabella Buller, verheiratet und Vater eines kleinen Sohns.

Allie stützte sich auf ihren hölzernen Schläger. Auch wenn sie Pall Mall nicht sonderlich spannend fand, war sie nicht schlecht darin – es war eines der wenigen Spiele, das sie mit ihrer körperlichen Einschränkung spielen konnte.

»Sie sind dran, Mrs Harrington«, sagte Mrs Fitzgibbons.

Schon wieder? Allie blickte auf, aber Mrs Fitzgibbons hatte Damaris gemeint, die jetzt gewissenhaft ihrer Pflicht nachkam und ihrem Ball einen leichten Stoß versetzte. Er rollte über den gepflegten Rasen und landete in der Nähe des kleinen runden Tors.

Allie sah sich um. Violette Tulpen und weiße Narzissen setzten sich dekorativ vor der hell gestrichenen Fassade von Heligan House ab. Bei den Ställen erblickte sie die kleine Schar von Reitern, die offenbar gerade von ihrem Ausritt zurückgekehrt waren. Und, ein wenig unterhalb, Martha Rashleigh, die zu ihnen eilte. Dann vernahm sie das etwas zu laute Lachen von Mrs Fitzgibbons und wandte ihren Blick leise seufzend wieder dem Spiel zu.

»Aber nein!«, rief die korpulente Frau soeben aus. »Nicht doch, Mr Tremayne, was tun Sie denn da?«

Henry hob verdutzt eine Hand, die andere hielt den hölzernen Schläger. »Ich tue doch überhaupt nichts, verehrte Mrs Fitzgibbons.«

»Aber ja doch, Mr Tremayne. Sie verwirren mich ja völlig mit Ihren tänzelnden Schritten!«

Von tänzelnden Schritten hatte Allie nichts bei Henry bemerkt. Sie schickte einen kurzen Seitenblick zu Damaris, die den kleinen Dialog ebenfalls mitbekommen hatte und sich mühsam das Lachen verkniff. Man konnte es nicht anders sagen: Mrs Fitzgibbons stellte Henry nach, und das auf ziemlich unverhohlene Weise.

Jetzt trat Henry ein paar Schritte zurück und überließ Mrs Fitzgibbons den nächsten Schlag.

Allie beobachtete, wie die ältere Frau sich ihrem Ball in langsamen Trippelschritten näherte und sich dann mit ihrem altmodischen, ausladenden Rock kurzerhand darüber stellte, als sie dachte, dass niemand es bemerkte. Gleich darauf erschien der Ball wieder, und zwar auf der anderen Seite ihres Rocks, wo er wie von Zauberhand in Richtung des kleinen Tors rollte – offenbar hatte Mrs Fitzgibbons ihn mit dem Fuß ein wenig näher zum Ziel bugsiert. Jetzt versetzte sie ihm mit ihrem Schläger einen leichten Stoß.

»Gewonnen!«, jauchzte sie, als der Ball durch das Törchen rollte.

»Fantastisch, Mrs Fitzgibbons!« Henry war voll des Lobes. Offensichtlich hatte er ihre kleine Täuschung nicht mitbekommen. Oder er war einfach zu anständig, um darauf einzugehen.

Allie grinste in sich hinein. Der gute Henry.

»Harrington!« Der Ruf kam von hinter ihm.

Avery blieb stehen und drehte sich um. Verdammt, das war Perys, Marthas Bruder. Den brauchte er gerade so nötig wie ein Loch im Kopf.

»Perys, mein Freund, was kann ich für dich tun?«

»Nenn mich nicht deinen Freund, das war ich die längste Zeit, du verdammter Halunke!«

Perys stürmte mit langen Schritten auf ihn zu und zog sich dabei die Reithandschuhe aus. Offenbar hatte er gerade noch auf einem Pferd gesessen.

»Oh, der Herr Marineoffizier hat schlechte Laune«, sagte Avery, ohne auf Perys' Beschimpfung einzugehen. »Was machst du hier? Solltest du nicht auf hoher See sein und unser Vaterland gegen die Franzosenbrut verteidigen?«

Perys ging nicht auf seinen scherzhaften Ton ein. »Ich hab ein paar Tage frei«, sagte er. »Mein Schiff läuft erst in einer Woche wieder aus. Außerdem bist du schlecht informiert. Die Franzosen haben momentan genug mit sich selbst zu tun, da werden sie nicht noch Krieg gegen uns führen: Napoleon ist aus seinem Exil auf Elba geflohen und mit einer ganzen Armee von Getreuen in Paris einmarschiert.«

Perys war ein paar Jahre älter als Avery. In ihrer Jugend waren sie unzertrennlich gewesen und oft zusammen mit John Hearle Tremayne durch Heligans Wiesen und Wälder gestreift. Aber seit Perys zur Marine gegangen war, hatte sich das ehemals freundschaftliche Verhältnis merklich abgekühlt.

Perys strich sich die hellbraunen Haare aus dem Gesicht.

»Martha kam gerade zu mir und war völlig aufgelöst. Deinetwegen. Und du wirst mir jetzt augenblicklich den Grund dafür erklären!«

»Ich weiß nicht, wovon du sprichst.«

»Wirklich nicht? Sie sagt, du hättest ihr eindeutige Versprechungen gemacht. Und sie dann fallengelassen. Ist das wahr?«

Avery lachte ein wenig gezwungen auf. Er hatte geahnt, dass es noch Ärger geben würde. »Was heißt hier Versprechungen? Ich war lediglich freundlich zu ihr.«

»Freundlich? Ich glaube, das war noch etwas mehr als nur freundlich. Gibst du zu, dass du sie geküsst hast?«

Avery zögerte kurz. Wo würde das hier noch hinführen? Aber dann entschied er sich für die Wahrheit. Perys war ein Mann, er würde das verstehen. »Ja, das tue ich. Aber das ist doch noch lange kein Grund ...«

Perys war noch nicht fertig. »Und gibst du auch zu, dass du sie bedrängt hast, damit sie dir zu Willen ist?«

Wie bitte?

»Hat sie das etwa behauptet? Ich habe sie nicht bedrängt!« Avery war laut geworden, und er sprach weiter, ohne zu überlegen. »Deine Schwester war mehr als willig, sich von mir befingern zu lassen. Vermutlich wusste sie es zu schätzen, dass sich mal jemand für sie interessiert!«

Ein Zischen, dann ein brennender Schmerz auf seiner Wange. Kein Fausthieb, sondern eine Ohrfeige. Perys hatte ihm ins Gesicht geschlagen wie einem ungezogenen Jungen.

Das hatte noch niemand gewagt! Leidenschaftliche, verzehrende Wut brandete in Avery auf, so heftig, dass ihm schwindelig davon wurde. Seine Wange brannte.

»Du Schuft!«, stieß er hervor, kaum noch seiner Sprache mächtig. »Ich verlange Satisfaktion!«

»Du forderst mich zum Duell?« Perys lachte höhnisch auf. »Ganz wie du willst. Von mir aus auch hier und jetzt.«

Für einen Moment standen sie sich gegenüber, schweigend, jeder den anderen musternd, dann schüttelte Perys verächtlich den Kopf.

»Du bist ein Feigling, Avery. Wie gut, dass wir keine Duellpistolen haben. Hätten wir welche, hättest du nicht gewagt, mich herauszufordern.«

Das war zu viel. Er mochte einiges sein, aber einen Feigling ließ Avery sich nicht schimpfen.

»Ich habe welche«, sagte er hitzig.

»Tatsächlich?«

»Ja. Zumindest weiß ich, wo welche sind.«

Avery sah sich um. Und als hätte er ihn gerufen, erblickte er ganz in der Nähe William Bickford, den halbwüchsigen Bediensteten von Tante Allie, der gerade untätig herumstand.

»He, Will. William, komm doch einmal her.«

Der Junge näherte sich dienstbeflissen.

»Will, ich brauche deine Hilfe. Du warst doch schon öfter im Herrenhaus, nicht wahr?«

Der Junge sah ihn an, als hätte er ihn beleidigt. »Natürlich, Sir.«

»Dann weißt du, wo Mr Tremaynes Arbeitszimmer ist?«

Wills Blick wurde ein klein wenig unsicherer. »Das vom Squire? Ja, da … das weiß ich.« Manchmal, wenn er aufgeregt war, stotterte er ein bisschen.

»Dann hör mir jetzt genau zu.« Avery nahm ihn zur Seite und beschrieb ihm, was er von ihm wollte.

Perys hatte ihre Unterredung schweigend und mit höhnischem Lächeln beobachtet. Kaum war William außer Sicht, bereute Avery sein unüberlegtes Vorpreschen auch schon wieder. Er gab sich einen Ruck.

»Wie wäre es? Entschuldige dich, und wir vergessen das Ganze.«

Perys sah ihn ungläubig an. »Ich soll mich entschuldigen, weil du meine Schwester beleidigt hast? Niemals!« Er hob verächtlich einen Mundwinkel. »Aber wenn du Angst hast ...«

»Ich habe keine Angst!« Das würde er sich nicht noch einmal sagen lassen. Wenn Perys das Duell wollte, dann sollte er es haben.

»Wie du meinst. Wann und wo?«

»Jetzt gleich. Sobald die Pistolen da sind.« Avery deutete nach rechts. »Auf dem Ostrasen.«

Dort würde sie die dichte Baumgruppe, die sich zwischen dem Herrenhaus und der Wiese erhob, vor möglichen Blicken abschirmen.

Perys nickte. »Gut. Ohne Sekundanten. Ohne Zeugen.«

So würde niemand davon erfahren, und sie würden keinen Ärger bekommen. Duelle waren schließlich illegal und standen unter Strafe. Was allerdings die wenigsten Männer davon abhielt, es trotzdem zu tun.

Es dauerte nicht lange, bis Will zurückkehrte, eine flache Schatulle aus poliertem Mahagoni in der Hand.

Avery nahm ihm das Kästchen ab. »Hast du mit irgendjemandem gesprochen?«

Will schüttelte den Kopf. »Nein, Sir.«

Avery öffnete die Schatulle. Das Innere war mit dunkelblauem Samt ausgelegt, auf dem zwei identische Vorderladerpistolen lagen, komplett mit Pulversäckchen, kurzen Ladestöcken und einigen Bleikugeln. Ein Set Duellpistolen – ein

Geschenk zu Henrys siebzigstem Geburtstag vor vier Jahren. Soweit Avery wusste, waren sie noch nie benutzt worden.

»Danke, Will, das hast du gut gemacht. Du kannst jetzt gehen.« Er warf ihm eine Münze zu, die Will geschickt auffing.

»Gut«, sagte Perys. »Dann lass uns diese leidige Geschichte hinter uns bringen. Und du, Junge«, wandte er sich an Will, »kein Wort zu irgendjemandem, hörst du? Andernfalls könnte es sehr unangenehm für dich werden.«

Will nickte, seine Augen waren plötzlich riesengroß geworden. Als hätte er jetzt erst verstanden, worum es hier eigentlich ging.

Die Sonne ging hinter den Bäumen des kleinen Waldes unter, die meisten Strahlen wurden durch die Zweige gefiltert. Ort und Zeit waren günstig. Nicht nur, dass sie hier niemand sehen würde, hier hatte auch keiner von ihnen die Sonne in den Augen.

»Wie stellen wir es an?«, fragte Avery.

Ihm war gar nicht wohl, aber jetzt würde er keinen Rückzieher mehr machen.

»Ich dachte schon, du fragst gar nicht mehr«, sagte Perys. »Wir stellen uns Rücken an Rücken und gehen jeder zwanzig Schritte. Dann drehen wir uns um und schießen. Jeder dann, wann er will.«

Avery nickte. Zwei mal zwanzig Schritte. Das war nicht weit, aber weit genug, um nicht zu treffen. Und danach wäre der Ehre Genüge getan und diese elende Sache ausgestanden. Perys hatte nicht einmal darauf bestanden, dass Blut fließen müsse.

Die Pistolen waren schnell geladen – etwas Pulver in den Lauf, eine der handgegossenen Bleikugeln hinterher, mit dem Ladestock feststoßen. Dann standen sie auch schon Rücken an Rücken und marschierten los, fort voneinander.

»Eins. Zwei. Drei. Vier.« Sie zählten gemeinsam und halblaut, während sie mit großen Schritten auseinandergingen.

Averys Herz schlug schnell. Aber er machte sich sicher unnötig Sorgen. Das hier war nur dazu gedacht, um Marthas Ehre wiederherzustellen. Perys würde nicht schießen, und wenn, würde er ihn absichtlich verfehlen. Oder ihn höchstens leicht verwunden, mehr nicht. Perys war ein guter Schütze, ein besserer als Avery.

Und wenn er doch auf ihn schoss? Und Avery womöglich schwer verwundete?

»Achtzehn. Neunzehn. Zwanzig.«

Avery blieb stehen und drehte sich um, die Pistole im Anschlag, sein Herz hämmerte. Vierzig Schritte entfernt war Perys ebenfalls stehen geblieben und hatte sich umgedreht, die Pistole genau wie Avery erhoben.

Avery spannte mit dem Daumen das Steinschloss. Der Lauf seiner Pistole zitterte leicht.

Alles in ihm schrie danach, sich seitlich hinzustellen, um Perys weniger Angriffsfläche zu geben, aber er zwang sich, sich nicht zu bewegen. Perys war der bessere Schütze, schon immer gewesen. Avery erinnerte sich an die viele Dutzend Male, die sie als Kinder zusammen mit John Hearle und Tristan schießen geübt hatten.

Und jetzt standen sie sich hier gegenüber. In einem Duell. Eigentlich war das alles nur lächerlich. Perys würde nicht schießen. Und wenn, würde er in die Luft feuern.

Oder doch nicht?

So standen sie sich stumm, fast regungslos mit gezogenen Pistolen gegenüber, als plötzlich ein Fasan mit lautem Flügelschlag aus dem Unterholz hervorbrach.

Ein Schuss hallte durch die Luft.

Er hatte geschossen! Perys hatte tatsächlich geschossen!

Ohne nachzudenken, drückte auch Avery ab. Der Rückstoß fuhr ihm durch den ganzen Arm. Gleich darauf hörte er, wie Perys' Kugel dicht neben ihm in einem Baumstamm einschlug. Für einen Moment erfüllte ihn grenzenlose Erleichterung. Er war unverletzt, Perys hatte ihn nicht getroffen.

Dann richtete er seinen Blick auf den Waldrand gegenüber und sah, wie Perys zusammenbrach.

7

ALLIE

Heligan House, April 1815

Wie lange soll dieses Spiel denn noch dauern?, dachte Allie. Sie hatte Mühe, ihre Ungeduld nicht gar zu offen zu zeigen. Während sich die meisten ihrer Mitspieler inzwischen verabschiedet hatten, war Mrs Fitzgibbons noch immer damit beschäftigt, ihren Ball durch die Gegend zu schieben.

Die Sonne sank bereits, und es wurde allmählich empfindlich kühl. Allie schmerzten die Beine. Sie war es nicht gewohnt, so lange zu stehen, und das Spiel langweilte sie.

Henry hatte sich mit Damaris für ein paar Schlucke Punsch auf einen Sitzplatz am Rand der Wiese zurückgezogen, und so hatte Mrs Fitzgibbons in Ermangelung anderer Opfer Allie zum Objekt ihrer Neugierde erkoren.

»Und Sie und Ihre Schwester haben also Brüder geheiratet, Mrs Harrington?«, sagte sie, während sie ihrem Ball mit dem Schläger einen leichten Stoß versetzte. »Das ist ja wirklich erstaunlich.«

»Nein, keine Brüder.« Allie seufzte unhörbar. Das hätte die Frau inzwischen nun wirklich wissen können. »Julian ist der Vater meines Mannes Tristan.«

»Verstehe.« Mrs Fitzgibbons nickte so heftig, dass Allie befürchtete, ihr überdimensionierter Hut könne herunterfallen. »Und geht es ihm gut, Ihrem Mann?«

»Ja, danke.«

»Ist es nicht bewundernswert, was er alles auf sich genommen hat?«

In Allie versteifte sich etwas. Sie schlug ihren Ball mit mehr Kraft als geplant, der daraufhin an dem kleinen Tor vorbei und weit darüber hinaus rollte.

»Oh, wie schade«, sagte Mrs Fitzgibbons. »Ihr Ball ist im Aus gelandet.«

Allie sah sie an. »Wie meinen Sie das? Was hat mein Mann auf sich genommen?«

Die Frau richtete ihren Hut ein wenig aus, Allies Rückfrage war ihr sichtlich peinlich.

»Nun, nichts für ungut, Mrs Harrington«, druckste sie, »aber er hat schließlich eine Frau geheiratet, die nicht ganz gesund ist und die …« Sie verstummte.

»Und die was?«, hakte Allie nach.

»Die ihm … auch keine Kinder schenken konnte.« Mrs Fitzgibbons reckte das Kinn vor und sah sie fast trotzig an. »Meinen Sie nicht, dass das bewundernswert ist und große Opfer von einem Mann erfordert?«

»Mein Mann bemisst den Wert seiner Frau nicht an solchen Dingen«, gab Allie scharf zurück. Sie wollte noch mehr sagen, als sie sah, dass William Bickford, ihr junger Bediensteter, über die Wiese auf sie zugerannt kam.

»Will«, sagte sie, so streng sie konnte. »Warum rennst du so? Habe ich dir nicht beigebracht, dich in angemessener Geschwindigkeit zu bewegen?«

»Natürlich, Ma'am.« Er blieb vor ihr stehen und keuchte. »Ich … es ist nur …« Er bemühte sich, die Worte herauszubringen, aber es gelang ihm nicht.

»Was ist es? Hol tief Luft und sprich ganz ruhig, Will, dann wird es schon.«

Allie wusste, dass sie manchmal zu ungeduldig mit ihm war, ganz im Gegensatz zu Tristan, der so gut wie nie aus der Ruhe zu bringen war. Tristan und sie hatten den Jungen vor sechs Jahren einem Schornsteinfeger abgekauft, in dessen Diensten er in die Kaminschächte hatte klettern müssen, um diese von innen zu putzen. William war ein guter Junge, fleißig und aufgeweckt, aber wenn er aufgeregt war, begann er zu stottern.

»Der … der junge Mr Ha… Harrington«, stieß er schließlich hervor.

»Tristan?«, sagte sie in jäher Sorge. »Ist etwas mit meinem Mann?«

Sie zog ihn ein Stück zur Seite, weg von der sich nähernden Mrs Fitzgibbons.

»Nein, Ma'am, der … der … der andere. Sein … sein … sein Bruder.«

»Avery?«

»Ja, Ma'am. Er … er …« Will holte erneut tief Luft, dann sprach er weiter. »Und … und der junge Mr Rashleigh. Sie … sie … wollen sich du… du… du… duellieren.«

»Was?« Hatte sie das richtig verstanden?

William nickte. Mühsam erzählte er ihr, dass er auf Averys Anordnung hin Henrys Duellpistolen hatte holen sollen, die er dann zu Perys und Avery gebracht hatte.

»Er … Mr Rashleigh hat gesagt, ich … ich darf nix verraten, aber … aber …«

»Schon gut, Will, das hast du gut gemacht.«

»Ein Duell?«, vernahm Allie dann die durchdringende Stimme von Mrs Fitzgibbons, die jetzt fast neben ihnen stand. Auch das noch. »Wie aufregend! Wer duelliert sich denn? Und wann und wo findet es statt?«

Allie warf ihr einen missbilligenden Blick zu, aber zumindest die letzte Frage war berechtigt.

»Jetzt«, sagte Will. »Auf ... auf ... auf dem Ostrasen.«

»Jetzt?«

Warum hatte er das nicht früher gesagt? Allie blickte sich um. Auf Anhieb konnte sie Damaris nicht entdecken, aber sie war sicher nicht weit.

»Will, such meine Schwester und gib ihr Bescheid, hörst du! Niemandem sonst außer Damaris! Und sag ihr, sie soll so schnell wie möglich dorthin kommen!«

William nickte. »Ja, Ma'am.«

Allie ließ Mrs Fitzwilliams stehen, nahm ihre Krücken in eine Hand, raffte mit der anderen ihren langen Rock, der aus einem leichten, fließenden Stoff bestand, und lief los, so schnell sie nur konnte. Wenn sie sich sehr anstrengte, konnte sie für eine Weile ohne ihre Gehhilfen auskommen. Vermutlich würde sie das später bereuen, aber für Reue war dann immer noch Zeit. Jetzt ging es um Avery. Und um Perys.

Der Ostrasen lag nicht weit entfernt, hinter einem kleinen Waldstück unterhalb von Heligan House. Auch wenn der Weg zwischen den Bäumen hindurch direkter gewesen wäre – sie wäre sicher im Unterholz oder an niedrigen Büschen hängen geblieben. Also wählte sie den kleinen Umweg und nahm den Pfad, der um das Wäldchen herum führte.

Sie warf einen Blick zurück: Damaris hatte sie fast eingeholt und winkte ihr zu, sie solle weitergehen. Allie beschleunigte ihre Schritte noch etwas mehr, auch wenn ihre Beine inzwischen schmerzhaft brannten und ihre Muskeln zitterten.

»Ist es wahr?«, keuchte Damaris dicht hinter ihr. »Die beiden wollen sich wirklich duellieren?«

In diesem Moment ertönte ein Schuss, und gleich darauf ein zweiter.

Damaris schrie auf. »Avery!« Sie rannte an Allie vorbei.

Auch Allie trieb sich noch einmal an.

Als der Pfad nach links abbog und sie endlich freien Blick hatte, brauchte sie einen Augenblick, um die Situation zu erfassen. Abgrundtiefe Erleichterung erfüllte sie, als sie sah, dass ihr Neffe vor einer kleinen Baumgruppe stand, offenbar unverletzt, die Pistole noch in der Hand.

Dann richtete sie ihren Blick auf den Waldrand gegenüber und sah Perys reglos dort liegen.

Avery war wie erstarrt. Nur am Rande seiner Wahrnehmung bekam er mit, dass seine Mutter und Tante Allie plötzlich da waren. Er sah nur Perys' zusammengesunkene Gestalt. Angewidert ließ er die Pistole los, die mit einem dumpfen Laut ins Gras fiel. Dann löste sich seine Starre, und er lief auf Perys zu, der leichenblass und reglos dalag. Und sah entsetzt die Blutlache, die sich unter ihm gebildet hatte und den Waldboden tränkte. Beide Frauen knieten neben Perys, Allie hatte ihre Hände auf seinen Oberkörper gepresst.

»Was ... wie ...?«, brachte er kaum über die Lippen.

»Er lebt«, keuchte sie, vollkommen außer Atem. »Aber er ist schwer verletzt.«

Avery fühlte sich, als hätte jemand einen Eimer mit kaltem Wasser über ihn gekippt. Entfernt registrierte er, dass noch jemand kam. Der junge William.

»Will, er braucht Hilfe«, stieß Damaris mit hörbarer Panik in der Stimme hervor. »Lauf schnell nach Mevagissey und hol Dr. Gibson. Sag ihm, was passiert ist. Und beeil dich!«

Dann war Will wieder weg, und Avery sank neben Perys zu Boden. Perys' Kleidung war so voller Blut, dass er nicht einmal sehen konnte, wo die Kugel ihn genau getroffen hatte.

»O Gott, Perys, Perys, bitte stirb nicht!«, murmelte er.

Zu Averys Erleichterung schlug Perys bei diesen Worten die Augen auf. Hellbraune Augen voller Qual.

»Ich habe vorbeigeschossen, du Idiot«, flüsterte er. »Aber du … du …« Seine Stimme brach.

»Es tut mir leid. Es tut mir so leid.« Avery schüttelte den Kopf. »Ich weiß nicht, was … Perys? Perys!«

Perys' Kopf war zur Seite gesackt.

Ein eiserner Ring legte sich um Averys Kehle, ein Schluchzen ballte sich darin.

»Avery!« Er sah auf, blind vor Tränen.

»Komm schon, Avery, du musst uns helfen, ihn ins Haus bringen«, sagte Allie.

Er riss sich zusammen und nickte. Damaris half ihm, als er so behutsam, wie er nur konnte, seine Arme unter Perys' schlaffen Körper schob und ihn hochhob.

Er spürte das Gewicht kaum, auch wenn er unter der Last taumelte. Durch den kleinen Wald, über den Rasen und die Anhöhe hinauf, bis er den von sechs schlanken Säulen getragenen Portikus von Heligan House erreicht hatte. Dann waren andere Menschen da, umringten ihn, redeten auf ihn ein, riefen durcheinander. Er hörte, wie sein Name fiel und das Wort »Duell«. Man führte sie nach drinnen, durch die Eingangshalle und bis nach rechts ins Frühstückszimmer, wo er den reglosen Körper vorsichtig auf dem großen Esstisch ablegte.

Dann ertönte ein Aufschrei. Der Schrei einer Frau: Grace Rashleigh, Perys' Mutter.

»Du gehst jetzt besser, Avery«, sagte Allie. »Wo im Himmel bleibt Dr. Gibson?«

Er hörte Grace' lautes Weinen und fühlte sich schrecklich. Und dann war der Arzt da, und irgendjemand versuchte, Avery aus dem Zimmer zu schieben.

Er blieb stehen. »Ich … Kann ich nicht bei ihm bleiben?«

Grace sah ihn an, das Gesicht totenbleich, die Augen gerötet. »Raus«, sagte sie unnatürlich ruhig. Nur dieses eine Wort, aber es lag so viel mehr darin.

Damaris nahm ihn am Arm. »Komm«, sagte sie. »Du kannst hier nichts mehr tun. Dr. Gibson wird sich um ihn kümmern.«

Kaum war die Tür hinter ihnen ins Schloss gefallen, vernahm er die Stimme seines Vaters in der Eingangshalle. »Wo ist er? Wo ist Avery?«

Damaris öffnete die Tür zur Halle. »Hier.«

Julian streifte Avery mit einem kurzen Blick, dann wandte er sich an seine Frau.

»Wie geht es Perys?«

Damaris schüttelte den Kopf. »Ich weiß es nicht. Der Arzt ist gerade bei ihm, aber ... ich fürchte, es sieht nicht gut aus.« Sie hob die Hand zum Mund, ihre Schultern zuckten. »O Gott, Julian, wenn er nun stirbt ...«

Jetzt endlich sah sein Vater ihn an.

»Bist du von allen guten Geistern verlassen? Welcher Teufel hat dich geritten, dich auf ein Duell mit Perys einzulassen?«

»Es war nicht nur meine Idee«, gab Avery trotzig zurück. Kaum hatte er es ausgesprochen, fühlte er sich wie ein Lump.

»Du gibst Perys die Schuld? Das ist erbärmlich! Der Junge liegt nur wenige Schritte von dir entfernt und kämpft um sein Leben! Was denkst du dir eigentlich?« Julian bemühte sich sichtlich um Beherrschung. »Worum ging es überhaupt?«

Avery blickte zu Boden. »Um eine Frau.« Mehr würde er nicht sagen.

Sein Vater sah ihn wortlos an und schüttelte den Kopf.

»Jenkins sagte, jemand hätte die Constables gerufen«, durchbrach Damaris die Stille. »Sie werden bald hier sein.«

Die Constables? So schnell schon? Eine eiskalte Hand schien sich um Averys Eingeweide zu legen. Auch wenn immer wieder Duelle ausgetragen wurden – sie waren verboten und strafbar, und sofern jemand zu Tode kam, bekam der überlebende Gegner die ganze Härte des Gesetzes zu spüren.

»Was soll ich nur tun, Dad?«

Julian rieb sich die linke Schulter. »Was du tun sollst? Ich erwarte, dass du dich deiner Verantwortung stellst.«

Furcht begann wie ein schleimiges Gewächs in Averys Innerem zu wuchern. »Das kann ich nicht«, murmelte er.

»Warum nicht?«

»Warum nicht? Weil sie mich dann vermutlich für viele Jahre ins Gefängnis werfen! Oder mich gleich hängen!«

»Das hättest du dir vorher überlegen sollen«, sagte sein Vater.

»Julian, bitte!« Damaris presste beide Hände so fest zusammen, dass ihre Fingerknöchel weiß hervortraten.

»Willst du das?«, fuhr Avery ihn an. »Willst du, dass sie mich *hängen?*«

Julian antwortete nicht, sah ihn nur schweigend an. So viel war in diesem Blick: Enttäuschung, Angst, Schmerz, Resignation. Er wirkte plötzlich um Jahre gealtert.

»Dad?«

»Natürlich will ich das nicht. Aber …« Julian ließ sich langsam in einem der beiden Armsessel nieder, die im Zimmer standen. »Es tut mir leid, Avery. Ich weiß nicht, wie ich dir noch helfen kann.«

8

ALLIE

Heligan House, April 1815

Allie trocknete ihre Hände an einem Tuch ab, das ein Diener ihr reichte. Ihre Finger zitterten noch immer, aber wenigstens hatte sie sich Perys' Blut in einer eilig herbeigeschafften Wasserschale abwaschen können. Auf der Anrichte, auf der sonst morgens Eier, Porridge und Toast standen, lag jetzt chirurgisches Besteck und blutige Leinenscharpie.

Im Lauf ihres Lebens hatte Allie sich ein recht ordentliches medizinisches Wissen angeeignet. Zumeist angelesen, zum Teil aber auch dadurch, dass sie Dr. Gibson schon öfter dabei geholfen hatte, wenn er einen der Bewohner von Heligan behandelt hatte.

Grace' Weinen war verstummt, sie sah nur noch blass und stumm zu, wie ihr Sohn von Dr. Gibson versorgt wurde. Dann richtete sich ihr Blick auf Allie.

»Ich danke dir für alles, was du getan hast«, sagte sie tonlos, als Allie das Tuch zurückgegeben hatte. »Aber jetzt geh.«

»Grace, ich …«

Grace presste die Lippen aufeinander und schüttelte wortlos den Kopf.

Allie verstand. Auch wenn sie selbst keinerlei Schuld traf – sie gehörte zu Averys Familie, und damit war sie für Grace mitschuldig an der Katastrophe. Sie nickte stumm und ging ins

Nebenzimmer, schloss die Tür hinter sich und lehnte sich für einen Moment mit geschlossenen Augen dagegen.

»Allie.« Sie öffnete die Augen und bemerkte jetzt erst, dass sie nicht allein war.

»Julian.« Er saß in einem der beiden hochlehnigen Brokatsessel, die hier standen, seine Jacke lag über der Armlehne. »Dann hast du es also auch schon gehört?«

Er nickte langsam. »Wie geht es Perys?«

Das viele Laufen und Stehen forderten ihren Tribut – plötzlich schienen Allies Beine sie nicht mehr tragen zu wollen. Sie ließ sich auf den Sessel neben ihm sinken. Ihre Krücken lagen noch im Zimmer hinter ihr, aber sie würde jetzt nicht noch einmal zurückgehen.

»Nicht gut. Dr. Gibson ist es gelungen, die Blutung zu stillen, aber die Kugel ist in seinen Brustkorb eingedrungen, und dort steckt sie noch immer.« Sie senkte den Kopf. »Er sagt, er weiß nicht, ob Perys überleben wird.«

Für einen kurzen Moment hatte sie das Bedürfnis zu weinen und barg das Gesicht in den Händen. »O Gott, und wenn ich daran denke, dass Avery schuld daran ist ...« Sie hob den Kopf. »Wo ist er überhaupt?«

»Das weiß ich nicht. Aber ich habe gerade noch mit ihm gesprochen. Und ihm gesagt, dass er ...« Julian stockte kurz, dann fuhr er fort, »ihm gesagt, dass er sich seiner Verantwortung stellen soll.«

»Ja«, murmelte Allie. »Das muss er wohl.«

Sie wollte jetzt nicht über die möglichen Konsequenzen für Avery nachdenken. Nicht nach all dem, was sie gerade hinter sich hatte. Am liebsten hätte sie die Augen wieder geschlossen. Überall glaubte sie, Perys' Blut zu sehen. In der rotgemusterten Tapete, in den bordeauxfarbenen Gardinen – der Raum hieß nicht umsonst das Rote Zimmer.

Julian schwieg. Allie hätte erwartet, dass er mehr zu dem schlimmen Vorfall sagte, aber das tat er nicht. Jetzt erst fiel ihr auf, dass er ungewöhnlich blass war und ein feiner Schweißfilm sein Gesicht bedeckte. Er hielt seinen linken Arm, als würde er ihm wehtun.

»Was ist denn los mit dir?«, fragte sie besorgt.

»Nichts.«

»Lüg mich nicht an, Julian. Ich sehe doch, dass etwas nicht stimmt. Hast du Schmerzen?«

Er zögerte einen Moment, als überlege er eine ausweichende Antwort, dann nickte er.

Allie biss sich auf die Lippen. Julian hatte noch nie viel Aufhebens um seine Gesundheit gemacht. Wenn er jetzt zugab, dass es ihm nicht gut ginge, musste es ernst sein.

»Wo?«

Er verzog kurz das Gesicht. »In der Schulter und dem Rücken. Es strahlt aus bis in den linken Arm. Und ein Druck, als stünde ein Tier auf meiner Brust. Ich habe mir vermutlich irgendwas gezerrt.«

»Da wäre ich mir nicht so sicher«, sagte sie, während kalte Angst in ihr aufstieg. Von so etwas hatte sie schon gelesen. Probleme mit dem Herzen äußerten sich oft auf diese Weise.

Sie erhob sich. »Ich hole Dr. Gibson.«

»Weil ich mir etwas gezerrt habe? Damit mache ich mich doch lächerlich.«

»Ich glaube nicht, dass es das ist.« Allie sah ihn ernst an. »Ich fürchte, du hast eine Herzattacke.«

Er runzelte die Stirn, dann schüttelte er den Kopf. »Nein. Das wird schon wieder. Perys braucht den Arzt jetzt dringender als ich. Ich ... sollte vielleicht einfach wieder nach Hause gehen.« Er machte Anstalten, sich zu erheben.

»Bleib sitzen, Julian. Du gehst nirgendwohin!«

»Alison Harrington, wie redest du mit mir?«

Aber er fügte sich, und das beunruhigte Allie mehr, als sie zugeben wollte.

»Du solltest das Halstuch ablegen. Und die Weste aufknöpfen.«

Er hob eine Augenbraue, begann aber gehorsam, die obersten Knöpfe seiner beigefarbenen Weste zu öffnen. »Wenn ich es nicht besser wüsste, könnte ich glauben, du hättest lüsterne Gedanken.«

Allie musste trotz ihrer Sorgen lächeln. »Dafür ist wohl eher Damaris zuständig.«

Dann wurde sie wieder ernst. Wo war ihre Schwester überhaupt? Sie sollte hier sein. Julian war ihr Mann.

Sie öffnete die Tür zur Eingangshalle, erblickte dort aber nur den Butler, der soeben durch die Halle ging.

»Jenkins«, sagte sie, »wissen Sie, wo meine Schwester ist? Oder mein Mann?«

Der Butler schüttelte den Kopf. »Bedaure, Ma'am, das weiß ich nicht.«

»Dann bringen Sie mir bitte umgehend ein Glas Brandy. Und wenn Sie …«

Sie wurde unterbrochen von Julians jüngster Tochter Florence, die soeben in die Eingangshalle eilte.

»Florrie, was tust du hier?«

Die junge Frau wandte ihr das Gesicht zu. Sie sah blass und verweint aus.

»Tante Allie! Da … da draußen sind ein paar Constables. Sie haben gesagt, sie wollen mit Avery sprechen.«

So schnell schon? Allies Herz schien noch etwas tiefer zu sacken.

»Ist es wahr?«, fragte Florence. »Hat er wirklich auf Perys geschossen?«

»Ja, so ist es leider.«

Florence unterdrückte mit Mühe einen Schluchzer. »Weißt du, wo Vater ist?«

»Hier, bei mir«, sagte Allie und deutete mit dem Kopf ins Zimmer hinter sich. »Aber er …« Bevor sie ihre Nichte daran hindern konnte, war Florence auch schon in das Zimmer geschlüpft. Zu Allies Überraschung hatte Julian sich erhoben und stand nun am Fenster.

»Dad!« Sie warf sich ihm an den Hals, und er legte die Arme um sie. Über Florence hinweg sah er Allie an und schüttelte kaum sichtbar den Kopf. »Oh Dad, ich habe solche Angst, dass Perys stirbt!«

»Ich weiß, Florrie. Ich auch.«

»Ich habe gehört, Onkel Henry sei jetzt bei ihm. Als … als geistlicher Beistand.«

Bevor er Heligan geerbt hatte, war Henry Hawkins Tremayne Pastor gewesen. Noch immer übernahm er manchmal eine Predigt oder seelsorgerische Pflichten.

Allie kam ein Gedanke. Vielleicht war es ja gar nicht so schlecht, dass Florence da war.

»Florrie«, sagte sie, »könntest du mir einen großen Gefallen tun?«

»Natürlich.« Die junge Frau löste sich von ihrem Vater und wischte sich die Tränen aus dem Gesicht. »Was soll ich tun?«

»Lauf hinüber zum Willow Cottage und in mein Arbeitszimmer. In dem Schrank mit den vielen Schubladen müsstest du ziemlich weit oben ein Fläschchen finden mit der Aufschrift *Digitalis*.«

Florence nickte, in ihre geröteten Augen trat ein hoffnungsvoller Glanz. »Meinst du, das hilft Perys?«

Allie zögerte nur einen winzigen Moment. »Womöglich«, sagte sie dann. Sie würde Florence nicht noch mehr beunruhigen und ihr verraten, für wen es wirklich bestimmt war. »Und jetzt beeil dich.«

»Ja. Natürlich. Ich bin gleich wieder zurück.«

Kaum war Florence fort, sank Julian zurück in den Sessel. Die Anstrengung, seiner Tochter Normalität vorzuspielen, hatte ihn sichtlich erschöpft.

Gleich darauf kam zum Glück der Butler und brachte den verlangten Brandy.

»Danke, Jenkins.« Allie nahm ihm das Glas ab. »Und noch etwas: Geben Sie Dr. Gibson Bescheid – sobald er nicht mehr bei Mr Rashleigh benötigt wird, soll er bitte umgehend hierher zu Mr Harrington kommen. Und sagen Sie ihm, es sei dringend.«

Der Butler warf einen kurzen Blick auf Julian, dann nickte er. »Sehr wohl, Ma'am.«

Allie reichte Julian den Brandy, setzte sich wieder neben ihn und beobachtete ihn besorgt. Er nahm einen Schluck, dann setzte er das Glas auf dem kleinen Beistelltischchen ab und legte die rechte Hand um seinen linken Oberarm. Nein, das sah nicht so aus, als ginge es ihm besser.

Hoffentlich beeilte Florence sich. Hoffentlich kam Dr. Gibson schnell. Hoffentlich schaffte Perys es. Was würde jetzt aus Avery?

Und wo um alles in der Welt steckte Damaris?

9

AVERY

Heligan House, April 1815

Avery schloss leise die Tür zur Bibliothek hinter sich und lehnte sich mit hämmerndem Herzen dagegen. Verdammter Mist! Nicht nur, dass vor der Haustür zwei Bedienstete standen, die sonst nie dort waren, jetzt ließ Jenkins auch noch drei Uniformierte ein!

»Die Constables?«, fragte Damaris, die sich mit ihm hierher geflüchtet hatte, im Flüsterton.

Er nickte nur stumm, seine Sorge um Perys wurde überlagert von abgrundtiefer Furcht. Die Constables waren da. Seinetwegen. Wenn ihm nicht gleich etwas einfiel, würde man ihn festnehmen und ins Gefängnis werfen. Und irgendwann vielleicht sogar hängen. Oder zumindest in eine der Strafkolonien nach Australien oder Van-Diemen's-Land schicken, von wo er vermutlich nie wieder zurückkehren würde.

Aber er würde nicht hier sitzen wie ein Kaninchen vor der Schlange und warten, bis sie ihn mitnahmen. Er wollte nicht sterben!

Nein, es gab noch einen Ausweg. Und der begann in diesem Raum.

Die Bibliothek war bis auf ihn und Damaris leer. Die vertrauten Gerüche von gewachsten Dielen, alten Büchern und Staub umfingen ihn. Er erinnerte sich noch gut daran, wie er in seiner Kindheit hier so manches Mal gemeinsam mit John Hearle und Perys gespielt hatte. Sie waren es auch gewesen, die ihm den Eingang zu dem Geheimgang gezeigt hatten. Noch vor Averys Geburt hatten die beiden als kleine Kinder einmal eine abendliche Ballgesellschaft in helle Aufregung versetzt, als sie plötzlich verschwunden waren, weil sie den Geheimgang entdeckt hatten und ihm gefolgt waren.

Avery blickte sich um. Bis auf die Farbe der Vorhänge und die Blumendekoration hatte sich hier nur wenig verändert. Der Tisch stand noch immer in der Mitte, allerdings auf einem großen persischen Teppich, der in seiner Kindheit noch nicht dort gewesen war.

Er durchquerte den Raum mit drei langen Schritten, rückte den Tisch ein wenig zur Seite und kniete sich hin. Ohne viel Federlesen raffte seine Mutter ihren Rock und ließ sich ebenfalls auf die Knie nieder. Gemeinsam schlugen sie den schweren Teppich zurück, sodass die blank polierten dunklen Dielen des Fußbodens zum Vorschein kamen. Man musste schon sehr genau hinschauen, um dort die im Boden eingelassene Falltür zu erkennen.

Es gelang ihm nicht sofort, die Klappe zu öffnen. Damaris hatte schmalere Finger als er, und sie schaffte es schließlich, ihre Fingerspitzen zwischen die Dielenbretter zu schieben und die Tür nach oben aufzuklappen. Ein dunkles Loch klaffte vor ihm, aus dem modriger Geruch aufstieg. Das Tageslicht, das durch die beiden hohen Fenster in den Raum fiel, zeigte ihm ein paar steinerne Stufen, die abwärtsführten. Dahinter lag Dunkelheit.

Das letzte Mal war er als Sechsjähriger dort unten gewesen. Perys und Johnny, damals zehn und zwölf Jahre alt, hatten ihn vor eine Mutprobe gestellt. Sie hatten um einen Shilling gewettet, dass er sich nicht trauen würde, hinabzusteigen und am anderen Ende wieder herauszukommen. Aber da hatten sie sich getäuscht: Er hatte den Shilling gewonnen.

Jetzt nahm Damaris eine Kerze aus einem der Leuchter und entzündete sie am Kaminfeuer, das schwach glomm. Er sah, dass ihre Hand leicht zitterte, als sie ihm zunickte.

»Geh«, sagte sie leise. »Ich kümmere mich um den Rest.«

Er zögerte nur einen kurzen Moment, bevor er begann, die Stufen hinabzusteigen.

Kaum war er tief genug, zog er die Falltür leise hinter sich zu. Damaris würde jetzt den Teppich wieder darüberschlagen und den Tisch zurück an seinen Platz schieben.

Die Kerze gab ein leicht flackerndes Licht. Er hatte fast vergessen, wie kalt und feucht es hier unten war. Der Boden war rau und übersät mit losen Steinen. Dank der Kerze war es zumindest nicht vollkommen dunkel. Nicht so wie damals, als er als Sechsjähriger den finsteren Gang entlanggelaufen war, mit einer Hand an der Wand entlangtastend, voller Furcht, in irgendetwas Unaussprechliches zu fassen oder zu treten. Oder einer Fledermaus zu begegnen.

Er versuchte, seine Gedanken auszuschalten, nur an den nächsten Schritt zu denken, aber es gelang ihm nicht. *Perys, es tut mir so leid.* Was hatte er nur angerichtet? Und jetzt floh er hier wie ein Dieb in der Nacht vor seiner Schuld.

Der Weg erschien ihm endlos. Aber dann sah er im schwachen Kerzenschein vor sich ein schmiedeeisernes Gitter, das den Gang versperrte. Das war früher nicht dort gewesen!

Ein eisiger Schauer der Furcht durchlief ihn. Musste er jetzt etwa doch wieder zurück? Und womöglich den Constables direkt in die Hände laufen? Hektisch leuchtete er mit der flackernden Kerze die Wand ab.

Da. Der Schlüssel. An einem kleinen Haken, etwas tiefer als in Kopfhöhe.

Er nahm ihn und steckte ihn ins Schloss.

Das verdammte Ding ließ sich nicht öffnen.

»Bitte«, murmelte er. »Bitte …«

Er versuchte es abermals, drehte vor und zurück, erst langsam, schließlich mit mehr Kraft, und dann, endlich, mit einem entsetzlichen rostigen Quietschen, drehte sich der Schlüssel. Das Schloss gab nach, und er konnte die Gittertür aufdrücken.

Ein paar Schritte noch, und er stand im Freien, ganz nah am kleinen Küchengarten an der Rückseite seines Elternhauses mit der gemauerten grauen Steinfassade.

Avery blickte sich um. Es war schon fast vollständig dunkel, und der Eingang zum Geheimgang war von dieser Seite durch ein paar dichte Büsche gut getarnt. Mit etwas Glück hatte ihn niemand gesehen.

Leise öffnete er die Hintertür, die Kerzenflamme flackerte jetzt stärker. Das Haus war dunkel und leer, denn zur Feier von Henrys Gartenfest hatten seine Eltern ihren wenigen Bediensteten einen freien Tag spendiert.

Es dauerte nur wenige Minuten, bis seine Mutter erschien, sein Pferd hinter sich herführend. Sogar an den Sattel hatte sie gedacht.

»Hat dich jemand gesehen?«

Sie schüttelte den Kopf. »Nur ein Stallknecht. Und dem habe ich eine schöne Flasche Wein versprochen, wenn er den Mund hält. Jetzt pack schnell ein paar Sachen zusammen, ich schreibe derweil einen Brief. Du musst außer Landes. Wenigstens für eine Weile. Bis … bis sich das alles wieder geregelt hat.«

»Ja, ich weiß. Ich denke, ich gehe nach Frankreich. Und dann …«

»Nein«, unterbrach sie ihn. »Nicht nach Frankreich, das ist immer noch zu unsicher. Wer weiß, was Bonaparte noch alles einfällt, jetzt, wo er wieder an der Spitze einer Armee steht.«

»Wohin dann?«

»Nach Indien«, sagte Damaris mit einer Stimme, die ein klein wenig zitterte. »Du wirst mit den Bullers nach Indien reisen.«

Indien? Das war ja fast am anderen Ende der Welt ...

Aber warum eigentlich nicht? Ja, Indien war gar keine schlechte Idee. Das riesige Land stand seit einigen Jahrzehnten unter britischer Herrschaft. Dort ließ es sich, wie er gehört hatte, für einen Engländer gut leben.

Im Hafen von Plymouth herrschte reger Betrieb. Möwen flogen kreischend über dem Hafenbecken, in dem grünliches Wasser an die Mauern schwappte. Mehrere Schiffe lagen am Kai, Schiffstaue knarrten, Menschen eilten hin und her, in der Luft lag der Geruch von Salz und Fisch.

Avery schulterte seine große Reisetasche. Er war schon vor einer guten Stunde angekommen, nachdem er die ganze Nacht hindurch geritten war. Der Vollmond hatte zum Glück genug Licht gegeben, dass er den breiten Weg nach Plymouth gut erkennen konnte, und er hatte nur wenige, unbedingt nötige Pausen eingelegt, um sein Pferd nicht zu überfordern. Die Stute hatte er gerade an einen Pferdehändler verkauft – nicht ohne Bedauern, denn das Tier war ihm immer ein treuer Begleiter gewesen. Aber immerhin hatte sie ihm weiteres Geld eingebracht, zusätzlich zu seinem Gewinn am Kartentisch und dem, was Damaris ihm noch mitgegeben hatte. Allerdings hatte er einen großen Teil davon gerade wieder ausgegeben.

Die *Seahorse,* ein großer Ostindienfahrer, lag noch vor Anker. Waren die Bullers schon da? In dem Trubel am Hafen war es nicht leicht, jemand Bestimmten zu finden. Aber dann sah er zwei Mietkutschen, die offenbar zu der vielköpfigen Familie davor gehörten. Er erkannte Isabella Bullers schmale Gestalt und die etwas massigere ihres Ehemannes Anthony. Neben ihnen stapelten sich Reisetruhen und Packsäcke, und noch immer luden die beiden Kutscher und ein Diener ab.

Ein kleiner Junge, der nicht älter als drei Jahre sein konnte, stand ein wenig verloren abseits und sah dem Trubel mit einem misstrauischen Ausdruck zu, er schien kurz vor dem Weinen zu sein. Er kam Avery entfernt bekannt vor – das war vermutlich der jüngste Sohn der Bullers. Wie hieß er noch gleich?

Er trat langsam näher und beugte sich zu ihm hinunter. »Guten Morgen, kleiner Mann.«

Der Kleine sah auf, und sein mürrisches Gesicht wandelte sich in vorsichtige Neugier, als Avery ihm einen der bunt bemalten Zinnsoldaten, die er gerade gekauft hatte, vor die Nase hielt. Die kleinen Figuren waren hoffentlich geeignet, um das Kind für sich einzunehmen.

»Gefällt er dir?«

Der Junge nickte.

»Wenn du mir deinen Namen verrätst, schenke ich ihn dir.«

»Charly«, murmelte das Kind und griff nach dem Zinnsoldaten.

»Nur Charly?«

Der Junge sah ihn an. »William Charles Buller.«

Sehr gut, Avery hatte richtig gelegen.

»Nun, William Charles Buller, weißt du, wer ich bin?«

Der Kleine schüttelte den Kopf.

»Ich heiße Avery.« Er richtete sich wieder auf. »Was hältst du davon, Charly, wenn du mich zu deinen Eltern begleitest? Vielleicht habe ich ja noch mehr Zinnsoldaten für dich?«

Jetzt ging ein Strahlen über das Kindergesicht. »Oh ja, bitte, Sir!«

»Du musst nicht Sir zu mir sagen, Charly. Für dich bin ich Onkel Avery. Und jetzt komm, wir gehen zu deinen Eltern.«

Er nahm Charly an der Hand, fasste mit der anderen seine Reisetasche fester und ging so gelassen wie möglich auf die Bullers zu, die mittlerweile fertig abgeladen hatten.

»Mum!«, krähte der Kleine über das Stimmengewirr am Kai hinweg und schwenkte seine neueste Errungenschaft. »Mummy, sieh nur! Onkel Avery hat mir einen Zinnsoldaten geschenkt!«

»Onkel …?« Isabella blickte auf. »Avery!«

»Na, ist das eine Überraschung?«, fragte dieser mit seinem strahlendsten Lächeln. Die Bullers konnten schließlich noch nichts davon gehört haben, was in Heligan nach ihrer Abreise vorgefallen war.

Auch Anthony hatte ihn jetzt bemerkt. »Avery! Tatsächlich!« Ein erstauntes Lächeln erschien auf seinem Gesicht. »Was machst du hier? Ich hätte dich noch in Heligan vermutet.«

Avery zuckte nonchalant die Schultern. »Meine Pläne haben sich kurzfristig geändert. Es hat sich ergeben, dass auch ich nach Indien reisen werde.«

»Das wäre zu schön, um wahr zu sein«, seufzte Isabella. »Setz uns keine Flausen in den Kopf, Avery. Wir könnten wirklich jede Hilfe gebrauchen.«

»Ich bin bestürzt, was du von mir denkst, liebe Cousine. Aber wenn dich meine Anwesenheit nicht überzeugt, dann vielleicht ein Brief meiner Mutter?«

Er zog das Schreiben, das Damaris in aller Eile am vorigen Abend aufgesetzt hatte, hervor und reichte es ihr. Es waren nur ein paar Zeilen, in denen sie schrieb, dass Avery zum Sammeln und Erforschen exotischer Pflanzen für Heligan den Weg nach Indien einschlagen wolle – eine schnell erfundene Begründung, die Damaris als Erklärung für Averys überstürzten Aufbruch für halbwegs plausibel hielt. Außerdem schrieb sie noch, dass die Bullers nicht zögern sollten, Avery um Hilfe zu bitten, worum immer es auch gehen mochte.

Isabella überflog die Zeilen und reichte den Brief dann weiter an Anthony.

»Ich wusste gar nicht, dass du so großes Interesse an der Botanik hast«, sagte sie.

Avery lächelte sie an. »Ich bin eben ein unerschöpflicher Quell der Verwunderung.«

»In der Tat, das bist du.« Isabella lachte. »Dann kommst du also tatsächlich mit nach Indien. Das freut mich wirklich sehr, und du bist uns jederzeit herzlich willkommen, Avery. Ein bekanntes Gesicht im fremden Land ist eine Wohltat.« Dann runzelte sie die Stirn. »Sofern es überhaupt noch klappt. Hast du schon mit dem Kapitän gesprochen? Ich fürchte nämlich, alle Kabinen sind bereits besetzt. Aber vielleicht können wir dich noch irgendwo bei uns unterbringen.« Sie warf ihrem Mann einen hilfesuchenden Blick zu.

»Er kann bei mir schlafen«, mischte der kleine Charly sich ein, der ihr Gespräch bislang wortlos verfolgt hatte.

»Danke, Charly, das ist sehr nett von dir, aber ...«

»Wir haben vier Kabinen gebucht«, unterbrach Anthony ihn. »Wenn wir alle noch ein wenig zusammenrücken und wir unseren Diener Mullins bei den älteren Kindern unterbringen, dann könntest du ...«

»Das ist wirklich sehr großzügig, Anthony«, winkte Avery ab. »Aber keine Sorge, das habe ich schon erledigt. Ich habe gerade erst mit dem Kapitän gesprochen, und ich habe noch eine Unterkunft bekommen.«

Es hatte viel Glück und Überredungskunst gebraucht, um diese Kabine – die letzte, wie es hieß – an Bord zu ergattern. Und sein Geldvorrat war rapide dahingeschmolzen.

»Oh«, sagte Isabella sichtlich erleichtert. »Gut. Sehr gut.«

Mit einem lauten Seufzen ließ Avery sich auf das schmale Bett in der winzigen Kabine sinken, die irgendwo im Inneren des Schiffs lag. Er hatte es geschafft. Er war den Constables entkommen und nun auf dem Weg in ein Land, wo ihn niemand kannte und er sicher war.

Aber gleich darauf schwand die anfängliche Erleichterung. Perys war womöglich schon tot, und das durch seine Schuld. Reumütig sank er nieder auf die Knie, um für Perys zu beten und Vergebung für sich selbst zu erbitten.

Allerdings nicht lange: Das leichte Schaukeln des Schiffes unter ihm bekam ihm nicht, sein Magen fühlte sich ein wenig flau an. Genauer gesagt, mehr als nur ein wenig flau – ihm war richtiggehend übel. Er erhob sich langsam und stützte sich an einem kleinen, angeschraubten Wandregal ab. Wurde er etwa seekrank? Jetzt schon? Sie hatten doch gerade erst abgelegt.

Aber das war sicher der Aufregung und der durchwachten Nacht geschuldet. Nichts, worüber er sich Sorgen machen musste.

Er legte sich auf die schmale Koje und schloss die Augen.

10

LEXI

Kresen-Kernow-Archiv, Cornwall,
Anfang Mai

Gerade war es noch sonnig gewesen, aber jetzt prasselte Regen gegen die Scheibe des kleinen Leseraums, den Lexi nur für sich hatte. Sie sah zu, wie die Steinterrasse vor der Glasfront langsam von großen nassen Tropfen überzogen wurde und sich von grau zu schwarz färbte, dann warf sie erneut einen Blick auf den eingescannten Brief auf ihrem Laptop. Dem Brief, den Damaris im Jahr 1815 an ihre Schwägerin Grace geschrieben hatte, war noch ein Postskriptum beigefügt gewesen:

Auch wenn ich erleichtert bin, Avery in Sicherheit zu wissen, so wird er sich doch eines Tages für seine Tat verantworten müssen. Bis dahin hoffe ich, dass Anthony und Isabella ihn unter ihre Fittiche nehmen und ein Auge auf ihn haben.

Anthony und Isabella. Das konnten nur die Bullers sein.

Anthony Buller war ein angeheirateter Schwager von Henry Tremayne. Im Jahr 1815 hatte er eine Richterstelle im englisch regierten Indien angetreten – zuerst in Madras, wenig später in Kalkutta. Seine Frau Isabella sowie seine bis zu diesem Zeitpunkt geborenen sechs Kinder hatten ihn dorthin begleitet. Und Avery war höchstwahrscheinlich mit ihnen nach Indien gereist.

Lexi öffnete die letzte, die hellgraue Pappschachtel, die mit *Sir Anthony Buller, Parlamentsmitglied und Richter in Bengalen* beschriftet war.

Aber sie wurde enttäuscht: In der Schachtel fand sich nichts Brauchbares. Keine aufsehenerregenden Erkenntnisse oder auch nur so etwas wie Zeitungsausschnitte oder eine Schiffsfahrkarte. Und auch kein Brief aus Heligan. Lediglich ein paar dürre Aufzeichnungen über das Wetter in Madras, eine Packliste sowie ein paar fast unleserliche Auszüge aus Gerichtsakten. Vermutlich waren keine Briefe erhalten geblieben, oder sie waren im feuchtheißen Klima Indiens schon lange verrottet.

Lexi blätterte die wenigen Papiere noch einmal durch, um auch ja nichts zu übersehen, als die Tür zu ihrem Leseraum geöffnet wurde.

»Hi«, begrüßte Ben sie. »Dachte ich mir, dass ich dich hier finde.«

Lexi blickte auf und rieb sich über die Augen. »Ist es schon so spät?«, fragte sie erschrocken.

»Fast«, sagte er. »Ich war ein bisschen früher und wollte schauen, wie du vorankommst.« Er setzte sich auf den freien Stuhl neben ihr. »Und, hast du was Neues über Avery rausgefunden?«

»Nein, das leider nicht. Ich habe gerade einen Packen mit Sachen von den Bullers durchgesehen, aber vermutlich habe ich an der falschen Stelle gesucht.«

»Warum das?«

»Weil die Bullers sicher viele Briefe in die alte Heimat geschrieben haben, aber die sind vermutlich beim Empfänger zu finden und nicht beim Absender. Das nützt mir jetzt allerdings auch nichts, denn ich muss die Dokumente online und im Voraus bestellen, und dazu müsste ich wissen, an wen die Bullers überhaupt geschrieben haben.«

»Und es gibt wirklich gar nichts zu Avery Harrington?«

»Doch, zu dem Namen natürlich schon. Danach habe ich ja schon vorher, im Internet, gesucht. Aber nichts, was ich entdeckt habe, passt. Hier, warte, ich hab's mir irgendwo aufgeschrieben.« Sie blätterte einen Augenblick in ihren Unterlagen, dann hatte sie es gefunden. »Im siebzehnten Jahrhundert gab es einen Piraten namens Avery, der angeblich einen Schatz an Cornwalls Küste versteckt haben soll, der nie gefunden wurde. Und dann einen Pfarrer, der Anfang des achtzehnten Jahrhunderts ein paar Predigten veröffentlicht hat. Aber nichts über einen Avery Harrington, der in Heligan lebte und den es nach Indien verschlug. Und natürlich auch nichts über ein Duell, an dem er beteiligt gewesen war.«

»Du hast hier also überhaupt nichts Neues rausfinden können?«

»Doch, hab ich.« Lexis Laune hob sich wieder. »Zwar nichts über Avery, aber über seine Mutter Damaris. Sie hatte eine Schwester namens Allie, die mit ihr in Heligan wohnte.«

Sie erzählte Ben noch mehr von ihren Entdeckungen: dass Allie offenbar im Rollstuhl gesessen hatte und schon vor Damaris' Hochzeit mit Julian befreundet gewesen war. Dann unterbrach sie sich. »Tut mir leid, ich wollte eigentlich noch ein paar weitere Dokumente durchsehen, die ich bestellt hatte, aber jetzt bist du schon hier, und …«

»Kein Problem«, sagte Ben. »Mir war klar, dass du noch nicht fertig bist, und ich hab Zeit. Was hältst du davon, wenn wir erst mal einen Kaffee trinken und dann gemeinsam weitermachen?«

»Gern. Eine Pause wäre wirklich nicht schlecht.« Als sie sich streckte, hörte sie ihre Wirbel vernehmlich knacksen. »Und ich bezahle.«

»Ganz wie du willst.«

Sie packte die letzten Dokumente wieder ordentlich zurück in die dazugehörige Pappschachtel, stapelte alle vier Kartons übereinander und hob sie auf.

»Gib mir auch was«, sagte Ben und griff nach den obersten beiden Schachteln. Gemeinsam gingen sie nach unten. Neben dem Kaffeeautomaten im Erdgeschoss war eine größere Ablage, auf die sie die Kartons legen konnten.

Ben nahm seinen Kaffee schwarz, sie gab in ihren noch Milch und Zucker dazu. Der süße, heiße Milchkaffee belebte ihre Sinne neu. Schnell hatte sie ihn ausgetrunken und warf den leeren Becher in den Mülleimer.

»Ich hole dann mal den nächsten Packen«, sagte sie und griff nach den Pappboxen auf der Ablage.

Diesmal stand eine andere Angestellte hinter der Ausgabetheke, eine leicht mürrisch wirkende Frau mittleren Alters mit kurzen, mausbraunen Haaren. *Rosie* stand auf ihrem Namensschild. Lexi hatte selten einen weniger passenden Namen gesehen.

»Ich hatte noch eine weitere Bestellung«, sagte sie, als sie die Boxen zurückgab.

»Auf welchen Namen?«

Lexi sagte es ihr, leise genug, dass Ben es nicht hörte. Ihren richtigen Namen.

»Können Sie sich ausweisen? Führerschein oder etwas Ähnliches?«

»Ich war vorhin schon mal hier. Da wollte auch niemand meinen Ausweis sehen.«

Rosies Augen verengten sich misstrauisch. »Vorhin war ich aber nicht da. Also, was ist jetzt?«

»Gibt's ein Problem?« Ben stand plötzlich neben ihr. Mist, genau das hatte sie vermeiden wollen.

Lexi schüttelte den Kopf. »Alles in Ordnung.« Sie zückte ihr

Portemonnaie, holte ihren Führerschein heraus und reichte ihn der Frau, mit der Oberseite nach unten.

Gut zweieinhalb Monate war es her, dass sie Hals über Kopf vor ihrem gewalttätigen Ex-Lover Rob aus London geflohen und ihr altes Leben komplett hinter sich gelassen hatte. Um ihm auch nicht den geringsten Hinweis auf ihren Aufenthaltsort zu geben, benutzte sie inzwischen sogar einen anderen Namen, aber ausweisen konnte sie sich natürlich nur mit ihrem richtigen Namen. *Emilia Alexandra Andrews* stand auf ihrem Führerschein, neben einem schwarz-weißen Bild von ihr, auf dem sie eindeutig dunklere Haare hatte als jetzt. Auch ihre alte Londoner Adresse war dort noch verzeichnet.

»Sie haben sich aber ganz schön verändert«, sagte Rosie mit hochgezogenen Augenbrauen, während sie Lexi mit dem Bild auf ihrem Führerschein verglich.

Lexi lächelte sie so freundlich wie möglich an. »Tja, wie das halt so ist im Leben. Wollte mal was Neues ausprobieren.«

Die Frau studierte den Führerschein genau. »Und Sie kommen extra aus London hierher?« Blöde Wichtigtuerin.

Lexi zuckte mit den Schultern, obwohl ihr Herz wild klopfte Hätte Ben nicht neben ihr gestanden, hätte sie einfach behauptet, sie würde weiterhin in London wohnen. Aber das wäre natürlich sofort aufgeflogen.

»Ich bin umgezogen, aber ich bin noch nicht dazu gekommen, das ändern zu lassen«, sagte sie so leichthin wie möglich.

Rosie schüttelte den Kopf. »Tut mir leid, aber dann kann ich Ihnen die Dokumente nicht geben. Vorschrift ist Vorschrift.«

Das war doch nicht zu fassen! Da war sie den ganzen Weg mit Ben hierher gefahren, nur um an so einer Paragrafenreiterin zu scheitern?

»Heute Vormittag war das kein Problem bei Ihrem Kollegen«, versuchte sie es ein letztes Mal.

»Heute Vormittag war ich aber nicht da.« Rosie sah ihr ins Gesicht. »Kein Nachweis, keine Dokumente.«

Lexi ließ die Schultern sinken. Wenn sie jetzt einen Aufstand machte, riskierte sie noch, dass man sie überprüfte, und das konnte sie sich nun wirklich nicht erlauben. Dann würde sie eben ohne weitere Recherchen nach Hause fahren müssen.

»Sie wohnt bei mir«, sagte Ben und reichte der Frau seinen Führerschein. »In St Austell.«

Lexi bekam es gerade so hin, ihre Überraschung nicht gar zu deutlich zu zeigen.

»Tatsächlich?« Rosie runzelte die Stirn, aber offenbar erschien ihr Ben vertrauenswürdiger als Lexi. »Warum sagen Sie das denn nicht gleich?«

»Hab einfach nicht dran gedacht.«

»Nun gut. Aber viel Zeit haben Sie nicht mehr. Wir schließen um vier.«

Als Rosie sich umdrehte und zum Kopierer ging, warf Lexi Ben einen stummen Blick der Dankbarkeit zu. Er zuckte mit einem kleinen Lächeln die Schulter.

Rosie kopierte ihre Führerscheine, dann ging sie endlich ans Regal, holte drei weitere Pappschachteln heraus und schob Lexi den Stapel hin. Ihre beiden Führerscheine lagen zuoberst, die Passbilder nach oben. Lexi griff hastig nach ihrem und steckte ihn wieder weg.

»Lass mich das tragen.« Ben nahm die drei Schachteln an sich. »Wieder nach oben in den kleinen Leseraum?«

Lexi nickte. »Danke«, murmelte sie.

Hatte er ihren echten Namen mitbekommen? Offenbar nicht. Zumindest verlor er kein Wort darüber, und als sie zurück im Leseraum waren, hatte sich ihre Anspannung wieder gelegt.

11

LEXI

Kresen-Kernow-Archiv, Cornwall, Anfang Mai

Ben stellte die Pappschachteln auf dem Tisch ab – weiteres unkatalogisiertes Material von den Tremaynes, das Lexi auf gut Glück bestellt hatte – und sah auf seine Uhr.

»Ich fürchte, uns bleibt nicht mehr allzu viel Zeit, bevor die uns hier rauswerfen«, sagte er. »Kann ich dir irgendwie helfen? Wonach soll ich suchen?«

Lexi hob die Schultern. »Wenn ich das so genau wüsste … Nach allem, was irgendwie interessant klingt. Und wenn dir dabei ein Avery Harrington über den Weg läuft, wäre das natürlich super.«

Sie schob ihm einen der Kartons hin, dann vertieften sich beide in die Arbeit.

Lexi blätterte durch die verschiedenen Schriftstücke. Es war anders als am Vormittag, als sie noch allein hier gesessen hatte. Obwohl sie kaum miteinander redeten, fühlte sie sich ein wenig abgelenkt. Allerdings nicht im negativen Sinn.

»Hast du vorhin nicht was von Buller gesagt?«, fragte Ben nach einiger Zeit. »Ich glaube, hier unten steht der Name.«

Er reichte ihr einen in eine dünne Folie eingeschweißten Brief, den eindeutig eine Frau geschrieben hatte.

Lexi überflog die wie gedruckt wirkenden handschriftlichen Zeilen. Sie war immer wieder erstaunt, wie akkurat die Menschen früherer Jahrhunderte ihre Briefe geschrieben hatten – und das vor dem Zeitalter von Schreibmaschinen oder Computern.

»Das ist von Isabella Buller«, stellte sie dann erfreut fest. »Sie schreibt an ihre Schwester Caroline, die Frau von John Hearle Tremayne.«

»Das kannst du so schnell entziffern?« Ben war beeindruckt.

Lexi winkte bescheiden ab, obwohl sein Lob sie freute. »Es ist ein bisschen schwieriger als Henrys Handschrift, aber ja, inzwischen klappt das ganz gut. Ist ja nicht so, als hätte ich das nicht schon stundenlang gemacht.«

Der Brief stammte aus Kalkutta und war vom September 1817. Isabella Buller freute sich über das Ende des Monsuns, beschrieb ein paar ihrer hausfraulichen Pflichten, erwähnte einen Besuch bei einem dänischen Botaniker namens Mr Wallich, der den Botanischen Garten von Kalkutta leitete, und schloss mit den Worten, dass sie erneut guter Hoffnung sei.

Aber nichts von Avery.

Briefe gab es auch in Lexis Tremayne-Karton genug. Briefe von Pächtern und Geschäftspartnern, aber auch persönliche Korrespondenz. Ihr fiel ein Schreiben von Henrys Sohn John Hearle in die Hände, in dem dieser über Ausbesserungen an einer Mühle berichtete, ein paar finanzielle Angelegenheiten besprach und dann erwähnte: »*Auch diskutierten wir die Notwendigkeit einer Impfung gegen Pocken. Sämtlich sind wir der Meinung, dass es unsere Pflicht ist, jedes Mittel einzusetzen, um eine so gefährliche Krankheit loszuwerden.*«

»Sieh mal.« Sie zeigte Ben den Brief. »Offenbar hat man schon Anfang des neunzehnten Jahrhunderts gegen Pocken geimpft.«

»Wie bitte?« Ben zückte sein Handy. »Tatsächlich«, murmelte er kurz darauf und hielt Lexi das Telefon hin.

Er hatte ein Online-Lexikon geöffnet. Im Jahr 1796, war dort zu lesen, wurde erstmals ein Impfstoff gegen Pocken hergestellt, und zwar aus dem Erreger der Kuhpocken. Anfangs war die Skepsis groß, denn man fürchtete, dass jeder, der geimpft wurde, sich in eine Kuh verwandeln würde. Doch mit der Zeit zeigte sich der Erfolg, und die »Vakzination« genannte Impfung verbreitete sich in ganz Europa.

»Sogar Impfgegner gab es damals schon«, sagte er.

Lexi nickte lächelnd. Ihr gefiel, wie nah er ihr plötzlich war.

Noch eine Weile arbeiteten sie fast schweigend weiter, bis ein leiser Gong durch das Gebäude hallte und gleich darauf eine Durchsage ertönte, dass man bald schließe.

»Okay. Ich denke, ich habe genug zusammen.« Lexi begann, ihre Sachen einzupacken.

»Wenn du es nicht eilig hast, könnten wir noch einen kurzen Abstecher ans Meer machen«, schlug Ben vor. »Ein bisschen das Hirn durchpusten nach der vielen Kopfarbeit. Ist nicht weit, höchstens zehn, fünfzehn Minuten.«

Mit ihm ans Meer? Ja, das hörte sich wirklich nach einer guten Idee an.

Nach dem kleinen Schauer von vorhin schien jetzt wieder die Sonne. Diesmal freute Lexi sich vorbehaltlos auf die Fahrt, und mit einer Mischung aus Anspannung und Nervenkitzel nahm sie hinter Ben auf dem Motorrad Platz. Es fühlte sich gar nicht schlecht an. Es fühlte sich sogar sehr gut an. Sie ließ ihre Arme um seine Taille gleiten, lehnte sich leicht gegen ihn und fragte sich kurz, ob er ihren Herzschlag durch seine Lederjacke hindurch spüren konnte.

Je weiter sie sich von Redruth entfernten und sich der Küste näherten, desto schöner und ursprünglicher wurde die Strecke. Zweimal musste Ben bremsen, um nicht mit einem der vielen

Schafe zusammenzustoßen, die überall am Wegesrand und zum Teil auch in aller Seelenruhe mitten auf der Fahrbahn standen.

Sie fuhren eine von Hecken gesäumte Straße entlang, die sich durch kleine Ortschaften voller Reihenhäuser mit ockerfarbener Steinfassade schlängelte. In den Vorgärten wuchsen vereinzelte Palmen, und einmal sah Lexi einen abenteuerlich wirkenden Baum mit weitverzweigten Ästen, die ein kleines Baumhaus trugen.

Der Weg wurde schmaler und sandiger, und hinter einer Neubausiedlung aus gleichförmigen weißen Häusern konnte sie auch schon das Meer sehen. Etliche Autos parkten nah am Strand, doch Ben fuhr weiter und bog in eine schmale Seitenstraße ein, die sich kurvig in die Höhe wand. Oben stellte er das Motorrad neben einigen großen Felsbrocken ab.

Es war noch ziemlich warm in der Sonne. Ben zog seine Jacke aus und legte sie auf einen der Felsen, der fast eben war und sich als natürlicher Sitzplatz mit Blick auf das Meer anbot.

Über ihnen kreisten Möwen, der Himmel war von einem strahlenden Blau ohne die kleinste Wolke. Das Meer war durchzogen von dunklen und türkisfarbenen Streifen, ein schwacher Wind wehte den salzigen Geruch des Ozeans zu ihnen.

»Sieh mal.« Ben deutete nach unten, wo ein dunkler Kopf aus dem Meer aufgetaucht war.

»Ein Seehund!« Lexi war entzückt. Im nächsten Moment fing ihr Magen laut an zu knurren.

Ben blickte sie amüsiert an. »Hast du etwa noch nichts gegessen?«

Sie schüttelte den Kopf. »Hab ich glatt vergessen. Aber das werde ich sofort nachholen.« Sie griff nach ihrem Rucksack, wühlte ein wenig und förderte schließlich ein unansehnlich zerknautschtes Etwas zutage, das früher einmal ein Falafel-Wrap gewesen war.

Ben grinste. »Sieht aus, als hätte es einer Kuh im Hintern gesteckt. Warte, ich hab was Besseres.« Er ging die paar Schritte zu seinem Motorrad, holte etwas aus dem Seitenkoffer und kam wieder zurück. »Hier. Als ich meiner Mutter erzählt habe, dass ich dich nach Kresen Kernow fahre, wollte sie unbedingt noch ein paar Sandwiches für uns machen.«

Er hatte seiner Mutter von ihr erzählt? Irgendwie fand sie das süß.

»Das ist wirklich nett von ihr.« Lexi packte die Papiertüte aus und hielt ihm eines der Brote hin. »Du auch?«

»Danke, aber ich bin noch pappsatt vom Mittagessen. Mum meint es immer etwas zu gut.«

Lexi ließ sich nicht lange bitten und biss in das üppig mit gebratenem Speck, Salatblättern und Tomaten belegte Sandwich.

»Du kannst deiner Mutter ausrichten, sie sei eine Küchengöttin«, sagte sie mit vollem Mund. Sie hatte gar nicht gemerkt, wie hungrig sie war. Und es schmeckte fantastisch. Als Ben dann auch noch mehrere selbst gebackene Schokoladenmuffins auspackte, war es um Lexi geschehen.

»Hatte ich schon erwähnt, dass ich deine Mutter liebe?«, fragte sie.

Er lachte. Ein leichter Wind fuhr durch sein kurzes dunkles Haar. Er sah verdammt gut aus in dem kakifarbenen langärmligen Henley-Shirt, dessen Ärmel er hochgestreift hatte, sodass das Rebecca-Tattoo zu sehen war.

An Ostern hat Lexi noch behauptet, sie wolle keine neue Beziehung – schließlich war der letzte Mann, mit dem sie sich eingelassen hatte, ein gemeingefährlicher Irrer und der Grund für ihre Flucht aus London gewesen. Aber jetzt war sie auf dem besten Weg, sich wieder zu verlieben.

Sie räusperte sich, um sich auf andere Gedanken zu bringen, und griff nach einem weiteren Schokoladenmuffin.

»Deine Familie kommt also aus Cornwall?«, fragte sie.

Ben nickte. »Schon seit Generationen. Aus Camborne, nicht weit von Redruth. Das heißt, jetzt leben nur noch meine Mutter und mein Großvater dort. Mein Vater wohnt inzwischen mit seiner neuen Freundin in der Nähe von Manchester.«

Oh, da war sie ja mitten in ein Fettnäpfchen getreten. Dennoch wollte sie unbedingt mehr über ihn wissen. »Deine Eltern sind geschieden?«

»Getrennt. Aber vermutlich wird es nicht mehr lange dauern, bis sie sich scheiden lassen.« Er nahm ein kleines Steinchen auf und schnippte es über den Rand des Felsens. »Ich war ewig nicht mehr hier. Seit bestimmt ...« Er rieb sich über den linken Unterarm, dort, wo der Name seiner Schwester eintätowiert war. »Seit bestimmt zwei Jahren nicht mehr. Seit Rebecca gestorben ist.«

Lexi nickte. »Cait hat mir gesagt, dass sie krank war.«

Er sah hinaus aufs Meer und schwieg eine ganze Weile.

»Sie hatte Leukämie«, sagte er schließlich. »Wir sind jede Woche mehrmals zur Behandlung nach Truro ins Krankenhaus gefahren. Irgendwann ging es Becca besser, und wir dachten, sie hätte es geschafft. Aber dann bekam sie einen Rückfall, und alles fing von vorne an.« Er sah sie nicht an, während er sprach, hielt den Blick weiterhin starr aufs Meer gerichtet. »Es hieß, sie brauche einen Spender. Wir ließen uns natürlich alle testen. Mein Knochenmark passte als einziges, ich habe ihr etwas davon gespendet, und für eine Weile sah es aus, als würde alles wieder gut. Aber dann bekam sie eine Infektion, und wenige Tage später war sie tot.«

So viel Elend in so wenigen Worten. Der Muffin schmeckte plötzlich nach Pappe. »Das tut mir sehr leid«, sagte Lexi leise. »Das muss furchtbar für dich gewesen sein.«

»War es auch. Natürlich auch für meine Eltern. Aber statt

gemeinsam zu trauern, haben sie sich nur noch gestritten. Wenige Wochen später ist mein Dad dann ausgezogen.« Sein Blick kehrte zu ihr zurück. »Sorry, ich wollte dich nicht zutexten und dir meine halbe Lebensgeschichte erzählen.«

»Na hör mal, ich habe dich schließlich gefragt.« Sie zupfte einen Grashalm aus einer Nische im Felsen, drehte ihn zwischen den Finger und ließ ihn schließlich fliegen. »Danke.«

»Wofür?«

»Für alles. Für die Fahrt. Dass du mich hierher mitgenommen hast. Und für deine Offenheit.«

12

LEXI

An der Küste von Portreath, Cornwall, Anfang Mai

Lexi schob sich das letzte Stück Muffin in den Mund. Über dem Meer setzte ein Vogel zum Sturzflug an und tauchte in einem eleganten Bogen ins Wasser, um gleich darauf mit einem Fisch im Schnabel wieder aufzutauchen.

»Wo wir gerade über Offenheit reden«, sagte Ben unvermittelt. »Wer ist Emilia Andrews?«

Lexi verschluckte sich an einem Muffinkrümel und begann heftig zu husten. Ben rückte näher und klopfte ihr auf den Rücken, bis sie wieder richtig Luft holen konnte.

»Besser?«

Sie nickte, noch immer außer Atem, und wischte sich die Tränen aus den Augen.

»Entschuldige«, sagte er. »Ich hätte nicht fragen sollen, wenn du gerade isst.«

Lexi räusperte sich mehrfach, bis sie wieder normal sprechen konnte. »Schon okay.«

Er sah sie erwartungsvoll an. »Also?«

»Also was?«

»Du hast meine Frage noch nicht beantwortet.«

Ach so. Das. Dann war es ihm also doch aufgefallen. »Warum hast du nicht schon in Kresen Kernow was gesagt?«

Er hob die Schultern. »Das hätte höchstens für Probleme gesorgt, und du machst mir nicht den Eindruck, als wärst du eine entflohene Schwerverbrecherin.« Er nahm ein neues Steinchen in die Hand. »Hast du etwas angestellt?«

Lexi ließ den Kopf hängen. So lange hatte sie es geschafft, unter dem Radar zu bleiben, nicht aufzufallen, sich ein neues Leben aufzubauen. Und dann musste so eine blöde Situation kommen, und alles flog auf.

»Ich habe gar nichts angestellt.«

»Und warum benutzt du dann einen anderen Namen? Das war doch dein Name auf dem Führerschein, oder? Emilia Andrews?«

Nach kurzem Zögern nickte Lexi.

»Ja, das ist mein Name. Mein richtiger Name. Wobei der andere auch nicht wirklich falsch ist. Lexi kommt von meinem zweiten Vornamen Alexandra, und Davies ist der Mädchenname meiner Mutter.« Sie wagte nicht, ihn anzusehen. »Bist du jetzt sauer?«

»Das weiß ich noch nicht«, sagte er nach einer kurzen Pause. »Hängt davon ab, welche Erklärung du mir lieferst.«

Sie hatte ein flaues Gefühl in der Magengegend. Aber obwohl sie sich unwohl fühlte, war es nur ganz normale Angst. Unangenehm, aber nicht das gefürchtete Anklopfen einer Panikattacke.

Sie atmete tief durch. »Ich … kann nicht darüber reden. Noch nicht. Ich würde gern, aber ich hab zu viel Angst.«

»Vertraust du mir?«

Jetzt hob sie doch den Blick, sah in seine warmen, rauchgrauen Augen.

»Ja«, sagte sie leise. »Das tue ich. Aber ich brauche noch etwas Zeit.«

Er überlegte kurz, dann nickte er. »Okay. Damit kann ich leben. Zumindest vorerst.«

»Danke«, murmelte sie.

»Ich stelle mir einfach vor, dass du eine Geheimagentin auf verdeckter Mission bist. Womöglich eine, die Heligan unterwandert, um die geheime Weltformel in einer noch geheimeren Blüte zu finden.«

Sie musste lachen und fühlte sich nicht mehr ganz so schlecht.

»Aber warte nicht zu lange damit, okay?«

Sie nickte, unglaublich erleichtert, dass er sie nicht bedrängte. Allein dafür hätte sie ihn küssen können. »Alles klar.«

Sie lehnte sich ein wenig zurück und sah hinaus aufs Meer. Lauschte den Möwen, dem Wind, dem Geräusch der Wellen, die unter ihr an die Klippen klatschten, atmete den salzigen Meereswind ein und fühlte, wie die Anspannung sie verließ und sich etwas in ihr öffnete.

Auch Ben saß eine ganze Weile schweigend da, bis er schließlich aufstand. »Wir sollten langsam los. Agatha vermisst mich sicher schon.«

Diese Aussage war wie eine kalte Dusche. »Wer ist Agatha?«, fragte sie so gleichgültig wie möglich, während ein kleines Flämmchen Eifersucht in ihr aufloderte.

Er ließ sich Zeit mit der Antwort. »Die reizende ältere Dame, mit der ich zusammenlebe.«

»Das klingt jetzt schon etwas – seltsam.«

»Das sollte es auch.« Er grinste. »Sie bevorzugt Grünzeug, aber ab und an ist sie auch tierischen Proteinen nicht abgeneigt. Am liebsten Mehlwürmer«, setzte er hinzu.

»Mehlwürmer?« Lexi schüttelte sich. »Was ist sie – ein Frosch?«

»Eine Griechische Landschildkröte. Ich habe sie von meinem Großvater geschenkt bekommen, als ich noch ein Kind war.«

»Nun, dann sollten wir Agatha nicht warten lassen.«

Ben reichte ihr die Hand, um ihr hochzuhelfen, und hielt Lexi fest, als sie auf dem unebenen Boden für einen Augenblick das Gleichgewicht verlor. Sanft zog er sie zu sich, bis sein Gesicht ganz nah vor ihrem war. Dann hielt er inne. Raum für Entscheidungen.

Ihr Herz schlug schneller. Sie stellte sich vor, wie es wäre, wenn er sie jetzt küssen würde. Oder sie ihn. Wenn sie sich einfach fallenlassen könnte.

Aber dann ließ er sie auch schon wieder los, und der Moment war vorüber.

Nein, das war er nicht.

»Warte«, hielt Lexi ihn zurück, als er sich umdrehen wollte.

Bevor sie es sich noch einmal anders überlegen konnte, trat sie einen Schritt näher zu ihm und küsste ihn. Nach einem winzigen Augenblick der Überraschung legte sich seine Hand um ihren Nacken, warm und sanft, und er zog sie an sich und küsste sie zurück.

»Ich dachte schon, du lässt mich noch ewig schmoren«, murmelte er, als sie sich danach voneinander lösten.

Auf der Fahrt nach Hause presste sie sich an ihn, ihre Arme um ihn und unter dem Helm ein Lächeln im Gesicht.

13

ALLIE

Steward's House, Heligan, April 1815

Allie klopfte an die Tür des Gutsverwalterhauses und wurde fast umgehend von der Haushälterin ihrer Schwester eingelassen.

Damaris kam ihr entgegen. »Allie! Wie schön!«

Sie hielt sich tapfer, aber Allie sah, dass ihre Augen gerötet und von dunklen Ringen umgeben waren.

»Wie geht es Julian?«, fragte Allie besorgt.

Damaris schenkte ihr ein kleines, erleichtertes Lächeln. »Ganz gut, denke ich.«

Henrys Gartenfest und damit auch das unselige Duell lagen jetzt zwei Tage zurück. Dr. Gibson hatte bei Julian tatsächlich eine Herzattacke festgestellt, ganz so, wie Allie vermutet hatte. Aber nach einem Aderlass und einem stärkenden Mittel war es ihm bald wieder besser gegangen. Dennoch hatte Dr. Gibson allen eingeschärft, dass man vorübergehend möglichst jegliche Aufregung von Julian fernhalten sollte – leichter gesagt als getan bei den momentanen Umständen. Zumindest hatte sein Sohn Tristan für die nächste Zeit Julians Aufgaben übernommen.

Allie sah sie prüfend an. »Du siehst trotzdem nicht glücklich aus.«

»Wie könnte ich?«

»Es geht um Avery?«

Damaris seufzte. »Ich wollte es Julian noch nicht sagen, aber ich kann vor ihm nichts verheimlichen.«

»Also hast du ihm gebeichtet, dass Avery mit den Bullers auf dem Weg nach Indien ist?«

Damaris nickte. »Und nicht nur das, sondern auch, dass ich es war, die ihm zur Flucht verholfen hat.«

»Und, wie hat er es aufgenommen?«

»Besser, als ich erwartet hatte. Auch wenn er nach wie vor der Meinung ist, dass Avery sich seiner Verantwortung stellen sollte.« Sie zog eine Grimasse. »Und er sagt, ich hätte mich ebenfalls strafbar gemacht. Nicht nur wegen der Beihilfe zur Flucht, sondern auch, weil ich die Constables angelogen habe. Aber ich kann doch mein Kind nicht der Justiz ausliefern. Nicht, wenn die Gefahr besteht, dass man ihn hängen könnte!«

»Weißt du, was ich glaube?«, fragte Allie.

»Was denn?«

»Ich glaube, Julian ist insgeheim genauso froh wie wir beide, dass Avery der Polizei entkommen ist.«

Damaris nickte zögernd. »Ja, das denke ich auch.«

Die Constables – ein Vorgesetzter und zwei Gehilfen – waren noch am selben Tag gekommen und hatten etliche der Bewohner und Gäste Heligans zu dem Vorfall befragt. Die wenigsten konnten jedoch etwas dazu sagen, weil sie nicht selbst anwesend gewesen waren. Perys war nicht ansprechbar, und so war es an Allie, Damaris und dem jungen Will, etwas zum Verlauf des Duells zu sagen. Dass Perys und Avery aufeinander geschossen hatten, daran gab es nichts zu leugnen. Da Damaris allerdings behauptete, nicht zu wissen, wo ihr ältester Sohn abgeblieben sei, und Allie und Will ebenfalls keine Auskunft geben konnten, waren die Constables schließlich wieder abgezogen.

Allie sah ihre Schwester an. Damaris hielt sich aufrecht, aber Allie merkte ihr die vielen Sorgen an. Perys schwebte am Rand des Todes, Julian war krank, und ihr Sohn wurde von der Polizei gesucht und war auf der Flucht in ein fernes Land in eine ungewisse Zukunft.

»Ich frage mich ständig, wie es Avery geht«, sagte Damaris. »Und wie es so weit kommen konnte. Julian und Tristan sind doch vollkommen anders als er. Ich fürchte, dieses wilde Blut hat er von unserem Dad.«

Allie nickte. »Da könnte was dran sein.«

Frederick Tremayne, ein Cousin von Henry und das schwarze Schaf der Familie, hatte sein gesamtes Erbe verspielt. Nach dem Tod seiner Frau hatte er auch noch angefangen zu trinken, bis er bei einem Minenunglück ums Leben gekommen war. Daraufhin hatte Henry dessen beide damals noch minderjährige Töchter Damaris und Allie bei sich aufgenommen.

Allie nahm Damaris' Hände in ihre. »Ich weiß, Maris, Avery ist ein Spieler und ein Hallodri, aber genau wie Dad ist er kein schlechter Mensch. Er wird schon auf sich aufpassen.«

Damaris nickte. »Ja, das wird er.« Sie deutete nach oben. »Willst du zu Julian? Er wird sich freuen, dich zu sehen.«

»Sehr gern.«

Langsam, die Hand zur Unterstützung am Geländer, stieg Allie die Treppe in den ersten Stock des Steward's House hinauf. Sie war erleichtert, Julian im Arbeitszimmer am Schreibtisch vorzufinden.

»Ich dachte, du gehörst ins Bett«, sagte sie dennoch.

Julian sah auf. »Dr. Gibson sagte nur, ich soll mich ausruhen. Er hat nichts von Bettruhe gesagt.« Er legte die Schreibfeder weg. »Hast du Neuigkeiten von Perys?«

Sie nickte. »Er ist aufgewacht und hat mit seiner Mutter gesprochen.«

Das war etwas sehr positiv formuliert, aber sie wollte Julian nicht noch mehr Grund zur Sorge geben. Es stimmte, dass Perys mittlerweile kurz aufgewacht war. Aber sein Zustand war weiterhin ernst. Die Kugel steckte noch immer in seinem Brustkorb, und er war nach wie vor zu schwach für eine Operation. John Hearle hatte für ihn ein Zimmer im Obergeschoss von Heligan House herrichten lassen und auch noch zwei angrenzende Räume bereitgestellt, damit Perys' Familie bei ihm sein konnte.

»Es freut mich sehr, das zu hören«, sagte Julian.

Er streute etwas feinkörnigen Schreibsand über den Brief, den er gerade beendet hatte. Dann klopfte er den Sand ab, überflog die Zeilen ein letztes Mal und faltete das Schreiben zusammen. Allie sah ihm zu, wie er heißes Siegelwachs darauf tropfte und den Brief mit einem Siegelring verschloss, den er in einer Schublade des Sekretärs aufbewahrte. Julian trug keine Ringe – sie störten ihn bei der Arbeit, sagte er.

»Könntest du mir einen Gefallen tun, Allie?«

»Natürlich.«

Er reichte ihr das Schreiben. »Bringst du das zu Henry?«

»Du schreibst ihm einen Brief?«

Er erwiderte ihren Blick. »Nein. Das ist meine Kündigung.«

»Das ist nicht dein Ernst.« Allie setzte sich langsam auf einen freien Stuhl.

»Doch. Ich bedaure das sehr, aber ich kann nicht mehr als Henrys Gutsverwalter arbeiten.«

»Geht es dir so schlecht?«, fragte Allie erschrocken. »Ich dachte, Dr. Gibson hätte gesagt, du müsstest dich nur noch ein paar Tage schonen.«

»Das ist es nicht, Allie. Es geht nicht um meine Gesundheit, es geht um Avery und um das, was er getan hat.« Er schüttelte langsam den Kopf. »Mein Sohn hat Henrys Neffen schwer verletzt. Wie kann ich da je wieder für ihn arbeiten?«

Avery wankte wie ein Betrunkener ans Oberdeck der *Seahorse*, umklammerte die Reling mit beiden Händen, beugte sich darüber und würgte. Nichts.

Eine Welle hob das Schiff und ließ es gleich darauf wieder nach unten sinken. Avery biss die Zähne zusammen und kämpfte gegen die erneute Übelkeit. Dann erbrach er sich in einem Schwall über die Reling ins Meer.

Das ging nun schon seit Tagen so, seit ihrer Abreise aus England. Nie im Leben hätte er gedacht, dass er seekrank werden würde.

Ein Matrose in seiner Nähe, der in aller Seelenruhe ein Tau aufrollte, grinste breit und sagte etwas, was Avery nicht verstand, als er auf wackligen Beinen wieder nach unten taumelte. Zurück in seiner winzigen, fensterlosen Kabine, in der wenig mehr als eine schmale Koje und sein Gepäck Platz hatten, warf er einen Blick in den Spiegel, der neben der Tür hing. Er hatte sich immer für gut aussehend gehalten, aber momentan sah er eher aus wie ein Geist. Ein bleicher Geist mit dunklen Bartstoppeln.

Das Stampfen und Rollen des Schiffs ließ den Brechreiz wieder stärker werden, und nur unter Aufbietung seiner ganzen Willenskraft schaffte er es, seinen Mageninhalt bei sich zu behalten. Sofern sich überhaupt noch etwas darin befand. Angezogen, wie er war, legte er sich in seine Koje.

Ein leises Klopfen schreckte ihn auf.

»Alles in Ordnung, Avery?« Die schlanke Gestalt von Isabella Buller stand in der geöffneten Tür. Wie schaffte diese Frau es nur, trotz dieses Seegangs so untadelig auszusehen?

Er presste lediglich ein leises Stöhnen hervor, weil er befürchtete, sich erneut übergeben zu müssen, wenn er ihr antwortete.

Sie verstand ihn trotzdem. »Die Seekrankheit? Oje. Da fällt

mir das Gespräch mit einem alten Seemann ein. Er hat einmal über dieses Leiden zu mir gesagt: ›Am Anfang hat man Angst zu sterben.‹«

Avery nickte schwach. Ganz so fühlte er sich – sterbenselend. »Und … später?«, fragte er mit zusammengebissenen Zähnen. Nicht auszudenken, wenn er sich in ihrer Gegenwart erbrechen würde. Seine einzige Hoffnung war, dass er nichts mehr im Magen hatte, das noch den Weg ans Tageslicht finden könnte.

Isabella lächelte mitleidig. »›Und später, wenn es nicht besser wird, hat man Angst, nicht zu sterben und alles weiter ertragen zu müssen‹«, beendete sie die Seemannsweisheit.

»Du machst mir nicht gerade Hoffnung«, stöhnte Avery. »Dann wird das also bis Indien so weitergehen?«

»Aber nicht doch. Das sind nur die ersten Tage, danach wird es besser werden. Und ich denke, ich habe etwas dagegen. Warte, ich bin gleich zurück.«

Und schon war sie verschwunden.

Avery schaffte es, sich aufzusetzen, auch wenn diese Bewegung eine erneute Welle der Übelkeit nach sich zog, die er mühsam niederkämpfte.

Kurz darauf wurde die Tür wieder geöffnet, und Isabella war zurück.

»Hier.« Sie reichte ihm einen kleinen Teller. »Iss das.«

Avery drehte den Kopf. »Ich kann nicht.«

»Doch, du kannst«, sagte Isabella bestimmt. »Das wirkt Wunder bei Seekrankheit. Zumindest bei meinen Kindern.«

Widerstrebend nahm Avery ihr den Teller ab. Ein paar kleine, eckige Stückchen lagen darauf, und ein kräftiger, würziger Geruch, der seine Eingeweide zusammenzog, stieg ihm in die Nase.

»Was ist das?«

»Kandierter Ingwer. Versuch es.«

Er gehorchte, nahm ein winziges Bröckchen und kaute vorsichtig. Ein süß-scharfer Geschmack erfüllte seinen Mund. Er schluckte und wartete darauf, dass alles wieder hochkam, aber zu seiner Erleichterung passierte nichts dergleichen. Er nahm einen weiteren kleinen Bissen. Der Ingwer brannte in seiner Kehle, aber immerhin hatte er nicht mehr das Gefühl, sich jeden Moment übergeben zu müssen.

»Nimm noch ein Stückchen.«

Sie sah ihm zu, wie er vorsichtig kaute und noch vorsichtiger schluckte. Und tatsächlich: Allmählich hatte er das Gefühl, dass sich sein überreizter Magen beruhigte und die Übelkeit ein wenig nachließ.

Sie erhob sich. »Iss noch ein bisschen, dann dürfte es dir schon bald besser gehen.«

»Danke«, murmelte er. Sie wirkte so zart und war doch so stark. »Woher weißt du das mit dem Ingwer?«

Isabella lächelte, ihr Blick wurde weich. »Ich habe sechs Kinder. Da lernt man solche Dinge.«

Für einen kurzen Moment hatte er das heftige Bedürfnis, mit ihr zu reden. Aber natürlich würde er das nicht tun. Das, was ihn belastete, konnte er niemandem sagen.

Isabella hatte recht. Der kandierte Ingwer half, und als sie nach einem kurzen Halt auf Madeira wieder in See stachen, war die Übelkeit verschwunden.

Aber der Ingwer half nicht gegen die Angst und die Gewissensbisse, die ihn nachts wachhielten. Die Angst, dass er Perys getötet haben könnte. Und die Gewissensbisse seinem Vater gegenüber. Immer wieder sah er seinen Blick vor sich – voller Schmerz, Enttäuschung und Resignation.

Avery richtete sich im Dunkeln auf, griff nach dem Rotwein,

den er sich in seine Kabine hatte bringen lassen, und trank direkt aus der Flasche.

»Ich bin so froh, dass Henry Dads Kündigung nicht angenommen hat«, sagte Lowenna, während sie zwei Büschel Beinwell in ihren Korb legte.

»Ich ebenfalls«, stimmte Allie zu.

»Und Dad auch, auch wenn er es vermutlich nicht zugeben wird.«

Natürlich hatte Henry Julians Kündigung abgelehnt. Und nicht nur das – er war sogar persönlich vorbeigekommen und hatte ein ausführliches Gespräch mit Julian geführt. Danach hatte dieser eingewilligt, seinem langjährigen Freund und Weggenossen weiterhin als Gutsverwalter zur Verfügung zu stehen.

Irgendwo im Unterholz konnte Allie einen Fuchs winseln hören. Milchiger Morgendunst schwebte über den Wiesen, Feuchtigkeit kroch ihr in den Rock. Schon seit dem frühen Morgen war sie gemeinsam mit ihrer Nichte Lowenna auf dem Heligan-Gelände unterwegs, denn Kräuter sammelte man am besten dann, wenn sie noch von Tau bedeckt waren. Allie hatte sich in den vergangenen Jahren großes Kräuterwissen angeeignet – ein Zimmer in ihrem Häuschen Willow Cottage hing voller getrockneter Pflanzen, in den Regalen an den Wänden stapelten sich die verschiedensten Aufgüsse in Gläsern. Zu Allies Freude zeigte seit einiger Zeit auch Damaris' Tochter Lowenna Interesse an der Kräuterkunde, und so zogen die beiden Frauen oft gemeinsam los.

An diesem Morgen diente dieser Ausflug allerdings weniger dem Kräutersammeln als der Ablenkung von dem, was nachher stattfinden würde: Da es Perys inzwischen ein wenig besser ging, wollte der Arzt es wagen, die Kugel zu entfernen, die noch immer in seiner Brust steckte.

Keine zwei Stunden später hallte der erste lang gezogene Schrei durch Heligan House – gedämpft durch mehrere Türen, die dazwischen lagen, und doch geeignet, jedem einen Schauer über den Rücken laufen zu lassen. Allie wollte sich lieber nicht ausmalen, welche Qualen Perys gerade durchlebte. Dr. Gibson hatte ihm sicher etwas Opiumtinktur gegeben, aber das half offensichtlich kaum gegen die mörderischen Schmerzen der Operation.

Julian hatte darauf bestanden, anwesend zu sein, und so waren sie jetzt alle im Salon versammelt, warteten und beteten für Perys' Wohlergehen. Henry, Perys' Mutter Grace und seine Schwestern auf der einen Seite, die Mitglieder der Familie Harrington auf der anderen Seite. Ob die langjährige Freundschaft zu den Rashleighs irreparabel zerstört war? Darüber wollte Allie sich jetzt noch keine Gedanken machen, auch wenn das eine der vielen Sorgen war, die sie quälten. Sie warf einen besorgten Blick in Julians Richtung, aber es schien ihm gut zu gehen.

Sie wünschte, ihr Mann Tristan wäre bei ihr, aber er war genau wie John Hearle und Perys' Vater oben, um Perys in dieser Stunde der Not beizustehen.

Ein erneuter Schrei ertönte, und sie zuckte zusammen.

»Das ist ein gutes Zeichen«, murmelte Henry wie zu sich selbst. »Wenn er schreit, hat er genug Kraft.«

Wie als Antwort brach der Schrei schlagartig ab. Grace schluchzte laut auf, Florrie presste sich die Hand auf den Mund und weinte.

»Er ist nur ohnmächtig geworden«, sagte Allie hilflos in die versammelte Verzweiflung hinein. Hoffentlich war es so. *Bitte,* betete sie, *bitte lass es so gewesen sein.*

Nach weiteren Tagen des Bangens, Hoffens und Betens stand endlich fest, dass Perys die schwere Verletzung überstehen und wieder auf die Beine kommen würde. Daraufhin versammelte sich ganz Heligan zu einem Dankgottesdienst.

Und als das letzte Lied gesungen und der Gemeinde der Segen erteilt worden war, sah Allie, wie Grace Rashleigh den Kopf drehte und Damaris ein kleines, versöhnliches Lächeln schenkte.

14

AVERY

Golf von Bengalen vor Madras, Indien, September 1815

Die See war so spiegelglatt wie seit Tagen nicht mehr. Avery stand an Bord der *Seahorse* und sah hinaus aufs Festland, das zum Greifen nah war. Er sehnte sich danach, keinen schwankenden Boden mehr unter sich zu haben, sich nicht mehr mit Salzwasser waschen zu müssen, nicht mehr täglich dasselbe eintönige Essen vorgesetzt zu bekommen und endlich wieder etwas anderes zu sehen.

Die vergangenen Monate auf See hatten nur wenig Abwechslung zu bieten gehabt. Kaum jemand, der an einem Kartenspiel oder an Wetten interessiert gewesen war. Und so verbrachte Avery mangels Alternativen viel Zeit mit Anthonys und Isabellas Kindern.

Und diese liebten ihn. Vor allem die beiden Söhne der Bullers – der dreijährige Charly und sein fünfjähriger Bruder Tony – hatten einen Narren an Avery gefressen. Er hatte für die beiden Jungen aus Holzplanken zwei improvisierte Cricketschläger hergestellt und aus einem zersplissenen Schiffstau ein paar kleine Bälle, und wann immer sie Gelegenheit dazu hatten, spielten sie eine einfache Form von Cricket auf dem Oberdeck. Irgendwann fielen die Bälle über Bord ins Meer, und dann musste Avery neue herstellen. Aber das machte ihm nichts aus – er genoss es, etwas zu tun zu haben.

Auch, um Anthony Buller zu entkommen. Buller war höchst erfreut gewesen, aus Damaris' Brief an ihn von Averys großem Interesse an der Botanik zu erfahren. Als Damaris diesen Brief geschrieben hatte, war sie in Eile gewesen, und diese angebliche botanische Leidenschaft war ihr in der Hektik eine gangbare Erklärung für Averys überraschende Abreise erschienen. Und so musste Avery sich jetzt fast jeden Tag mit Anthony über heimische und tropische Pflanzen, ihre Konservierung und Kultivierung austauschen und vorgeben, an etwas interessiert zu sein, für das er in Wirklichkeit nicht allzu viel übrighatte.

Aber das lag jetzt alles hinter ihm.

Die sechs Kinder der Bullers verhielten sich erstaunlich wohlerzogen. Auch wenn ihnen die Aufregung anzusehen war, warteten sie doch ordentlich aufgereiht an Deck. Nur der kleine Charly konnte nicht stillstehen, hüpfte aufgeregt auf und ab und deutete hierhin und dorthin. Vor ihnen lag eine sandige, lang gestreckte Küste, an deren Strand sich die Menschen drängten.

»Das wirkt fast, als wäre die Erde selbst lebendig geworden«, murmelte Isabella neben ihm, die unter ihrem Sonnenhut ein wenig angespannt wirkte.

Ein schwül-warmer Wind wehte Avery entgegen, und binnen Kurzem klebte ihm seine Kleidung am Körper. Die Gebäude am Ufer waren alle mehrstöckig, weiß und mit Kolonnaden versehen. Nur wenig entfernt davon stand eine wuchtige Bastion – das musste Fort St George sein, die erste britische Festung in Indien. Im Hintergrund erkannte Avery Minarette und Pagoden.

Ein paar schmale Boote mit kräftigen Ruderern brachten sie und ihr Gepäck an Land. Kaum waren sie ausgestiegen, wurden sie auch schon von Einheimischen umringt, die ihnen in Englisch und allen möglichen Sprachen ihre Dienste anboten. Am

Strand warteten etliche kräftige, halb nackte Träger neben ein paar einfachen Sänften. Dahinter stand eine Reihe von Droschken.

Ein hochgewachsener, freundlicher Inder mit Turban nahm die Bullers und Avery in Empfang und stellte sich als Dinesh, ihr Majordomus, vor. Und dann ging es auch schon in drei Droschken die Straßen entlang.

Die Bullers hatten von der Kolonialverwaltung ein Haus am Rande von Madras zur Verfügung gestellt bekommen, und es stand für sie außer Frage, dass Avery, den sie als zusätzliches Familienmitglied betrachteten, ebenfalls dort wohnen würde. Dabei handelte es sich um ein weißes, einstöckiges Landhaus, das von Feldern und einem kleinen Garten umgeben war. Fast jeder, der in Madras etwas auf sich hielt, erklärte Dinesh, lebe ein Stück außerhalb. Nur zum Arbeiten ginge man in die Stadt.

Als Avery das Haus betrat, atmete er erleichtert auf: Mit Wasser getränkte Strohmatten in den Fenster- und Türöffnungen sorgten für einen angenehm kühlen Luftzug.

»Das ist ja wie im Himmel«, entfuhr es Isabella, deren erhitztes Gesicht unter ihrem Strohhut glühte.

Dinesh hatte bereits drei Einheimische eingestellt, die ihnen neben ihm und den beiden aus England mitgereisten Angestellten zu Diensten sein würden – einen Koch, einen Kutscher und ein Mädchen für alles. Zur Beförderung dienten außerdem die überall verfügbaren Sänften für eine Person, die hier *palanquins* genannt wurden. Auch den Bullers standen vier Sänftenträger zur Verfügung.

Ihr Leben in Indien unterschied sich gar nicht so sehr von dem in England. Anthony Buller fuhr jeden Morgen mit der Droschke in die Stadt, die ihn zum Gericht brachte, und kam jeden Abend kurz vor dem Dinner nach Hause. Avery hielt es ähnlich. Anthony hatte ihm eine Stelle als Schreiber in der Kolonialverwaltung besorgt, aber diese Arbeit in einem stickigen kleinen Zimmer war so gar nicht nach Averys Geschmack, und so sah er sich schon bald nach einer neuen Tätigkeit um. Er fand sie als Landungsagent bei Binny & Co, einer neu gegründeten Agentur, die ihren Firmensitz in der Nähe des Forts hatte. Das Anlegen von Schiffen in Madras wurde durch die raue See in Küstennähe erschwert, sodass die Händler bislang gezwungen gewesen waren, sich auf eine zwielichtige Bande von Bootsführern zu verlassen. John Binny hatte das geändert und sorgte seit einigen Jahren mit einer kleinen Flotte von Lastkähnen und Leichtern dafür, Menschen und Waren sicher von Schiff an Land zu bringen.

Avery war mit ein paar anderen Agenten für die Organisation dieser Fahrten zuständig. Um mehr Geld zu verdienen, übernahm er bald noch weitere Aufgaben: Er handelte mit Madeirawein, buchte für Binnys Kunden Fahrkarten auf Schiffen nach England, verkaufte neu erschienene Bücher und auch Lose für die Lotterie, mit der die Regierung mehrere öffentliche Projekte finanzierte.

Diese Arbeit brauchte nicht viel Zeit, und den Rest des Tages hatte er für sich. Während Anthony Buller im Gebäude des Obersten Gerichtshofs Akten wälzte und Urteile sprach, streifte Avery durch die Straßen von Madras.

Die Stadt war zwar vollkommen anders als England, und doch war der englische Einfluss überall zu spüren. Neben etlichen hinduistischen Tempeln und einer Moschee gab es hier auch einige christliche Kirchen. Eine davon, die anglikanische St George's Cathedral, war erst vor wenigen Monaten fertiggestellt worden.

In Madras' sogenannter White Town wohnten hauptsächlich die englischen Siedler. Dort stand auch das gepflegte Fort mit seinen hohen Mauern, das eine gute Meile im Durchmesser maß. Mittags, wenn die Hitze allmählich unerträglich wurde, fuhren mehrere Ochsenkarren, hoch beladen mit Wasserfässern, durch die ungepflasterten Straßen. In die Fässer und den Karrenboden hatte man viele kleine Löcher gebohrt, durch die das Wasser auf die Straßen sickerte, um Staub und Schmutz zu binden.

Oft zog es Avery auch in die Black Town, wo vor allem Einheimische und katholische Europäer lebten und wo er die Händler mit ihren Ständen beobachtete, die exotische Lebensmittel und farbenfrohe Stoffe anboten, Wasserträger mit ihren großen Krügen und leicht bekleidete Sänftenträger, die ihre Last durch die staubigen Straßen trugen, die im Unterschied zum Fort nicht mit Wasser gebunden wurden.

Der Basar mit seinem Völker- und Sprachengemisch, der Vielzahl von Farben und fremden Gerüchen faszinierte ihn. Er nutzte die Gelegenheit, von den ungewohnten Speisen zu kosten und zu kaufen. Er bezahlte mit Rupien und einigen silbernen Fanam und schnappte dabei auch den ein oder anderen Sprachbrocken auf. Schon bald konnte er etliche Worte in Hindi und auch ein paar in der hiesigen Sprache Telugu verstehen, und es dauerte nicht lange, bis er ein paar einfache Sätze sprechen konnte.

Es gab nicht viele europäische Frauen in Madras, und die wenigen, die noch unverheiratet waren, waren heiß begehrt. Etliche Engländer hatten daher einheimische Geliebte, sogenannte *bibis*. Aber so sehr Avery sich manchmal nach weiblicher Gesellschaft sehnte – eine feste Beziehung wollte er nicht eingehen, und so blieb für ihn nur das Bordell.

Eine willkommene Abwechslung für ihn waren auch die Abendveranstaltungen, die regelmäßig im Pantheon, einem Festgebäude in griechischem Stil, abgehalten wurden. Dort gab es Theateraufführungen und Kartenräume, die Avery regelmäßig aufsuchte.

Nicht nur das Leben, auch das Wetter war hier deutlich anders als in Cornwall. Das feuchtheiße Tropenklima wurde nur durch gelegentliche Meeresbrisen erträglicher. Von Dinesh erfuhr er, dass es in diesem April dennoch ungewöhnlich kalt gewesen sei – so kalt, dass es sogar geschneit habe. Avery hielt das für ein Gerücht. In Madras, so hieß es, gebe es nur drei Jahreszeiten: heiß, heißer und höllisch heiß.

Avery warf die Feder auf den Tisch, zerknüllte den Briefbogen und warf ihn in den Papierkorb. Es wollte ihm einfach nicht gelingen, einen Brief nach Hause zu schreiben. Dabei brannten ihm die Fragen auf den Nägeln: Was war aus Perys geworden? Was aus Perys' Schwester Martha, die er so schmählich abserviert hatte? Wie stand Dad zu ihm? Aber er hatte Angst vor den möglichen Antworten: dass Perys durch seine Schuld gestorben war und dass die Constables ihn wegen Mordes suchten. Nein, dann blieb er lieber im Ungewissen und lenkte sich mit angenehmen Tätigkeiten ab.

Vogelgezwitscher drang durch das offene Fenster, im Morgenlicht sah Avery rötlichen Staub von den knochentrockenen Straßen aufwirbeln. Ein guter Morgen, um auszureiten.

Nach zwei Stunden im Sattel war sein Kopf ein wenig klarer, und er machte sich auf den Rückweg, bis er auf halber Strecke wütende Schimpfworte auf Englisch vernahm. Kaum lenkte er sein Pferd ein wenig näher, erkannte er Mr Stanley, den jungen Artilleriekadetten, dessen Eltern mit den Bullers bekannt waren und der jetzt für ein paar Tage als Gast in ihrem Haus weilte. Anthony hatte ihm großzügig angeboten, seine Träger und seine Sänfte zu benutzen. Jetzt war besagter Kadett dabei, die Träger, die sich im Schatten eines Brunnens niedergelassen hatten, mit Fußtritten und Schimpfworten zu schikanieren. Die vier Männer wirkten zutiefst erschöpft, wehrten sich aber nicht gegen diese Behandlung, sondern nahmen sie schweigend und stoisch hin.

»Darf ich fragen, worum es geht, Mr Stanley?«, fragte Avery vom Sattel herab.

Der junge Mann sah auf und hielt mit seinen Tritten inne. »Ah, Sie sind es, Mr Harrington. Dieses Gesindel hier tut nicht, was es soll. Die faulen Kerle haben nichts anderes zu tun, als mich zum St Thomas Mount und wieder zurück zu tragen. Und jetzt sind sie angeblich müde.« Ein erneuter Fußtritt unterstrich seine Worte. »Wie soll ich jetzt zu Anthony kommen?«

Bis zum St Thomas Mount und wieder zurück? Das war eine Strecke von sechzehn Meilen. Kein Wunder, dass die Träger erschöpft waren. Aber Avery konnte es sich nicht leisten, Ärger zu bekommen. Er stieg ab, setzte sein freundlichstes Gesicht auf und sagte: »Was halten Sie davon, Mr Stanley, wenn Sie für den Rückweg mein Pferd nehmen? Ich wäre Ihnen natürlich sehr verbunden, wenn Sie den Stallburschen danach bitten würden, sich um das Tier zu kümmern.«

Damit war Stanley zufrieden, und kurz darauf zog er mit Averys Pferd ab.

Es war wirklich heiß. Später würde Avery mit der Sänfte zurückkehren, aber jetzt war noch nicht die Zeit dazu. Er ließ sich neben den Trägern im Schatten des Brunnens nieder, zog seine Jacke aus und öffnete seine Weste. Er hätte etwas Leichteres anziehen sollen.

»Ich danke Ihnen, *sahib*.« Einer der Männer, offenbar der älteste, reichte ihm einen Becher mit Wasser. »Aber das hätten Sie nicht tun müssen.«

»Ihr seid zu viert«, sagte Avery und trank erst einmal durstig. »Warum habt ihr euch nicht gewehrt? Oder zumindest Einspruch erhoben? Warum nehmt ihr hin, dass er euch so behandelt?«

Der Träger verzog das dunkle Gesicht zu einem nachsichtigen Lächeln. »Sie wissen es nicht, *sahib?*«

»Was weiß ich nicht?« Der Mann wirkte trotz seiner offensichtlichen Erschöpfung so entspannt und voller Wissen, dass Avery sich wie ein kleiner, dummer Junge vorkam.

»Dass er noch lernen muss«, sagte der Sänftenträger. »Es ist doch allgemein bekannt, dass viele jungen Herren in Europa in einem Zustand der Wildheit eingefangen werden. Dann schickt man sie zu uns nach Indien, damit sie hier gezähmt werden. Bis dahin wissen sie es nicht anders. Aber sie werden es lernen.«

Junge Europäer im Zustand der Wildheit? Nach Indien geschickt, um gezähmt zu werden? Avery wollte widersprechen, aber dann ließ er es, beschämt von dieser großzügigen Weltsicht. Es stand ihm nicht zu, das infrage zu stellen.

»Es ist trotzdem nicht richtig«, sagte er schließlich nur. »Kein Mensch sollte sich über den anderen erheben, schon gar nicht auf diese Weise. Jeder Mensch sollte sich so benehmen, wie er selbst behandelt werden will.«

Was er da sagte, klang seltsam fremd in seinen Ohren. Wurde er jetzt plötzlich zu einem Moralapostel?

Der Inder neigte lächelnd sein Haupt. »Das sind weise Worte, *sahib*. Sie sind ein guter Mensch.«

Fast hätte Avery gelacht. Weise Worte? Das hatte ihm wirklich noch niemand gesagt. Dann stiegen urplötzlich die altbekannten Schuldgefühle in ihm auf, und so wohl er sich gerade noch hier neben diesen indischen Trägern gefühlt hatte, jetzt hielt er es plötzlich nicht mehr aus.

Er war kein guter Mensch. Ganz und gar nicht.

Zur allgemeinen Erleichterung begann im Oktober die Regenzeit. Aber was anfangs noch freudig aufgenommen wurde, wurde im November zu einem störenden Übel – es regnete fast ununterbrochen, die Straßen versanken im Matsch, kleine Sturzfluten von Wasser und Schlamm schoben sich durch die Gassen der Stadt. Regen war Avery auch aus England gewohnt, aber nicht in dieser Intensität und Dauer. An ein Ausreiten oder Theaterbesuche war kaum mehr zu denken.

Und so ging es auch den gesamten Dezember hindurch. Erst nach dem Jahreswechsel, im Januar 1816, ließen die heftigen Regenfälle allmählich nach, und der Schlamm auf den Straßen und Wegen trocknete. Dann stiegen die Temperaturen von Tag zu Tag wieder, bis es schnell abermals unerträglich feucht-warm wurde. Und die schlimmste Hitze würde erst noch kommen.

Daher stimmte Avery sofort zu, als Buller ihn fragte, ob er die Familie nach Kalkutta weiter im Norden begleiten wollte, wo Anthony eine Stelle als oberster Richter angeboten worden war.

15

AVERY

Kalkutta, Indien, März 1816

Die Schiffspassage von Madras nach Kalkutta im nördlichen Teil Indiens dauerte zwölf Tage. Diesmal hatte Avery kein Problem mit der Seekrankheit – entweder der Ingwer half, oder er hatte sich inzwischen an die schaukelnden Bewegungen gewöhnt.

Anders als in Madras wohnten die Bullers jetzt mitten in der Stadt in der Nähe der repräsentativen Esplanade Row in einem zweigeschossigen Haus mit einigen Bediensteten. In den ersten Wochen lebte Avery ebenfalls dort, allerdings hatte er nicht vor, das zum Dauerzustand zu machen.

Kalkutta war seit mehr als vierzig Jahren die Hauptstadt Britisch-Indiens. Avery mochte den weltoffenen Flair in diesem Schmelztiegel unterschiedlichster Menschen und Kulturen. Alle großen Weltreligionen waren hier versammelt. Es gab nicht nur zwei anglikanische Kirchen und ein katholisches Gotteshaus, sondern auch eine Synagoge, mehrere Moscheen und eine größere Anzahl von Pagoden.

Averys Leben in Kalkutta unterschied sich kaum von dem, das er schon in Madras geführt hatte. Um der drückenden Hitze des Tages zu entfliehen, stand er früh auf und ritt aus, um pünktlich zum Frühstück um acht Uhr zurück zu sein. Das *kedgeree,* das der Koch jeden Morgen zubereitete, war anfangs für ihn gewöhnungsbedürftig gewesen, aber inzwischen wollte er die schmackhafte Mischung aus Reis, Linsen, gekochten Eiern und frischem Fisch nicht mehr missen.

Am Vormittag beschäftigte er sich ein paar Stunden lang mit geregelter Arbeit – auch in Kalkutta bestand Bedarf an Landungsagenten, die sich um Neuankömmlinge kümmerten –, dann ging es wieder zurück zum Mittagsmahl und zu einer kurzen Pause. Nach dem Tee wurden Besuche abgestattet, und wenn nach dem Abendessen die Sonne unterging, machte er wie viele andere Engländer auch vornehm gekleidet einen Spaziergang um das große Wasserbecken des Lal Dighi. Lieber allerdings besuchte er die Spielbank, manchmal auch das Theater oder ein Bordell.

So ging es ein paar Wochen lang, bis Avery merkte, dass er sich langweilte.

Ein Drache.

Das war Averys erster Gedanke, als er sah, wie sich das große gefiederte Wesen ein wenig schwerfällig und doch elegant von einem Ast erhob. Mit kraftvollen Flügelschlägen schwang sich der Körper in die Luft und flog, seinen langen, schweren Schweif wie eine Schleppe hinter sich herziehend, zu einem wenige Yards entfernten Hausdach.

Nein, das war natürlich kein Drache, das musste ein Pfau sein. Avery hatte schon einmal einen dieser außergewöhnlichen Vögel mit den prächtigen Schwanzfedern in einer Menagerie in Truro gesehen, aber er hatte nicht gewusst, dass sie fliegen konnten.

Anthony hatte ihn gefragt, ob er ihn an diesem Samstag zu Nathaniel Wallich begleiten wollte, dem Direktor des Botanischen Gartens in Shibpur im Süden Kalkuttas. Avery hatte zwar wenig Lust, sich erneut mit irgendwelchen Leuten über die heimische Botanik auszutauschen, dennoch hatte er zugesagt. Abwechslung war schließlich immer gut.

Jetzt bewunderte Anthony gerade einen Teil des Gartens mit prächtigen exotischen Blumen, während Avery den Pfau beobachtete.

»Wunderschön, nicht wahr?«, sagte eine weibliche Stimme hinter ihm. »Ich könnte diesen Tieren den ganzen Tag zusehen.«

Avery drehte sich um und stand einer jungen Frau gegenüber. Sie war auf dezente Art hübsch, mit glatten, runden Wangen und glänzendem braunem Haar, das sie zu einem einfachen Knoten zusammengesteckt hatte.

»Sophia Wallich«, stellte sie sich vor und reichte ihm die Hand.

»Mrs Wallich, ich bin entzückt, Sie kennenzulernen.« Er deutete formvollendet einen Handkuss an. »Ich bin Avery Harrington.«

»Sehr erfreut. Aber sagen Sie doch Sophia zu mir. Wir sind hier nicht so förmlich.« Sie wirkte etwas verlegen. »Mein Mann lässt sich entschuldigen, Mr Harrington. Er …«

»Avery«, unterbrach er sie lächelnd.

»Avery.« Ihr Lächeln war ein wenig schüchtern. Sie war wirklich noch sehr jung. »Wie ich sagen wollte: Mein Mann wurde überraschend zu einem medizinischen Notfall gerufen, aber er wird sehr bald zurücksein.«

»Ich dachte, Mr Wallich sei der Direktor des Botanischen Gartens«, sagte er leicht verwirrt.

»Das ist richtig. Zudem ist er auch noch Arzt. In Diensten der Ostindien-Kompanie.«

Wie sich nach seiner Rückkehr herausstellte, war Nathaniel Wallich groß und ein wenig hager, hatte ein freundliches Gesicht und einen wachen Blick, der ständig zwischen seinen

Gesprächspartnern hin und her ging. Wortreich entschuldigte er sich für seine Verspätung und führte seine Gäste daraufhin höchstpersönlich durch sein Haus und einen Teil des Gartens.

Beim Tee erfuhren sie mehr. Nathaniel Wallich war gebürtiger Däne, der schon als Halbwüchsiger ein Medizinstudium in Kopenhagen aufgenommen und mit zwanzig Jahren abgeschlossen hatte. Neben der Medizin hatte er auch ein großes Interesse an der Botanik, und Indien war für ihn schon in dieser Hinsicht von großem Reiz. Daher hatte er sich im damals noch dänisch regierten Serampore in Bengalen als Wundarzt beworben und war kurz darauf genommen worden. Später wechselte er nach Britisch-Indien in den Dienst der Ostindien-Kompanie. Inzwischen war er dreißig Jahre alt – also kaum älter als Avery –, ein angesehenes Mitglied der internationalen Gemeinschaft Kalkuttas und stand fast weltweit mit jedem in Kontakt, der in der Botanik Rang und Namen hatte.

Avery brauchte Luftveränderung. Er hatte die Gastfreundschaft der Bullers lange genug ausgenutzt, und so sehr er Anthony, Isabella und ihre Kinder auch schätzte – allmählich fühlte er sich immer mehr unter Beobachtung.

Wohnraum war in Kalkutta knapp und teuer, und die Bildung von Wohngemeinschaften unter Europäern war durchaus üblich. Aber Avery wollte nicht zusammen mit ein paar jungen Schreibern der Ostindien-Kompanie im Writer's Building wohnen, wie es ihm angeboten wurde. Und ihn faszinierte der indische Teil der Stadt mit seinen Basaren und Palästen, den vielen neuen Gerüchen und den Menschen in ihren farbenfrohen Gewändern. Also mietete er sich in der Native Town eine kleine, recht preiswerte Bleibe, was auch seine Sprachkenntnisse erweiterte. Hindi verstand er schon recht gut, und jetzt schnappte er auch noch einiges an Bengali auf, das vorrangig von den Einheimischen Kalkuttas gesprochen wurde.

Was das Wetter betraf, so hatte sich nur wenig gegenüber Madras geändert. Auch in Kalkutta kamen jetzt die heißesten Monate des Jahres, und jeder sehnte den Monsun herbei, der hier gegen Ende Juni einsetzte. Aber als es dann endlich zu regnen begann – weniger, als Avery erwartet hatte –, fielen die Temperaturen kaum, und die trockene Hitze wurde nur durch eine feuchte Hitze ersetzt, die fast noch schlimmer zu ertragen war. Sobald die Sonne wieder schien, kam man sich vor wie in einem Dampfbad.

Sooft es seine Zeit erlaubte, ging er zu Nathaniel Wallich und seinem Botanischen Garten. Wallich führte seine Besucher mit Freude durch das riesige Areal, das sich an der Rückseite seines Hauses erstreckte. Hier wuchsen viele exotische Bäume und Pflanzen, und selbst am Tag konnte man es dort gut aushalten. Besonders gern präsentierte Wallich einen großen Banyanbaum, der um die fünfzig Jahre alt sein musste. Mit seinen vielen Luftwurzeln, die aus den Ästen wuchsen und senkrecht zum Boden verliefen, wirkte der Banyan eher wie ein dichter Wald denn wie ein einzelner Baum.

Dennoch: Obwohl Monsunzeit war, fiel nur wenig Regen. Dieses Wetter sei für diese Jahreszeit wirklich ungewöhnlich, erklärte Wallich bei seiner nächsten Runde im Garten.

»Wenn das so weitergeht«, sagte er mit besorgtem Blick auf die schlaffen Gewächse, »droht vielen hier im Land eine Hungersnot.«

Wallich – oder Nathaniel, wie Avery ihn bald nennen sollte – war ein aufgeschlossener und großzügiger Mensch, dessen Haus stets offen für Ratsuchende und Gestrandete war. Auch Avery war schon mehrmals in den Genuss seiner Gastfreundschaft gekommen, wenn er nach einem geselligen Abend in seinem Haus übernachten durfte, um nicht mitten in der Nacht in seine Unterkunft zurückkehren zu müssen.

Die Wallichs hatten erst im vergangenen Jahr geheiratet, und trotz des Altersunterschieds von elf Jahren schienen sie eine glückliche Ehe zu führen. Vor wenigen Monaten waren sie Eltern eines Sohnes geworden, des kleinen George Charles, den Avery meist nur von irgendwoher im Haus schreien hörte. Sie wohnten in einer stattlichen weißen Villa, direkt am Ufer des Hugli. Das Haus war wunderschön, wie Avery fand: dreistöckig, aus weißem Stein errichtet, mit Säulengängen, Türmchen und Fensterläden und einer halbrunden Veranda, von der aus man auf den Fluss blicken konnte. Überall im Haus standen Vasen mit exotischen Blumen, was Avery ein wenig an die Zimmer in Heligan House erinnerte, von denen auch jedes mit Blumen geschmückt war. Wenn auch nicht in dieser Pracht und Farbigkeit wie hier.

Manchmal erinnerte ihn Wallich ein bisschen an Henry Hawkins Tremayne, den Gutsherrn von Heligan und Averys Paten. Weniger wegen seines Aussehens als wegen seiner Freundlichkeit und seiner absoluten Hingabe an seine Arbeit. Avery konnte sich gut vorstellen, dass die beiden Männer Freunde sein könnten.

Nathaniel war ständig beschäftigt. Er war nicht nur für die Gesundheit der europäischen Kolonialbediensteten zuständig, sondern auch für die der indischen Landbevölkerung der näheren Umgebung. Und wenn er nicht gerade Patienten behandelte, dann katalogisierte er Pflanzen oder korrespondierte mit seinen zahlreichen Botanikerkollegen in aller Welt – er sprach neben Englisch und Dänisch auch fließend Deutsch und Französisch. Zudem schrieb er Ferndiagnosen und machte briefliche Behandlungsvorschläge, wenn die Entfernung zu weit war, um persönlich vorbeizukommen.

Um sich für Nathaniels Gastfreundschaft erkenntlich zu zeigen, bot Avery ihm seine Hilfe an, die Wallich dankbar annahm Schon wenig später verpackte er gemeinsam mit Wallich Dutzende von Kisten voller konservierter Pflanzen, Wurzeln und botanischer Präparate, die an den berühmten Naturforscher Joseph Banks in England gehen sollten. Die Konservierung von Pflanzen war schwierig: Die gepressten Proben ließen sich im Herbarium nur schlecht aufheben und verfaulten in Indiens tropischem Klima oft innerhalb kürzester Zeit. Daher wurden die Pflanzen oft auch noch in liebevoller Detailarbeit gezeichnet, wofür Wallich einige höchst begabte indische Pflanzenmaler angestellt hatte.

Avery war bei den Wallichs ein gern gesehener Gast, der sich bald fast völlig allein um die häufigen Pflanzentransporte nach London und Kopenhagen kümmerte, für die Nathaniel selten die Zeit fand. Sonntags war er – oft zusammen mit den Bullers – stets zum Tee bei den Wallichs eingeladen, dem sich manchmal noch ein Abendessen anschloss. Meist waren dann noch andere Gäste dort – Europäer, aber auch indische Gelehrte oder Künstler.

Einmal saß auch ein portugiesischer Pflanzenjäger mit am Tisch, der von seinen Expeditionen nach Brasilien berichtete. Die Bezeichnung »Pflanzenjäger« gefiel Avery – sie machte aus der eher drögen Vorstellung eines blumenpflückenden Botanikers einen unerschrockenen Abenteurer, der unerforschte Pflanzen verfolgte und erbeutete.

Bei einem dieser Essen, an dem auch der Kapitän eines Ostindienseglers teilnahm, verkündete Wallich sein neuestes Vorhaben. »Ich plane eine größere botanische Expedition«, erzählte er bei einem Glas französischem Rotwein.

»Wohin soll es denn gehen?«, fragte der Kapitän, ein beleibter Engländer mit dichtem Bart, höflich.

»Nach Nepal. Sobald die Monsunzeit vorüber ist, also wahrscheinlich im Oktober.«

»Nepal? War dort nicht vor Kurzem noch Krieg?«

»Der ist seit Anfang des Jahres vorüber«, erklärte Wallich. »Die Nepalesen und die Briten haben Frieden geschlossen, und jetzt gibt es einen britischen Regierungsbeamten in Kathmandu. Andernfalls würde ich sicher nicht gehen.«

»Und was willst du dort?«, fragte Avery. »Berge besteigen?«

»Das war ein Fehler, Avery«, warf Sophia Wallich lächelnd ein, bevor ihr Mann antworten konnte. »Jetzt wird er nicht mehr aufhören, von seinen großen Plänen zu erzählen.«

Wallich räusperte sich und setzte sein Glas ab. »Ich will die unbekannte Pflanzenwelt Nepals erforschen. Dieses Land ist botanisch noch fast komplett unerschlossen. Stell dir all die pflanzlichen Schätze vor, die nur darauf warten, gefunden zu werden. Dieses Land ist geradezu ein Paradies für Botaniker.«

»Ja«, sagte Sophia ein wenig betrübt. »Während dein kleiner Sohn und ich zu Hause sitzen und dich vermissen.«

Nathaniel griff nach ihrer Hand. »Es sind ja nur ein paar Monate. Höchstens ein Jahr. Und ich gehe erst, wenn ich die richtigen Reisegefährten zusammen habe.« Er wandte sich an Buller. »Anthony, ich fürchte, ich kann dich nicht überzeugen, mich zu begleiten?«

Buller seufzte laut auf und stellte sein Weinglas ab. »Wie gern würde ich das tun, Nate. Aber mich halten leider meine Pflichten hier. Als neuer Richter von Kalkutta wäre es nicht besonders klug, schon so bald um einen so langen Urlaub zu bitten.« Er fing einen Blick von Isabella auf. »Und natürlich möchte ich auch meine Familie nicht für eine so lange Zeit allein lassen.«

Nepal. Das Königreich im Norden Indiens, zwischen den Vorgebirgen des Himalaja und den höchsten Bergen der Welt. Averys Abenteuerlust war geweckt.

»Wie wäre es mit mir als Reisegefährten?«, fragte er.

»Du, Avery?« Wallich sah ihn überrascht an.

Warum reagierte er so zurückhaltend? Hielt er ihn etwa für unzuverlässig? Plötzlich war es Avery unglaublich wichtig, Nathaniel von seinem Wert zu überzeugen. Ihm zu zeigen, dass er kein Taugenichts war.

»Ich bin ungebunden und fast völlig frei von Verpflichtungen«, erklärte er. »Ich könnte dir eine echte Hilfe sein. Ich bin recht gut darin, mit Menschen zu reden und Sachen zu organisieren. Außerdem spreche ich ganz passabel Hindi und auch ein bisschen Bengali und Telugu. Und …«

»Ich brauche keinen Übersetzer, Avery«, fiel Nathaniel ihm ins Wort.

Averys Laune sank. Mehr konnte er nun wirklich nicht zu seinen Gunsten anführen.

»Ich brauche einen Freund«, fuhr Nathaniel fort. »Und als solcher bist du mir herzlich willkommen, mich zu begleiten.«

Als Avery spät in dieser Nacht auf die Veranda von Wallichs Haus trat, war es fast völlig still. Von hier aus konnte man auf den Hugli sehen, der sich als silbriges Band unter ihm erstreckte. Eine leichte Brise wehte vom Fluss heran und ließ die drückend heiße Witterung etwas weniger unangenehm erscheinen.

Über ihm leuchteten die Sterne. Nahe dem Horizont konnte er die vier hellen Sterne erkennen, die das Kreuz des Südens bildeten. Von England aus waren sie nicht zu sehen.

Bei diesem Gedanken überkam ihn für einen Moment eine heftige Sehnsucht nach Heligan, und eine Erinnerung stieg in ihm auf, so deutlich, als wäre es erst gestern gewesen und nicht schon vor zwanzig Jahren. Ein Abend in seiner Kindheit, als ihm sein Vater den nächtlichen Sternenhimmel gezeigt hatte. Er konnte nicht älter als acht oder neun Jahre gewesen sein – ja, jetzt wusste er es wieder: Es war die Nacht, als seine jüngste Schwester Florrie zur Welt gekommen war. Sein Vater hatte ihn an der Hand gehalten, ihm ein paar Sternbilder genannt und erklärt, dass die Sterne immer da seien, auch wenn man sie nicht immer sehen könne.

Er wandte sich ab, um hineinzugehen. Höchste Zeit, endlich einen Brief nach Hause zu schreiben.

16

ALLIE

Heligan House, August 1816

Tristan nahm die kümmerliche Weizenähre in die Hand und rieb sie, bis die Körner zwischen seinen Fingern zu einer unappetitlichen Masse verschmierten. Das Korn war weich und wie von einem grauen Schleier überzogen.

»Schwärzepilze«, sagte er mit gerunzelter Stirn.

Sie waren zu fünft: Tristan und Allie standen gemeinsam mit Damaris, Julian und John Hearle am Rand eines von Heligans Weizenfeldern. Viele der Ähren waren umgeknickt, andere waren kaum emporgewachsen.

»Viel länger kann der Weizen nicht mehr auf dem Halm stehen«, sagte John Hearle, der ebenfalls ein paar Ähren begutachtet hatte. »Ich fürchte, wir müssen ihn feucht mähen.«

Tristan nickte. »Wenn er nicht bald geerntet wird, wird der Pilz überhandnehmen.«

»Das Korn ist jetzt schon so gut wie unbrauchbar«, sagte Julian. »Vermutlich können wir es nur noch als Tierfutter verwenden.«

Der Frühling war sehr spät gekommen in diesem Jahr, und selbst dann war das Wetter kalt und wechselhaft gewesen. Es folgte ein fast ebenso kalter, verregneter Sommer, in dem nur selten die Sonne schien. Ein großer Teil des Frühweizens war durch Frost zugrunde gegangen. Kälte und Regen verzögerten zudem das Wachstum weiteren Getreides und Gemüses. Sogar die Kräuter, die Allie vorzugsweise kurz nach der Morgendämmerung sammelte, waren weniger und kümmerlicher geworden.

Auch der Blumengarten litt unter der schlechten Witterung, allerdings nicht gar so schlimm wie die Nutzpflanzen. Der Obergärtner hatte Mühe, genügend Sträuße für jedes Zimmer zusammenzustellen. Henry hatte daher entschieden, nur noch die wichtigsten Räume täglich mit frischen Blumen schmücken zu lassen.

Im Juli waren heftige Stürme und Gewitter über das Land gefegt, hatten Bäume entwurzelt, Felder überflutet und ganze Häuser mit sich gerissen. In Devon war eine komplette Schafherde durch einen Blitz getötet worden. Aber das Wetter spielte nicht nur in Cornwall verrückt, sondern in halb Europa, wie in allen Zeitungen zu lesen war. Von April bis jetzt war es ungewöhnlich kalt gewesen, und es hatte noch mehr geregnet als sonst. Überall kam es zu Ernteausfällen und Pilzbefall, und die Preise für Heu stiegen stark an.

»Wenigstens der Mais wächst ordentlich.« Tristan wischte sich die Finger mit dem verschmierten Getreide an einem Tuch ab. »Aber der Weizen macht mir wirklich Sorgen. Für Heligan selbst wird es reichen, aber um unsere Pächter satt zu bekommen, werden wir womöglich Lebensmittel aus dem Ausland ankaufen müssen.«

John Hearle nickte. »Mein Vater hat schon zugesagt, alles in seiner Macht Stehende zu tun, um niemanden hungern zu lassen. Und wenn wir Weizen und anderes Getreide aus Russland kaufen müssen.«

Gemeinsam schlugen sie den leicht ansteigenden Weg zurück zu Heligan House ein, wobei die beiden Frauen ein kleines Stück hinter den Männern zurückfielen. Allie hatte sich bei ihrer Schwester eingehakt, denn so tat sie sich mit dem Laufen erheblich leichter. Damaris war ungewohnt still.

»Was ist los, Maris? Es geht Julian doch nicht wieder schlechter?«

»Nein, ihm geht es gut. Der Arzt sagt, er hat Glück gehabt Aber du kennst doch den Spruch: ›Je größer die Kinder …‹«

»›Desto größer die Sorgen‹«, ergänzte Allie. »Über wen zerbrichst du dir diesmal den Kopf?«

»Über Lowenna. Ach, Allie, sie ist schon fünfundzwanzig und noch immer unverheiratet.«

Allie grinste. »Ich erinnere mich an eine junge Frau, die auch nicht einfach irgendjemanden heiraten wollte, sondern den Richtigen.« Sie sah zu Julian ein paar Schritte vor ihnen.

Damaris' Blick folgte Allies, und sie lächelte versonnen. »Ich wusste schon mit sechzehn, wer der Richtige für mich war. Lowenna dagegen macht nicht den Eindruck, als wolle sie überhaupt jemals heiraten.«

»Wäre es denn wirklich so schlimm, wenn sie ledig bleiben würde? Sie wird sicher auch so ihr Auskommen finden. Ich könnte mir vorstellen, dass sie eine gute Gesellschafterin wäre.« Allie verschränkte ihre freie Hand mit der anderen, die sie in Damaris' Armbeuge geschoben hatte. »Und Avery? Noch immer kein Brief von ihm?«

»Nein.« Damaris schüttelte den Kopf. »Ohne Isabella wüsste ich nicht einmal, dass er mittlerweile in Bengalen ist.«

Isabella Buller schrieb regelmäßig an ihre Schwester, John Hearles Frau Caroline. Aus ihrem letzten Brief hatten sie erfahren, dass die Bullers aus Madras fortgezogen waren, weiter in den Norden nach Kalkutta, wo Anthony jetzt eine höhere Richterstelle innehatte. Und auch Avery war mitgekommen.

»Du musst geduldig sein«, sagte Allie und unterdrückte bei diesen Worten ein Lächeln. Ausgerechnet sie, die selbst nicht gerade ein Ausbund an Geduld war, musste das sagen. »Ein Brief von Indien bis England kann bis zu einem halben Jahr dauern.«

»Ich weiß«, seufzte Damaris. »Aber von Isabella und Anthony sind seit ihrer Abreise schon mehrere Briefe hier eingetroffen. Fast jeden Monat einer.« Sie rieb sich mit einem Fingerknöchel über die Stirn, als würde sie schmerzen. »Womöglich weiß Avery nicht mal, dass Perys wieder vollkommen genesen ist.«

Und sofern Caroline nichts davon nach Indien geschrieben hatte, wusste er auch nichts von Julians Herzattacke.

Damaris blieb stehen, holte einen kleinen Fächer aus einer Tasche ihres Rocks, klappte ihn auf und wedelte sich etwas Luft zu. Obwohl es gar nicht sonderlich warm war, glänzten kleine Schweißtröpfchen auf ihrer erhitzten Gesichtshaut.

»Jede Nacht frage ich mich, wie es ihm geht und was er gerade tut«, sagte sie. »Ob er einsam ist oder sein Glück gefunden hat. Und jedes Mal zerreißt es mir das Herz, weil ich so gut wie nichts weiß.«

Allie nickte. »Ich denke auch oft an ihn.«

Damaris ließ den Fächer sinken. »Außerdem wollte ich dich fragen ...« Sie zögerte.

»Du wolltest mich fragen, ob ich dir etwas gegen gewisse ... Frauenbeschwerden geben kann?«, ergänzte Allie den Satz.

Damaris sah sie überrascht an. »Woher wusstest du ...?«

Allie lachte leise. »Du bist meine Schwester, Maris. Ich kenne dich schon mein ganzes Leben. Und du bist inzwischen in den kritischen Jahren.« Sie sah sie prüfend an. »Hitzewallungen? Schweißausbrüche?«

Damaris nickte und fächelte sich erneut Luft zu. »Außerdem Herzrasen, Schlaflosigkeit und allgemeine Unruhe.«

»Ich stelle dir einen Tee zusammen, der dagegen hilft.«

»Ach, Allie, wenn ich dich nicht hätte …«

»Du hast mich ja.« Allie zwinkerte. »Für den Rest unseres Lebens.«

Die Nadel fuhr durch den hellen Leinenstoff, Stich um Stich tat Allie im schwindenden Licht des Tages. Ihr Sessel stand nah am Kamin, in dem ein Feuer brannte, denn obwohl sie schon August schrieben, war es kalt.

Nähen war langweilig – lieber las sie ein Buch –, aber schließlich nähte jede gute Ehefrau Hemden für ihren Mann. Und das hier sollte ein Hemd für Tristan werden. Tatsächlich hatte es durchaus etwas Befriedigendes, die fast perfekte Reihe kleiner Stiche vor sich zu sehen. Und wenn sie sich vorstellte, dass dieses Hemd demnächst Tristans Haut berühren würde, dann lag darin sogar etwas Sinnliches.

Ihr Haus, das Willow Cottage, stand auf dem Heligan-Gelände etwas unterhalb des Gutsverwalterhauses, wo ihre Schwester mit ihrer Familie wohnte. Es war ein ehemaliges Pächterhäuschen mit geweißten Mauern und blau gestrichenen Fensterrahmen, mit vier Zimmern unten und vier oben sowie zwei kleinen Kammern unter dem Dach. Einen Raum im Erdgeschoss nutzte Allie für ihre Kräuter.

Sie hatten nur zwei Bedienstete: Frances, die Allie beim Ankleiden, Kochen und im Haushalt half, und den jungen William Bickford, der für alles andere zuständig war. Frances kam jeden Morgen aus Mevagissey zu ihnen, Will bewohnte die beiden Dachkammern im Willow Cottage.

»Hier, hör dir das an«, sagte Tristan jetzt, über seine Zeitung gebeugt. »Eine britische Flotte aus fünfundzwanzig Schiffen ist in Gibraltar angekommen. Damit will man die Versklavung von Christen in Algier endgültig beenden.«

»Gut so.« Allie zog ihr Schultertuch etwas fester um sich.

»Ist dir kalt?«

»Es geht schon.«

»Nein, das geht nicht. Du bist so dünn und klein, du brauchst es warm.« Er legte die Zeitung zur Seite und stand auf, um ein weiteres Stück Holz ins Kaminfeuer zu legen. »Es ist August«, sagte er mit einem Kopfschütteln.

Die Welt war im Umbruch, und nicht nur das Wetter schlug Kapriolen. Im vorigen Jahr hatte der lange Krieg mit Frankreich geendet, nachdem Bonaparte von den alliierten Truppen unter Wellington und Blücher bei Waterloo vernichtend geschlagen worden war. Auf dem englischen Thron saß ein Prinzregent, der geradezu ein Inbegriff für Verderbtheit und Exzesse war. Und der britische Dichter Lord Byron hatte nach der öffentlichen Empörung über seine Scheidung England verlassen und verkündet, nie mehr zurückzukommen.

»Danke.« Allie lächelte, als das wieder aufflammende Feuer wohlige Wärme im Zimmer verbreitete.

»Jederzeit zu Diensten«, gab Tristan mit einem Augenzwinkern zurück.

Lange Zeit hatte Allie geglaubt, mit ihrer Behinderung niemals einen Mann zu finden und allein durchs Leben gehen zu müssen. Aber dann war aus der Freundschaft zwischen Tristan und ihr Liebe geworden – Allie erinnerte sich noch gut an jene unbeschwerte, flirrende Zeit vollkommenen Glücks, als ihrer beider kindliche Zuneigung sich allmählich in etwas anderes, etwas Tieferes, Erwachseneres wandelte –, und sie hatten geheiratet, sobald es möglich war.

Leider waren ihnen keine Kinder vergönnt. Allie war nicht schwanger geworden, und das lag nicht daran, dass sie es nicht versucht hatten. Sogar bei mehreren Ärzten waren sie gewesen, aber alle hatten das Gleiche gesagt: Es lag an Allie. Die langen Jahre der Krankheit hatten vermutlich ihre Gebärfähigkeit zerstört. Schweren Herzens hatte Allie daraufhin Tristan angeboten, ihn freizugeben, wenn er das wünschte.

Seine Antwort – sofort und ohne zu zögern – hatte sie zu Tränen gerührt: Niemals würde er das tun. Und dass sie auch ohne Nachkommen ein erfülltes Leben führen könnten.

Damals beschlossen sie, wenn sie schon keine eigenen Kinder haben würden, dann wollten sie wenigstens anderen ein gutes Leben ermöglichen – vor allem den Kaminkehrerjungen, wie Tristan früher auch einer gewesen war. Seitdem hatten sie etliche der kleinen Burschen bei sich aufgenommen. Die Jungen wurden in einer Mischung aus Lehrling und Diener mit einem Vertrag bei ihnen angestellt und lebten dann bis zu ihrer Volljährigkeit bei ihnen im Haus, während sie kleinere Aufgaben für sie erledigten und lernten, was man so brauchte im Leben.

William Bickford – Will – war bislang der letzte dieser Kletterjungen. Drei der ersten Jungen, die vor knapp dreißig Jahren gemeinsam mit Tristan nach Heligan gekommen waren, lebten noch immer in der Gegend. Toby war Fischer geworden und hatte eine Frau aus Mevagissey geheiratet, Jacob war als Diener in Henrys Haushalt in Stellung, und Callum, der Jüngste, war seit Kurzem Hafenmeister in Charlestown.

Natürlich war das nur ein Tropfen auf den heißen Stein: So viele dieser armen Kinder sie auch aus diesen Verhältnissen freikaufen konnten – kaum waren sie fort, holten sich die Kaminkehrer das nächste Kind aus dem Heim oder dem Armenhaus.

Allie schrieb gelegentlich Artikel für die Zeitung, um auf das schwere Los der Kletterjungen hinzuweisen, und Tristan und sie bemühten sich mit entsprechenden Eingaben um eine Gesetzesänderung. In den vergangenen Jahren hatte es auch schon verschiedene Initiativen gegeben, aber wie es so oft war: Mögliche Gesetzesänderungen wurden wohlwollend geprüft, aber nichts geschah, und alles blieb beim Alten.

In Heligan zumindest hatten sie schon lange keine Kletterjungen mehr. Die Kamine des Herrenhauses wurden inzwischen von Männern mit langstieligen Bürsten gesäubert. Kein Kind musste bei ihnen mehr in die Schächte klettern und dort womöglich elend zu Tode kommen.

Es klopfte, und Tristan erhob sich, um die Tür zu öffnen.

»Lowenna«, begrüßte er seine Schwester. »Was führt dich hierher?«

»Ich soll etwas für Mum abholen.« Sie setzte sich auf einen freien Stuhl und schnaubte voller Missbilligung. »Florrie ist schon wieder unglücklich. Wegen Perys.«

Allie nickte wissend. Sie hatte die beiden jungen Leute schon öfter gemeinsam im Garten spazieren gehen gesehen.

»Sie haben sich gestritten«, erklärte Lowenna, »Und jetzt behauptet Florrie, ihn sowieso nie gemocht zu haben, weint sich aber die Augen aus dem Kopf, weil er jetzt erst mal für einige Monate fortgeht, nach London.« Sie stieß einen abfälligen Ton aus. »Ich weiß überhaupt nicht, was Florrie an ihm findet. Er verdreht ihr den Kopf, macht ihr teure Geschenke, aber denkt nicht daran, ihr einen Antrag zu machen. Perys ist so ein Hornochse!«

Allie schüttelte den Kopf. »So etwas solltest du nicht sagen. Wir sind alle froh, dass es ihm wieder gut geht.«

Insgeheim allerdings stimmte sie ihrer Nichte zu. Perys Rashleigh konnte ein arroganter Mistkerl sein, und sie war sich sicher, dass er Florence unglücklich machen würde.

»Außerdem«, fuhr Lowenna fort, »ist er schuld daran, dass Avery fort ist.«

»Ich meine, mich zu erinnern«, warf Tristan ein, der bislang wortlos zugehört hatte, »dass *zwei* Leute an diesem Duell beteiligt waren.«

Lowenna warf ihm einen vorwurfsvollen Blick zu. »Perys

hat ihn provoziert.« Mit einer ungeduldigen Bewegung strich sie sich eine dunkle Strähne, die aus dem einfachen Knoten an ihrem Hinterkopf entkommen war, hinter das Ohr. Ihr Bruder Avery und sie ähnelten sich sehr – wenn auch nur optisch. Genau wie er hatte ihr Haar natürliche Locken, die sich weigerten, gezähmt zu werden.

»Im Übrigen weiß ich gar nicht, was so erstrebenswert an einer Ehe sein soll«, sagte sie. »Ich werde ganz sicher nie heiraten.«

»Die Ehe kann etwas sehr Schönes sein«, wandte Allie ein.

»Ich weiß. Das sehe ich ja bei euch beiden. Und bei Mum und Dad. Aber für mich ist das nichts. Ich will auf eigenen Füßen stehen.«

Allie nickte und erhob sich. »Komm«, sagte sie. »Ich habe etwas für Damaris.«

Sie gingen in den großen Nebenraum, wo Büschel von verschiedenen Kräutern zum Trocknen hingen, die Allie – zum Teil zusammen mit Lowenna – in mühsamer Kleinarbeit gesammelt hatte. Auf Regalbrettern an der Wand standen Aufgüsse mit weiteren Kräutern.

Sie reichte Lowenna ein Glasgefäß, das sie bereits mit einer getrockneten Mischung von Rotklee, Melisse, Frauenmantel, Salbei und Schafgarbe gefüllt hatte.

»Davon morgens einen Löffel voll mit heißem Wasser übergießen, kurz ziehen lassen, abseihen und auf nüchternen Magen trinken.«

Lowenna nickte. Und fügte mit einem kleinen, boshaften Lächeln hinzu: »Wenn er genauso schmeckt wie dein letztes Gebräu, wird Mum sicher jeden Morgen viel Freude haben.«

Als Allie an diesem Abend zu Bett ging, stand der Mond leuchtend und rund vor ihrem Fenster. Sein Licht schien direkt auf den großen Globus in ihrem Schlafzimmer, den sie zur Hochzeit geschenkt bekommen hatten.

Sie drehte die Weltkugel so, dass England zu sehen war, dann bewegte sie sie weiter nach Osten. England war wirklich winzig im Vergleich zum indischen Subkontinent, der wie eine große Zacke an Asien hing. Ihr Finger glitt über Indien, bis sie es gefunden hatte: Kalkutta. Dort war Avery jetzt vermutlich.

Sie begann, sich zur Nacht umzukleiden, und schickte dann wie jeden Abend ein Gebet um das Wohlergehen ihres Neffen zum Himmel.

17

AVERY

Kalkutta, Indien, Oktober 1816

Es nieselte, als Avery gemeinsam mit Nathaniel Wallichs kleiner Expeditionsgesellschaft an einem nebeligen Morgen aufbrach. Die oft unerträgliche Hitze des indischen Sommers war ebenso wie die Monsunzeit vorüber, jetzt war ein guter Monat zum Reisen. Es schien, als habe sich das Wetter nach den Unregelmäßigkeiten der vergangenen Monate ebenfalls wieder beruhigt.

Der Aufbruch hatte sich um ein paar Tage verzögert, weil die dringend benötigte Einreisegenehmigung für Nepal auf sich warten ließ. Erst Anfang des Jahres war ein mehr als einjähriger Grenzkonflikt zwischen dem Königreich in den Bergen und der britischen Ostindien-Kompanie mit einem Friedensvertrag beendet worden, und nun war die nepalesische Regierung äußerst zögerlich, Ausländer in ihr Land zu lassen. Ermöglicht hatte es schließlich Edward Gardner, der englische Gesandte in Nepals Hauptstadt Kathmandu, den Wallich um Hilfe gebeten hatte.

Avery konnte beobachten, wie schwer Wallich der Abschied von seiner jungen Frau fiel. Sophia hatte sogar kurz überlegt, ob sie nicht mitkommen wollte, aber das hatte Wallich abgelehnt. So gern er seine Frau um sich hatte – die Strapazen der Reise wollte er weder ihr noch seinem kleinen Sohn zumuten.

Ihr Expeditionstrupp umfasste acht Personen: neben Wallich und Avery noch vier indische Zeichner sowie zwei Pflanzensammler. Einer davon war ein junger Halbinder namens Francis de Silva, der schon seit seiner Jugend bei Wallich arbeitete, der andere ein indischer Sikh mit Namen Kumar Singh. Träger würden sie erst später, auf dem Landweg, anheuern.

Sie begannen ihre Reise auf einem Flusssegler mit dem schönen Namen *Venus* stromaufwärts den Hugli hinauf. Das war recht komfortabel, denn es gab eine große Kajüte, in der sie alle Platz fanden. Wallich hatte eine kleine Handbibliothek aus fünfzehn Büchern dabei, daneben unzählige Botanisiertrommeln, Herbarien und weitere Geräte zur Pflanzenkunde, die neben dem üblichen Reisegepäck viel Raum auf dem Boot beanspruchten.

Auf dem Wasser war es angenehm kühl. Ein beständiger leichter Ostwind wehte, der ihr viereckiges Segel leise flattern ließ und sie rasch stromaufwärts ins Landesinnere trug. Zum Glück litt Avery auf dieser Schifffahrt nicht an der Seekrankheit, wie er für ein paar bange Minuten befürchtet hatte. Nach ein paar Tagen aber drehte der Wind unvermittelt und blies von Westen, was ihr weiteres Fortkommen verlangsamte.

Avery hatte nicht viel zu tun. Während Wallich Briefe schrieb oder in seinen Büchern las und die indischen Pflanzenmaler erste Skizzen von Wasserpflanzen und Ufergewächsen anfertigten, saß Avery meist am Bug, der von einer niedrigen hölzernen Reling umgeben war, und betrachtete die vorbeiziehende Landschaft.

Es gab wenig, was ihn aus seiner schläfrigen Zufriedenheit riss. Einmal sah er am Ufer etliche kleine Aufbauten aus Bambus, auf denen verhüllte Tote aufgebahrt lagen, der noch immer warmen Sonne ausgesetzt. Avery wandte sich ab, als ihn ein stechender Geruch traf.

Vishnu Prasad, der Chefzeichner ihrer Expedition und gläubiger Hindu, trat neben ihn.

»Sie bahren die Toten als Opfer an den heiligen Fluss Ganges auf«, erklärte er. »Damit wird ihre Seele aus dem ewigen Kreislauf der Wiedergeburten befreit und kommt dem Nirwana, dem ewigen Leben, näher.«

Avery nickte schweigend, während er sich bemühte, durch den Mund zu atmen. Er war froh, als sie die Stelle passiert hatten und der Leichengeruch verflogen war.

Zwei Tage später, kurz hinter Bhagalpur, durchschnitt eine flache, dreieckige Rückenflosse das Wasser, und gleich darauf tauchte ein runder, graublauer Kopf mit einer langen Schnauze und kleinen, spitzen Zähnen auf. Ein freundliches Gesicht wandte sich ihm zu, das fast aussah, als würde es lächeln. Ein paar Sekunden lang schwamm das Tier neben dem Flussboot mit, dann tauchte es wieder unter.

Ein Ganges-Delfin. Davon hatte ihm de Silva vor Kurzem erzählt.

Sechs Wochen nach ihrem Aufbruch erreichten sie Patna, und hier endete ihre Reise mit dem Flusssegler. Sie kauften Proviant und besorgten sich Maultiere, dann ging es auf dem Landweg weiter. Das Wetter war angenehm mild, obwohl es schon November war. Abends kehrten sie in einfachen Gasthäusern ein, wo sie auch die Nacht verbrachten.

Über Muzaffarpur im nördlichen Indien reisten sie bis nach Segauli an der Grenze zu Nepal, wo Anfang des Jahres der Friedensvertrag zwischen Nepal und der britisch-indischen Regierung unterzeichnet worden war.

Für ein paar Tage ritten sie auf den Maultieren durch die sumpfige Ebene des Terai-Tals, das sich vor den ersten Ausläufern des Himalaja erstreckte. Avery war froh, dass sie nicht im

Sommer gereist waren – es war keine schöne Vorstellung, diese weiten Ebenen in drückender Hitze zu durchqueren. Außerdem lief man in der heißen Jahreszeit Gefahr, am gefürchteten Terai-Fieber zu erkranken.

Die meiste Zeit des Tages war das Tiefland von einem weißlichen Dunst bedeckt, der auch nachts kaum wich. Die Vegetation war so üppig, dass man meinen konnte, sie wachsen zu hören. Er sah einzelne Ziegen, weidende Wasserbüffel und kleine Siedlungen am Rand wasserbedeckter Reisfelder, die jetzt, im November, brachlagen.

Wenig später lag das Terai-Tal hinter ihnen. Das Land stieg allmählich an, die Berge rückten näher. Sie kamen durch einen fast englisch anmutenden Wald, dann ging es an ein paar kleinen, steinigen Hügeln entlang und über breite, jetzt vollkommen ausgetrocknete Flussbetten einiger Wildbäche. Höher und immer höher ging es hinauf. Ab hier wurde es beschwerlicher, und sie mussten immer öfter von den Maultieren absteigen und sie führen.

Jeden Mittag, wenn sie Rast machten, holte Wallich aus seinem Vorrat eine Zigarre heraus und rauchte. Diesen Luxus ließ er sich nicht nehmen, denn er war überzeugt davon, dass der Tabak als Medizin diente. Auch Avery hatte es einmal versucht, es aber schnell wieder aufgegeben, da es ihm nicht schmeckte.

Bei einer dieser Pausen musterte Wallich ihn intensiv. »Wenn ich es nicht besser wüsste, könnte man dich glatt für einen Einheimischen halten.«

Im Gegensatz zu Wallich, der wie immer tadellos in langer Hose, Hemd mit hohem Kragen, Weste und Jacke unterwegs war, hatte Avery inzwischen seine Kleidung gewechselt und trug jetzt ein indisches Ensemble aus einer bis zum Knie reichenden *kurta* und einer dazu passenden weiten Hose. Das war einfach bequemer.

»Ist das gut oder schlecht?«

Wallich zog an seiner Zigarre und lächelte. »Ich habe keine Ahnung.«

Kurz vor Hetauda überließen sie die Maultiere schließlich einem Händler und heuerten einige Träger an, die sämtliches Gepäck der kleinen Expeditionstruppe in ihre geflochtenen Rückentragen luden. Auf felsigen Wegen ging es immer weiter empor, hinauf in die Berge. Sie kamen vorbei an winzigen Häuseransammlungen und *stupas* – hügelförmigen Bauwerken mit einer in den Himmel ragenden Spitze – und bunten Gebetsfahnen, an denen der Wind riss. Von Zeit zu Zeit begegneten ihnen Einheimische, die Wasserbüffel führten, die riesige Ballen Gras trugen.

Wallich war in seinem Element. Wann immer er auf der Strecke eine unbekannte Pflanze entdeckte, ließ er anhalten, notierte den Fundort und packte das Exemplar – zumeist Farne oder ähnliche Gewächse – vorsichtig in seine Botanisiertrommel. Bei der nächsten längeren Rast ließ er seinen Fund von einem der Zeichner skizzieren, dann presste er die Pflanze in seinem tragbaren Herbarium.

Anfangs hatte Avery ihn noch dafür belächelt, doch je länger sie unterwegs waren und je mehr ungewöhnliche Pflanzen sie fanden, desto eher konnte er Wallichs Begeisterung nachvollziehen.

Hier oben gab es keine Gasthäuser mehr. Sie übernachteten in Hütten in den Dörfern, wo man ihnen für wenig Geld etwas zu essen und einen Schlafplatz anbot. Die Nächte waren kalt, und Avery war froh um die zwei kratzigen Wolldecken, die sich in seinem Reisegepäck befanden. Trotz der dünnen Strohmatte und obwohl ihn in den Dorfhütten der säuerliche Geruch von Schweiß, Tierdung und ungewaschener Kleidung umfing, schlief er meist wie ein Stein.

Zum Frühstück gab es meist *tsampa,* ein Mehl aus geröstetem Getreide, das mit ein wenig Wasser oder gesalzenem Buttertee vermischt und zu kleinen klebrigen Ballen geknetet wurde. Es schmeckte recht langweilig, aber es machte satt und verlieh Energie bis zur nächsten Mahlzeit. Mittags und abends ernährten sie sich von *dal bhat,* einem einfachen Gericht aus Reis und einem wässrigen Linsencurry, das die Träger täglich frisch kochten und das auch in den meisten Hütten auf den Tisch kam.

Selten gab es Ausnahmen. Einmal kamen sie im Haus des Ortsvorstehers unter, einem zierlichen Mann mit verwittertem Gesicht, der sie sogleich in einen Raum mit mehreren Sitzplätzen geleitete, in dem eine ältere Frau vor einem aus Steinen errichteten Herd kauerte. Mithilfe der einheimischen Träger und Averys eigenen rudimentären Kenntnisse der nepalesischen Sprache erfuhren sie, dass es *momos* geben werde.

Während sie sich mit dampfendem Milchtee stärkten, sah Avery fasziniert zu, wie die Frau – ob es die Mutter oder die Gemahlin des Ortsvorstehers war, konnte er nicht feststellen – das Essen zubereitete. Sie nahm ein daumengroßes Stück Teig, rollte dieses erst zu einer Kugel und dann mithilfe eines Rundstabs zu einem dünnen kreisförmigen Fladen aus. Darauf platzierte sie einen kleinen Haufen fleischiger Füllung und faltete dann alles mit erstaunlichem Geschick zu einer kunstvollen kleinen Tasche. Genauso verfuhr sie mit dem restlichen Teig und der restlichen Füllung, bis bald eine ansehnliche Menge der kleinen Teigtaschen vor ihr lagen. Sie wurden in einer Brühe gegart und dann serviert, und alle waren sich einig, schon lange nichts mehr so Köstliches gegessen zu haben.

»Was ist mit dir?«, fragte Wallich an diesem Abend, als sich die anderen bereits zum Schlafen zurückgezogen hatten und nur noch sie beide zusammensaßen. »Welche Pläne hast du für die nächsten Jahre?«

»Keine bestimmten«, gab Avery mit einem Schulterzucken zurück. »Ich werde einfach abwarten, was auf mich zukommt.«

So hatte er sein Leben bislang immer geführt: sich treiben lassen. Schauen, was ihn als Nächstes lockte, bis auch das seinen Reiz verlor.

»Ich muss gestehen«, sagte Wallich, »dass mich diese ganze fremdartige Natur so fasziniert, dass ich viel zu selten an meine liebe Sophia und unseren kleinen George Charles denke. Dabei sind die beiden jetzt doch meine Familie. Meine Eltern und Geschwister dagegen habe ich seit vielen Jahren nicht mehr gesehen. Sie leben alle in Kopenhagen. Und ich glaube, es werden etliche weitere Jahre vergehen, bevor es ein Wiedersehen mit ihnen gibt.« Er zog an seiner Zigarre und sah Avery an. »Und du? Vermisst du jemanden?«

Avery schwieg eine Weile. »Ja«, bekannte er schließlich. »Meine Eltern und meine Geschwister. Tante Allie. Und Henry und John Hearle.«

Ein einziges Mal hatte er bislang nach Hause geschrieben, kurz vor dem Aufbruch nach Nepal. Es würde sicher noch einige Zeit dauern, bis der Brief den Weg nach Heligan gefunden haben würde.

Ehe er sichs versah, erzählte er weiter, von den wundervollen Gärten seines Paten, von dem Himmel über Cornwall und von den Wellen, die am Strand ausliefen oder sich an den Klippen brachen.

Wallich hatte ihm schweigend zugehört. Jetzt sah er Avery aufmerksam an. »Das hört sich alles sehr harmonisch an. Warum bist du dann von zu Hause fort?«

»Ich wollte etwas Neues sehen. Abenteuer erleben«, sagte Avery leichthin. Dann besann er sich. »Nein, das war es nicht allein«, bekannte er. »Es ist etwas vorgefallen, was nicht hätte vorfallen dürfen. Und ich war schuld daran.«

»Hast du jemanden umgebracht?«, fragte Wallich scherzhaft.

»Ich weiß es nicht, Nate. Womöglich.« Für einen kurzen Moment war Avery versucht, ihm alles zu erzählen, dann schüttelte er den Kopf.

Höher und höher kamen sie, immer in Richtung Norden. Bislang hatten noch üppige, grüne Pflanzen die Täler und Hänge bedeckt, aber je weiter sie aufstiegen, desto mehr wich die Vegetation, um schließlich bis auf ein paar spärliche Sträucher und Farne fast ganz zu verschwinden. Fast immer wehte ein kräftiger Wind, und es war spürbar kühler geworden, sodass sie alle jetzt eine weitere Schicht Kleidung trugen.

Weiter ging es hinauf in Richtung Pass, einen engen, gewundenen Pfad entlang, an dem sich zur einen Seite ein steiler Hügel und zur anderen ein Abgrund befand. Allmählich fiel ihnen das Atmen etwas schwerer, und sie mussten öfter und längere Pausen einlegen. Das liege an der dünneren Luft in dieser Höhe, erklärten ihnen die Träger, die offensichtlich daran gewöhnt waren und weit weniger Probleme damit hatten.

In der klaren Winterluft sahen sie in der Ferne ein weites Band hoher, schneebedeckter Gipfel – den Himalaja.

»Faszinierend, nicht wahr?« Wallich machte eine ausschweifende Geste, die die ganze Umgebung umfasste. »Heißt es nicht, der Chimborazo in Südamerikas Anden sei der höchste Berg der Welt? Aber ich würde mich nicht wundern, wenn diese Himalaja-Riesen die eigentlichen Herren der Berge wären.«

Avery nickte. Über ihnen zogen ein paar Wolkenfetzen vor einem strahlend blauen Himmel entlang. Diese mächtigen Berge mit ihren weiß gedeckten, zerklüfteten Häuptern wirkten unnahbar. Rein. Erhaben. Angesichts dieser Größe fühlte Avery sich selbst ganz klein.

Sie hatten noch nicht ganz den Pass erreicht, als Kumar, einer ihrer beiden Pflanzensammler, Fieber bekam. Gequält von Kopfschmerzen und Erbrechen ließ er es sich dennoch nicht nehmen, weiterzumarschieren, und beharrte darauf, dass er sicher nicht am Terai-Fieber litt.

Alle waren erleichtert, als sie den engen Pfad des Gebirgspasses durchschritten. Damit hatten sie den höchsten Punkt ihrer Reise hinter sich, und der Abstieg lag vor ihnen. Jetzt war Kathmandu nicht mehr weit.

18

AVERY

Kathmandu, Nepal, Ende Dezember 1816

Kurz vor Weihnachten erreichten sie Nepals Hauptstadt. Endlich lag es vor ihnen: das Tal von Kathmandu. Eine Kette von beeindruckenden, schneebedeckten Bergen säumte eine hoch gelegene, breite Ebene, in der sich eine Vielzahl von Tempeln, Häusern und Hütten drängte.

Sie wurden herzlich von Edward Gardner empfangen, dem britischen Residenten, der hier seit einem halben Jahr lebte. Da der Gästebungalow noch nicht fertig war, kamen sie in Gardners neu errichteten Residenz unter, einer eleganten Villa mit zentralem Giebel und symmetrischen, mit weißem Stuck versehenen Flügeln. Gardner war so freundlich und stellte Wallich und den anderen Expeditionsteilnehmern mehrere Zimmer zum Wohnen und Arbeiten zur Verfügung, außerdem durften sie ein angrenzendes Lagerhaus nutzen.

Nur ein Ereignis überschattete die Freude über ihre Ankunft: Ihr Reisegefährte Kumar, der in den vergangenen Tagen über Fieber, Kopfschmerzen und Übelkeit geklagt hatte, wurde immer schwächer. Er war tatsächlich am gefürchteten Terai-Fieber erkrankt.

Wallich tat sein Bestes, um ihm Linderung zu verschaffen, aber auch er konnte nicht verhindern, dass es Kumar immer schlechter ging. Eine Woche nach ihrer Ankunft, kurz vor dem

Jahreswechsel, starb er, ohne noch einmal das Bewusstsein wiedererlangt zu haben.

Gemeinsam mit Gardner suchten die Expeditionsteilnehmer eine kleine Hügelkuppe hinter dem Gesandtschaftsgelände aus, wo sie ihren Freund begruben.

Seit der anglo-nepalesische Krieg Anfang des vorigen Jahres mit der Niederlage Nepals geendet hatte, mussten die Nepalesen einen britischen Gesandten in ihrer Hauptstadt akzeptieren. Was nicht bedeutete, dass sie ihn mit offenen Armen begrüßt hatten.

Als Repräsentant der britischen Regierung hatte er die Funktion eines freundlichen Beobachters, wie Gardner sich ausdrückte. Befugnisse hatte er wenige, und seine Pflichten beschränkten sich darauf, der Ostindien-Kompanie über die wichtigsten Ereignisse in Nepal zu berichten und als offizieller Vermittler zwischen der anglo-indischen und der nepalesischen Regierung zu fungieren.

»Ich bin quasi ein Gefangener«, sagte Gardner mit einem leicht gequälten Lächeln. »Als Europäer sind wir *firingi*, kastenlose Ausländer, die einen frommen Hindu schon durch eine Berührung verunreinigen könnten. Um Missverständnisse zu vermeiden, habe ich Ihnen daher«, er reichte Wallich ein Blatt Papier, »eine Art Verhaltenskodex aufgeschrieben. Da können Sie sehen, was Ihnen erlaubt und was verboten ist.«

Wallich überflog die Liste, dann sah er mit einem Ausdruck des Entsetzens auf. »Ich darf das Kathmandu-Tal für meine Forschungen nicht verlassen?«

»Was?« Avery zog ihm das Blatt aus der Hand. Tatsächlich, da stand es. Die nepalesischen Behörden erlaubten es Ausländern nicht, sich außerhalb des Kathmandu-Tals zu bewegen. Jeder Verstoß dagegen würde eine empfindliche Strafe und die sofortige Ausweisung nach sich ziehen.

Avery hatte Wallich noch nie so fassungslos gesehen. »Aber … meine botanischen Studien. Deswegen bin ich doch überhaupt hierhergekommen …«

»Glauben Sie mir, das finde ich genauso bedauerlich wie Sie«, sagte Gardner. »Aber leider habe ich zu wenig Einfluss, um daran irgendetwas zu ändern. Nur indischen und nepalesischen Pflanzenjägern ist es erlaubt, sich ungehindert zu bewegen.«

Man konnte Wallich geradezu ansehen, wie ihn die Enttäuschung bei diesen Worten übermannte.

»Lassen Sie mich mit dem König sprechen«, schlug er vor. »Womöglich wird er mich anhören, und dann kann ich doch noch …« Er verstummte, als Gardner den Kopf schüttelte.

»Ich fürchte, das ist nicht möglich, Mr Wallich. Der König ist ein dreijähriger Junge, das einzige Kind des kürzlich verstorbenen bisherigen Königs. Vertreten wird er von Premierminister Bhimsen Thapa.«

»Dann werde ich mit dem Minister sprechen.«

»Das ist nicht so einfach. Mit Minister Thapa hatte selbst ich bislang kaum Kontakt, und es ist mir genau wie anderen Europäern verboten, nach Belieben Angehörige des Königshauses zu treffen. Sie müssen sich einfach damit abfinden und einheimische Pflanzensammler schicken.«

Nach diesem Gespräch war Wallichs Freude, endlich am Ziel seiner botanischen Träume angelangt zu sein, empfindlich getrübt. Nach Kumars Tod hatten sie mit dem jungen Francis de Silva jetzt nur noch einen indischen Pflanzenjäger mit Erfahrung, und nepalesischen Sammlern traute Wallich nicht genug Expertise zu.

»Es gibt hier so viele wundervolle neue Pflanzenarten zu entdecken, und mir sind die Hände gebunden«, beklagte er sich, sobald er mit Avery allein war. »Aber ich kann auch nicht von de Silva erwarten, alles allein zu übernehmen.«

»Lass mich es tun«, sagte Avery.

»Was tun?« Wallich hob den Kopf, den er in die Hände gestützt hatte.

»Pflanzen sammeln außerhalb des Kathmandu-Tals.«

»Du? Du bist genauso ein Europäer wie ich auch.«

»Aber das wissen die Nepalesen nicht, Nate. Du hast es selbst gesagt: Mit der richtigen Kleidung würde ich auch als Inder durchgehen. Oder zumindest als Halbinder wie de Silva.«

»Das stimmt«, sagte Wallich nachdenklich. »Wenn man dich und de Silva vergleicht, dann siehst du mit deinen dunklen Haaren und der gebräunten Haut bald mehr aus wie ein Einheimischer als der Junge.« Dennoch war er noch nicht überzeugt. »Du sprichst die Sprache nicht wie ein Einheimischer.«

»Ich spreche Hindi, zwei weitere indische Sprachen und inzwischen auch ein bisschen Nepali, und ich lerne schnell. Und bei der Vielzahl an indischen Sprachen wird kein Mensch von mir erwarten, dass ich alle beherrsche. Außerdem weiß ich inzwischen, worauf es beim Pflanzensammeln ankommt.«

Wallich seufzte, aber Avery sah das Leuchten in seinen Augen. »Bist du sicher, dass du das tun willst?«

»Natürlich. Das wird ein Abenteuer.«

Wallich machte sich schon bald auf, die nähere Umgebung von Kathmandu zu erforschen. Mehrmals begleitete Avery ihn dabei, um letzte Feinheiten zu lernen. Vor allem die Vielfalt und Größe der unterschiedlichsten Farne, die jetzt, in der kalten Jahreszeit, hier zu finden waren, hatten es Wallich angetan. Jeden Tag kam er mit mehreren Botanisiertrommeln voller Pflanzenproben zurück, die er presste und katalogisierte, nachdem seine Zeichner sie mit Pinsel und Tusche festgehalten hatten.

Gardners Haus, die britische Residenz, wurde zu ihrem Hauptquartier. Das Lagerhaus nutzten sie, um Pflanzen zu pressen und Samen zu präparieren. Außerdem fing Wallich damit an, eine Abhandlung mit der Beschreibung nepalesischer Farne zu verfassen.

Kaum war der März angebrochen, begannen de Silva, Avery und ein paar nepalesische Pflanzenjäger, die Wallich angeworben hatte, auch im weiteren Umkreis mit der Suche nach Pflanzen. Bei diesen Exkursionen, die ihn außerhalb des Kathmandu-Tals führten, trug Avery wie de Silva mal europäische, mal indische Kleidung. Er und Wallich hatten inzwischen bei verschiedenen Gelegenheiten fallengelassen, Avery sei, genau wie de Silva, halbindischer Herkunft. Und tatsächlich gab es niemanden, der das infrage stellte.

Im Gegensatz zu Madras oder Kalkutta mit seinen tropischen Temperaturen herrschte in Kathmandu ein fast europäisches Klima. Morgens war es winterlich kühl, aber sobald die Sonne sich über die Bergspitzen erhoben hatte, erwärmte sich die Luft und vertrieb die letzten Nebelschwaden.

Avery war in seinem Element. Fast jeden Tag zog er los – mal allein, mal mit de Silva, manchmal auch mit einem nepalesischen Begleiter – und verbrachte dann etliche Stunden mit dem Suchen und Sammeln von Pflanzen, oft in der nördlich gelegenen Region Gossain Than und im westlichen Gandaki-Tal. Jeden Nachmittag, manchmal erst am Abend, kehrten sie, reich beladen mit Pflanzenproben und Samen, zurück in Gardners Haus, schon sehnsüchtig von Wallich erwartet.

Zu seinem eigenen Erstaunen mochte Avery diese Arbeit. Es war eine Mischung aus Abenteuerlust und Entdeckerfreude, die ihn antrieb, und er konnte sich inzwischen fast genauso wie Wallich über einen seltenen Fund freuen.

Er streifte durch die Wälder in den Bergen um Kathmandu, wanderte durch Dschungel aus Farnen und durch europäisch anmutende Fichtenwälder, kam durch eine kleine Siedlung aus flachen Steinhäusern und durch das satte Grün von Reisterrassen, die die Berghänge überzogen. Oft sah er bunte Gebetsfahnen im Wind an einer aufgespannten Leine flattern, hörte er das Gebrüll von Wasserbüffeln, die auf den Feldern zur Arbeit angetrieben wurden. Wenn sich die Gelegenheit ergab, brachte er von diesen Ausflügen auch die eine oder andere Waldschnepfe mit oder auch einmal einen Fasan. Diese Vögel waren hier in großer Menge anzutreffen, und es war ein Leichtes, sie zu jagen.

Der Wald hatte sich in ein Meer voller üppiger roter Blüten verwandelt. Avery war vor wenigen Wochen schon einmal hier gewesen, aber da hatte noch nichts geblüht. Er müsse ab Ende März wiederkommen, hatte ihm einer der einheimischen Pflanzenjäger gesagt, und hier war er nun. Allein, denn de Silva war an einer anderen Stelle unterwegs.

Rhododendren, Rosenbäume. Hochbegehrt in Europa, wo man nur wenige Arten kannte. Ein ganzer Wald von bis zu sieben Yards hohen Büschen, die eher wie Bäume wirkten, mit einer Masse von Blüten in hellen und dunklen Rottönen. Herrlich. Er setzte seine Botanisiertrommel ab, öffnete sie an der langen, seitlichen Öffnung und begann mithilfe eines kleinen Messers damit, Proben einzusammeln.

Als er fertig war, packte er seine Sachen zusammen und machte einen Schritt über einen schmalen Bachlauf, der in einem steinernen Bett dahinfloss. Dann erstarrte er. Langsam richtete er sich auf, den Blick auf den Boden geheftet: Auf dem Stein war ein feuchter Abdruck zu sehen. Von der Pfote einer großen Raubkatze.

Diese Fährte war frisch, sonst wäre sie schon längst getrocknet. Und er hatte nur ein kleines Messer zum Pflanzenschneiden dabei. Mehr brauchte er auch nicht, denn hier oben gab es an größeren Tieren seines Wissens nur Wasserbüffel, Blauschafe, Hochgebirgsziegen und Federwild.

Langsam, sehr langsam ging er rückwärts, bis er aus dem Augenwinkel eine Bewegung bemerkte. Er fuhr herum, aber da war nichts.

Sein Blick huschte die Büsche entlang und dann einen Felsen hinauf, der sich neben ihm erhob. Und dort oben sah er das Raubtier. Es kauerte geduckt auf dem Felsen, bereit zum Sprung auf seine Beute.

In seiner Angst nahm Avery jedes Detail überdeutlich wahr: große, behaarte Pfoten, ein weiß-graues, dichtes Fell mit dunklen, ringförmigen Flecken, kaum von dem Stein hinter ihm zu unterscheiden, ein furchterregendes Gebiss und bernsteinhelle Augen, die ihn unbewegt direkt ansahen.

Avery verharrte stocksteif. Mit seinem lächerlichen Messer hatte er keine Chance. Er war wie gelähmt. Auch als das Tier zum Sprung ansetzte, vermochte er sich nicht zu bewegen.

Seine Schuld hatte ihn eingeholt. So würde er also sterben, allein, in den Bergen Nepals, gerissen von einem wilden Tier.

Perys, es tut mir leid, dachte er und schloss die Augen.

»Das war vermutlich ein Schneeleopard«, erklärte Gardner am Abend, als sie alle zum Essen zusammensaßen. »Man nennt diese Jäger auch Phantome der Berge, weil man sie so selten sieht. Sie leben im Hochgebirge, aber im Winter oder Frühjahr kommen sie manchmal bis in die tieferen Lagen und reißen das Vieh der Bauern. Ich habe allerdings noch nie gehört, dass ein Schneeleopard einen Menschen angefallen hat.«

Das hatte er auch nicht. Avery war mit dem Schrecken davongekommen – als er die Augen geöffnet hatte, war das Tier fort gewesen, lautlos verschwunden wie ein Geist.

19

AVERY

Kathmandu, Nepal, Juni 1817

Die Zeit in Nepal schien wie im Flug zu vergehen. Averys Tage waren angefüllt mit Exkursionen zum Pflanzensammeln, mit Katalogisieren und abendlichen Gesprächen.

Nicht immer führten ihn seine Ausflüge weit fort. Manchmal blieb er auch nahe Kathmandu und erkundete allein oder mit Wallich die Umgebung. Mitte des Jahres stieß er gemeinsam mit Wallich am Rand eines Mischwaldes auf etliche niedrige Bäume, die über und über mit kleinen Blüten bedeckt waren, die sich buttergelb von den dunkelgrünen Blättern abhoben. Inzwischen war Averys botanisches Auge recht gut geschult, und er erkannte sofort, dass sie dieses Kleinod noch nicht in ihrer Sammlung hatten.

Sie nahmen so viele Proben wie möglich mit – Blätter, Blüten und Samen – und verstauten sie vorsichtig in ihren Botanisiertrommeln.

»Wie wirst du den Baum nennen?«, fragte Avery später am Nachmittag, als sie in Gardners Lagerhaus ihre Proben sichteten.

»Du hast ihn zuerst gesehen. Also gebührt dir auch das Recht der Namensgebung.«

»Mir?«

»Natürlich.« Einer von Wallichs Mundwinkeln wanderte nach oben zu einem halben Lächeln. »Mach einen Vorschlag.«

Avery betrachtete die Proben, die ausgebreitet vor ihm auf verschiedenen Papierbögen lagen. Daneben gab es einen kleinen Haufen von Papierstreifen, ein Töpfchen mit Leim und ein paar Pinsel zum Auftragen.

»Nun, dieser kleine Baum gehört zur Gattung der Hartriegel. Und er wächst in den Bergen Nepals. Was hältst du von ›Himalaja-Hartriegel‹?«

Wallich nickte. »Das gefällt mir gut. Man könnte natürlich die Gattung noch ein wenig mehr eingrenzen und latinisieren. Lass uns mal schauen. Der lateinische Name für Hartriegel ist *cornus*. Und es gibt hier viele einzelne Blüten, die zu einem Blütenstand vereint sind, zu einem Köpfchen. Also vielleicht etwas mit *caput* – Kopf?«

»Dann nennen wir ihn« – Avery dachte kurz nach – »*Cornus capitata?*«

»Ja, genau so. *Cornus capitata* – der kopfige Hartriegel.«

Der Durbar-Platz im Herzen von Kathmandu war der Mittelpunkt der Stadt. Avery war gern hier. An diesem Ort pulsierte das Leben, überall gab es neue Dinge zu bestaunen. Wenn man sich nicht auskannte, konnte man leicht die Orientierung verlieren. An jeder Ecke standen kleine Schreine mit bronzenen Götterstatuen. Überall Lastenträger, Menschen zu Fuß oder in *palanquins* genannten Sänften, aber auch Reisende, Bettler und mehrere *sadhus*, Wanderasketen, bevölkerten den verwinkelten Platz. Dazwischen boten Händler an ihren Verkaufsständen Yakkäse, Grillfleisch und Buttertee, Holzmasken, Gebetsmühlen und Ähnliches an.

Um den Platz herum erhoben sich Dutzende von Pagoden und Tempeln, von denen die meisten aus Holz gefertigt waren und kunstvolle Schnitzereien aufwiesen. Jeder Hindu-Gott schien hier seinen eigenen Tempel zu haben, in dem Opfer in

Form von Blumen oder Früchten gebracht wurden. Hier lag auch der Königspalast, den man nicht betreten durfte. Seitlich davon, nahe dem Eingang, stand eine große Statue des affenköpfigen Gottes Hanuman, die mit Blumengirlanden geschmückt war.

Averys Blick ging nach oben, zu den mehrstufigen Dächern eines der Tempel. Dort waren einige kunstvolle Holzschnitzereien mit – er schaute noch einmal hin, aber er sah richtig – erotischen Darstellungen zu erkennen. Ein Mann und eine Frau in eindeutiger, wenn auch akrobatisch verschlungener Pose. Daneben eine weitere Schnitzerei, diesmal mit gleich zwei Frauen und einem Mann. Die zweite Frau hielt dem Mann die Rockschöße hoch, während er in eine andere Frau, die unter ihm lag, eindrang. Und es gab noch weitere Darstellungen: von hinten, von vorn, mit nur einem Paar oder gar mehreren Beteiligten.

Gewagt, aber auch anregend. Äußerst anregend. Er musste aufpassen, dass man ihm nicht zu viel ansah, schließlich trug er an diesem Tag europäische Kleidung und nicht die weite indische *kurta*, die viel verdeckte.

Ein dürrer Wanderasket mit langen, ascheverschmierten Haaren schlurfte vorbei, Averys Blick folgte ihm. Nicht weit von dem *sadhu* entfernt fiel ihm eine verschleierte und in ein hellblaues, staubiges Gewand gekleidete Frau auf, die sich auf den Stufen eines Tempels niedergelassen hatte, dann wurde seine Aufmerksamkeit von einem Mönch in dunkelroter Robe gefangen, der begann, den Platz vor dem Tempel zu fegen.

»Sir«, hörte er dann eine leise, drängende Stimme auf Englisch neben sich. »Sir, bitte.«

Er drehte sich um und stand der Frau gegenüber, die ihm vorhin aufgefallen war. Der untere Teil ihres Gesichts war von einem dichten Schleier verhüllt, sodass er nur ihre großen, mandelförmigen Augen sehen konnte.

»Madam?«, fragte er höflich.

»Sie sind Engländer?« Ihr Englisch war makellos bis auf einen winzigen Akzent, und obwohl sich ihre Stimme ein wenig gepresst anhörte, war Avery sogleich verzaubert.

»Ja, Madam, das bin ich. Zumindest zum Teil«, fiel ihm gerade noch ein. Offiziell war er schließlich Halbinder. »Ich gehöre zu einer kleinen Expedition aus Kalkutta, die auf Einladung des britischen Gesandten hier ist.«

Ihr Blick aus haselnussbraunen Augen huschte umher, heftete sich kurz auf den fegenden Mönch, dann senkte sie den Kopf. Die Frau machte einen gehetzten Eindruck, als sei sie auf der Flucht. Gleichzeitig war sie von einer solchen Anmut, dass Avery kaum die Augen von ihr abwenden konnte.

»Kann ich Ihnen irgendwie helfen, Madam?«, fragte er.

Ihr verzweifelter Blick traf ihn tief ins Herz. »Ja«, hauchte sie. »Ja, aber das kann ich nicht von Ihnen verlangen. Ich ... ich weiß ja noch nicht einmal Ihren Namen.«

»Harrington«, stellte er sich vor. »Avery Harrington. Und mit wem habe ich das Vergnügen?«

Sie zögerte, sichtbar verunsichert. »Kann ich Ihnen vertrauen, Mr Harrington?«

»Das können Sie.« Er legte beide Hände auf die Brust über sein Herz und verbeugte sich leicht.

Langsam nahm sie den Schleier vom Gesicht. Und Avery stand der schönsten Frau gegenüber, die er je gesehen hatte.

»Maharaj Kumari Lakshmi Parvathi Aparna Ishani«, sagte sie leise. »Prinzessin von Kumpuradjani.«

»Prinzessin?« Er machte einen Schritt zurück und verbeugte sich. »Es ist mir eine Ehre.«

»Nein, nicht!« Sie hob erschrocken beide Hände. »Bitte, ich ... ich darf kein Aufsehen erregen. Wenn man mich findet ... Mein Leben ist in Gefahr!«

»Um Gottes willen!« Avery war sofort alarmiert. »Was ist passiert? Wer sucht Sie?«

Sie schlug die Augen nieder. »Ich vertraue Ihnen, Mr Harrington. Und ich werde es Ihnen erzählen. Aber darf ich Sie zuvor um etwas bitten?«

»Um alles, was mir möglich ist.«

»Ich habe seit zwei Tagen nichts mehr gegessen, und ich …« Ihre Stimme verlor sich, und sie schwankte leicht.

Avery stützte sie. »Setzen Sie sich erst einmal, Prinzessin.« Er führte sie zurück zur Tempeltreppe. »Und jetzt warten Sie hier, während ich Ihnen etwas zu essen hole.«

Sie nickte und blickte dankbar zu ihm auf.

Bei einem der vielen Händler, die den Platz bevölkerten, besorgte er eine Portion *momos* und einen Spieß mit gegrilltem Ziegenfleisch und bei einem anderen einen Becher mit gewürztem Milchtee, dann brachte er alles zu der Tempeltreppe, wo die Prinzessin sich erneut niedergelassen hatte.

»Ich danke Ihnen vielmals, Mr Harrington.«

Er setzte sich neben sie und konnte den Blick nicht von ihr abwenden. Sie aß hungrig, aber dabei mit so viel Anmut und Grazie, dass er vollkommen verzaubert war. Diese Frau war wirklich von adeligem Geblüt. Jetzt erst fiel ihm auf, dass sie kein rotes Mal, das Zeichen einer verheirateten Frau, zwischen den perfekt geformten Augenbrauen trug. Eine Witwe also.

Erneut spürte er, wie sich etwas zwischen seinen Beinen regte, und bemühte sich angestrengt, an irgendetwas anderes, Unverfänglicheres zu denken. Er blickte nach oben, zu den mehrstufigen Tempeldächern, wo er bereits vorhin die erotischen Holzschnitzereien bewundert hatte. Nein, das war auch nicht hilfreich.

Als sie ihr Mahl beendet hatte, stieß sie einen erleichterten Seufzer aus. Sie wirkte schon nicht mehr ganz so gehetzt wie noch vor wenigen Minuten. »Sie haben mich gerettet, Mr Harrington. Wie kann ich das nur je wiedergutmachen?«

Wenn er jetzt aufstehen müsste, hätte er ein echtes Problem.

»Indem Sie mir erzählen, was passiert ist und vor wem Sie auf der Flucht sind, Prinzessin.«

Sie zögerte, dann nickte sie. »Nennen Sie mich bitte Ishani, Mr Harrington.«

»Nur, wenn Sie Avery zu mir sagen.«

»Gern.« Sie neigte den Kopf in einer wahrhaft königlichen Geste. »Dann also Avery.«

Dann begann sie zu erzählen. Ishani war die Tochter eines indischen Fürsten und hatte neben ihrer landestypischen Erziehung auch eine umfassende westliche Bildung genossen. Ihre Mutter, eine Frau aus einer angesehenen Familie, war kurz nach Ishanis Geburt gestorben. Vor nicht langer Zeit war dann auch ihr Vater verstorben, und ihr Onkel hatte Ishani zur Heirat mit dem Erben eines benachbarten Herrscherhauses gezwungen.

»Dieser Mann war doppelt so alt wie ich und hässlich wie die Nacht«, stieß sie voller Abscheu hervor. »Aber das wäre nicht so schlimm, wenn er wenigstens nett gewesen wäre. Aber er war ein Scheusal.«

Dennoch – trotz all ihrer Tränen und flehentlichen Bitten fand die Hochzeit statt. Aber es dauerte nur wenige Wochen, bis ihr Gemahl an den Pocken erkrankte und starb.

»Das war sicher eine Erleichterung für Sie«, warf Avery ein, der ihrer Erzählung bis hierher atemlos gelauscht hatte.

»Leider nicht.« Ishanis zauberhaftes Gesicht umwölkte sich. »Sie haben von mir verlangt, *sati* zu begehen.«

»*Sati?*«

»Das bedeutet, dass die Witwe mit dem Leichnam ihres Mannes verbrannt wird. Lebendig.«

»Großer Gott! Das ist … barbarisch!« Avery erinnerte sich dunkel, irgendwo schon einmal von so einem Brauch gehört zu haben, aber er hatte geglaubt, diese Zeiten seien lang vorüber.

»Ja, das ist es.« Ishani ließ den Kopf hängen. »Ich … ich konnte das nicht. Die Vorstellung, neben diesem … diesem Leichnam ebenfalls zu brennen – das war zu viel für mich. Ich habe doch mein ganzes Leben noch vor mir. Und so bin ich geflohen, in der Nacht vor der Zeremonie, ohne eine Rupie, ohne irgendwelche Besitztümer, nur mit dem, was ich am Leibe trug. Ich bin tagelang gereist, bis ich heute in Kathmandu ankam.« Eine Träne rann über ihre Wange. »Und jetzt weiß ich nicht mehr weiter«, flüsterte sie. »Ich bin ganz allein. Wenn sie mich finden, werden sie mich zurückbringen und mich töten, weil ich die Familie entehrt habe.« Weitere Tränen strömten über ihr Gesicht.

Avery nahm ihre Hand, dann zog er sie an sich, zutiefst ergriffen.

»Ishani«, murmelte er in ihr Haar. Und, als sie nicht antwortete, noch einmal: »Ishani, hören Sie mir zu.« Sie hob ihr tränenüberströmtes Gesicht. O Gott, wie wunderschön sie war! »Sie sind nicht allein. Ich werde Ihnen helfen, das verspreche ich. Sie kommen erst einmal mit mir, in Gardners Villa. Dort sehen wir dann weiter.«

Edward Gardner und die Expeditionsteilnehmer begegneten der Prinzessin – oder Ishani, wie alle sie nennen sollten – mit ausgesuchter Höflichkeit. Gardner stellte ihr sogleich ein Zimmer in der Residenz zur Verfügung, wo sie sich von den Strapazen ihrer Flucht erholen konnte.

»Haben Sie irgendwelche Verwandte, die Sie benachrichtigen wollen?«, fragte er sie. »Oder Freunde?«

Sie schüttelte den Kopf. »Leider nicht, Mr Gardner, sonst hätte ich das natürlich schon längst getan. Ich bin ganz allein und leider auch völlig mittellos.«

Avery konnte sich gerade noch zurückhalten, etwas zu sagen oder wenigstens die Augen zu verdrehen. Hatte Gardner denn nicht zugehört? Ishani war auf der Flucht, da konnte sie kaum irgendjemanden benachrichtigen.

In dieser Nacht brauchte Avery lange, um in den Schlaf zu finden. Noch nie hatte ihn eine Frau so fasziniert wie diese wunderschöne, geheimnisvolle Prinzessin. Und noch nie hatte er so stark das Bedürfnis gehabt, jemandem helfen zu wollen. Seine ganze Kraft würde er dafür einsetzen, dass sie das ihr widerfahrene Leid überwinden würde.

Mit diesen Gedanken glitt er hinüber in den Schlaf.

Dann schreckte er auf: Jemand klopfte an seine Tür.

»Sir«, hörte er eine leise Stimme. Ishani. »Sir, Mr Harrington – sind Sie noch wach?«

»Ja, bin ich.« Er setzte sich auf.

Die Tür zu seinem Zimmer wurde geöffnet, und Ishani schlüpfte hinein, eine brennende Kerze in der Hand. Im schwachen Lichtschein sah er, dass sie nur mit einem hauchdünnen Hemd bekleidet war.

Sofort war er alarmiert. »Ist etwas passiert?«

»Nein.« Sie schloss die Tür hinter sich. »Ich wollte mich nur noch einmal bei Ihnen bedanken. Für alles, was Sie heute für mich getan haben, Mr Harrington.«

»Gern geschehen«, brachte er etwas mühsam über die Lippen. Ihr Nachtgewand war wirklich verboten dünn – er konnte die Konturen ihres schlanken Körpers durchschimmern sehen. »Und Sie sollen mich doch Avery nennen.«

»Avery«, wiederholte sie mit einem leicht rauchigen Unterton in der Stimme, der ihm wohlige Schauer über den Rücken laufen ließ. »Wie gesagt, ich wollte mich bedanken. Und ich weiß auch schon, wie.«

Sie trat näher, dann blies sie die Kerze aus und stellte sie auf den Nachttisch. Im nächsten Moment spürte er ihren Körper neben sich und ihre Lippen auf seinen.

20

ALLIE

Willow Cottage, Heligan, Juli 1817

Allie strich den Brief ihres Neffen glatt. Dieser erste und bisher auch einzige Brief von Avery war Anfang des Jahres bei ihnen angekommen, und sie waren alle sehr erleichtert gewesen, von ihm zu hören. Fast sechs Monate lag das jetzt zurück.

In seinem Brief hatte er von dem großen fremden Land Indien berichtet, von exotischen Tieren und Pflanzen und von vielen Leuten, die er kennengelernt hatte, darunter Nathaniel Wallich, einen dänischen Arzt und Botaniker, der den Botanischen Garten von Kalkutta leitete.

Demnächst werde ich mit Mr Wallich und weiteren Reisegefährten zu einer größeren Expedition zum Pflanzensammeln aufbrechen, stand da in Averys etwas ausladender Handschrift zu lesen. *Diese Reise wird uns bis ins Königreich Nepal in den Bergen führen.*

Nepal. Allie beneidete ihn. Wie gern würde sie es ihm gleichtun. Und wer hätte je gedacht, dass ihr Neffe unter die Pflanzenjäger gehen würde? Bislang hatte sie nie das Gefühl gehabt, dass Avery sich für Botanik interessierte. Aber offenbar hatte sie sich da getäuscht, und es steckte mehr in ihm, als sie wusste.

Dem Schreiben folgte noch ein Nachsatz, der jedoch doppelt durchgestrichen worden war. *Ich wage nicht, zu fragen, was ihr mir über Perys berichten könnt,* entzifferte Allie. Und darunter nur noch ein Satz: *Vergebt mir und sorgt euch nicht um mich.*

Sie wünschte, er hätte mehr geschrieben. Oder würde öfter schreiben. Aber seit jenem Brief hatten sie nichts mehr von ihm gehört – vermutlich, weil er längst in Nepal war.

Da sie keine Adresse hatten, an die sie schreiben konnten, hatten sie ihren Antwortbrief an die Bullers in Kalkutta geschickt. Von ihnen wenigstens erhielten sie regelmäßig Nachricht – wenn auch keine mehr über Avery.

Ein Hüsteln an der geöffneten Zimmertür ließ sie aufschauen. William, ihr junger Bediensteter, stand dort.

»Ma'am, Ihr Bad ist jetzt fertig.«

»Danke, Will.« Sie griff nach ihrem Gehstock aus Walnussholz, dessen Knauf mit geschnitzten Blätterranken verziert war, und stieg langsam die Treppe ins Obergeschoss hinauf.

Im Vergleich zum Vorjahr war das Wetter besser, aber immer noch kühl für einen Sommer. Allie hatte an diesem Tag viel gestanden, während sie Kräuter geschnitten, zerstoßen, verteilt und eingelegt hatte, und freute sich auf diese Wohltat, die ihre verkrampften Glieder wieder etwas lockern würde.

Ein Bad war eine aufwendige Angelegenheit. Es brauchte etliche Eimer Wasser, die ihre beiden Angestellten erst auf dem Herd erhitzten und die dann die Treppe bis in Allies Schlafzimmer hinaufgetragen werden mussten, um dort in der Kupferwanne zu landen, die Will zuvor dorthin gebracht hatte. Allie gönnte sich dieses Vergnügen nicht allzu häufig, aber an diesem Tag musste es einfach sein.

Sie öffnete die drei Knöpfe in ihrem Nacken und zog sich das dunkelblaue Kleid über den Kopf. Die Jugend bevorzugte es heutzutage weiß und in hellen Pastellfarben, aber Allie war keine junge Frau mehr – für sie waren dunklere Farben passend. Dafür gefiel ihr die aktuelle Mode mit der nach oben versetzten Taille, unter der alles weit und fließend war, weil es so ihren unvollkommenen Körper ein wenig verhüllte.

Sobald sie sich von dem Rest – Unterrock, kurzes Korsett und lange Baumwollstrümpfe – befreit hatte, stieg sie in die Wanne.

Das Wasser war herrlich warm und wohltuend, und Allie schloss für einen Moment voller Wonne die Augen.

Hoffentlich kam Tristan bald zurück. Er war mit Julian im nahe gelegenen Charlestown, wo sie sich mit Henrys Schwager Charles treffen wollten.

Charles Rashleigh hatte dem kleinen Fischerort viel Gutes gebracht. Früher bestand der Flecken namens West Polmear aus kaum mehr als einigen wenigen Hütten, in denen ein paar Fischerfamilien lebten. Da größere Schiffe nicht am Strand anlanden konnten, hatte Charles vor mehr als zwanzig Jahren beschlossen, einen Hafen zu bauen, der den Transport von Kupfer aus den nahe gelegenen Minen erleichtern sollte. Seitdem war der Ort mächtig gewachsen, und der Handel mit Sardinen florierte. Aus Dankbarkeit hatten die Einwohner ihr Dorf in Charlestown umbenannt.

Allie griff nach ihrem Buch, das sie bereitgelegt hatte, und vertiefte sich in den ersten Band von *Stolz und Vorurteil*, den sie schon zur Hälfte gelesen hatte.

Die Seiten flogen nur so dahin, während sich die Geschicke der Familie Bennet vor ihr entfalteten. Allie las für ihr Leben gern. Vor einigen Jahren hatte sie einen literarischen Salon ins Leben gerufen. Seitdem traf sie sich zweimal im Monat mit anderen lesebegeisterten Frauen aus der Nachbarschaft im Salon von Heligan House, den Henry ihnen dafür großzügig zur Verfügung stellte, und tauschte sich über Literatur und andere Themen von Welt aus. Manchmal gesellte sich Damaris zu ihnen, und fast immer war Lowenna dabei, die, ganz anders als ihre jüngere Schwester Florence, ein wahrer Blaustrumpf war.

Sie vernahm leise Schritte auf der Treppe, gleich darauf wurde die Tür zu ihrem Zimmer einen Spalt geöffnet, und Tristan steckte seinen Kopf herein.

»Darf ich?«

»Natürlich.«

Er trat ein und schloss die Tür hinter sich. Die hohen Reitstiefel hatte er offenbar schon unten ausgezogen, genauso wie Jacke und Weste.

»Was liest du?«

Sie zeigte ihm den Buchrücken, auf dem in goldener Schrift der Titel eingeprägt war. »*Stolz und Vorurteil.* Ein Liebesroman, aber gleichzeitig auch eine Studie der englischen Gesellschaft.«

»Dann ist er gut?«

Sie nickte. »Der Roman ist anonym erschienen. Als Verfasserin ist nur ›von einer Lady‹ angegeben.«

Tristan zog die dunkelblonden Augenbrauen hoch. »Aber meine kluge Frau weiß natürlich, wer ihn geschrieben hat?«

»Schmeichler. Aber du hast recht, ich weiß es: Angeblich soll es Jane Austen sein.«

»Jane Austen? Diese schriftstellernde Pfarrerstochter? Hat sie nicht auch dieses andere Buch geschrieben, von dem du so angetan warst?«

Allie nickte. »*Verstand und Gefühl.* Ebenfalls ein sehr kluger Roman.«

Tristan kniete sich, angezogen wie er war, neben die Kupferwanne und griff nach ihrem rechten Fuß. »Soll ich?«

Sie legte das Buch weg und streckte ihm ihr Bein entgegen. »Liebend gern.«

Mit sanften, kreisenden Bewegungen begann er, ihre schmerzenden Muskeln zu massieren, vom Fuß über den Unterschenkel bis hinauf über das Knie. Dann war das linke Bein dran. Bei jedem anderen hätte sie sich für ihre krummen, dürren Beine geschämt, aber nicht bei Tristan. Bei ihm konnte sie sich fallenlassen.

Allie seufzte mit geschlossenen Augen. »Das tut so gut«, murmelte sie.

Tristan wusste stets, was ihr guttat. Das war schon immer so gewesen und würde sich vermutlich auch nie ändern.

Sie öffnete die Augen. »Wie kann ich dir nur danken?«

Er ließ ihren Fuß sanft wieder zurück ins Wasser gleiten, das allmählich doch etwas kühl wurde. »Ich wüsste da etwas.«

»Tatsächlich?« Allie sah ihn in gespielter Verwirrung an. »Ich habe nicht die leiseste Ahnung, was du meinen könntest.«

»Dann werde ich es dir wohl zeigen müssen, Mrs Harrington.«

Er beugte sich vor, um sie zu küssen. Gleich darauf stieß sie einen kleinen, kichernden Schrei aus, als er sie packte und, nass, wie sie war, aus der Wanne hob.

»Du wirst ganz feucht!«

»Das macht nichts«, erwiderte er und trug sie zum Bett.

Sie ließ sich in seine Umarmung fallen. Atmete seinen Geruch ein und spürte, wie sich eine Wärme in ihrem Körper ausbreitete, die nichts mit dem heißen Bad zu tun hatte.

»Mrs Fitzgibbons, ich habe Ihnen doch schon mehrfach erklärt, dass Sie keine Angst zu haben brauchen«, sagte Allie. »Dr. Jenner wird lediglich einen winzigen Einschnitt in Ihre Haut machen, um den Impfstoff einzubringen, und danach sind Sie vor den Pocken gefeit.«

Die ältere Frau, die neben ihr auf der Bank saß, zog eine missbilligende Schnute. »Ich habe keine Angst, Mrs Harrington, ich bin lediglich besorgt.«

Allie warf Julian, der ihr dankenswerterweise Gesellschaft leistete, einen Seitenblick zu und verdrehte kurz die Augen.

In Heligan gab es an diesem Tag eine große Impfaktion gegen die gefährlichen Pocken. Diese Aktion war von John Hearle angeregt worden, der ein großer Verfechter moderner Medizin war. Er hatte es sogar geschafft, Edward Jenner einzuladen, der diese Impfung vor einigen Jahren erfunden hatte. Dr. Jenner war am Vortag in Heligan eingetroffen und würde noch zwei weitere Tage bleiben. Dem Landarzt aus Berkeley war es zu verdanken, dass es mittlerweile ein Mittel gegen die gefürchteten Pocken gab. Nach Experimenten mit dem harmlosen Kuhpockenerreger hatte er ein Serum gewonnen, das auch vor den echten Pocken schützte.

Jetzt war der Platz vor Heligan House mit so vielen Personen aus der ganzen Umgebung bevölkert, dass Allie sich fast an ein Volksfest erinnert fühlte. John Hearle hatte jedem, der sich bei ihm impfen lassen würde, ein großes Stück frisch geernteter und aufgeschnittener Ananas aus Heligans Zucht versprochen. Vermutlich war es eher die Aussicht auf diesen seltenen Genuss als medizinische Einsicht, die die meisten nach Heligan trieb, aber der Zweck heiligte die Mittel.

An einem vor dem Haus aufgestellten Tisch verteilten John Hearles Frau Caroline sowie Lowenna und Florence die Ananas an all diejenigen, die sich bereits hatten impfen lassen. Die drei jungen Frauen waren in pastellfarbene, luftige Gewänder gekleidet und sahen sehr hübsch aus, wie Allie fand. Nur Florence mit ihrem sonst so sonnigen Gemüt wirkte ein wenig melancholisch, auch wenn sie das tapfer zu überspielen versuchte.

Mrs Fitzgibbons, in für ihr Alter unangemessenes Rosa gehüllt, sah ebenfalls zu den dreien hinüber.

»Ach, ist es wahr, Mr Harrington, was ich gehört habe?«, wandte sie sich an Julian.

Dieser seufzte fast unhörbar. »Was haben Sie denn gehört?«

»Dass der junge Mr Rashleigh abgereist ist, ohne um die Hand Ihrer bezaubernden Tochter angehalten zu haben.«

Diese elende Klatschtante bekam aber auch alles mit! In der Tat war Perys vor wenigen Tagen aufgebrochen und wieder zur See gefahren, und das, ohne Florence einen Antrag gemacht zu haben.

»Finden Sie das nicht auch sehr bedauerlich?«, fragte Mrs Fitzgibbons, als von Julian keine Antwort kam.

»Haben Sie sich entschieden, Mrs Fitzgibbons, ob Sie sich nun impfen lassen?«, kam Allie ihm zu Hilfe.

»Nein, das habe ich noch nicht. Ich habe nämlich gehört, der Impfstoff wurde aus einer Kuh gewonnen. Wie können Sie sicher sein, dass ich mich danach nicht in eine Kuh verwandeln werde?«

»Das können wir natürlich nicht«, gab Julian trocken zurück, bevor Allie antworten konnte. »Aber in diesem Fall wird Mr Tremayne Ihnen sicher einen vorzüglichen Platz auf seiner Weide gewähren.«

Mrs Fitzgibbons sah aus, als hätte er behauptet, kleine Kinder zum Frühstück zu verspeisen. »Also … Mr Harrington … ich muss schon sagen …«, begann sie empört, verstummte dann aber.

In Allie dagegen stieg ein Glucksen auf, bis sie das Lachen nicht mehr zurückhalten konnte und laut und wenig damenhaft damit herausplatzte. Die Vorstellung von Mrs Fitzgibbons als Kuh auf Heligans Weide war einfach zu köstlich.

Sie hörte erst auf zu lachen, als sich ihnen drei Männer näherten: Henry, John Hearle und der Arzt.

»So langsam müssten Sie sich entscheiden, Mrs Fitzgibbons«, sagte sie. »Da kommen nämlich die beiden Herren Tremayne in Begleitung von Dr. Jenner. Der Squire ist übrigens auch schon geimpft.«

Bei Henrys Anblick hellte Mrs Fitzgibbons' Miene sich auf. Henrys Haar war inzwischen schlohweiß, und er ging schon recht gebeugt, dennoch wirkte er keinesfalls gebrechlich. Ähnlich wie Allie stützte auch er sich auf einen Gehstock, dessen silberner Knauf wie die Schuppen einer Ananas ziseliert war.

Mrs Fitzgibbons, auch sie nicht mehr taufrisch, sah ihn an, als wäre er der leibhaftige Erlöser.

»Oh, Mr Tremayne, welche Freude, Sie zu sehen. Kommen Sie, setzen Sie sich neben mich.«

Sie rückte ein Stück zur Seite und stieß Allie dabei an, sodass diese gezwungen war aufzustehen – was ihr durchaus gelegen kam.

»Vielen Dank, Sie sind zu freundlich.« Henry nahm auf der kleinen Bank Platz.

»Sie haben diese schreckliche Tortur also schon hinter sich gebracht?«, fragte ihn Mrs Fitzgibbons.

»Oh ja, meine Liebe, bereits vor zwei Jahren. Genau wie sämtliche meiner Familienmitglieder und viele meiner Pächter.«

»Und wie Sie sehen können, hat Mr Tremayne sich weder in eine Kuh noch in einen Ochsen verwandelt«, konnte Allie sich nicht zurückhalten zu sagen.

Mrs Fitzgibbons warf ihr einen vernichtenden Blick zu, dann hatte sie wieder nur Augen für Henry.

Dr. Jenner, ein Herr von kräftiger Gestalt mit vollem, freundlichem Gesicht, holte währenddessen ein Fläschchen mit einer klaren Flüssigkeit aus seiner mitgeführten Tasche.

»Sind Sie bereit, Madam?«, fragte der Arzt. »Dann machen Sie bitte Ihren Arm frei.«

»Nun gut«, gab Mrs Fitzgibbons mit bebender Stimme zurück. Und, an Henry gewandt: »Ich wage es. Wenn Sie meine

Hand halten, dann glaube ich, könnte ich diese Tortur vermutlich ertragen.«

»Aber natürlich.« Henry griff nach ihrer Hand, und Allie nutzte die Gelegenheit, der Klatschbase zu entkommen und sich Julian und John Hearle anzuschließen.

Sie hakte sich bei den zwei Männern ein, die sie beide um Haupteslänge überragten, denn so fiel ihr das Laufen um einiges leichter.

Während sie langsam voranschritten, unterhielt man sich über Fragen der Gutsverwaltung und Politik. John Hearle war Abgeordneter im englischen Parlament, dennoch fand er oft die Zeit, sich um Heligan zu kümmern.

Bald hatten sie den Blumengarten erreicht, in dem zu dieser Jahreszeit Reihen um Reihen unterschiedlichster Blumen wuchsen, die hier ausschließlich dafür gezogen wurden, um die Zimmer von Heligan House zu schmücken. Jetzt gediehen die Pflanzen wieder besser als im vorigen Jahr, als fast die komplette Ernte ausgefallen war.

Durch eine kleine Holztür gingen sie direkt in den Melonengarten, dessen gebogene, nach Süden ausgerichtete Mauer über acht Fuß hoch war. Daran entlang wuchsen Obstbäume und rankten Weinreben. Die Früchte gediehen hier besonders gut, weil sie die von der Mauer gespeicherte Sonnenwärme nutzen konnten. In die Erde waren Blechschilder mit den eingeprägten Namen der dort angebauten Obstsorten gesteckt: Birnen, Pflaumen, Aprikosen und Stachelbeeren.

Innerhalb des Melonenhofs, neben Gewächshäusern, Frühbeeten und dem Melonenhaus, erstreckten sich zwei hintereinanderliegende, fünfzehn Yards lange niedrige Kästen. Der Ananasgraben. Durch die gläsernen Abdeckungen waren zwischen Stroh und Erde einige Schöpfe heranwachsender Ananas zu sehen – weniger als sonst, da ein Großteil der reifen Früchte bei der Impfaktion verteilt worden war. Sie saßen auf niedrigen Stämmen, die ringsum mit langen, schmalen Blättern umgeben waren.

Es roch scharf nach Pferdemist. Aber das gehörte dazu, wenn man in England Ananas züchten wollte, die viel gleichmäßige Wärme brauchte. Für diese Wärme sorgten etliche Ladungen von frischem Dung, der regelmäßig von den Ställen herangekarrt wurde und in Hohlräumen hinter und vor dem Graben verteilt wurde. Die dadurch erzeugte Hitze schuf eine tropische Umgebung, in der die Pflanzen gut wachsen konnten.

Um zu verhindern, dass der gärende Pferdemist sich entzündete, brauchte es allerdings eine Aufsicht rund um die Uhr. Dafür gab es in dem zweigeschossigen Gebäude innerhalb des Melonenhofs einen kleinen Schlafraum für einen Gärtnergehilfen, der alle drei Stunden überprüfen musste, ob der Pferdedung nicht zu heiß wurde.

Inzwischen war Allie schon oft in den Genuss dieser königlichen Frucht gekommen. Anfangs hatte sie befürchtet, dass die Ananas nach Pferdedung oder -urin schmecken würde, aber das war keineswegs der Fall. Sie war zwar schuppig wie eine Artischocke, aber wunderbar süß und saftig. Wie Sonnenlicht.

John Hearle und Julian hatten derweil ihre Unterhaltung fortgesetzt und waren von den Problemen einzelner Pächter zu Dingen gelangt, die man unbedingt demnächst besorgen musste, bis sie jetzt über die neueste Idee sprachen, die Bienenkörbe an eine andere Stelle zu verlegen.

Das war ursprünglich Damaris' Vorschlag gewesen. Allies Schwester liebte die Bienen. Auch wenn es längst nicht mehr ihre Aufgabe war, ließ sie es sich nicht nehmen, fast täglich nach den fleißigen kleinen Gartenhelfern zu sehen, die so wertvoll und nützlich waren. Sie bestäubten ja nicht nur die Pflanzen und sorgten damit für eine gute Ernte, sie produzierten auch

Honig für die Küche und Wachs, aus dem man Kerzen und Möbelpolitur herstellte.

Die beiden Männer hatten auch schon den passenden Platz gefunden: außerhalb des Melonenhofs, südlich des Gemüsegartens. Hier wollte John Hearle eine niedrige Mauer mit offenen Kammern bauen lassen. In jeder dieser Kammern sollte dann einer der Bienenkörbe sitzen. So wären sie Wind und Wetter weniger preisgegeben, außerdem wäre es ein perfekter Ort, damit die Bienen die Gartenpflanzen und die Obstbäume befruchten konnten.

»Man könnte sogar Türen einbauen, um die Nischen im Winter zu verschließen«, schlug Julian jetzt vor. »Dann wären die Bienen noch besser geschützt.«

John Hearle nickte nachdenklich. »Das ist wirklich eine gute Idee. Bei großer Kälte könnte zudem ein Vorhang angebracht werden. Was hältst du davon, Allie?«

»Viel.« Sie nickte, während vor ihrem inneren Auge die Vorstellung einer Bienenwand immer konkreter Gestalt annahm. »Wäre ich eine Biene«, sagte sie, »ich würde mich in so einer Wand wohlfühlen.«

21

LEXI

Heligan Gardens, Mai

Lexi stand am Rand des Melonengartens und betrachtete die alte Bienenwand, eine Backsteinmauer mit zwei Reihen von bogenförmigen Aussparungen. Einige dieser Nischen waren offen, dort konnte man jeweils einen aus Weiden geflochtenen Bienenkorb sehen, wie man sie früher verwendet hatte. Die restlichen waren mit kleinen hölzernen Türchen verschlossen, zum Schutz vor Wind, Regen und Kälte. Inzwischen hatte man moderne Bienenstöcke, die weiter abseits und windgeschützt unter einer großen Eiche angesiedelt waren, aber diese alte gemauerte Wand stand noch immer an ihrem ursprünglichen Platz vor dem Eingang zum Gemüsegarten.

Lexi war bester Laune – was natürlich mit der Tatsache zusammenhing, dass sie Ben demnächst treffen würde –, und auch das Wetter bemühte sich um einen guten Eindruck. Der Tag war wunderschön, strahlend und klar, über ihr kreisten Möwen, und in der Ferne konnte sie das Meer leise rauschen hören. Mit halbem Ohr bekam sie mit, wie Heligans Obergärtner Derek einer Besuchergruppe von dem wiederaufbereiteten Ananasgraben erzählte, in dem man heutzutage wie vor zweihundert Jahren Ananas mit der Hilfe von gärendem Pferdedung züchtete.

Als die Besucher in Richtung Italian Garden weiterzogen, schlenderte Derek zu ihr. »Hallo, Lexi.« Er war Anfang vierzig, wirkte aber mit seinen Strubbelhaaren und dem schlaksigen Äußeren eher wie ein zu groß geratener Jugendlicher. »Wie läuft es mit der Planung deiner Ausstellung?«

»Ganz gut. Der erste Teil über die Anfänge Heligans ist fast fertig. Aber mit dem zweiten Teil habe ich noch Probleme. Ich finde einfach zu wenig Material.«

Derek kniff die Augen zusammen, was ihm ein schelmisches Aussehen gab. »Hilf mir mal auf die Sprünge: Worum ging's im zweiten Teil?«

»Um die Pflanzenjäger, die ab dem Anfang des neunzehnten Jahrhunderts all die schönen exotischen Gewächse nach England gebracht haben. Aber es ist gar nicht so einfach wie gedacht, da etwas Passendes herauszukramen. Ich meine, ich finde haufenweise Informationen über Rhododendren und Joseph Hooker und andere wichtige viktorianische Pflanzenjäger, aber das war ja nicht das Thema, sondern die Zeit davor.«

Er hob die Schultern. »Sorry, da muss ich auch passen.«

»Kein Problem. Außerdem wird mein Arbeitsplatz demnächst ins Steward's House verlegt, womöglich gibt es da mehr, was mir weiterhilft. Das Haus steht schließlich schon seit zwei Jahrhunderten.«

Derek nickte. »Sehr gut. Ich könnte mir vorstellen, dass sich da noch der ein oder andere Schatz findet.«

»Seht ihr – dort. Sie schlafen.«

Theo deutete mit einem manikürten Finger unter die Dachsparren des Steward's House. Lexis Blick folgte ihrer Geste. Sie konnte etliche ledrige Bündel erkennen, die kopfüber von der Decke des Dachbodens hingen. Zwergfledermäuse, dicht an dicht gedrängt. Theo hatte ihr die Tiere schon einmal gezeigt, aber da waren es noch nicht so viele gewesen.

»Das sind alles trächtige Weibchen«, erklärte Theo. »Wir haben hier eine richtige Wochenstube.«

»Faszinierend.« Lexi wandte sich an Eliza, die mit leicht angewidertem Gesichtsausdruck neben ihr stand. »Findest du nicht auch?«

Eliza arbeitete tageweise als Aushilfe in Heligan und half Lexi bei der Ausstellungsplanung. In ihrer im Stil der 1950er-Jahre gehaltenen Aufmachung – ausgestellter hellblauer Rock und weiße Bluse – wirkte sie ein wenig wie ein Fremdkörper in dieser doch eher rustikalen Umgebung.

»Ja, ganz wundervoll«, gab sie tapfer zurück, aber Lexi konnte ihr ansehen, dass sie nicht ganz so angetan von ihren neuen Mitbewohnern war wie sie selbst. »Obwohl mir unser altes Büro besser gefallen hat. Das liegt auch näher am Archiv.«

»Aber überleg doch mal«, sagte Lexi. »Wir arbeiten dann an demselben Platz, an dem vor über zweihundert Jahren Damaris und Julian mit ihrer Familie gelebt haben!«

Eliza nickte. »Ja, das hat was.« Sie warf einen letzten skeptischen Blick zur Decke. »Okay, wir einigen uns darauf: Ihr tut mir nichts, dann tu ich euch auch nichts.«

Vorsichtig stieg sie über den mit Fledermauskot bedeckten Boden und achtete darauf, ihre Schuhe nicht zu beschmutzen, bevor sie sich an den Abstieg machte.

An diesem Tag stand der Umzug an ihren neuen Arbeitsplatz an, und Theo hatte es sich nicht nehmen lassen, mit ihnen beiden einen kleinen Rundgang durchs Haus zu machen. Das Steward's House, das ehemalige Haus des Gutsverwalters, lag neben den früheren Wirtschaftsgebäuden. Heutzutage gab es im Erdgeschoss ein Besuchercafé, in dem man unter anderem wunderbaren Kuchen kaufen konnte, und im Obergeschoss lagen Büros für die Mitarbeiter. Hier bezogen Lexi und Eliza ein geräumiges Zimmer mit Blick auf die große Rasenfläche vor dem Haus.

Von Theo bekamen sie auch den Schlüssel zu einem bislang abgeschlossenen Raum im Obergeschoss. Den halben Vormittag verbrachte Lexi damit, dort durch die gesammelten Exponate zu stöbern in der Hoffnung, womöglich mehr über Avery Harrington zu erfahren. Sie durchforstete die Sammlung alter Pflanzenetiketten aus Blech, die bei der Restaurierung Heligans in den 1990er-Jahren an der Mauer des Melonenhofs gefunden worden waren. Im selben Raum fand Lexi Plakate und weitere Materialien, die offenbar von einer früheren Ausstellung über den berühmten Pflanzenjäger Hooker übrig geblieben waren, darunter auch ein paar Fotografien alter Herbarienseiten mit getrockneten Samen aus Übersee und einige Bögen Papier mit handschriftlichen Notizen, die ein gewisser Thomas Thomson aufgeschrieben hatte. Ein Reisegefährte Hookers, wie eine kurze Recherche offenbarte. Also auch kein weiterer Erkenntnisgewinn.

Über John Hearle Tremayne, Henrys Sohn, war dagegen weitaus einfacher an Informationen zu kommen. John Hearle war Abgeordneter im englischen Parlament gewesen und repräsentierte dort Cornwall. Trotz seiner politischen Karriere hatte er oft die Zeit gefunden, sich um Heligan zu kümmern, das ihm sehr am Herzen lag. Er liebte Shakespeare und dessen Zeitgenossen, und obwohl er einen großen Weinkeller besaß, trank er angeblich nie auch nur einen Tropfen Alkohol. 1813 hatte er eine gewisse Caroline Lemon geheiratet, deren Schwester Isabella sich einige Jahre zuvor mit Anthony Buller vermählt hatte. Dieser Mr Buller war derjenige gewesen, mit dem Avery nach Indien gesegelt war.

Vielleicht, beschloss Lexi, sobald sie an ihrem neuen Computer-Arbeitsplatz saß, sollte sie sich nicht so sehr auf die Tremaynes fixieren, sondern großflächiger suchen. Also, was wusste sie? Dass Avery 1815 mit den Bullers nach Indien gereist war.

»Indien 1815« gab Lexi in die Online-Suchmaschine ein. Dann beugte sie sich vor.

»Was Interessantes gefunden?«, fragte Eliza, die ein halb aufgegessenes Stück Zitronenkuchen neben sich stehen hatte. »Du hast übrigens recht. Zumindest für diesen fantastischen Lemon Drizzle aus dem Café unten hat sich der Umzug hierher gelohnt.«

»Freut mich.« Lexi drehte den Bildschirm ein wenig zu Eliza. »Hier, schau. Das ist vermutlich nicht unbedingt wichtig für meine Recherche, aber trotzdem gut zu wissen. Im April 1815 brach der Vulkan Tambora in Indonesien aus. Und das darauffolgende Jahr, also 1816, wurde in Europa ›das Jahr ohne Sommer‹ genannt, weil die Sonne kaum noch schien und große Teile Europas von Missernten und Hungersnöten heimgesucht wurden.«

»Das hing alles mit dem Vulkanausbruch im Fernen Osten zusammen?«, fragte Eliza, die Kuchengabel in der Hand, ein wenig ungläubig.

»Sieht ganz so aus.« Lexi studierte weiter den Text im Internet. »Damals erkannte man die Zusammenhänge noch nicht, aber heute weiß man, dass sich die Aschewolken von dem Vulkanausbruch überall in der Atmosphäre verteilt hatten und kaum mehr Sonnenlicht durchließen. Das führte zu einem allgemeinen Kälteeinbruch mit Ernteausfällen und dergleichen mehr.«

»Krass.« Eliza war fertig mit dem Kuchen und begann, ihre Sachen zusammenzupacken.

»Du gehst schon?«

»Bin verabredet«, sagte sie mit einem vielsagenden Grinsen.

Lexi nickte wissend. Eliza war frisch verliebt in Orlando, der in Heligan als Guide arbeitete.

Während Eliza in ihre Jacke schlüpfte, öffnete Lexi die Datei, in der sie ihre mit dem Handy aufgenommenen Bilder aus dem Kresen-Kernow-Archiv gespeichert hatte, und klickte sich durch ihre Sammlung. Dann hatte sie es gefunden: einen Brief von Isabella Buller an ihre Schwester Caroline Tremayne, im September 1817 in Kalkutta verfasst. Darin erwähnte Isabella unter anderem den Botanischen Garten von Kalkutta und dessen Direktor, einen gewissen Nathaniel Wallich.

»Kalkutta«, murmelte Lexi vor sich hin.

»Wie bitte?« Eliza, die schon fast aus der Tür war, blieb stehen.

»Kalkutta«, wiederholte Lexi. »Ich bin immer davon ausgegangen, dass Avery in Madras geblieben ist, aber vielleicht ist er ja mit den Bullers nach Kalkutta umgezogen. Das sich inzwischen übrigens Kolkata nennt.«

»Hochinteressant. Und wie bringt uns das jetzt weiter?«

»Wenn die Bullers diesen Wallich kannten, dann kannte ihn vielleicht auch Avery. Und womöglich gibt es über Wallich mehr Informationen. Vielleicht könnte man da ansetzen.«

»Dann hast du ja was zu tun«, sagte Eliza. »Ich bin jetzt weg.«

»Viel Spaß.«

»Den werd ich haben.« Eliza lächelte in freudiger Erwartung. »Du solltest auch mal raus. Es ist traumhaftes Wetter.«

»Ja, Mama«, gab Lexi in gespielter Folgsamkeit zurück.

»Ich bin mir nämlich ziemlich sicher«, sagte Eliza, »es gibt da jemanden, der sich sehr freuen würde, dich zu sehen.«

»Wenn du es sagst«, gab Lexi so neutral wie möglich zurück, obwohl ihr Herz plötzlich Achterbahn zu fahren schien. Wusste eigentlich jeder über ihr Liebesleben Bescheid?

Kaum war Eliza gegangen, wandte sich Lexi wieder ihrem Rechner zu und startete die Recherche.

Der Name Nathaniel Wallich führte zu erstaunlich vielen Treffern. Er war ein dänischer Arzt und Botaniker gewesen, der in Indien und Nepal viele Pflanzen entdeckt hatte. In den Kew Gardens in London existierte sogar eine ganze eigene Sammlung von ihm.

Ob sie sich diese Wallich-Sammlung etwas genauer ansehen sollte? Dazu gab es schließlich eine Online-Datenbank, die sie jetzt anklickte.

Nathaniel Wallich hatte Hunderte von Pflanzen gesammelt, getrocknet und beschriftet – botanisiert, wie man damals dazu sagte. Und das alles noch vor Erfindung von Schreibmaschinen, geschweige denn Computern.

Auf gut Glück öffnete sie einen der vielen Pflanzeneinträge zu Wallich. *Lomaria aurea*. Sehr informativ: Da gab es nicht nur eine Fotografie der konservierten Original-Pflanze, sondern auch Angaben zur Pflanzengattung sowie zum genauen Fundort. Unter »Sammler/Expedition« war »Wallich, Nathaniel« eingetragen – über diesen Suchbegriff war sie hier gelandet. Dann müsste es doch auch möglich sein, in diesem Katalog nach bestimmten Sammlern zu suchen. Extrem unwahrscheinlich, dass sie hier fündig wurde, aber ein Versuch konnte nicht schaden.

Sie gab »Harrington« ein.

Bingo! Eine Tabelle mit zwanzig Treffern erschien, sortiert nach Pflanzengattungen. Als erster Eintrag fand sich ein *Harrington, G.N., Fundort: Uganda. Datum: 1970.* Nein, das konnte er natürlich nicht sein. Ihr Blick fuhr die Spalte mit den Namen entlang nach unten: *Harrington, G.N. und Gilbert, M., Fundort: Äthiopien. Datum: 1970. Harrington, B., Fundort: Tansania. Datum: 1885. Und dann: Wallich, N. und Harrington, A., Fundort: Nepal. Zeitraum: 1817.*

Oh, das hörte sich vielversprechend an!

Sie öffnete das dazugehörige Bild der Pflanze. Zu sehen war ein graubraun verfärbtes, getrocknetes Gewächs, das mit ein paar zarten Klebestreifen auf dem Papier darunter befestigt war. Kurz fragte sie sich, wie man wohl damals vor der Erfindung von Klebeband solche empfindlichen Dinge aufgeklebt hatte. Vermutlich mit Papierstreifen, die man mit Leim oder etwas Ähnlichem eingepinselt hatte.

Eine handschriftliche, noch immer gut lesbare Notiz neben der Pflanze lautete: *Cornus capitata Wall.*

Sie klickte den Detail-Eintrag an. Fundort war ein Berg namens Chandragiri in Nepal, gesammelt worden war im Juni 1817. Und als Sammler waren eingetragen: »Wallich, Nathaniel und Harrington, Avery«.

Als sie an diesem Abend zurück in die Wohnung in Mevagissey kam, die sie sich mit Cait teilte, begrüßte sie ihre Mitbewohnerin und deren dreibeinigen Kater Nelson. Gleich darauf bugsierte Cait sie auch schon auf das Sofa.

»Ich hatte einen echt anstrengenden Tag im Café und jetzt absolut keine Lust zum Kochen«, sagte die junge Irin. »Daher habe ich entschieden, dass wir uns heute ein Lieferessen gönnen. Okay?«

»Gern.«

Cait legte ihr verschiedene Speisekarten-Flyer vor. »Worauf hast du Appetit? Italienisch? Chinesisch? Indisch?«

»Definitiv indisch.« Lexi nahm eines der bunt bedruckten Faltblätter. »Darauf habe ich schon seit Tagen Lust. Seit ich erfahren habe, dass es Avery nach Indien verschlagen hat.«

»Okay, also indisch.«

Sie bestellten mit Gemüse gefüllte Samosas, Naan-Brot, scharfes Madras-Curry und mildes Butter Chicken.

»Und?«, fragte Cait, kaum dass sie den Telefonhörer hatte sinken lassen.

»Und was?«

»Seid ihr jetzt ein Paar?«

»Wer?«, fragte Lexi scheinheilig, während sich prickelnde Wärme in ihr ausbreitete.

»Ben und du natürlich, du dumme Nuss.«

»Vielen Dank für die dumme Nuss, aber ja, ich glaube schon.«

»Du glaubst es nur?«

»Na ja, wir haben noch nicht wirklich darüber geredet. Und ich will ihn ja nicht unter Druck setzen.«

Cait schüttelte den Kopf. »Ich fass es ja nicht. Da sieht ein Blinder, wie sehr ihr beiden füreinander geschaffen seid, und dann sprecht ihr nicht drüber.«

»Man muss doch nicht alles zerreden.« Lexi erhob sich vom Sofa und öffnete den Küchenschrank. »Und der Rest wird sich schon noch ergeben.«

Cait war ebenfalls aufgestanden und nahm die Teller entgegen, die Lexi ihr reichte. »Wann seht ihr euch wieder?«, fragte sie, während sie die Teller auf den kleinen Küchentisch stellte.

»Morgen Abend.«

»Brauchst du eine sturmfreie Bude? Du musst es nur sagen, dann mach ich hier die Fliege.«

»Danke, aber das ist nicht nötig. Er will mich nach der Arbeit abholen, und dann gehen wir zu ihm.« Lexi zog die Besteckschublade auf. »Was brauchen wir? Gabel und Messer oder eher Löffel?«

»Am besten alles, dann sind wir auf der sicheren Seite.« Cait strich sich ihre rot gefärbten Haare hinters Ohr. »Weißt du schon, was du anziehst?«

»Was ich … Sag mal, was soll das hier werden? Ein polizeiliches Verhör?«

»Nein, eine Unterhaltung unter Freundinnen. Ich bin nur an deinem Wohlergehen interessiert.«

Dann klingelte es an der Tür, und die Essenslieferung rettete Lexi vor weiteren neugierigen Fragen.

22

LEXI

Heligan Gardens, Mai

Am nächsten Tag holte Ben sie nach Dienstschluss mit dem Motorrad ab.

»Bereit?« Er reichte ihr den mitgebrachten Helm. »Wir wären allerdings zu dritt.«

»Oh«, gab Lexi wenig begeistert zurück. Das hörte sich nicht gerade nach einem romantischen Abend an. »Wer soll denn der Dritte sein?«

»*Die* Dritte«, korrigierte er sie grinsend. »Du, ich und Agatha. Sie freut sich schon, dich kennenzulernen.«

Besagte Agatha, ihres Zeichens eine Griechische Landschildkröte, saß in einem oben offenen Gehege auf Bens Balkon und ließ sich nicht in ihrer Mahlzeit stören, während Lexi sie hingerissen beobachtete: den zarten, faltigen Hals, der langsam aus dem Panzer herauskam, das rosige Maul, das dabei aufklappte, um einen weiteren Bissen von der Gurke zu nehmen, die dicke, fleischige Zunge.

»Eine Schildkröte wollte ich als Kind auch immer haben«, sagte Lexi, ohne den Blick von dem Reptil zu nehmen. »Stattdessen bekam ich einen Hamster.«

»Sie sind faszinierend, nicht wahr? Diese Tiere leben schon seit Millionen von Jahren fast unverändert auf der Erde.«

»Wie alt ist sie?«

»Weiß ich nicht so genau. Als mein Opa sie mir geschenkt hat, war sie noch jung. Also ist sie jetzt vermutlich zwanzig. Dann hat sie mindestens noch mal so lange vor sich.«

»Länger als mein Hamster«, erwiderte Lexi. »Der hat nur zwei Jahre gelebt.«

Sie gingen wieder nach drinnen. Ben wohnte in einer kleinen, eher zweckmäßig eingerichteten Zweizimmerwohnung nahe der Innenstadt von St Austell. Die Hälfte seines Balkons wurde von dem geräumigen Gehege eingenommen, das die Schildkröte bewohnte.

»Du hattest wohl länger keinen Frauenbesuch mehr?«

»Woran siehst du das?«

»Keine Blumen«, sagte Lexi. »Nur grüne Topfpflanzen. Die sind allerdings sehr schön.«

»Hey, ich bin ein Kerl. Ich brauche keine Blumen.«

»Sagt der Kerl, der sich den ganzen Tag mit Blumen und sonstigem Grünzeug beschäftigt«, gab Lexi lachend zurück.

Er lächelte und wirkte dabei fast wie ein Kind, das zu Weihnachten alles bekommen hatte, was es sich gewünscht hatte.

Sie sah ihn mit einer Mischung aus Verwirrung und Belustigung an. »Was?«

»Nichts. Doch: dass du hier bist.«

Ihr Herz schlug schneller. Sie genoss diesen behutsamen Tanz umeinander, der sich tastend vorwagte und auslotete, wie weit man schon bereit war zu gehen.

Ziemlich weit, wie sie befand. Sie konnte es gar nicht mehr erwarten, ihm endlich näherzukommen.

Er beugte sich vor, um sie zu küssen. Sie erwiderte den Kuss, hungrig und voller Begehren, bis sie beide auf der Couch landeten. Er zog sie zu sich, bis sie rittlings auf ihm saß, und ließ seine Hände über ihre Oberschenkel, Hüften und Seiten gleiten.

»Mein Gott, bist du schön«, murmelte er.

Ihre Hände wanderten an seinen Seiten hinunter, dann fuhr ihre Rechte unter sein T-Shirt. Oh, das fühlte sich gut an …

»Warte.« Er schob sie ein kleines Stück von sich und zog mit einer Hand eine Schublade neben sich auf. Was immer er vorhatte – Lexi nutzte die Gelegenheit, in ihre Hosentasche zu greifen und ein eingeschweißtes Kondom herauszuholen.

Sie mussten beide lachen, als Ben ihr jetzt eine Packung Kondome präsentierte, die er aus der Schublade gefischt hatte.

»Frisch gekauft«, erklärte er. »Nicht dass du glaubst, ich hätte so einen Wahnsinnsverbrauch.«

Es dauerte nicht lange, bis sie beide nur noch das Nötigste anhatten. Als er bereit war, war sie es auch. Sie keuchte, ihre Finger gruben sich in seinen Rücken, während sie sich beide auf ihren Höhepunkt zubewegten.

Danach ließ er sich mit einem leisen Stöhnen zurückfallen. Sie lehnte ihre Stirn an seine, lauschte mit ihm dem jagenden Trommeln ihrer beider Herzen.

Während sie ihre Klamotten wieder überstreiften, ging Lexis Blick über die kleine Küchenzeile. Neben der Spüle stand lediglich ein Wasserkocher, keine Kaffeemaschine.

»Was würde ich jetzt geben für einen guten Flat White«, sagte sie sehnsüchtig.

»Einen was?«

»Einen Flat White. Das ist ein Kaffee mit aufgeschäumter Milch, ähnlich wie ein Cappuccino, aber nicht ganz. Gibt es in London an jeder Straßenecke.«

Er hob amüsiert eine Braue. »Gerade hast du geklungen wie eine echte Londoner Stadtpflanze.«

»Von wegen Stadtpflanze«, beschwerte sich Lexi in gespielter Empörung. »Vermutlich könnte ich besser in der Wildnis überleben als du.«

Ben lachte. »Das glaube ich nicht.«

»Aber hallo. Zum Beispiel weiß ich, dass man sich die Blätter der Rosskastanie auf der Haut zerreiben kann, wenn man keinen Sonnenschutz hat. Entspricht in etwa Lichtschutzfaktor dreißig.«

»Ich bin beeindruckt.«

»Außerdem weiß ich, wie man Feuer mit einem kaputten Handy machen kann.«

»Ehrlich? Wie denn?«

»Mit dem Akku, sofern es ein Lithium-Ionen-Akku ist. Man muss es öffnen, dann ein Messer an beide hochgebogenen Kontakte halten, das erzeugt einen Kurzschluss, und daraus kann man ein Feuer machen. Hat mir Rob erkl…« Sie verstummte mitten im Wort, ihr Herz schien sich zu verkrampfen. O Gott, was tat sie da? Sie hatte Robs Namen genannt. Hatte damit zugelassen, dass er wieder in ihr Leben trat.

»Rob?«, wiederholte Ben plötzlich ganz ernst. »Ist er das? Dein Ex-Freund, vor dem du so viel Angst hast?«

Lexi nickte, für ein paar Sekunden unfähig zu sprechen. Der schöne Tag schien plötzlich von dunklen Wolken überschattet.

»Wenn er dir solche Sachen beigebracht hat, scheint er gar nicht so übel gewesen zu sein«, sagte Ben.

»Doch, war er«, brachte Lexi hervor. Dann verstummte sie wieder.

»Erzähl es mir, Lexi«, sagte Ben sanft, aber bestimmt. »Es muss endlich aus dir raus, sonst frisst es dich auf.«

Sie nickte langsam. »Ich weiß«, flüsterte sie.

»Willst du erst mal einen Kaffee?«

»Liebend gern.«

»Kommt sofort.« Er erhob sich. »Ich habe aber nur löslichen. Keinen von deinen hippen Londoner Kreationen.«

»Löslicher ist wunderbar.«

Sie sah ihm zu, wie er den Wasserkocher befüllte und in

Gang setzte. Als das Gerät sich mit einem lauten Klick ausschaltete, gab er Kaffeepulver und einen Schuss kaltes Wasser in zwei Becher und goss dann mit dem heißen Wasser auf.

»Ich hab vergessen, Milch zu besorgen. Geht es auch ohne?«

»Ausnahmsweise.«

»Aber Zucker hab ich. Einen Löffel, nicht wahr?«

»Gern.« Woher wusste er das alles? Ach ja, in Kresen Kernow hatten sie schon mal Kaffee getrunken.

Er kam zu ihr auf die Couch zurück und reichte ihr einen der beiden Becher. *Kernow Born & Bred* stand darauf. *In Cornwall geboren und aufgewachsen.*

»Danke.« Sie blies auf ihren Kaffee und nahm einen kleinen Schluck. Er war heiß, aber nicht so, dass man sich die Zunge verbrannte.

Ben stellte seinen Becher auf dem kleinen Regal neben der Couch ab. »Du sagst, du hast das mit dem Feuermachen von ihm gelernt?«

Lexi nickte. »Er kannte … kennt sich gut mit solchen Dingen aus. Mit Überlebenstechniken, Bushcraft und so weiter.«

»Ist er bei der Army?«

»Nicht mehr. Aber er war es mal, sogar bei irgendeiner Elitetruppe. Dann ist er ausgestiegen und arbeitet jetzt als Trainer bei einem Survival-Unternehmen.«

Erstaunlicherweise ging es mit dem Sprechen besser als erwartet. Das musste mit Ben zusammenhängen. Bei ihm fühlte sie sich sicher. Geborgen.

»Da fing es auch an mit uns, bei einem Survival-Tag«, begann sie. Zunächst stockend, dann immer flüssiger, bis eine wahre Flut an Worten aus ihr heraussprudelte.

Lexi – oder Emilia, wie ihr wirklicher Name lautete – hatte als PR-Managerin in einem großen Architekturbüro mitten in der Londoner City gearbeitet. Im vorigen Jahr hatte die Firma als Teambuilding-Maßnahme für ihre Mitarbeiter eine eintägige Übung in einem Waldstück nördlich von London gebucht. Ihr Kursleiter war Rob Harper, der ihre Gruppe in den folgenden Stunden in verschiedene Überlebenstechniken einführte – und der Lexi ziemlich imponierte. Was offenbar auf Gegenseitigkeit beruhte, denn schon am nächsten Tag rief er bei ihr an und bat um ein Date. Natürlich sagte Lexi zu.

»Bis hier klingt das alles noch ziemlich normal«, sagte Ben.

»War es ja auch. Wenigstens zu Anfang.«

Aus den ersten Dates wurde schnell eine Liebesbeziehung. Lexi erinnerte sich noch genau, wie sehr dieser durchtrainierte, attraktive Mann sie damals beeindruckt hatte. Sie bewunderte Rob: seine Disziplin, mit der er jeden seiner Tage anpackte, seine Entschlossenheit und auch seine gewisse Rücksichtslosigkeit im Bett, mit der er sich nahm, was er wollte. Sie hatten Sex an den ungewöhnlichsten Stellen: auf dem Küchentisch, unter der Dusche, und einmal sogar in einem Aufzug. Rob war ein anspruchsvoller und fordernder Liebhaber, und ein »Nein« ließ er nicht gelten. Diese Details verschwieg sie Ben allerdings – es war vermutlich keine so gute Idee, ihrem neuen Freund zu detailliert von ihrem bisherigen Sexleben zu erzählen.

Lexis Wohnung in London bestand aus kaum mehr als einem Bett, einer Küchenzeile und einem Bad, und so trafen sie sich am Wochenende meist bei ihm. Rob wohnte nördlich von London in Harlow, nicht weit von der letzten U-Bahn-Station entfernt. Fast jeden Freitagabend oder Samstagmorgen nahm Lexi die Central Line bis nach Epping, wo Rob sie mit seinem Pick-up abholte und dann mit ihr in sein kleines Reich, wie er es nannte, fuhr.

»Er sagte immer wieder, ich sei die perfekte Frau für ihn. Zu Beginn hat mir das ziemlich geschmeichelt.« Sie lachte kurz und verzweifelt auf. »Er machte sogar Witze damit, dass ich ihn nie wieder loswerden würde. Schon nach wenigen Wochen hat er ein kleines Vorhängeschloss auf der Millennium Bridge angebracht. Du weißt, diese Brücke über die Themse, die ein bisschen beim Gehen schwingt?«

Ben nickte. »Hab davon gehört.«

»›*Für immer*‹ hatte er darauf unter unsere Namen eingravieren lassen. Anfangs fand ich das wahnsinnig romantisch.«

Bens Arm lag auf dem Rückenteil der Couch, seine Hand fuhr mit kleinen, kreisenden Bewegungen über Lexis Rücken.

»Leider habe ich viel zu spät gemerkt, wie er wirklich tickt.« Sie nahm vorsichtig einen weiteren Schluck von dem Kaffee. »Er war schrecklich eifersüchtig. Jede kleinste Unpünktlichkeit brachte ihn in Rage, und er unterstellte mir ständig, ich würde ihn betrügen oder irgendeinem Kollegen schöne Augen machen. Dabei hatte ich mich wirklich nur verspätet oder war mit Freunden mal in einen Pub gegangen. Vollkommen harmlos.« Sie schloss für einen Moment die Augen, dann öffnete sie sie wieder. »Ab da wurde es richtig schlimm.«

Sie legte beide Hände um den Kaffeebecher und dachte daran zurück, wie es angefangen hatte mit den Verdächtigungen.

Sie war mit ein paar Kolleginnen nach Feierabend einen trinken gewesen und hatte sich auf dem Heimweg verspätet. Rob hatte sie an diesem Abend vor ihrer Wohnung abgefangen und war stinksauer, dass sie »jetzt erst kam«, wie er sagte. Erst wollte er unbedingt wissen, wo sie gewesen sei, dann sagte er ihr auf den Kopf zu, welchen Pub sie besucht hatte.

»Ich hatte mich schon gewundert, woher er so genau wissen konnte, wo ich gewesen war«, sagte Lexi. »Anfangs glaubte ich, er hätte einfach nur geraten, aber es war viel einfacher.«

»Eine Tracking-App?«

Sie nickte. »Es hat ein paar Wochen gedauert, bis ich das herausgefunden habe, aber ja. Er hatte heimlich eine Tracking-

App auf meinem Handy installiert, mit der er all meine Aufenthaltsorte und Wege verfolgen konnte.«

Im ersten Moment hatte sie die App löschen wollen, aber dann entschied sie sich dagegen. Rob würde es mitbekommen, und ihn deswegen zur Rede stellen traute sie sich auch nicht. Stattdessen ließ sie ihr Handy schweren Herzens, schließlich war es nicht gerade billig gewesen, in einem unbeobachteten Moment von einer Brücke in die Themse fallen.

»Wie hat er darauf reagiert?«

»Nicht gut. Gar nicht gut.« Lexi zog die Schultern wie zum Schutz hoch. »Abends habe ich ihm erzählt, dass ich mein Handy irgendwo verloren hatte. Aber das hat er mir nicht geglaubt. Stattdessen behauptete er, ich hätte es absichtlich weggeworfen, um ihn zu betrügen.« Sie ließ die Schultern wieder sinken. »Und dann hat er mich geschlagen.«

Ben stieß empört die Luft aus. »Was für ein Schwein! Ich hoffe, du hast dich sofort von ihm getrennt und ihn angezeigt?«

»Nein, hab ich nicht. Ich war so eine Idiotin! Ich meine, ich bin ja nicht die erste Frau, der so was passiert. Überall kann man von toxischen Beziehungen lesen, von Männern, die ihre Partnerinnen schlagen und noch Schlimmeres tun.« Sie schüttelte den Kopf. »Aber ich war verliebt und naiv und habe ihm seine Entschuldigung und seine Beteuerungen abgenommen. Dass er das alles nur aus Liebe zu mir getan hatte und aus Angst, mich zu verlieren. Dass es ein einmaliger Ausrutscher war, dass das niemals wieder passieren würde. Und ich habe es ihm geglaubt. Ich *wollte* ihm ja glauben. Ich war so dumm!«

»Hör auf, dich schlechtzumachen«, sagte Ben. »Du warst ganz sicher nicht dumm, sondern verknallt. Da handelt man nicht immer logisch.«

Lexi starrte in ihren noch halb vollen Kaffeebecher. »Jedenfalls kam er am nächsten Tag mit einem riesigen Blumenstrauß und einem aufwendig verpackten Päckchen an. Darin war ein neues Handy, viel teurer als mein altes, mit allen Schikanen.«

»Und vermutlich erneut mit einer Tracking-App darauf.«

Sie nickte. »Natürlich. Und nicht nur das. Er hatte es irgendwie geschafft, dass unsere Handys miteinander verbunden waren. Was bedeutete, dass er mitbekam, wer mich anrief, und dass er meine Nachrichten und meine Mails lesen konnte. Das habe ich allerdings erst später rausgefunden.«

»Das klingt ja übler als in einem Agentenfilm.«

»Ja, nur leider war es kein Film, der irgendwann vorbei ist.«

Natürlich war es nicht lange gut gegangen. Nach ein paar Tagen kehrte Robs Eifersucht zurück, schlimmer denn je. Und egal, was Lexi sagte, er war der Meinung, sie würde ihn betrügen.

»Mir reichte es dann ziemlich bald mit seinen ständigen Verdächtigungen und seinem Misstrauen«, fuhr sie fort. »Also habe ich eines Tages all meinen Mut zusammengenommen und ihm gesagt, dass ich keinen Sinn mehr in dieser Beziehung sähe und mich von ihm trennen würde. Und dann …« Sie stockte und fuhr sich in einer unbewussten Geste an den Hals, wo sie jetzt abermals seine unnachgiebigen Finger zu spüren glaubte. »Dann hat er mich aufs Bett geworfen und mich gewürgt.« Sie schluckte schwer, ihre Stimme brach. »Ich hab geglaubt, er … er würde mich umbringen.«

»O Gott«, murmelte Ben. »Kein Wunder, dass du so traumatisiert bist.« Seine Hand auf ihrem Rücken war ein tröstlicher Anker. Gerade richtig – nicht zu viel, er ließ ihr Raum.

Lexi holte tief Luft. »In den nächsten …«

»Du musst nicht alles auf einmal erzählen«, unterbrach Ben sie.

»Doch«, widersprach Lexi. »Ich muss. Und ich will. Also lass mich einfach weitermachen, ja?« Nachdem sie so lange darüber geschwiegen hatte, konnte sie es jetzt kaum noch erwarten, endlich fertig zu werden. »Okay, also. Im Laufe der nächsten Wochen bekam er immer mehr Kontrolle über mich und wurde immer gewalttätiger. Und er … er sagte, sollte ich je noch mal auf die Idee kommen, mich von ihm trennen zu wollen, dann würde er mich töten.«

Wage es nicht, mich zu verlassen. Wenn du mich verlässt, bringe ich dich um.

»Oh, das ist heftig!«

»Und das waren keine leeren Drohungen. Er hat einen Revolver, ganz legal, noch aus Armeezeiten. Den hat er mir irgendwann mal gezeigt, ganz am Anfang unserer Beziehung. Ich sollte ihn damals sogar mal halten, obwohl ich es gar nicht wollte. Aber er stand da total drauf.«

Mit ein paar großen Schlucken trank sie ihren Kaffee aus, dann sah sie Ben an. »Wusstest du, dass in England statistisch alle drei Tage eine Frau von ihrem Partner oder Ex-Partner umgebracht wird?«

»Ja, hab ich erst kürzlich gehört. Kaum vorstellbar. Und ich dachte, wir leben in einem zivilisierten Land.«

»Ich hatte furchtbare Angst, demnächst eine dieser Frauen zu sein. Ich meine, es ist doch fast jeden Tag irgendwas in den Nachrichten von solchen Fällen.«

»Warst du denn nicht bei der Polizei?«

»Doch, irgendwann schon, auch wenn es mich ziemliche Überwindung gekostet hat. Aber die sagten mir, ich hätte keine Beweise, und dass ich nicht die Einzige sei, die mal Ärger mit ihrem Partner hat.«

»Mal Ärger mit dem Partner?«, wiederholte Ben fassungslos. »Unglaublich. Da bist du ja an ein paar besonders unfähige Exemplare geraten.«

»Allerdings. Und bevor nicht wirklich etwas passiert sei, sagten sie bei der Polizei, könnten sie nichts tun. Möglicherweise könnte man eine einstweilige Verfügung erwirken, aber jetzt hätten sie gerade Personalknappheit, und eigentlich bräuchten sie dafür schon handfestere Beweise als nur meine Aussage. Aber die hatte ich nicht. Die Würgemale waren lange verblasst, und Rob hat immer darauf geachtet, dass es keine blauen Flecken gab – oder zumindest keine, die nicht mit irgendwas anderem erklärt werden könnten. Hat er mir gegenüber sogar mal zugegeben.«

»Einfach nur unglaublich.«

»Ich war verzweifelt. Niemand konnte mir helfen. Nicht mal die Polizei. Ich habe sogar bei einem Frauenhaus angerufen, aber da sagten sie mir, sie seien überbelegt, und dass ich mich in ein paar Wochen wieder melden solle. In ein paar Wochen! Bis dahin konnte ich tot sein!«

»Hattest du denn niemanden, mit dem du darüber reden konntest?«

Sie schüttelte den Kopf. »Nein. Anfangs habe ich mich einfach nur geschämt, und als es dann immer schlimmer wurde, wollte ich meine Freunde oder Kollegen nicht mit hineinziehen. Ich hatte Angst, er könnte auch ihnen etwas antun. Damit hat er nämlich auch gedroht.«

»Schlimme Situation«, sagte Ben. »Deine Eltern leben auf den Malediven, nicht wahr? Ich nehme an, die wolltest du damit nicht belasten.«

Sie nickte. »Genauso war es. Wie hätten sie mir auch helfen können? Und bis auf eine alte Großtante habe ich keine anderen Verwandten.« Sie stieß einen leisen, bitteren Ton aus. »Es brachte auch nichts, ihm aus dem Weg zu gehen. Wenn ich mich nicht meldete, stand er in der nächsten Stunde vor meiner Tür und fragte, was ich tue. Außerdem wollte er unbedingt, dass ich zu ihm ziehe. Aber dann wäre alles sicher noch schlimmer geworden. Also habe ich entschieden, das Einzige zu tun, was mir sinnvoll erschien: zu fliehen und meine Spuren zu verwischen, damit er mich nicht aufspüren kann.«

»Ziemlich krasse Entscheidung, aber voll und ganz nachvollziehbar. Wie hast du es angestellt?«

»Als Erstes habe ich überall herumerzählt, dass ich demnächst auf die Malediven zu meinen Eltern ziehen werde, um in ihrer Tauchschule zu arbeiten.«

»Guter Ansatz.«

»Na ja, im Nachhinein war das recht riskant, denn Rob hätte ja zu früh davon erfahren können, und wer weiß, was er dann mit mir gemacht hätte. Aber so weit hab ich in dem Moment nicht gedacht. Außerdem habe ich verschiedene Umzugs- und Lagerfirmen angerufen, um herauszufinden, wo ich mein Zeug fürs Erste lagern konnte. Und ich habe mich in Heligan beworben, als Freiwillige.«

»Als Lexi Davies.«

»Genau. Dieser Freiwilligenjob hat sich für mich nach einer unkomplizierten Möglichkeit angehört, in einem anderen Teil Englands an eine Arbeit zu kommen. Ich wollte ja erst mal einfach nur weg, irgendwohin, wo Rob mich nicht finden konnte. Alles Weitere würde sich dann später regeln. Und dann habe ich eigentlich nur noch auf die einstweilige Verfügung gewartet.«

»Ich dachte, die Polizei hätte dich wieder weggeschickt?«

»Ach so, das habe ich vergessen zu erzählen. Ich war kurz zuvor zu einer anderen Polizeistation gegangen. Da konnte ich dann zumindest eine einstweilige Verfügung gegen ihn erwirken. Sie sagten mir, es könne ein paar Tage dauern, aber dann würde sie ihm zugestellt werden. Was bedeutete, dass er sich mir ab diesem Datum für drei Monate nicht mehr nähern durfte. Aber zu dem Zeitpunkt wollte ich eigentlich schon nicht mehr in London sein. Ich wusste nur noch nicht, wie ich es konkret anstellen sollte. Ich hatte überlegt, Rob gegenüber zu behaupten, ich müsse für ein paar Tage geschäftlich verreisen. Aber das hätte er mir vermutlich nicht geglaubt. Oder er hätte mitkommen wollen, das war ihm zuzutrauen.« Sie holte Luft. »Und dann war noch das Problem mit meinem Handy.«

»Dem mit der Tracking-App drauf.«

»Genau das. Das musste ich ja unbedingt loswerden. Schon ein paar Tage vorher hatte ich mir ein neues, billiges Handy und eine Prepaid-SIM-Karte gekauft. Dann habe ich mitbekommen, dass eine Arbeitskollegin von mir demnächst geschäftlich nach Singapur fliegen würde. Ich habe ihr etwas von einer Wette erzählt und dass es dafür wahnsinnig wichtig wäre, dieses Handy an einem belebten Ort im Ausland liegenzulassen. Ziemlich durchschaubar, ich weiß, aber sie hat es geschluckt.« Sie hielt einen Augenblick inne, dann sprach sie weiter. »Wie gesagt, meine Freunde und Arbeitskollegen hatte ich ja in dem Glauben gelassen, ich würde zu meinen Eltern auf die Malediven ziehen. Und wenn Rob irgendwann dahinterkommen würde, dass ich nicht in Singapur war, dann würde er höchstens herausfinden, dass ich auf die Malediven wollte. Liegt ja schon mal in derselben Himmelsrichtung.«

»An dir ist wirklich eine Geheimagentin verloren gegangen«, sagte Ben mit einem Hauch von Bewunderung in der Stimme. »Und dann?«

»Dann ging alles ganz schnell. Der Zufall wollte es, dass es Rob war, der für ein paar Tage fortmusste. Da habe ich die Gelegenheit natürlich genutzt. Ich habe meine Wohnung und meinen Job gekündigt, mir die Haare gefärbt und den Großteil meiner Sachen eingelagert. Dann habe ich mich in den Zug gesetzt und bin in Richtung Westen gefahren. Tja, und hier bin ich, gute drei Monate später und noch immer reichlich durch den Wind.«

Bens Hand lag noch immer auf ihrem Rücken, beständig und tröstend. »Du hast das bis jetzt wirklich noch niemandem erzählt?«

»Nein.« Sie ließ den Kopf sinken, bis ihre Haare nach vorn fielen und ihr Gesicht bedeckten. »Ich hatte einfach viel zu viel Angst, dass irgendjemand oder auch nur ein dummer Zufall mich wieder in Robs Schusslinie bringen könnten.«

»Das ist wirklich eine ziemlich üble Geschichte. Und du bist eine sehr tapfere und ...«

Sie lachte auf. »Von wegen tapfer! Ein Nervenbündel voller Angst bin ich!«

»Ich war noch nicht fertig. Tapfer zu sein, heißt nicht, dass man keine Angst hat, sondern dass man trotzdem handelt. Du bist eine mutige, kluge und ziemlich einfallsreiche Frau.«

»Danke«, flüsterte sie. Mit beiden Händen fuhr sie sich über das Gesicht, strich die Haare zurück und lehnte den Kopf an Bens Schulter.

Sie hatte gar nicht gemerkt, dass sie zitterte. Aber jetzt ließ das Zittern allmählich nach, und sie saß neben ihm auf seiner Couch, während seine Hand langsam über ihren Rücken streichelte.

»Könntest du mich ein bisschen ... festhalten?«

»Na klar.« Er legte den Arm um sie und zog sie an sich, und das fühlte sich so gut an. Endlich kamen die Tränen.

Er ließ sie weinen, bis sie sich aufsetzte und nach einem Taschentuch griff. Sie putzte sich die Nase und schniefte leise. »Willst du wissen, was aus dem Schloss an der Millennium Bridge geworden ist?«

»Ich nehme an, es hängt nicht mehr dort?«

Sie schüttelte mit einem schiefen Grinsen den Kopf. »Nein, das ist weg. Ich bin hingefahren, habe es aufgebrochen und in die Themse geworfen.«

»Sehr gut.« Ben verlagerte sein Gewicht etwas. »Hast du seitdem noch irgendwas von ihm gehört?«

Lexi setzte sich kerzengerade hin. »Oh nein, das hatte ich ja total verdrängt. Vor ungefähr einer Woche kam ein Brief von ihm. Er war mir per Nachsendeantrag nachgeschickt worden – kurz nach dem Zeitpunkt, als die Verfügung ausgelaufen war.«

»Ein richtiger Brief? Was hat er geschrieben?«

»Nicht viel. Nur drei Worte: *Hab ich dich!*« Sie schüttelte sich bei der Erinnerung an die aufkeimende Panikattacke, die sie damals fast überwältigt hatte. »Ich hab das Ding sofort zerrissen und die Toilette runtergespült. Ich werde nämlich nicht zulassen, dass er wieder mein Leben bestimmt. Nie wieder!«

»Das ist die richtige Einstellung«, sagte Ben. »So hast du zwar mögliche Beweise vernichtet, aber …«

»Ich will nichts beweisen«, unterbrach Lexi ihn. »Ich will nur, dass er mich in Ruhe lässt!«

»Ich weiß. Und ich kann dir zwar nicht versprechen, dass er dich in Zukunft nicht mehr belästigt, aber jetzt bist du wenigstens nicht mehr allein mit diesem Rob-Problem.«

Wider Erwarten musste sie lächeln. *Rob-Problem.* Wenn man es so nannte, wurde es plötzlich kleiner und irgendwie greifbarer. Nicht mehr so allumfassend bedrohlich. Probleme konnte man lösen.

»Besser?«

Sie nickte. Er küsste sie, und sie erwiderte den Kuss, auf eine ganz neue Weise unbeschwert. Sie fühlte sich so leicht, als wäre eine ungeheure Last von ihr abgefallen.

»Das hätte ich schon viel früher machen sollen«, murmelte sie.

»Was? Mich küssen?«

Sie lachte. »Das natürlich auch. Und dir alles erzählen. Aber ich hatte solche Angst.«

»Danke, dass du es mir erzählt hast.«

Er lächelte sie an, und in seinem Blick spürte sie eine Wärme, die über bloßes Mitgefühl hinausging. Sie verlor sich fast in diesen grauen Augen.

Er küsste sie noch einmal, als könne er nicht genug von ihr bekommen, dann zog er sie mit sich in sein Schlafzimmer. Und dieser Sex war zärtlich und intensiv und wunderschön.

23

LEXI

St Austell, Cornwall, Mai

Lexi blieb über Nacht, aber weder sie noch Ben bekamen sonderlich viel Schlaf. Sie hatte Cait eine kurze Textnachricht geschickt, dass sie erst am nächsten Tag nach Hause kommen würde, und Cait hatte postwendend das »Daumen-hoch«-Symbol zurückgeschickt.

Als Lexi am Morgen erwachte, stieg ihr der Duft von gebratenen Eiern und Speck in die Nase. Sie war allein im Bett – Ben war offensichtlich schon aufgestanden und machte Frühstück. Ihr Magen knurrte. Schnell stand sie auf und streifte sich ihre Klamotten vom Vortag über.

Als sie noch etwas schlaftrunken in der kleinen Küche erschien, drehte Ben sich um. Er trug Jeans und ein dunkles T-Shirt und hatte sich noch nicht rasiert, was sie ausgesprochen sexy fand. »Ich war mir nicht sicher, ob du Spiegeleier und Toast magst, aber ich habe es einfach mal vorausgesetzt.«

»Spiegeleier sind wunderbar. Ich habe einen Bärenhunger.«

Sie setzte sich an seinen kleinen Küchentisch und sah ihm zu, wie er sich um Eier, Speck, Toast und Kaffee kümmerte. »Langsam wirst du mir ein bisschen unheimlich. Du kennst dich wunderbar mit Pflanzen aus, hältst eine offenbar zufriedene Schildkröte, und jetzt machst du auch noch Frühstück. Gibt es eigentlich irgendwas, was du nicht kannst?«

Er zuckte mit den Schultern. »Na ja, Kochen ist nicht meine Königsdisziplin. Das heißt, ich kann unheimlich gut Pizza aufbacken, und ein Spiegelei kriege ich auch noch hin. Aber zu viel mehr reicht es nicht.«

Er sah sie prüfend an.

»Was ist?«

»Irgendetwas ist anders an dir«, stellte er fest.

»Was denn?«

»Diese nervöse Unruhe, die du bislang ausgestrahlt hast. Die ist viel weniger geworden. Du wirkst richtiggehend entspannt.«

»Wirklich?« Sie lächelte ihn an. »Dann muss das wohl mit dir zusammenhängen. Und der vergangenen Nacht.«

Der Toaster entließ zwei Scheiben Weißbrot, und Lexi stand auf. »Ich kümmere mich drum.«

Während sie das Brot diagonal durchschnitt und zwei weitere Scheiben in den Toaster steckte, verteilte Ben Eier und Speck auf zwei Tellern. Dazu noch jeweils einen dampfenden Becher Kaffee – wenn auch immer noch ohne Milch –, und das Frühstück war perfekt.

»Himmlisch«, seufzte Lexi, als auch der allerletzte Bissen Toast mit Ei verschwunden war.

Ben räumte die Teller in die Spüle und setzte sich wieder.

»Warum Heligan?«, fragte er.

»Geht es etwas genauer?«

»Ich meine, wieso hast du dir nach dieser Geschichte mit deinem Ex ausgerechnet Heligan ausgesucht?«

Bei dem Gedanken an Rob schwand Lexis gute Laune für einen Moment, dann schob sie das Thema bewusst zur Seite. Rob gehörte nicht mehr zu ihrem Leben.

»Das war wie eine Eingebung«, sagte sie. »Ich hatte mich zwar schon entschlossen, Rob zu verlassen, ich hatte nur noch keine Ahnung, wohin ich sollte. Und dann habe ich mitten in London in einer Fußgängerzone einen Straßenmusiker Gitarre spielen gehört. Ich bin hingegangen, weil ich das Lied mochte. Und fast direkt hinter ihm hing ein Plakat von den Lost Gardens of Heligan. Das war wirklich wie eine Offenbarung, denn ich habe mich daran erinnert, wie gut es mir dort als Kind gefallen hat.«

»Dann warst du also früher schon mal in Heligan gewesen?«

Sie nickte und schloss kurz die Augen, um die Erinnerung an damals wieder wachzurufen. »Ich weiß noch genau, wie fasziniert ich als kleines Kind von dem Kopf des Riesen kurz hinter dem Eingang gewesen war. Dieses große, lächelnde Gesicht, mit den vielen buschigen Pflanzen als Haaren und der grünen Knollennase, das hat mich nachhaltig beeindruckt.« Sie öffnete die Augen wieder. »Das muss mehr als zwanzig Jahre her sein. Damals kam mir alles unglaublich riesig und märchenhaft vor. Ich weiß noch, dass ich mit Oma Violet und ihrer Schwester Phyllis dort war.« Sie lachte leise. »Granny wollte vor allem Kuchen essen, aber Großtante Filly bestand darauf, erst eine Runde durch den Garten zu spazieren. Um die Feen zu besuchen, wie sie sagte.«

»Die Feen?«, wiederholte Ben amüsiert.

»Genau, die Feen. Filly behauptete nämlich, dass in Heligans Bäumen und Sträuchern Feen lebten. Nachts würden sie heruntersteigen, und dann würden sie winzige Segelboote aus Stöckchen und Blättern und Spinnweben bauen und damit durch Pfützen und Bäche segeln. Ich weiß noch, dass ich früher intensiv nach den Überresten dieser kleinen Feenboote gesucht habe.« Sie lachte. »Damals habe ich Filly das alles geglaubt.«

»Das hört sich nach einer schönen Kindheit an.«

Sie seufzte. »Ach, manchmal vermisse ich die beiden. Ich habe es geliebt bei ihnen. Sie haben immer zusammengewohnt,

Violet und Filly, auch als Granny geheiratet hat und Kinder bekam. Und als Grandpa dann starb, hatten sie wenigstens noch einander.«

»Leben die beiden noch?«

Lexi versuchte, gleichzeitig den Kopf zu schütteln und zu nicken, was natürlich misslang. »Granny ist vor einigen Jahren gestorben. Tante Filly lebt jetzt in einem Altenheim in Devon. Ich muss zu meiner Schande gestehen, dass ich sie eine Weile nicht mehr gesehen habe.«

»Was heißt denn ›eine Weile‹?«

Lexi hob schuldbewusst die Schultern. »Vielleicht – zwei Jahre? Seit ich hierhergezogen bin, will ich sie besuchen, aber bislang bin ich noch nicht dazu gekommen. Ich habe ein ganz schlechtes Gewissen deswegen.«

»Wo in Devon ist das Altenheim?«

»Bei Moretonhampstead. Am Rand des Dartmoor.« Lexi sah ihn an und runzelte die Stirn. »Du willst jetzt aber nicht mit mir dahin fahren …«

»Doch.« Ben lächelte. »Genau das war der Plan. Wie wäre es mit nächstem Wochenende?«

»Das ist wahnsinnig lieb von dir, aber das kann ich nicht annehmen. Ich werde einfach den Bus nehmen, das geht auch.«

»Den Bus«, wiederholte Ben in freundlichem Unverständnis. »Du hast aber schon mitgekriegt, wie schwierig es ist, hier mit öffentlichen Verkehrsmitteln an sein Ziel zu kommen? Von hier bis Moretonhampstead dürftest du locker vier Stunden unterwegs sein. Nur für die einfache Strecke.«

Er zückte sein Handy und rief die Seite eines Online-Kartendienstes auf. »Mit dem Motorrad sind wir in weniger als zwei Stunden dort«, sagte er kurz darauf. »Oder sogar noch etwas schneller, wenn wir nicht durchs Dartmoor fahren, sondern auf den großen Straßen bleiben.«

»Das ist … unglaublich großzügig von dir. Aber das kann ich wirklich nicht von dir verlangen.«

»Du verlangst es ja auch nicht. Ich biete es dir an. Abgesehen davon bin ich selbst neugierig darauf, deine Tante kennenzulernen.«

»Großtante«, sagte Lexi. »Ich habe allerdings gehört, sie sei inzwischen ziemlich dement. Vielleicht erkennt sie mich gar nicht mehr.«

»Das wäre schade«, sagte Ben. »Trotzdem, Familie ist wichtig. Wenn ich dich richtig verstanden habe, hast du keine anderen lebenden Verwandten in England?«

»Ja, das stimmt.«

»Na also. Dann ist es umso dringender, dass wir sie besuchen. Immerhin war sie einer der Gründe, weshalb du jetzt hier bist.«

Lexi nickte zögerlich. In der Tat hatte die Vorstellung, wieder einmal ihre Großtante zu sehen, etwas Tröstliches.

»Okay«, sagte sie schließlich. »Lass uns demnächst Tante Filly besuchen.«

24

AVERY

Kathmandu, Nepal, Juli 1817

»Mr Harrington?«

Avery stieß einen leisen Fluch aus und erstarrte mitten in der Bewegung. Verdammt, was wollte Gardner denn so spät noch von ihm?

Bevor Avery reagieren konnte, kam der britische Gesandte in dem lang gestreckten, von schmalen Kerzen nur schwach erhellten Gang der Residenz auf ihn zu.

»Mr Harrington, gut, dass ich Sie noch antreffe, ich wollte noch etwas mit Ihnen …«

Gardner kam noch etwas näher, dann blieb er stehen – und verstummte mitten im Satz. »Ich … ich bitte untertänigst um Verzeihung, Prinzessin. Ich war mir nicht bewusst, dass Sie auch hier sind.«

»Überhaupt kein Problem, Edward«, sagte Ishani liebenswürdig. »Sprechen Sie doch weiter. Oder hat die Sache vielleicht Zeit bis morgen?«

»Ja«, erwiderte Gardner. Selbst im matten Licht der flackernden Flurbeleuchtung konnte Avery sehen, dass er dunkelrot angelaufen war. »Das … wird wohl das Beste sein. Prinzessin, Mr Harrington.« Er nickte jedem der beiden zu, dann zog er sich so würdevoll, wie es ihm in seiner Eile möglich war, zurück.

»Der arme Edward.« Ishani lachte leise. »Vermutlich ist er

jetzt zutiefst entrüstet über unser unsittliches Verhalten. Oder er glaubt, ich würde mich dir nur aus Dankbarkeit hingeben.«

»Und? Tust du das etwa nicht?«, neckte Avery sie.

»Es würde mich sehr kränken, wenn ich diesen Eindruck vermittelte.« Sie brachte ihren Mund ganz nahe an sein Ohr. »Es ist pure Lust«, raunte sie. Mit dem Rücken an die Wand gelehnt, die Arme um Averys Hals und die Beine um seine Hüften, zog sie ihn noch etwas näher zu sich. »Wo waren wir stehen geblieben, bevor wir unterbrochen wurden?«

»Du hattest gerade gesagt«, murmelte Avery, »ich solle nicht aufhören.« Er umfasste ihr Hinterteil fester. »Meine unersättliche Wildblume«, flüsterte er in ihr Ohr, während er erneut begann, sich in ihr zu bewegen.

»Warte«, hielt sie ihn zurück. »Nicht so schnell!«

Zu seinem Bedauern löste sie sich von ihm, setzte erst den einen, dann den anderen Fuß auf die Erde und drehte sich dann gemeinsam mit Avery um. »Setz dich, mit dem Rücken an die Wand.«

»Meinst du nicht, dass Mr Gardner noch einmal wiederkommt?«

Sie schüttelte den Kopf. »Das glaube ich nicht. Den haben wir so erschreckt, der wird sich in seine Gemächer zurückgezogen haben.« Sie raffte ihren himmelblauen Sari, ließ sich mit leicht gespreizten Beinen auf Averys Schoß nieder und nahm ihn langsam, unendlich langsam abermals in ihre feuchte Wärme auf.

»Gefällt dir das?«

Er biss sich auf die Lippen und nickte. »Himmlisch!«, stöhnte er, während sie begann, ihre Hüften ganz leicht auf und ab zu wiegen. »Wo hast du nur solche Sachen gelernt?«

»Kamasutra«, murmelte sie lächelnd.

Avery konnte sich nicht erinnern, jemals ähnlich empfunden zu haben. Ishani erfüllte all seine Gedanken, seine Tage und Nächte, sein ganzes Sein. Sie war sein tropischer Schmetterling, seine wilde Orchidee, seine Bajadere, in die er völlig vernarrt war. Noch nie hatte ihn eine Frau so betört wie Ishani.

Sie trafen sich, sooft sie die Gelegenheit dazu fanden. Avery war noch nie ein Kind von Traurigkeit gewesen, aber mit Ishani hatte er seine Meisterin gefunden. Sie war eine Künstlerin der Liebe und zeigte ihm Stellungen, die er noch nie zuvor gesehen, geschweige denn ausprobiert hatte.

Ishani trug nicht nur die Namen mehrerer Göttinnen, sie tanzte auch wie eine. Aber nie in der Öffentlichkeit, nur für ihn. In der Abgeschiedenheit seines Schlafgemachs schlug sie dann leise eine kleine Trommel, wiegte sich mit lasziven Bewegungen dazu und brachte mit ihren langsamen Hüftschwüngen sein Blut jedes Mal auf Neue in Wallung.

Da Avery nachts so aktiv war, stand er meist erst gegen Mittag auf. Was natürlich auch zur Folge hatte, dass er nur noch selten mehrstündige Reisen zum Sammeln unbekannter Pflanzen unternahm.

Nicht nur Avery, auch Edward Gardner und die meisten Expeditionsteilnehmer waren von Ishani hingerissen. Gardner war anfangs nur schwer davon abzubringen gewesen, für sie einen offiziellen Empfang zu bereiten. Eine echte indische Prinzessin in seiner Residenz, da musste man ihr doch etwas mehr bieten als nur die eigene Gesellschaft! Erst die von Ishani unter Tränen erneut abgegebene Erklärung, sie sei auf der Flucht und fürchte um ihr Leben, überzeugte ihn, davon Abstand zu nehmen.

Daneben betörte sie auch den jungen de Silva, der ihr täglich frische Blumen brachte, und sogar den gesetzten Chefzeichner Vishnu Prasad, der sie auf ihren Wunsch hin gerne porträtierte.

Nur Wallich schien nahezu unempfänglich für ihren Charme.

»Woher genau, Prinzessin, sagten Sie, stammen Sie?«, wollte er wissen, als sie alle gemeinsam nach dem Abendessen noch zusammensaßen. Gardners Köchin, eine junge Nepalesin, hatte für sie alle ein hervorragendes Mahl aus verschiedenen Currys und Dals zubereitet.

Ishani lächelte ihn liebreizend an. »Aus dem kleinen Fürstenstaat Kumpuradjani, Nathaniel. Das liegt im nördlichen Britisch-Indien, nicht weit von der Grenze zu Nepal.«

»Und Sie führen welchen Titel?«

»Mein vollständiger Titel und Name lautete Maharaj Kumari Lakshmi Parvathi Aparna Ishani, Prinzessin von Kumpuradjani«, erwiderte sie – ein Name, der für Avery wie Mango mit Sahne schmeckte. »Aber das liegt alles hinter mir, wie Sie wissen. Jetzt bin ich nur noch Ishani.« Sie sah Wallich mit ihren dunklen Mandelaugen offen an. »Warum fragen Sie, Nathaniel? Sie zweifeln doch nicht etwa an mir?«

»Oh, nicht doch, Prin… Entschuldigung, Ishani.« Avery unterdrückte ein Schmunzeln, als er sah, dass der gute Nate tatsächlich ein wenig rot geworden war. »Ich sorge mich nur etwas darum, dass Sie Mr Harrington zu sehr von der Aufgabe abhalten könnten, weshalb er hergekommen ist.«

»Nate!« Avery warf ihm einen bösen Blick zu.

Ishani blieb gelassen. »Oh, lieber Nathaniel, ich bin untröstlich. Ab sofort werde ich dafür sorgen, dass Avery sich wieder seinen eigentlichen Aufgaben widmet. Dann müssen uns eben die Nächte reichen.« Sie zwinkerte Wallich zu. »Aber ich bin neugierig, Nathaniel. Ich hörte, dass Sie vor Kurzem einem der nepalesischen Bediensteten von Mr Gardner helfen konnten. Was genau war denn vorgefallen?«

»Ach, das«, erwiderte Wallich, schon weitaus zugänglicher.

Als er dann begann, ihr von einer Begebenheit zu berichten, bei der er einem von Gardners Dienern bei einem medizinischen Problem hatte helfen können, konnte Avery sich ein kleines Grinsen nicht verkneifen. Seinem exotischen Schmetterling war es gelungen, selbst einen kritischen Geist wie Wallich um den Finger zu wickeln.

Bald darauf zog sich Ishani zur Nacht zurück, und diesmal blieb Avery noch ein wenig länger sitzen, da Gardner eine Partie Whist vorgeschlagen hatte. Avery hatte eine ganze Weile nicht mehr gespielt und freute sich über dieses lange vermisste Vergnügen. Und wie erhofft war das Glück ihm diesmal hold, sodass er binnen kurzer Zeit an diesem Abend einen ordentlichen Gewinn einstreichen konnte – vor allem von Gardner, der mehrfach haushoch gegen ihn verlor.

Als die anderen Herren sich verabschiedet hatten und auch Avery gehen wollte, hielt Wallich ihn zurück.

»Warte. Ich möchte noch etwas mit dir besprechen.«

»Hat das nicht bis morgen Zeit? Ich habe noch etwas vor.«

»Sie wird noch ein paar Minuten länger auf dich warten können«, sagte Wallich merklich gereizt.

»Also gut. Worum geht es?«

»Wann wirst du wieder zum Pflanzensammeln aufbrechen?«

Avery hob die Schultern. »Keine Ahnung. Nächste Woche vielleicht?«

»Du vernachlässigst deine Aufgaben.«

»Meine Aufgaben? Das war ein freiwilliges Angebot von mir, Nate. Und ich habe dir erst gestern ein paar wunderschöne blaue Himalaja-Mohnblüten gebracht.«

»Aus dem Kathmandu-Tal. Das ist mir als Europäer auch erlaubt, Avery. Dazu brauche ich dich nicht.«

»Es ist ohnehin zu nass – wie dir vielleicht auch aufgefallen ist, haben wir Monsun.«

»Es regnet nicht so viel, dass man keine Pflanzen sammeln könnte.«

Avery ging nicht darauf ein. »War es das?«

»Nein. Es gibt noch etwas anderes, worüber ich mit dir reden wollte.« Wallich räusperte sich. »Ich gebe zu, dass Ishani ganz bezaubernd ist. Dennoch ... Irgendetwas ist seltsam an dieser ... deiner ...«

»Sag es ruhig. Meiner Geliebten.« Averys Augen verengten sich, als er Wallichs Worte rekapitulierte. »Und was meinst du mit ›seltsam‹?«

Wallich kratzte sich an der Nase. »Ich kann es nicht genau sagen, es ist mehr ein Gefühl. Aber irgendetwas stimmt nicht mit ihr. Niemand kann ihre Geschichte bestätigen. Niemand hat sie hier ankommen sehen. Ich sage es ganz deutlich: Ich bezweifle, dass deine ... Geliebte tatsächlich eine Prinzessin ist.«

»Wie bitte?«, fuhr Avery auf.

Wallich blieb unbeeindruckt. »Ich habe noch nie von einem Fürstentum namens Kumpuradjani gehört«, erklärte er. »Vishnu Prasad ebenfalls nicht, und er ist schon viel herumgekommen. Und sie spricht zwar gutes Hindi, sagt Vishnu, aber mit einem leichten Akzent.«

»Vermutlich, weil Hindi genau wie Englisch nicht ihre Muttersprache ist«, erklärte Avery. »Ihre Muttersprache ist die Sprache von Kumpuradjani. So einfach ist das.«

»Von dieser Sprache habe ich ebenfalls noch nie gehört.«

Allmählich verlor Avery die Geduld. »Nate, es gibt mehr als hundert Sprachen in ganz Indien. Du willst doch nicht etwa behaupten, jede einzelne davon zu kennen! Oder jeden noch so kleinen Fürstenstaat?«

»Nein, natürlich nicht. Aber du musst zugeben, dass diese Tatsachen in ihrer Häufung Anlass zur Sorge geben.«

»Hör auf, Nate. Ich will nichts davon hören. Ishani hat

Schreckliches durchmachen müssen, und es steht niemandem zu, das anzuzweifeln. Außerdem ... liebe ich sie.« Es auszusprechen, erzeugte ein warmes Gefühl in seinem Bauch. »Und wenn wir in zwei Monaten zurückkehren nach Kalkutta, wird sie mitkommen.«

»Mitkommen?« In Wallichs Gesicht stand eindeutig Missbilligung. »Nein, Avery, das wird sie nicht. Ich habe schon mit Gardner gesprochen, und er sagt, sie kann in der Residenz bleiben, solange sie will.«

Avery sah ihn an. »Ich werde sie nicht allein hierlassen.«

»Du willst mit einer Frau diese Reise durch die Berge unternehmen?«

»Sie hat auch hierhergefunden, und das ohne Begleitung. Sie wird uns nicht behindern.«

»Und dann? Wenn wir in Kalkutta angekommen sind? Wo wird sie leben? Und wovon?«

»Ich werde sie heiraten.«

Das war Avery selbst gerade erst klar geworden. Aber in diesem Moment stand es für ihn fest.

»Was sagst du da?«

»Ich liebe sie«, sagte Avery bestimmt. »Und ich werde sie heiraten.«

»Avery, Avery.« Wallich schüttelte den Kopf. »Deine Gefühle in allen Ehren, aber ich glaube, du hast dich da in etwas verrannt. Diese Frau ist nicht gut für dich. Sie wird dich noch in den Ruin treiben.«

»Weißt du, was ich vielmehr glaube, Nate? Du bist eifersüchtig.«

»Das ist lächerlich! Ich bin verheiratet!«

»Eine Ehe hat bislang nur wenige vom Seitensprung abgehalten.«

Wallich schien kurz davor, ihn anzuschreien. Stattdessen

holte er tief Luft und sagte nur eisig: »Das gilt vielleicht für dich, Avery. Ich bin meiner Frau treu ergeben.«

Nach diesem Abend gingen sie sich aus dem Weg und sprachen nicht mehr miteinander. Bis Wallich am dritten Tag mit großen Schritten vor der Residenz auf ihn zukam.

»Avery! Was hast du getan?«

»Was meinst du? Ich habe nichts getan!«

»Du weißt nicht, wovon ich rede?« Wallich schwenkte ein Blatt Papier in der Hand. Ein offiziell aussehendes Schreiben mit vielen Stempeln und Siegeln.

»Was ist das?«

»Ein Erlass der nepalesischen Regierung. Offenbar ist irgendjemand dahintergekommen, dass einer unserer Pflanzensammler, nämlich du, keinesfalls wie von uns behauptet halbindischer Herkunft ist, sondern Engländer. Damit hätten wir die Vorschriften gebrochen und uns des Betrugs schuldig gemacht.«

»Was?« Averys Herz setzte für einen Schlag aus. Kam er jetzt ins Gefängnis?

Er nahm Wallich das Schreiben, das in Englisch und Nepali abgefasst war, aus der Hand und überflog es. Ja, da stand genau das, was Wallich gerade gesagt hatte.

»Wer war das? Wer hat uns verraten?«

»Du warst es nicht zufällig selbst?«

»Ich?« Avery war ehrlich entrüstet. »Warum sollte ich das tun?«

»Was weiß ich? Vielleicht, um mir eins auszuwischen?« Wallich bedachte ihn mit einem langen Blick, dann schüttelte er den Kopf. »Tut mir leid, Avery. Du warst es natürlich nicht. Ich war nur im ersten Moment so aufgebracht, dass es mir die naheliegendste Möglichkeit erschien. Vermutlich war es irgendein missgünstiger Einheimischer, den es stört, dass wir ausländischen *firingi* schon so lange hier sind, und der ein paar genauere Nachforschungen angestellt hat.«

Avery nickte, noch immer wie vor den Kopf geschlagen. »Und was bedeutet das für …«, für mich, hätte er fast gesagt, »… für uns«, ersetzte er schnell.

Wallich seufzte laut. »Wir müssen natürlich eine Strafe zahlen. Aber was noch viel schlimmer ist: Sie geben uns eine Frist von zwei Tagen, dann müssen wir abreisen und das Land verlassen.«

25

AVERY

Kathmandu, Nepal, Mitte August 1817

Es war eine Katastrophe. So zumindest bezeichnete Wallich die Tatsache, dass ihnen keine achtundvierzig Stunden mehr blieben, um ihre Sachen zu packen und aufzubrechen. Aber an den Vorschriften gab es nichts zu rütteln, Gardner hatte es ihnen ja gleich nach ihrer Ankunft klargemacht: Es war Ausländern nicht erlaubt, sich außerhalb des Kathmandu-Tals zu bewegen. Wer dagegen verstieß, musste mit einer empfindlichen Geldstrafe und der sofortigen Ausweisung rechnen.

Um die Strafzahlung kamen sie herum – Gardner hatte ein gutes Wort für sie eingelegt –, aber ansonsten blieb es dabei: Sie hatten Kathmandu und Nepal schnellstmöglich zu verlassen.

Als Wallichs Expeditionsgruppe sich am folgenden Tag versammelte, war gerade ein größerer Regenguss vorüber, und einige nepalesische Aufpasser fanden sich bei ihnen ein. Offenbar wollte man sichergehen, dass sie auch wirklich abreisten.

»Ich wünschte, Sie könnten noch bleiben«, seufzte Gardner, während er Wallich lange die Hand schüttelte.

»Sie glauben ja gar nicht, wie sehr ich mir das wünsche«, erwiderte Wallich. »Ich hatte gehofft, mich noch bis Ende September oder bis in den Oktober hier aufhalten zu können. Aber jetzt kommen wir direkt in den Monsun – ganz abgesehen von den Pflanzen, die wir jetzt nicht mehr finden werden.«

Sein Blick ging über die Gruppe, die sich zum Aufbruch bereit machte. Sie hatten etliche Träger angeheuert – mehr als bei ihrem Herweg, da ihr Gepäck sich jetzt natürlich um viele gefüllte Herbarien und unzählige Zeichnungen erweitert hatte. Dazu kam die achtköpfige Reisegruppe, in der leider Kumar Singh fehlte, der seine letzte Ruhe auf dem kleinen Friedhof der Botschaft gefunden hatte.

»Wer ist das?«, fragte Wallich dann und deutete auf die achte Person.

Ishani wandte sich um und schlug das Stück Stoff ihres handgebundenen Turbans zurück, das sie wie eine Art Schleier vor dem Gesicht trug. Wie alle anderen ihrer Gruppe auch hatte sie ihren Körper in einen schweren, knielangen *chuba* aus grob gewebter Schafwolle gehüllt. Darunter trug sie praktische, warme Kleidung aus langem Hemd, gefütterter Jacke und Hose. »Ich bin es, Nathaniel.«

»Wollten Sie mich etwa täuschen?« Wallich hatte scharfe Augen – auf den ersten Blick wäre niemandem aufgefallen, dass unter den dicken Stoffschichten eine Frau steckte.

»Aber nicht doch.« Ishani lachte. Selbst in den unförmigen Männerkleidern, die Avery ihr besorgt hatte, war sie bildschön. »Ich denke nur, es ist besser, wenn man nicht sofort sieht, dass eine Frau mitreist.« Sie sah Wallich fragend an. »Avery hat Ihnen doch gesagt, dass ich mitkomme?«

»Ja«, sagte Wallich hörbar gereizt, »das hat er. Aber ich hatte es abgelehnt. Sie entschuldigen uns für einen Moment? Avery, auf ein Wort.« Er zog Avery ein paar Schritte abseits. »Was soll das? Du verlangst also von mir, dass ich eine Frau auf eine nicht ganz ungefährliche Reise mitnehme, während möglicherweise ihre Verfolger hinter ihr her sind?«

»Ich verlange es nicht, Nate, aber ich bitte dich darum. Wenn sie hierbleibt, ist sie fast vollkommen ohne Schutz. Mit uns ist sie zumindest in Begleitung. Und ich komme natürlich für all ihre Auslagen auf.«

Es war Wallich anzusehen, dass er damit nicht wirklich zufrieden war, aber die Zeit drängte, und sie wollten an diesem Tag noch ein gutes Stück vorankommen.

Er schüttelte resigniert den Kopf. »Ich hoffe sehr, Avery, dass das nicht noch Ärger gibt.«

Der kurze Aufstieg über den Pass und anschließende Abstieg durch die Berge verlief ohne größere Ereignisse. Es regnete zwar nicht so viel, wie sie befürchtet hatten, dennoch war es genug, dass sie sich jeden Abend in feuchter Kleidung unter Felsüberhängen oder Bäumen schlafen legen und am nächsten Morgen ebenso klamm wieder aufbrechen mussten.

Ishani hielt sich gut und beklagte sich nicht. Weder über Schmutz oder die mangelnde Bequemlichkeit ihrer nächtlichen Lager noch über die langen, anstrengenden Tage zu Fuß. Eine Frau, die die Flucht vor dem sicheren Tod über die Berge Nepals bis nach Kathmandu geschafft hatte, war nicht aus Zucker.

An ihrem Weg zogen sich regelrechte Alleen von cremefarben blühenden Seidenrosen entlang, und immer wieder sahen sie die Samen des japanischen Schnurbaums, die auf der Erde verstreut lagen wie eine zerrissene Perlenkette. Mehrfach kamen sie an übereinander angeordneten Reisterrassen vorbei, die sich bis hoch auf die Berge zogen. Die Bauern – Männer und Frauen – waren zurzeit auf den wasserbedeckten Feldern damit beschäftigt, neue Reispflanzen einzusetzen. Mit tief gebeugtem Rücken standen sie da, die Beine bis zu den Knien im Wasser, und arbeiteten.

Als sie nach einigen Tagen Hetauda am Fuß der Berge erreichten, zahlten sie ihre Träger aus, die sich auf den Heimweg machten, und besorgten sich in einer Karawanserei ein paar

Maultiere für sich selbst und ihre Fracht. Dann ging die Reise weiter durch die letzten Ausläufer des Himalaja. Jetzt konnten sie endlich auch wieder in kleinen Gasthäusern mit geheizten Zimmern übernachten, was eine Wohltat nach einem langen, verregneten Tag auf dem Maultierrücken war.

Avery versuchte, eine bequemere Position im Sattel einzunehmen. Er hatte schlecht geschlafen und fühlte sich nicht sonderlich gut. Seit einigen Tagen hatte sich ein leichter, aber hartnäckiger Schmerz in seiner Leiste festgesetzt, der ihm das Reiten erschwerte. Hatte er sich womöglich mit dem Terai-Fieber infiziert – jenem Fieber, das ihren Reisegefährten Kumar getötet hatte? Sie waren zwar noch nicht in den Terai-Ebenen, aber wer konnte schon wissen, wie weit deren krankmachende Ausdünstungen reichten.

Außerdem war sein Maultier an diesem Tag besonders störrisch, sodass Avery kurz davor war abzusteigen und es zu führen. Dazu kam noch, dass Wallich, der am Anfang ihrer kleinen Karawane lief, immer wieder anhalten ließ, um Pflanzen und Gewächse am Wegesrand zu sichten und einzusammeln.

Als Wallich an einer besonders engen Stelle kurz hinter einer kleinen Schlucht zum gefühlt hundertsten Mal stehen blieb und die ganze Gruppe damit aufhielt, platzte Avery der Kragen.

»Kannst du nicht ein paar Yards gehen, ohne an jedem verdammten Unkraut stehen zu bleiben?«, fuhr er den Botaniker an. »In meinem ganzen Leben ist mir noch niemand begegnet, der so langsam vorankommt wie du.«

Wallich richtete sich auf. »An deiner Stelle würde ich ganz still sein, Avery. Ich habe zugestimmt, deine Geliebte mitzunehmen. Ich habe über deine Launen hinweggesehen und über deine mangelnde Bereitschaft zum Pflanzensammeln. Und deinetwegen musste ich früher aus Kathmandu fort, als ich geplant hatte. Ich werde so viele Pflanzen sammeln, wie ich für nötig befinde. Und nun gib mir eine neue Botanisiertrommel, meine ist voll.«

Avery stieg wortlos von seinem Maultier, dann ging er einige Schritte nach hinten zu einem der Lasttiere und zerrte an dem Riemen, der die vielen verschnürten Kisten, Körbe und Botanisiertrommeln auf dem Tier hielten. In diesem Moment löste sich der Riemen, und ein Bündel mit einem Teil der Herbarien und eine Kiste rutschte vom Rücken des Maultiers. Avery wollte danach greifen, aber der lederne Riemen glitt durch seine Hand, und dann fiel der gesamte Packen den Abhang hinunter.

»Die Kiste!«, schrie Wallich auf. »Meine Pflanzensamen!«

Der Packen mitsamt der Kiste polterte abwärts über Steine und Grasbüschel, bis er tief unter ihnen in einer felsigen Spalte verschwand. Wallich ließ seine gefüllte Botanisiertrommel sinken und machte Anstalten, den steilen Abhang hinunterzuklettern.

»Vergiss die Kiste!«, hielt Avery ihn zurück. »Du hast noch genug andere Samen.«

»Aber in dieser Kiste waren die Samen des Rhododendrons! Die sind unersetzlich!« Er hatte Wallich noch nie so aufgelöst gesehen.

»Du bist schuld!«, herrschte der Däne ihn an. »Du hast nicht aufgepasst und die Ladung nicht ausreichend gesichert. Kannst du nicht *ein Mal* im Leben etwas richtig machen?«

»Ein Mal im Leben …?« Avery verschlug es fast die Sprache. »Und *ich* bin schuld? Wer war es denn, der dir überhaupt erst ermöglicht hat, Pflanzen außerhalb von Kathmandu zu bekommen?«

»Die paar Male, die du für mich unterwegs warst? Ich wünschte, du wärst mit deiner Geliebten in Kathmandu geblieben! Wenn ich nur daran denke, wie oft ich dich gebraucht hätte, aber du anderweitig beschäftigt warst. Oder wie du …«

»Hör auf!«

»Warum sollte ich? Es darf ruhig jeder erfahren, dass …«

»Wir sind nicht mehr allein!«, sagte Avery mit Nachdruck.

Wallich verstummte: Vor ihnen auf dem schmalen Pfad waren einige Männer aufgetaucht und versperrten ihnen den Weg. Die *khukuri* – lange, gekrümmte Messer – an ihren Seiten wirkten gefährlich.

Einer der Männer mit zerfurchtem, wettergegerbtem Gesicht, offenbar der Anführer, winkte ihnen näherzukommen. Große, silberne Ringe mit Türkisen baumelten an seinen Ohrläppchen.

Averys Gespür für Gefahr meldete sich. Irgendetwas stimmte hier nicht. Ganz und gar nicht.

Gehörten diese Männer möglicherweise zu Ishanis Verfolgern? Hatte man die Prinzessin doch noch aufgespürt? Aber eigentlich glaubte Avery das nicht. Die Männer sahen nepalesisch aus, nicht indisch. Dennoch, Vorsicht war geboten.

Er warf einen unauffälligen Blick zurück. In der Mitte ihrer kleinen Karawane sah er Ishani, die ruhig auf ihrem Maultier saß. Ihre Blicke trafen sich. Ishani wirkte angespannt, wie sie alle vermutlich, aber nicht panisch, wie es wohl der Fall gewesen wäre, wenn dies ihre Verfolger gewesen wären.

Avery drehte sich wieder zu dem Mann um, den Wallich gerade freundlich begrüßte – erst auf Nepali, dann auf Hindi, schließlich auf Englisch. Der Mann reagierte nicht darauf und sagte stattdessen auf Hindi: »Sie sind Ausländer. Sie haben keine Befugnis, durch Nepal zu reisen.«

»Oh, aber wir haben eine Erlaubnis.« Wallich zog den inzwischen recht ramponierten Brief von Edward Gardner hervor, der ihnen schon bei der Hinreise wertvolle Dienste geleistet hatte. Auf dem Schreiben prangte der Stempel des nepalesischen Königshauses.

»Hier, sehen Sie«, sagte er zu dem Mann vor ihm. »Eine Einladung des britischen Residenten in Kathmandu.«

Aus dem ledernen Gesicht des Mannes war nichts zu lesen. Er deutete auf die beladenen Maultiere.

»Das sind Pflanzenproben. Samen und getrocknete Pflanzen«, erklärte Wallich auf Hindi, untermalt von ausholenden Gesten. »Wir sind Forscher. Botaniker.«

»Blödsinn«, sagte der Mann – und zerknüllte Gardners Schreiben mit einer Hand.

»Was fällt Ihnen ein? Das kam direkt vom Hof des Königs!«

»Mitkommen«, befahl der Mann brüsk. »Sie sind keine Forscher. Sie sind Spione.«

»Spione?«, wiederholte Wallich entrüstet. »Wir sind keine Spione. Wir sind Pflanzensammler. Forscher. Wir kommen gerade aus Kathmandu. Wir haben eine Erlaubnis – die Sie, Sir, gerade zerstört haben.«

Der Mann zog sein *khukuri* aus der lederummantelten Umhüllung heraus. Der scharfe, gekrümmte Stahl verharrte nur wenige Inches vor Wallichs Nase.

»Achal«, sagte er leise. »Mein Name ist nicht Sir, sondern Achal. Und Sie alle werden jetzt mitkommen.«

26

AVERY

Kurz hinter Hetauda, Nepal, August 1817

Es waren insgesamt sechs Männer, denen sie folgen mussten. Averys größte Sorge galt dabei Ishani. Bei den Männern handelte es sich zwar offenbar nicht um die Verfolger der Prinzessin, dennoch mochte er sich gar nicht ausdenken, was ihr geschehen könnte, wenn man sie als Frau erkannte.

Aber die Männer warfen nur einen kurzen Blick auf sie. Avery musste zugeben, dass Ishani mit der unförmigen Kleidung nicht nur wie ein junger Mann aussah, sondern sich auch so gab. Sie war wirklich eine gute Schauspielerin. Ihr Verhalten nötigte ihm Respekt ab – als man sie alle jetzt abführte, benahm sie sich nicht anders als die anderen Expeditionsteilnehmer. Nicht zu großspurig, aber zu Averys Erleichterung auch nicht panisch. Einfach unauffällig.

Man führte die Reisegruppe zu einer aus Stein gemauerten Hütte etwas abseits des Weges, wo die Männer die Maultiere und alles, was sich darauf befand – sämtliche Pflanzenproben, Bücher und Zeichnungen – beschlagnahmten, um es zu überprüfen, wie sie behaupteten. Sie selbst brachte man in der Hütte unter, in der es nichts weiter als etwas Stroh und ein paar einfache Hocker gab.

Wallich und auch de Silva protestierten lautstark gegen diese Behandlung, aber Ishani bedeutete ihnen mit gedämpfter

Stimme, sie mögen sich beruhigen. Auch sie hatte Angst, das konnte sie nicht verbergen. Sie war sehr blass, und Avery sah, dass ihre Hände leicht zitterten.

»Warum?«, wollte de Silva wissen.

»Weil man uns vielleicht umbringen wird, wenn wir keine Ruhe geben«, gab sie leise zurück.

Das ließ alle verstummen.

»Ich bin sicher«, murmelte sie, »es wird sich alles regeln. Verhalten wir uns richtig, wird niemand zu Schaden kommen.«

»Was meinen Sie mit ›richtig verhalten‹?«, fragte Wallich.

»Und für wen sollen wir denn angeblich spionieren?«, wollte de Silva wissen.

»Für Britisch-Indien natürlich«, sagte Avery. »Wir sind noch auf nepalesischem Gebiet, also würden wir uns damit strafbar machen.«

»Spione ...« Wallich schüttelte den Kopf. »Nicht zu fassen. Wenn ich erst einmal mit dem Vorgesetzten dieser Männer sprechen kann, werde ich ...«

»Nathaniel«, unterbrach ihn Ishani leise. »Das hat keinen Sinn. Ich fürchte, das sind keine echten Gesetzeshüter.«

»Nicht?«

»Nein. Ich glaube, das sind *thuggees*.«

»*Thuggees?*«, wiederholte Wallich. »Sie meinen ... Banditen?«

Davon hatte Avery schon einmal gehört: *Thuggees* wurde eine Gruppe von Räubern genannt, die vorwiegend Reisende überfielen, um sie auszurauben – und sie manchmal auch umbrachten. Ihn überlief es kalt.

Und dennoch: Sein Verstand weigerte sich, zu glauben, dass es vorbei sein könnte. Nicht hier. Nicht so. Er hatte bislang immer Glück in seinem Leben gehabt. Er – nein, sie alle würden auch diesmal mit heiler Haut aus dieser Sache herauskommen.

»Woher wissen Sie das, Ishani?«, fragte Wallich.

Sie seufzte leise. »Leider haben wir auch in Kumpuradjani immer wieder mit solchen Verbrechern zu tun. Einer meiner Diener hat mir viel darüber erzählt und auch darüber, wie man am besten mit ihnen verhandelt, sollte man das Pech haben, von ihnen gefangen genommen zu werden.«

Sie hatte sich jetzt wieder besser im Griff, aber sie war noch immer ziemlich blass.

»Wir sollen also mit ihnen verhandeln?«

»Sobald es sich ergibt. Bis dahin sollten wir abwarten.«

Wallich nickte. Was ihn fast mehr als die Ungewissheit über ihr Schicksal zu beschäftigen schien, war die Tatsache, dass die Banditen ihre wertvolle Fracht an sich genommen hatten. Die Arbeit vieler Monate, die sie in Form von Samen und gepressten und getrockneten Pflanzen in Kisten und Herbarien zusammengetragen hatten, befand sich jetzt in den Händen dieser Wegelagerer.

Vermutlich glaubten die Banditen, ihre Reisegruppe verwahre ihr Geld in den Kisten bei den Maultieren – sie würden enttäuscht sein, wenn sie dort nichts fänden außer in braunen Zucker und Wachspapier eingepackte Pflanzensamen. Zu Anfang ihrer Rückreise hatten Wallich, Avery und Vishnu Prasad vorsichtshalber die Reisekasse unter sich aufgeteilt. Gardner hatte ihnen geraten, das Geld in einem Gürtel mit Taschen direkt auf der Haut und unter der Kleidung zu tragen.

»Die *thuggees*«, sagte Ishani mit gedämpfter Stimme, »sind vor allem auf Geld aus. Wenn wir ihnen entsprechend entgegenkommen, könnten wir alle mit einem blauen Auge davonkommen.«

»Ich werde diesen Banditen nicht all mein mühsam verdientes Geld in den Rachen werfen!«, begehrte Wallich auf.

»Nicht alles!«, schränkte Ishani ein. »Nur Ihren Anteil, Nathaniel. Dann haben wir immer noch das, was auf Avery und Mr Prasad aufgeteilt ist.«

»Das ist gar keine schlechte Idee«, sagte jetzt auch Vishnu Prasad, der mit seiner ruhigen Art schon immer ausgleichend gewirkt hatte. »Vielleicht sollten Sie, Mr Wallich, schon einmal Ihren Gürtel bereithalten.«

Das war ein guter Hinweis, denn es dauerte nicht mehr lange, und Achal, offenbar der Anführer der *thuggees*, betrat die Hütte.

»Sie und Sie.« Er deutete auf Wallich und Avery. »Mitkommen.«

Man führte die beiden nach draußen, wo ein einfacher Holztisch stand. Zwei von Achals Männern saßen dort.

Als Wallich ihnen jetzt Lösegeld anbot, wenn man sie gehen ließe, ging ein überlegenes Lächeln über Achals verwittertes Gesicht.

»Wäre es da nicht einfacher, Sie alle zu töten?«, gab er mit erschreckender Logik zurück.

Wallich war ganz blass geworden – offenbar hatte es ihm die Sprache verschlagen. Auch Avery war der Schreck in die Glieder gefahren, aber er war geistesgegenwärtig genug, sich nichts anmerken zu lassen und ein gleichgültiges Gesicht zu behalten. Ganz der blasierte Engländer, den er jetzt darstellte.

»Mitnichten«, sagte er mit aller Arroganz, derer er fähig war. »Und zwar deswegen nicht, weil wir in wenigen Tagen beim britischen Botschafter von Patna erwartet werden.« Er hatte keine Ahnung, ob es in Patna einen Botschafter gab, aber er ging davon aus, dass die Banditen es schon gar nicht wussten. »Und ich denke, meine Regierung wäre sehr ungehalten darüber, sollten wir nicht pünktlich auftauchen oder, schlimmer noch, sollte uns gar etwas passiert sein. In diesem Fall bin ich mir absolut sicher, dass sie blutige Vergeltung üben würde.«

Wallich warf ihm einen verstohlenen Seitenblick zu, bewahrte aber zum Glück die Fassung.

»Spricht er die Wahrheit?«, wandte sich Achal, der merklich verunsichert wirkte, an Wallich.

Dieser nickte. »Allerdings. Ich kann die Worte meines Gefährten nur unterstreichen.«

Am Ende war es eine Mischung aus Verhandlungstaktik und Unerschrockenheit, die beim Anführer der *thuggees* schließlich zur Entscheidung führte.

»Dann sei es so«, sagte Achal. »Wir bekommen Ihr Geld, im Gegenzug dürfen Sie gehen.«

»Mit den Maultieren und all unseren Sachen«, forderte Avery, obwohl ihm das Herz bis zum Hals schlug. Sollte es wirklich so einfach sein?

Achal sah ihn reglos an. Dann nickte er. »Mit all Ihren Sachen.« Er streckte die Hand aus. »Zuerst das Geld.«

Wallich griff in eine Innentasche seiner gefütterten Jacke und förderte zwei lederne Geldbeutel zutage, die er zuvor seinem Gürtel entnommen hatte. Kurz, aber glaubhaft sträubte er sich dagegen, sein gesamtes Geld zu übergeben, aber vergeblich. Achal nahm ihm die Beutel aus der Hand, öffnete sie und kippte ihren Inhalt auf den Tisch. Etliche Münzen – nepalesische Mohar und indische Rupien – ergossen sich auf die Tischplatte.

Zu Averys Erleichterung verlangte niemand, dass auch die anderen Mitglieder der Expedition zahlten – offenbar glaubte man wirklich, dass Wallich als Anführer der Gruppe ihren gesamten Geldvorrat bei sich trug.

Wenig später ließ man sie dann tatsächlich mitsamt ihren beladenen Maultieren wieder ziehen.

Sie ritten bis zum Einbruch der Dunkelheit. Vorsichtig und nicht zu schnell, damit die Maultiere nicht strauchelten, aber doch rasch genug, um nicht noch einmal von irgendwelchen Banditen eingeholt zu werden. Als sich die Nacht über das Land senkte und sie sich einen Schlafplatz suchten, hatten sie Nepal hinter sich gelassen und waren wieder in Indien.

Für eine gute Woche reisten sie danach durch die Ebenen des Terai und weiter bis nach Patna. Es regnete jetzt wieder häufiger, und an manchen Tagen waren sie erneut bis auf die Haut durchnässt. Als wäre das nicht schon unangenehm genug, waren auch Averys Beschwerden zurückgekehrt – nicht stark, aber beständig, wie ein schmerzender Zahn. Er war erleichtert, als endlich der kuppelförmige Kornspeicher von Patna am Ufer des Ganges in Sicht kam.

Hier ließen sie die Maultiere zurück und wechselten auf einen der leichten Flusssegler, der sie bis nach Kalkutta bringen würde und den sie mit dem Geld bezahlten, das sich in Vishnu Prasads Geldgürtel befand.

Die Reise auf dem Ganges verlief diesmal schneller als auf der Hinreise, da sie jetzt mit der Strömung fuhren. Jeden Abend legten sie an, holten das Segel ein, vertäuten das Boot am Ufer und verbrachten die Nacht an Bord, bevor sie am Morgen weiterfuhren.

Eines Abends kurz vor Kalkutta setzte sich Ishani neben Avery und betrachtete mit ihm die Landschaft, die neben ihnen vorüberzog. Im braunen Wasser des träge dahinfließenden Flusses schwammen Pflanzenreste und Unrat vorbei und einmal der Kadaver einer toten Kuh. Am Ufer waren Menschen beim Wäschewaschen, Fischen oder Baden zu sehen. Weiter hinten konnte man ein koloniales Gebäude erkennen, und daneben, quasi als Kontrast, einen prunkvollen Hindu-Tempel aus weißem Marmor.

»Wie viele Zimmer hat die Villa?«, fragte Ishani nach einer Weile des Schweigens ohne Überleitung.

»Etliche«, gab Avery zurück. »Aber ich habe sie nie gezählt.« Die Frage war ihm ein wenig unangenehm. Er musste dringend mit Wallich sprechen, aber bislang hatte sich noch nicht die Gelegenheit dazu ergeben.

»Und wie viele Diener werden wir haben?«

»Genug, meine Schöne. Genug.«

»Darf ich wissen, worüber Sie sich so eifrig austauschen?«, fragte in diesem Moment Wallich neben ihnen, und Avery zuckte zusammen. »Ihren künftigen Wohnort womöglich?«

Ishani dagegen war die Ruhe selbst. »Oh, Nathaniel, haben Sie uns etwa belauscht?«, fragte sie mit kokettem Augenaufschlag. »Ja, das tun wir in der Tat. Ich habe Avery gerade nach seiner schönen Villa gefragt, in der wir gemeinsam leben werden.«

»Welche Villa meinen Sie?«, fragte Wallich. »Etwa das Roxburgh-Haus?«

»Heißt es so? Ich meine Averys großes Anwesen am Rand von Kalkutta, mit Blick auf den Fluss und dem großen Garten.«

»Averys Anwesen?« Wallich lachte auf, und Avery krümmte sich innerlich. »Verehrte Prinzessin, ich muss Ihnen leider sagen, dass Sie einem Irrtum aufgesessen sind. Es ist nicht Averys Villa, sondern meine. Avery war dort nur zeitweise zu Gast.«

Ishani konnte sich gut zusammenreißen, dennoch merkte Avery, wie schockiert sie war. »Ist das wahr, Liebster?«

Avery konnte ihr nicht ins Gesicht sehen. »Nun, vielleicht habe ich ein klein wenig übertrieben. Aber ich habe nicht gesagt, dass mir das Anwesen gehört.«

»Es ist nicht deine Villa? Du bist nicht reich?«

»Nein«, bekannte er. »Es ist Wallichs Villa, in der ich einige Zeit gelebt habe. Aber«, setzte er schnell hinzu, »meine Familie in England ist durchaus wohlhabend. Und ich gedenke, es auch zu werden.«

Ishani schwieg und sah Wallich hinterher, der sich diskret zum hinteren Teil des Bootes bewegte.

»Ich hoffe«, sagte Avery und zog Ishani an sich, »du liebst mich nicht nur wegen meines vermeintlichen Reichtums.«

Sie zögerte nur eine winzige, kurze Sekunde lang. »Aber nicht doch, mein Liebster.« Sie küsste ihn. »Hältst du mich wirklich für so berechnend?«

»Nein, meine bezaubernde wilde Orchidee, das tue ich natürlich nicht.«

Als sie an diesem Abend an einer sanften, grasbewachsenen Böschung am Ufer anlegten und sich zur Nacht bereitmachten, suchte Ishani Averys Nähe. Unter der Decke schmiegte sie sich eng an ihn und liebkoste und küsste ihn innig, bis sie beide sich ihrer Kleider entledigten. Wie hatte Avery das vermisst – auf dieser Reise hatten sie noch nicht ein Mal die Gelegenheit dazu gehabt. Im Schutz der Dunkelheit liebten sie sich nahezu lautlos, und für ein paar glückselige Momente vergaß er alles um sich herum.

Als sie am nächsten Morgen erwachten, war Ishani verschwunden. Und mit ihr der Rest der Reisekasse.

27

AVERY

Kurz vor Kalkutta, Indien, Ende September 1817

Wallich war außer sich. »Ich wusste es«, sagte er ein ums andere Mal. »Ich wusste, dass sie nicht die ist, die sie zu sein vorgab.« Er hatte sich die etwas schütteren Haare gerauft, die inzwischen in alle Richtungen abstanden. »Glaubst du mir jetzt endlich, dass sie keine echte Prinzessin ist?«

Avery hatte sich noch immer nicht von seiner Bestürzung erholt. »Nein, das tue ich nicht. Ich denke vielmehr, Ishani ist in Gefahr. Vermutlich wusste sie sich nicht anders zu helfen, als uns zurückzulassen und zu fliehen.«

»Mit fast dem gesamten Rest unseres Geldes?«

Da hatte er leider recht. Wallichs Anteil der Reisekasse hatten sie an die *thuggees* abtreten müssen, und der Großteil von Vishnu Prasads Anteil war für die Miete des Flussseglers draufgegangen. Nur Averys Anteil war noch übrig gewesen. Und nun war auch der fort.

»Wie ist sie überhaupt an dein Geld gekommen?«, fragte Vishnu. »Ich dachte, du würdest es wie Mr Wallich und ich in einem Gürtel am Körper tragen.«

Avery erinnerte sich nur noch dunkel daran, dass er den geldgefüllten Gürtel irgendwann in der Nacht abgelegt hatte. Als Ishani sich so liebevoll um ihn bemüht hatte.

»Oh«, sagte Wallich, bevor Avery antworten konnte, »mir

ist schon klar, wie es dazu kommen konnte. Unser Freund hier denkt nämlich zu wenig mit dem Hirn und zu viel mit einem anderen Körperteil.«

»Pass auf, was du sagst, Nate!«

Sie sahen sich an, gereizt wie zwei Kampfhähne kurz vor der Rauferei.

»Meine Herren, bitte«, versuchte Vishnu, die beiden zu beschwichtigen. »Ist das jetzt nötig?«

»Nein, ist es nicht«, lenkte Wallich schließlich ein. »Es ändert ja nichts. Lasst uns aufbrechen, ich will endlich nach Hause. Nur noch wenige Tage, und wir sind wieder in Kalkutta.«

»Aber ohne mich.« Avery erhob sich und griff nach seinem Gepäck.

»Was hast du vor?«, fragte Wallich alarmiert.

»Ich gehe von Bord und werde sie suchen. Womöglich ist sie in Gefahr.«

»Hast du es immer noch nicht verstanden, Avery? Die Frau ist eine Betrügerin. Eine Diebin. Sie hat dein – unser – Geld gestohlen und ist über alle Berge!«

»Das soll sie mir selbst sagen.«

Nein, er konnte einfach nicht glauben, dass sie ihn – nein, nicht nur ihn, sie alle – hinters Licht geführt hatte. Nicht seine Ishani, sein exotischer Schmetterling.

Es war ein frostiger Abschied, als sich Avery an diesem Vormittag von Wallich und den anderen fünf Expeditionsteilnehmern trennte.

»Leb wohl, Avery«, sagte Wallich. »Ich hätte mir gewünscht, dass es nicht so endet.«

»Ja. Ich mir auch.« Avery nickte ihnen allen ein letztes Mal zu.

Er trat zurück auf den Uferstreifen und sah dem Flussboot

nach, das mit seinen Gefährten unter dem viereckigen Segel langsam Richtung Kalkutta dahintrieb, und für einen Moment überkam ihn heftiges, hilfloses Bedauern und Wut auf sich selbst. Wieder hatte er jemanden enttäuscht. Wieder hatte er die in ihn gestellten Erwartungen nicht erfüllt. Das schien sich wie ein roter Faden durch sein Leben zu ziehen.

Aber jetzt war erst einmal wichtig, Ishani einzuholen. Noch immer hatte er die Hoffnung, dass es einen triftigen Grund für ihr Verhalten gab und dass sie nicht bloß eine Betrügerin war, wie Wallich ihm hatte weismachen wollen.

Sie war sicherlich in Gefahr. Floh sie vor irgendjemandem?

Es war nur wenig, was sich noch an Rupien gefunden hatte. Der junge Francis de Silva, sein Gefährte so mancher Pflanzenjagd in Nepals Bergen, hatte ihm sein letztes Geld gegeben. So war es gerade genug für Avery, um von einem Bauern ein paar hundert Yards flussaufwärts einen alten Klepper von Maultier zu erstehen, der angeblich zäher war, als er aussah. Von dem Bauern erfuhr er außerdem, dass dieser tatsächlich am Morgen eine junge Frau in vornehmer Kleidung gesehen habe, die unterwegs gewesen sei.

Avery folgte dem Weg in die Richtung, die der Bauer ihm gewiesen hatte: ein Stück am Ufer entlang und dann landeinwärts. Wenn der Mann ihn nicht belogen hatte, dann war Ishani zu Fuß unterwegs – da dürfte er nicht lange brauchen, um sie mit dem Maultier einzuholen. Sofern sie nicht doch entführt oder zur Flucht gezwungen worden war. Aber irgendwie konnte er das nicht mehr so recht glauben.

Zumindest hatte der Bauer recht gehabt, was sein Reittier betraf: Es war wirklich recht ausdauernd und trug ihn anstandslos voran, wenn auch nicht sonderlich schnell.

Abseits vom Wasser, ohne die kühlende Brise, war es geradezu unangenehm warm. Die Straße war staubig und trocken, und es war noch nicht einmal Mittag. Die Zunge klebte Avery am Gaumen. Er wünschte, er hätte mehr zu trinken mitgenommen als nur eine kleine Flasche Wasser, aber daran hatte er in seiner Eile nicht gedacht. Außerdem verursachte das Reiten ihm erneut Beschwerden, die er aber zu ignorieren versuchte. Immer wieder stieß er dem Tier die Fersen in die Seiten, um es zur Eile anzutreiben, aber das hätte er auch lassen können: Maultiere waren mindestens so störrisch wie Esel, von denen sie zu einem Teil stammten, und dieses hier bildete keine Ausnahme.

Gegen Mittag, als eine gleißende Sonne fast den Zenit erreicht hatte, sah er auf dem Weg vor sich endlich eine vertraute Gestalt. Sie schritt zügig, aber nicht gehetzt aus und machte nicht den Eindruck, als wäre sie in Gefahr oder werde von irgendjemandem verfolgt.

Sein Herz schlug schneller in einer Mischung aus Besorgnis und Wiedersehensfreude. Er stieß dem Maultier abermals die Fersen in die Seiten, und tatsächlich gehorchte es diesmal und beschleunigte seinen Gang.

»Ishani, warte!«

Sie fuhr zusammen, blieb stehen und drehte sich um, und ihr Erschrecken bei seinem Anblick verriet ihm mehr als alle Worte und ließ seine letzte Hoffnung sinken.

Wäre sie in Gefahr, hätte sie anders reagiert. Wallich hatte recht gehabt.

Kurz vor ihr hielt er das Maultier an und stieg ab. Kaum war das Tier von seiner Last befreit, ging es ein paar Schritte zur Seite und begann dort zu grasen.

»Avery Harrington«, sagte Ishani, jetzt wieder völlig gefasst. »Was machst du hier?«

Ihr kleiner, exotisch klingender Akzent war verschwunden, sie sprach das Englische jetzt vollkommen makellos.

»Das fragst du wirklich noch?« Er trat einen Schritt auf sie zu, griff nach ihr und hielt ihr Handgelenk fest. »Du hast uns bestohlen.«

»Habe ich das?«

Sie stand ganz locker da, machte keine Anstalten, sich ihm zu entwinden, wiegte ihn in Sicherheit. Dann versuchte sie, sich mit einem Ruck loszureißen. Aber damit hatte Avery gerechnet und griff nur noch fester zu.

Ishani verzog das Gesicht. »Du tust mir weh!«

»Gib mir das Geld.«

Ein aufkommender Luftzug ließ das Tuch, mit dem sie ihre Haare bedeckt hatte, flattern. Widerstrebend griff Ishani mit der freien Hand unter ihre Weste, nestelte an etwas und reichte ihm schließlich den geldgefüllten Gürtel.

Er nahm ihn und ließ ihre Hand los. Tränen brannten in seinen Augen, und er blinzelte sie wütend fort. Ein Teil von ihm wollte es immer noch nicht akzeptieren. Vor ihm stand die Frau, die er geliebt hatte. Die er immer noch liebte.

»Warum?« Er hasste, wie flehend er klang, aber er musste es einfach wissen.

Eine Strähne ihres schwarzen Haares war unter dem Tuch hervorgeschlüpft und wehte ihr vor das Gesicht. Sie strich sie mit einer ungeduldigen Bewegung zur Seite.

»Warum was?«

»Du … du hast gesagt, dass du nicht genug von mir bekommen kannst. Dass du mich liebst. War das alles gelogen?«

Sie sah ihn lange an, dann seufzte sie leise. »Nein«, erwiderte sie schließlich. »Nicht alles. Und nun leb wohl, Avery. Es war schön mit dir.« Sie hauchte einen Kuss in die Luft, sah ihn ein letztes Mal an, dann zog sie sich erneut das Tuch über den Kopf, drehte sie sich um und ging zügig den Weg weiter.

Oh nein, so leicht würde er sie nicht gehen lassen.

Er folgte ihr einige Schritte, als ein plötzlicher, heftiger

Schmerz durch seine Eingeweide jagte. Ein Schmerz, als hätte ihn ein Messerstich getroffen. Er sank auf die Knie und krümmte sich vornüber.

»I … sha … ni … !« Der Name kam kaum verständlich über seine Lippen, jede Silbe musste er sich abringen.

Sie blieb tatsächlich stehen und drehte sich um. Einen Moment zögerte sie, dann kam sie langsam näher. Ein Anflug von Sorge huschte über ihr wunderschönes Gesicht. »Du bist ja ganz blass. Was ist los mit dir?«

Er schüttelte stumm den Kopf, während er auf der Erde kauerte, nur noch flach atmete und darum betete, dass der Schmerz abebbte. Was er zu seiner Erleichterung auch allmählich tat.

»Geht es wieder?«, fragte Ishani, die ihn die ganze Zeit nicht aus den Augen gelassen hatte.

Er richtete sich langsam auf. Der Schmerz war noch da, ein hartnäckiges kleines Teufelchen in seinem Lendenbereich, aber immerhin konnte er jetzt wieder aufrecht stehen und besser atmen. Er spürte, wie ihm der Schweiß unter der leichten Kleidung am Körper hinablief, und nickte.

»Was ist denn los mit dir?« Täuschte er sich, oder hörte sie sich tatsächlich ein wenig besorgt an?

»Ich weiß nicht«, murmelte er. »Aber jetzt ist es wieder besser.«

»Gut, dann gehe ich jetzt. Leb wohl, Avery.«

»Ishani, warte … lass uns reden.«

»Worüber denn noch?«

»Du bist keine Prinzessin.«

»Da hast du recht«, sagte sie unbekümmert.

Er konnte kaum glauben, wie unumwunden sie es zugab.

»Wer bist du wirklich? Vermutlich bist du nicht einmal eine Inderin.«

»Doch, wenn auch nur zur Hälfte.« Sie zuckte mit den

Schultern. »Meine Mutter war Inderin. Mein Vater ist Engländer. Ishani ist mein zweiter Vorname. Mein richtiger Name lautet Charlotte Ishani Watson.«

»Charlotte …«, wiederholte Avery fassungslos. »Du … du hast uns alle angelogen. All die vielen Wochen, die wir dir geglaubt haben, du wärst eine geflohene Prinzessin in Not.«

»Und du?«, gab sie zurück. »Du hast genauso gelogen. Oder wer hat sich damit gebrüstet, er wohne in einer großen Villa am Fluss und verkehre in den höheren Kreisen Kalkuttas? War das etwa nicht auch gelogen?«

»Das ist etwas ganz anderes.«

»Eine Lüge bleibt eine Lüge.« Sie verschränkte die Arme. »Und wer hat monatelang den Nepalesen gegenüber behauptet, er sei ein Halbinder?«

»Das war eine Notlüge. Nur damit ich für Nate auch außerhalb Kathmandus Pflanzen sammeln konnte.« In plötzlicher Klarheit erfüllte ihn ein Gedanke. »Natürlich … Du warst es!«

»Was war ich?«

»Du warst die Person, die den nepalesischen Behörden verraten hat, dass ich Engländer bin.«

Sie lächelte. »Das hast du gut erkannt.«

Avery war wie vor den Kopf geschlagen. »Deinetwegen mussten wir Nepal verlassen? Aber … warum?«

Sie sah ihm offen ins Gesicht. »Weil ich es nicht länger ertragen habe, mit dir nur zu träumen. Du hast mir so viele wundervolle Dinge von Kalkutta und der schönen Villa erzählt, in der du lebst – da konnte ich es irgendwann nicht mehr erwarten, mit dir dorthin zu gehen.« Kurz nahm ihr Gesicht einen abwesenden, leicht schwärmerischen Ausdruck an. »Ich wollte endlich auch all die herrlichen Dinge sehen, von denen du mir erzählt hast. Auf Empfänge gehen. In die Oper. Mich in teure Gewänder hüllen. Die Wunder von Kalkutta erleben.« Sie zuckte mit einer lässigen Bewegung mit den Schultern. »Tja, das war dann ja wohl nichts.«

Für einen winzigen Moment fühlte Avery sich tatsächlich schuldig. Dann schüttelte er das Gefühl ab. »Wer bist du wirklich? Wo kommst du her?«

Sie wandte ihr Gesicht nach oben, der Sonne entgegen, und schloss kurz die Augen, dann senkte sie den Kopf wieder und öffnete die Augen. »Der genaue Ort muss dich nicht interessieren. Ich bin bei meinem Vater aufgewachsen, einem höheren Kolonialbeamten der britischen Ostindien-Kompanie. Meine Mutter starb, als ich noch ganz klein war. Aber man sagt, ich sähe ihr ziemlich ähnlich.« Sie lächelte wieder ihr hinreißendes Lächeln. »Ich war übrigens schon eine ganze Weile in Kathmandu, bevor wir uns kennenlernten.«

»Eine ganze Weile?«

»Du hörst dich an wie ein Papagei, wenn du alles wiederholst, was ich sage. Ja, Avery, eine ganze Weile. Ursprünglich gehörte ich zu einer Truppe von *nautch*-Tänzerinnen, die durch Indien und Nepal zogen. Das sind junge Frauen, die mit erotischem Tanz an indischen Höfen oder bei reichen Leuten auftreten.«

Avery glaubte, seinen Ohren nicht zu trauen. Sie war eine *nautch*-Tänzerin?

»Aber dieses Leben langweilte mich allmählich, ich wollte mehr. Mehr von der Welt sehen, mehr Geld haben. Da kam es wie gerufen, als ich hörte, dass ein paar reiche *firingi* aus Kalkutta in der neuen englischen Botschaftsresidenz eingetroffen seien.«

»Dann war es also kein Zufall oder Fügung, dass wir uns auf Kathmandus Durbar-Platz trafen?«

»Nein, natürlich nicht. Ich hatte dich vorher schon eine Weile beobachtet. Und es war so leicht, dich um den Finger zu wickeln. Du *wolltest* ja geradezu getäuscht werden. Ich hatte gedacht, wenn ich mich als Prinzessin in Nöten ausgebe, würdest du dich um mich kümmern und mich irgendwann in die bessere Gesellschaft Kalkuttas einführen. Und hat mein kleiner falscher Akzent dich nicht völlig um den Verstand gebracht?«

Avery hatte ihr in wachsendem Unglauben zugehört. »Wallich hatte recht: Du bist ... Du bist nichts weiter als eine Betrügerin.«

»Oh«, sagte Ishani – Charlotte? Nein, so würde er sie nicht nennen – kopfschüttelnd. »Betrügerin hört sich gar zu garstig an. Ich nenne mich lieber Abenteurerin.« Sie legte den Kopf ein wenig schräg. »Sei ehrlich, Avery: Sind wir beide uns darin wirklich so unähnlich?«

Avery wollte etwas erwidern, aber da schoss es abermals wie mit einem glühenden Pfeil durch seinen Unterleib. Gleichzeitig wurde ihm entsetzlich übel. Er stöhnte auf und sank erneut auf die Knie. Und bevor er es verhindern konnte, beugte er sich vornüber und erbrach sich.

»Das ist ... ekelhaft!« Dennoch kam Ishani zögernd näher, wenn auch außerhalb seiner Reichweite. »Du spielst mir nichts vor, oder?«

Er schüttelte den Kopf, ihm war schwindelig vor Schmerz und noch immer übel. Er presste beide Hände auf seinen Unterleib, auf die Stelle, wo der Schmerz saß. Er fühlte sich sterbenselend. Was zum Teufel war los mit ihm?

»Ishani – oder wie immer du in Wirklichkeit heißt – bitte. Ich brauche deine Hilfe. Ich ... ich muss zu ... zu einem Arzt. Am besten zu ... Wallich.«

»Zu Nathaniel? Der ist doch sicher längst auf dem Weg nach Kalkutta.«

Er nickte voller Verzweiflung. »Dann ... musst du mich eben nach Kalkutta bringen.«

Sie lachte hell auf. »Wieso sollte ich das tun?«

»Ich …« Er atmete gepresst, als ein neuer Krampf ihn durchfuhr. »Wenn du mir hilfst, nach Kalkutta zurückzukehren, zu Wallich, gebe ich dir …«, er keuchte, »die … die Hälfte des Betrages in diesem Gürtel.«

»Die Hälfte? Ich hätte alles haben können, wäre ich nicht so dumm gewesen, mich von dir einholen zu lassen.«

Er hatte keine Kraft mehr zu feilschen. »Also gut, du bekommst alles. Aber bitte – bring mich zu Wallich.«

28

ALLIE

Heligan House, Ende September 1817

Allie blickte zum Himmel. Es war warm an diesem Tag, die Sonne wurde nur zum Teil von leichten Wolken verdeckt. Allie hatte sich bei John Hearles Frau Caroline eingehakt und flanierte mit ihr langsam durch den oberhalb von Heligan House gelegenen Gemüsegarten. Links und rechts des Weges zogen sich ordentliche Reihen von Mangold, Lauch, Kürbis und Kohl entlang, weiter hinten wuchsen Kräuter und Salat.

Ein Arbeiter in einem bäuerlichen Kittel kam mit einer Handkarre voller frisch gebrannter Ziegelsteine an ihnen vorbei und grüßte. Der Bau der Bienenwand hatte sich etwas verzögert, da John Hearle häufig in London weilte, aber im nächsten Monat sollte endlich damit begonnen werden. Zurzeit bewohnten ihre Bienenvölker etliche Stöcke im Obstgarten, in die sie sich bald zur Winterruhe zurückziehen würden, aber im nächsten Frühjahr würden sie dann in die neue Bienenwand umziehen.

Durch eine große Lücke in den Hecken, die den Gemüsegarten umgaben, war ein Feld zu sehen, auf dem gerade gepflügt wurde, um den Boden für den Winterweizen vorzubereiten. Die Pflüge wurden von je einem Ochsenpaar gezogen. Wie fast jedes Tier in Heligan hatten auch die Zugochsen Namen, die immer an ihre Nachfolger weitergegeben wurden: Brown und Berry, Bel und Dragon, Goodluck und Speedwell.

Am Rand des Feldes erkannte Allie die hochgewachsene Gestalt von John Hearle im Gespräch mit dem Mann, der für die Rinder zuständig war. Die großen Devon-Rinder mit ihrem lockigen Fell und der hellroten Farbe waren John Hearles ganzer Stolz. Diese Tiere hatten einen dreifachen Nutzen: Man hielt sie wegen ihrer Milch, ihres Fleisches und als Zugtiere.

Caroline an ihrer Seite war ihrem Blick gefolgt und lachte leise. »Manchmal bin ich versucht zu glauben, dass John seine Rinder mehr liebt als seine Familie.«

»Ich bin schockiert, Caroline!«, gab Allie in gespieltem Entsetzen zurück.

»Ich scherze natürlich. Aber es gibt so vieles, was John hier schätzt – die Farm und seine Pächter, die Bäume und Sträucher, überhaupt die ganze Vielfalt dieses Ortes. Du weißt ja, wie viele Pläne er noch für Heligan hat. Manchmal frage ich mich, warum er nicht hierbleibt.«

»Weil er einen verantwortungsvollen Posten als Abgeordneter hat«, gab Allie die zu erwartende Antwort.

»So ist es.« Caroline lächelte. »Und ich weiß selbstverständlich, wie wichtig ihm auch diese Arbeit ist. Aber wenn es dann Zeit für die Abreise ist, kann er sich immer so schwer von hier trennen, auch wenn er Heligan natürlich in guten Händen weiß – sein Vater ist ja noch da, dazu noch du und Tristan und Damaris und Julian.« Sie seufzte. »Es hilft ja nichts, wir müssen wieder nach London. Komm, lass uns zurückgehen. Ich muss schauen, ob alle Sachen fertig gepackt sind.«

Als sie den Weg zum Haus einschlugen, ertönte der helle Klang von Pferdehufen auf Kies. Gleich darauf sahen sie, wie sich zwei Pferde, die ein hoch mit Kohle beladenes Fuhrwerk zogen, von der anderen Seite her die Kuppe Richtung Heligan House emporquälten. Die Pferde waren mit flockigem Schweiß bedeckt – der Weg von St Austell den steilen Hügel hinauf war für die Tiere jedes Mal sehr mühsam. John Hearle trug sich schon seit einiger Zeit mit dem Gedanken, eine neue, gemächlich ansteigende und dafür längere Zufahrt zum Haus anlegen zu lassen. Diese Zufahrt wollte er mit einer prächtigen Allee aus Zierbäumen säumen.

Vor dem Haus wartete bereits ein Vierspänner. Caroline musterte den Stapel an Gepäck, der jetzt auf der Kutsche verladen wurde.

»Ich würde lieber mit euch nach Truro fahren, statt vier Tage in der Kutsche zu sitzen«, sagte sie mit hörbar geringer Begeisterung.

An diesem Tag noch würde Caroline mit John Hearle und ihrem dreijährigen Sohn Harry nach London aufbrechen, wo sie für einige Monate ein Haus gemietet hatten. Einen Teil ihres Hausrats mit dem schweren Geschirr hatten sie bereits mit dem Schiff vorausgeschickt, während sie selbst auf dem Landweg reisten. Einige Mitglieder der Dienerschaft würden mit einer anderen Kutsche folgen.

Kurz nach der Abreise der kleinen Familie brach Allie selbst auf: Zusammen mit Tristan und dem Obergärtner Mr Roberts fuhr sie nach Truro, wo im Rahmen einer großen Gartenschau verschiedene Wettbewerbe stattfanden, die die größten oder schönsten landwirtschaftlichen Erzeugnisse prämierten, darunter natürlich auch Ananas. Inzwischen gab es in ganz England mehrere erfolgreiche Ananaszüchter, und manche von ihnen gewannen regelmäßig Medaillen. John Hearle liebte diese Veranstaltungen und wäre normalerweise selbst mit Mr Roberts nach Truro gefahren, aber da ihn seine politischen Aufgaben zurück nach London riefen, hatten Allie und Tristan diese Aufgabe übernommen. Im Gepäck hatten sie eine kleine Kollektion ihrer schönsten Gartenerzeugnisse – darunter natürlich auch ein gut gewachsenes Ananasexemplar.

Allie war noch nie auf einer Gartenschau gewesen, und die Begutachtung mit anschließender Preisverleihung in einem Ballsaal von Truro würde sicher einmal einer der Höhepunkte in ihrem sonst recht ereignisarmen Leben sein. An diesem Abend sah sie zu, wie Mr Roberts und Tristan gemeinsam mit den anderen Teilnehmern auf die Bühne gerufen wurden, auf der die schönsten Exemplare aufgebaut waren, und drückte die Daumen, bis sie wehtaten, um vor allem ihrer Ananas Glück zu wünschen.

Sie landeten dann zwar nicht auf dem ersten, aber auf einem soliden zweiten Platz. Die Heligan-Ananas wurde für ihren schönen und gleichmäßigen Wuchs ausgezeichnet, und Mr Roberts durfte stolz einen Preis in Form eines kleinen Pokals in Empfang nehmen.

Im Gutsverwalterhaus fühlte Allie sich fast so zu Hause wie in ihrem eigenen Heim. Dagegen war der junge Mann, der ihr ein paar Schritte entfernt gegenübersaß, sichtlich nervös. Allie sah, wie sein Blick immer wieder im Raum umherhuschte und sich dann auf die Tür richtete, die zum Salon führte.

»Stört es Sie, wenn ich mich ein wenig näher zu Ihnen setze und wir ein wenig plaudern?«, fragte sie freundlich.

Sie war ins Steward's House gekommen, um Julian ein paar Kräuteressenzen zu bringen, und hatte den jungen Mann, der offenbar ebenfalls zu ihm wollte, hier im Empfangsraum angetroffen. Damaris war an diesem Vormittag mit ihren beiden Töchtern nach St Austell zum Schneider gefahren, um sich neue Kleider anpassen zu lassen.

»Aber nicht doch. Bitte, setzen Sie sich zu mir.« Sein Entgegenkommen war aufrichtig. »Das lenkt mich hoffentlich ein wenig von meiner Aufregung ab.«

»So schlimm?« Sie wechselte auf einen Stuhl neben ihm.

Er nickte und lächelte ein wenig schief. »Aber ich nehme an, das ist normal. Es ist schließlich das erste Mal, dass ich einen Vater um die Hand seiner Tochter bitte.«

Ihre jüngste Nichte und dieser junge Mann waren ein hübsches Paar, fand Allie. Florence mit ihrer mädchenhaften Schönheit und ihr neuer schmucker Verehrer. Gordon Curfey hieß er und war Schifffahrtsagent für Lloyd's in Falmouth. Die beiden hatten sich vor einigen Wochen bei einer Feier kennengelernt, und seitdem hörte man Florrie nur noch von Gordon reden. Allie freute sich, dass Florence über die zum Scheitern verurteilte Liaison mit Perys Rashleigh hinweg war. Gordon war mit Sicherheit besser für Florrie als dieser arrogante Schnösel Perys, der mittlerweile Offizier zur See war und nur selten zu Hause weilte.

Gordon knetete seine Hände. »Dürfte ich Sie wohl etwas fragen, Madam?«

»Nur zu.«

»Sind Sie gut bekannt mit Mr Harrington?«

»Oh ja«, gab Allie amüsiert zurück. »Wir sind befreundet. Schon seit sehr langer Zeit.«

»Dann können Sie mir also sagen, was ich zu erwarten habe?« Gordon biss sich leicht auf die Unterlippe. »Ich wüsste nämlich gern, auf was ich mich einstellen sollte. Ob er mir den Kopf abreißen oder mich nur im Meer ertränken wird.«

Allie lachte. »Weder das eine noch das andere, glauben Sie mir. Lassen Sie sich nicht von ihm einschüchtern. Er ist gar nicht so streng, wie er manchmal tut.« Sie machte eine kleine Pause. »Ich muss das wissen. Er ist schließlich auch mein Schwiegervater.«

Gordon sah sie in einer Mischung aus Freude und Unglauben an, offenbar nicht sicher, ob sie sich über ihn lustig machen wollte. »Wirklich?«

»Wirklich.« Allie nickte. Sie beugte sich vertraulich etwas näher zu ihm. »Eigentlich sollte ich es Ihnen ja nicht verraten, aber ich habe gehört, dass er Sie sehr schätzt und nur darauf wartet, dass Sie um Florries Hand anhalten.«

»Das erleichtert mich sehr.« Gordon entspannte sich ein wenig.

Wie auf dieses Stichwort hin wurde die Tür zum Salon geöffnet.

»Sir«, sagte Finley, Julians und Damaris' Hausdiener. »Mr Harrington hätte jetzt Zeit für Sie.«

Gordon erhob sich hastig, strich sich seine Rockschöße glatt, machte eine kurze artige Verbeugung in Allies Richtung und folgte dem Mann.

Allie sah ihm nach und lehnte sich dann zufrieden lächelnd zurück. Da gab es demnächst wohl eine Hochzeit zu feiern.

29

AVERY

Kurz vor Kalkutta, Indien, Ende September 1817

Ishani hielt ihr Wort. Sie führte das alte Maultier, auf das Avery sich unter Schmerzen hinaufgehievt hatte, den ganzen Weg zurück bis zum Fluss. Aus einer absurden Hoffnung heraus hatte Avery sich an den Gedanken geklammert, dass Wallich und die anderen wieder umgekehrt wären und am Flussufer auf ihn warteten, doch das war natürlich nicht der Fall. So vergingen ein paar nervenaufreibende Stunden, bis Ishani und er eine winzige Ansiedlung am Flussufer gefunden und dort den Besitzer eines kleinen Flussboots ausfindig gemacht hatten, den sie davon überzeugen konnten, sie nach Kalkutta mitzunehmen. Trotz seiner Schmerzen bemerkte Avery mit Erstaunen, wie selbstbewusst Ishani mit dem Bootsführer über den Preis der Fahrt verhandelte. Natürlich – je mehr sie dem Mann zahlten, desto weniger würde für sie übrig bleiben. Schließlich einigten sie sich darauf, dass der Mann ein paar Rupien bekommen würde und auch das Maultier behalten durfte, das sie bei ihm zu Hause zurückließen.

Mit dem Flusssegler ging es stromabwärts weiter, und nach zwei Avery unendlich lange erscheinenden Tagen erreichten sie endlich die ersten Randgebiete von Kalkutta. Er war dankbar, dass sie bequem auf dem Wasserweg die Stadt durchqueren konnten, vorbei an alten Tempeln, einfachen Hütten und herrschaftlichen Häusern. Seine Erleichterung war groß, als sich aus dem leichten Dunst am Ufer endlich die weißen, halbrunden Umrisse der Roxburgh-Villa schälten.

Dort angekommen, bezahlten sie den Bootsführer und gingen an Land.

Die Ruhe auf dem Boot hatte Avery gutgetan. Die Schmerzen hatten nachgelassen, und er fühlte sich zwar nicht gerade gesund, aber schon wieder etwas besser. Vielleicht war er doch nicht so krank, wie er befürchtet hatte.

Ein kleiner Holzsteg führte vom Fluss ans Ufer. Aber kaum hatte Avery einen Fuß an Land gesetzt, durchfuhr ihn abermals ein so heftiger Schmerz, dass er fast zusammenbrach. Mühsam und nur mit Ishanis Unterstützung schaffte er es bis kurz vor das Haus. Ein indischer Diener, den Avery von früher kannte, kam ihnen eilig zu Hilfe und führte ihn zu einer Bank an der Hauswand, auf der er erschöpft niedersank.

»Ist … Mr Wallich zu Hause?« Nicht auszudenken, wenn Nate noch nicht zurück wäre.

Zu seiner unendlichen Erleichterung nickte der Mann. »Ja, *sahib*, ich hole ihn.«

Aber es war Sophia, Nates Frau, die ihm gleich darauf aus dem Gebäude entgegenkam. »Avery! Was ist passiert?« Sie musterte Ishani überrascht. »Und wer sind Sie, Madam?«

Trotz seiner Schmerzen erinnerte Avery sich an seine gute Erziehung. Und Teufel auf ihren echten Namen, für ihn blieb sie Ishani. »Sophia, das ist Ishani, meine – meine Reisebegleitung. Ishani, das ist Nathaniels Frau, Mrs Wallich.«

»Freut mich sehr, Miss … Ishani.« Sophia ließ sich nur kurz eine leichte Irritation anmerken, dann wandte sie sich an Avery. »Nathaniel ist gestern hier eingetroffen. Komm mit nach drinnen, Avery. Sie natürlich auch, Miss Ishani. Ich habe nach meinem Mann schicken lassen. Er ist irgendwo im Garten.«

Mit der Hilfe der Frauen schaffte Avery es ins Haus und bis in die Empfangshalle, wo er sich auf einem fein geschwungenen Stuhl niederließ.

Ishani war mitgekommen, blieb aber stehen, in königlicher, stolzer Haltung. »Avery.«

»Ja?«

»Du schuldest mir noch etwas.«

Er zögerte, und kurz war er versucht, es darauf ankommen zu lassen und ihr das Geld nicht zu geben. Aber sie hatte ihr Wort gehalten und ihn zu Wallich gebracht. Er schuldete ihr tatsächlich etwas. Und er hatte nicht mehr die Kraft, mit ihr zu streiten.

Er zog den geldgefüllten Ledergürtel aus seiner Tasche und reichte ihn ihr. Sie nahm ihn huldvoll entgegen.

»Ich danke dir.«

In diesem Augenblick betrat Wallich den Raum.

»Avery«, sagte er kühl. »Ich hatte nicht erwartet, dich so schnell wiederzusehen.«

Seine Schmerzen hatten sich zu einem kleinen, festen Ball in seinem Unterleib zusammengeknäult. Er konnte sprechen, wenn er sich kurzfasste. »Ich weiß. Und es tut mir leid, Nate, aber es ging nicht anders.«

Wallichs Blick fiel auf Ishani, er stutzte kurz. »Was hat diese Person in meinem Haus zu suchen? Sie ist hier nicht willkommen. Und warum …«

»Du hattest recht«, unterbrach Avery ihn. »Mit allem, was du sagtest. Sie ist keine Prinzessin. Sie ist eine Betrügerin. Und sie hat unser Geld gestohlen.«

Nathaniel sah ihn an, als wäre er eine seltene Pflanze, die er eben erst entdeckt hätte. »Es ist seltsam, das aus deinem Mund zu hören. Vor allem, wenn die Person, um die es geht, anwesend ist.«

Ishani zuckte mit den Schultern, offenbar ungerührt. Sie lächelte sogar.

»Warum hat sie die Reisekasse?«

»Weil das unsere Abmachung war. Sie hat …« Avery spürte, wie sich ein neuer Krampf in seinem Unterleib zusammenballte. »Sie hat mir geholfen. Ohne sie hätte ich es nicht hierher geschafft. Dafür ist das Geld.«

»Du wolltest also zu mir?« Wallichs Miene änderte sich schlagartig. »In der Tat, du siehst aus wie der leibhaftige Tod.«

»Kommen Sie, Ishani«, sagte Sophia, »lassen wir die Männer allein.«

»Leb wohl, Avery«, sagte Ishani. »Ich hoffe, du wirst wieder gesund.« Sie sah zu Wallich. »Kümmern Sie sich gut um ihn, Nathaniel.«

Wallich nickte kurz, dann wandte er sich erneut an Avery. »Was fehlt dir?«

»Ich weiß es nicht. Ich … ich fürchte, es ist das Terai-Fieber.«

Nur zu gut war ihm noch in Erinnerung, wie ihr Reisegefährte Kumar darunter gelitten hatte und der Krankheit schließlich erlegen war.

»Das Terai-Fieber?« Wallich zog die Brauen hoch. »Das glaube ich eigentlich nicht. Wie äußern sich deine Beschwerden?«

Avery schilderte es ihm.

»Brennen oder Juckreiz?«

»Nein.«

»Das könnte ein Anfall von Gallenfieber sein«, überlegte Wallich. »Oder Gonorrhoe. Nun, dann will ich mir das mal anschauen. Komm mit in mein Behandlungszimmer.«

Die äußerliche Untersuchung war schnell vorüber.

»Es ist nicht das Terai-Fieber«, erklärte Wallich. »Und auch keine Geschlechtskrankheit.«

Avery atmete auf. »Gott sei Dank.«

»Und ich glaube auch nicht«, fuhr Wallich fort, »dass es Gallenfieber ist.«

»Was ist es dann?«

»Ich habe eine Vermutung, aber um sicherzugehen, braucht es eine weitere Untersuchung.«

Averys Erleichterung schwand schlagartig, als er die lange, schmale Sonde sah, die Wallich jetzt aus einer Schublade herausholte.

»Mach deinen Unterkörper noch mal frei und leg dich wieder hin. Das könnte jetzt etwas unangenehm werden.«

Rückblickend verzieh er Wallich alle Schmerzen, die er ihm mit der starren Sonde, die er in seine Harnröhre schob, bereitete. Nur das Wissen, dass Wallichs Frau in der Nähe sein mochte und ihn hören könnte, hinderte Avery daran, laut zu wimmern wie ein Kind.

Er war schweißgebadet, als Nate endlich mit ihm fertig war, und blieb noch einen Augenblick ausgestreckt auf der Untersuchungspritsche liegen.

»Und?«, fragte er bange. »Was ist es?« Seine untere Region brannte wie Feuer, und ihm war ein wenig übel.

»Wie ich es befürchtet habe«, sagte Wallich. »Du hast Steine in der Harnblase.«

»Blasensteine?« Avery hätte fast aufgelacht, wenn er nicht solche Schmerzen gehabt hätte. »Blödsinn! Das bekommen nur alte Leute.«

»In Europa vermutlich. Hier bei uns in Indien leiden auch schon ganz junge Kinder darunter. Womöglich hängt es mit der veränderten Ernährung zusammen. Oder mit zu wenig Flüssigkeit. Solche Steine bilden sich aus Mineralien im Urin.«

»Und die können solche Schmerzen hervorrufen?«

Wallich nickte. »Das war vermutlich eine Kolik beim Abgang eines kleinen Steins.«

»Abgang?«, wiederholte Avery hoffnungsvoll. »Dann ist er also … weg?«

»Leider nur ein winziger Teil. Wenn es dich tröstet – dieses Übel plagt die Menschheit schon seit Tausenden von Jahren.«

»Nein, Nate, das tröstet mich nicht im Geringsten.« Er setzte sich vorsichtig wieder auf. »Gut, nehmen wir einmal an, deine Diagnose stimmt: Was macht man dagegen? Wie kriege ich diese Biester wieder weg? Mit einer Trinkkur oder so etwas Ähnlichem?«

Nathaniel sah ihn in echtem Bedauern an. »Ich fürchte, da gibt es nur eine Möglichkeit.«

Eine düstere Vorahnung überkam Avery, und er spürte etwas wie Angst in sich hochkriechen. »Welche?«, fragte er heiser.

»Man muss die Steine chirurgisch entfernen.«

Nein. Das konnte nicht sein. Wallich musste sich irren.

»Du … willst mich nur erschrecken«, stieß Avery entsetzt hervor. »Das ist deine Rache für die Geschichte mit Ishani und dass wir Nepal verfrüht verlassen mussten. Du willst mir nur Angst einjagen.«

»Ich wünschte, es wäre so. Aber es ist die Wahrheit. Und ich würde dir dringend empfehlen, nicht mehr lange damit zu warten. Je länger du wartest, desto größer werden die Steine.«

Avery setzte sich auf. »Und wenn schon. Mit dieser … dieser Unannehmlichkeit werde ich schon irgendwie leben können.«

Wallich seufzte. »Es tut mir wirklich leid, das zu sagen, Avery, aber das ist bedauerlicherweise mehr als eine bloße Unannehmlichkeit. Wenn du dich nicht bald operieren lässt, wird die Krankheit dich über kurz oder lang töten.«

»Was?« Panik drohte Avery zu überwältigen, er fing unkontrolliert an zu zittern.

Wallich legte ihm die Hand auf die Schultern. »Ganz ruhig.«

»Und …« Avery holte tief Luft und zwang sich mit aller Macht, die Furcht zur Seite zu schieben. »Und falls ich mich dazu entschließe: Wann könntest du es tun?«

Wallich sah ihn mitfühlend an. »Es tut mir leid, Avery, aber das kann ich nicht. Eine solche Operation habe ich noch nie durchgeführt. Aber ich kann dir versichern, dass es fantastische indische Ärzte gibt, die darin sehr versiert sind.«

»Du meinst, ich soll mich in irgendeinem Hinterzimmer oder gar auf der Straße von einem dahergelaufenen Quacksalber aufschneiden lassen?« Averys mühsam bezwungene Panik drohte ihn erneut zu überwältigen.

»Nicht doch, Avery.« Wallich schüttelte den Kopf. »Ich werde dir so bald wie möglich Dr. Kapoor vorstellen. Er ist eine Koryphäe auf diesem Gebiet und wird dir mehr dazu sagen können. Womöglich ist er ja auch ganz anderer Meinung als ich, und wir haben uns umsonst gesorgt.« Er legte ihm erneut die Hand auf die Schulter. »Wenn du willst, kannst du so lange hier wohnen bleiben.«

Dr. Vikram Kapoor, der auf Wallichs Bitte schon am nächsten Tag vorbeikam, war einer der schönsten Männer, die Avery je gesehen hatte. Seine Augen waren so dunkel, dass man die Pupillen kaum von der Iris unterscheiden konnte, und darüber erhoben sich zwei perfekt geschwungene schwarze Augenbrauen.

Auf diese Augenbrauen konzentrierte Avery sich, während Dr. Kapoor ihn gründlich untersuchte und ihm damit ein paar unangenehme, wenn auch nicht ganz so unerträgliche Minuten wie Wallich am Vortag bescherte.

Leider hatte er auch keine besseren Nachrichten.

»Ich fürchte«, sagte er mit seiner sanften Stimme, »ich muss

Dr. Wallichs Diagnose zustimmen. Da sind mehrere Steine in Ihrer Harnblase, die entfernt werden müssen. Wir sollten so schnell wie möglich operieren.«

Avery bekam nicht viel von dem mit, was Dr. Kapoor ihm in seinem weichen, indisch gefärbten Englisch über die Vorgehensweise und die lange Tradition indischer Chirurgie bei diesem Krankheitsbild erzählte. In seinem Entsetzen blieb bei ihm nur hängen, dass es eine gefährliche und äußerst schmerzhafte Operation sein würde. Und dass er dabei sterben könnte.

In den nächsten Tagen blieb Avery in Wallichs Haus, mit der Welt und seinem Schicksal hadernd. Am liebsten wäre er geflüchtet. Fortgegangen, irgendwohin, um sich abzulenken, am besten mit Alkohol und Glücksspiel. Aber dafür fühlte er sich zu schlecht, und er merkte selbst, dass er nicht weit gekommen wäre.

Ishani, so hatte er erfahren, war auf Sophias Einladung noch eine Weile in Wallichs Haus geblieben, um sich zu waschen und etwas zu essen und zu trinken. Dann war sie verschwunden, ohne zu sagen, wohin. Auch wenn sie ihn und alle anderen ihrer Expeditionstruppe betrogen hatte – ohne sie fühlte Avery sich noch leerer und verzweifelter.

Jetzt, da der Tod vielleicht seine Schwingen über ihm ausbreitete, bat er um den Besuch eines Geistlichen, bei dem er die Beichte ablegte und ihm alles erzählte, wessen er sich schuldig fühlte – das Duell mit Perys und seine Furcht, ihn getötet zu haben, seine Fast-Affäre mit Martha und all die anderen Sachen, bei denen er sich nicht gerade mit Ruhm bekleckert hatte. Danach fühlte er sich ein wenig besser.

Zudem verfasste er sein Testament. Viel hatte er nicht zu vererben, nur ein bisschen Geld und persönliche Gegenstände. Auch ein paar Briefe an seine Familie schrieb er. Er bereute so vieles, und er schwor sich – sollte er diese Prüfung überstehen, würde er sich bemühen, ein besserer Mensch zu werden.

Am Morgen des Eingriffs war Avery ruhiger, als er erwartet hatte. Er verzichtete auf das Frühstück, wie Dr. Kapoor es ihm empfohlen hatte, und dachte sogar noch daran, Sophia die Briefe zu übergeben, die sie im Fall der Fälle an seine Familie weiterleiten sollte. Mit Tränen in den Augen wünschte sie ihm viel Glück, dann nahm sie ihren kleinen Sohn und verließ das Haus, um bei einer befreundeten Familie unterzukommen. An Averys schwerem Tag wollte sie nicht anwesend sein.

Avery stieg langsam die Treppe hinauf in den ersten Stock, trat dort auf die Terrasse, die auf den Hugli-Fluss hinausschaute, lehnte sich an die Balustrade und wartete auf den indischen Arzt.

Dr. Kapoor verspätete sich leicht. Er kam mit einer großen Arzttasche, und beim Anblick der vier indischen Gehilfen in seinem Gefolge spürte Avery, wie die Angst über ihn hinwegfloss und mit tausend Nadelspitzen auf seiner Haut prickelte.

An der Zimmerdecke über ihm saß eine Fliege, direkt neben einem unregelmäßigen Wasserfleck. Avery fixierte den Fleck und dachte über das Wesen der Fliege nach, während man ihn in die richtige Position brachte – rücklings, die Beine angewinkelt und gespreizt.

Der mit Mohnsaft versetzte Wein, den Wallich ihm vorhin gegeben hatte, wirkte. Er war jetzt in einem fast schwerelosen Zustand, in dem er zwar alles mitbekam, es ihn aber nicht mehr kümmerte. Fast hätte er gelacht: Die Instrumente, die auf einem zweiten, kleineren Tisch neben ihm ausgebreitet wurden, sahen aus wie riesige, drollig geformte Insekten. Womöglich würden sie gleich abheben und mit ihm davonfliegen.

Wallichs Stimme, die leise auf ihn einredete, Hände, die ihn hielten. Erneut der helle, inzwischen vertraute Schmerz der Sonde, die in ihn glitt. Es war gar nicht so schlimm, wie er befürchtet hatte. Er konnte das aushalten. Es war nicht nötig, dass sie ihn festhielten. Er fühlte sich wie losgelöst von seinem Körper, als würde er das alles wie von außen beobachten.

Aber dann begann Dr. Kapoor zu schneiden, und Avery war plötzlich zurück in seinem Körper und stieß einen gellenden Schrei aus.

Viele weitere sollten folgen, bis er endlich das Bewusstsein verlor und hinüberglitt in gnädige Dunkelheit.

30

LEXI

Dartmoor, Devon, Anfang Juni

Der Himmel hing tief über dem Moor, und die Zeit flog nur so dahin, während Lexi sich auf dem Motorradsitz eng an Ben vor ihr schmiegte.

»Sie wird sich sehr freuen, Sie zu sehen«, hatte die Frau vom Empfang am Telefon gesagt, bei der Lexi am Vortag angerufen hatte, um ihren Besuch im Altenheim anzukündigen.

Und so fuhren sie jetzt durch die wilde, ursprüngliche Landschaft des Dartmoor, in dem Heidekraut und Ginster wuchsen, gesprenkelt mit Kornblumen und Leinkraut. Einmal sah Lexi eine kleine Herde wilder Moorlandponys. Es war einfach wunderschön, und sie hätte ewig so weiterfahren können.

Viel zu schnell hatten sie Moretonhampstead und damit auch das Altenheim erreicht. Mit einem heftigen Anflug von schlechtem Gewissen dachte Lexi daran, wie lange es schon her war, dass sie Tante Filly zum letzten Mal besucht hatte. Das war gewesen, kurz bevor ihre Eltern auf die Malediven ausgewandert waren. Fast zwei Jahre.

Zum Glück wusste Rob nichts von ihrer Großtante – in den Monaten, in denen Lexi mit ihm zusammen gewesen war, war nie die Rede auf Tante Filly gekommen.

Die Seniorenresidenz war relativ neu, ein lang gestrecktes, in hellem Beige gestrichenes Gebäude mit zwei Etagen. *Daffo-*

dil House stand auf einem Schild über dem Eingang – das Haus der Narzissen. Ben stellte sein Motorrad auf dem Parkplatz ab, dann gingen sie hinein, um sich anzumelden.

Das Erdgeschoss war großzügig geschnitten, mit kleineren, abgetrennten Sitzbereichen für die Bewohner. Der helle, freundliche Eingangsbereich hatte Fenster mit Blick auf einen großen Garten, in dem Blumen blühten, und eine breite Tür, die geöffnet war und die Wärme des Frühsommers einließ.

»Hier trinken unsere Bewohner gern ihren Sherry vor dem Mittagessen am Sonntag«, sagte die Frau am Empfang und deutete auf den Garten. *Cornelia* stand auf dem Schild, das sie am Aufschlag trug. »Was sie heute alle schon gern getan haben. Nicht wahr, meine Damen?«

Die drei älteren Frauen, die in einer Sitzgruppe in der Nähe saßen, nickten einmütig. »Selbstverständlich«, kam es von einer der drei.

Cornelia zwinkerte Lexi zu. »Und Sie wollten also zu Phyllis Butterworth?«

»Ja, zu meiner Großtante.«

»Dann wissen Sie, dass sie unter Demenz leidet?«

»Ja, das weiß ich.«

»Aber heute hat sie einen guten Tag. Gehen Sie einfach zu ihr.«

»Ich warte dann hier unten«, sagte Ben.

Lexi blieb stehen. »Kommst du nicht mit?«

»Es ist sicher besser, wenn du erst einmal allein gehst. Schließlich ist es deine Tante, und du hast sie lange nicht gesehen. Wir sollten sie nicht verwirren. Keine Angst, ich gehe nicht weg.«

»Der junge Mann kann gern bei uns bleiben«, mischte sich die Sprecherin der drei Frauen ein. »Spielen Sie zufällig Bridge? Uns fehlt nämlich noch der vierte Mann.«

»Nein, tut mir wirklich leid«, gab Ben zurück. Mit einer Kopfbewegung bedeutete er Lexi zu gehen. »Na los. Ich komm schon klar.«

Ein Aufzug brachte Lexi in die oberste Etage, in einen mit einem Handlauf versehenen Gang, von dem ein paar in unterschiedlichen Farben gestrichene Türen abgingen. Dann stand sie auch schon vor einer Zimmertür in freundlichem Hellgrün mit der Nummer 7. *Phyllis Butterworth* war auf einem mit kleinen Blümchen verzierten Zettel zu lesen. Tante Filly hatte nie geheiratet und war zeit ihres Lebens eine Butterworth geblieben.

Lexi holte eine mitgebrachte Rolle mit Ingwerkeksen aus ihrem kleinen Rucksack, dann klopfte sie. Auf ein zittriges »Herein« von drinnen öffnete sie die Tür.

Das Zimmer war fast ausschließlich in Beige und hellem Braun gehalten – ein hellbrauner Teppich und Bett, Schrank und ein kleiner Tisch aus hellem Holz. Nur die geblümte Gardine verlieh dem Raum ein wenig Farbe. An der Wand hingen ein paar Blumenbilder und über dem Bett ein telefonähnliches Gerät – offenbar das Rund-um-die-Uhr-Klingelsystem.

Die alte Dame saß zusammengesunken in einem Sessel am Fenster, das auf den Garten hinausblickte, aber als Lexi eintrat, richtete sie sich etwas auf.

»Hallo, Tante Filly. Ich bin es, Lex … Emilia.« Fast hätte sie »Lexi« gesagt, aber unter diesem Namen kannte Tante Filly sie natürlich nicht.

»Emilia!« Die kurz geschnittenen Haare umgaben das faltige Gesicht wie ein weißer Strahlenkranz. »Schwester Cornelia sagte, dass ich heute Besuch bekommen würde, aber sie sagte nicht, wer es sein würde. Was für eine Freude!«

Lexi trat näher. Der Raum roch ungelüftet und ein wenig nach altem Mensch, aber das fand sie nicht schlimm. Tante Filly glücklich zu sehen, war viel wichtiger.

»Ich weiß, ich war schon viel zu lange nicht mehr hier. Schau, ich habe dir etwas mitgebracht.«

Sie reichte der alten Dame die Packung mit den runden Keksen.

»Ingwerkekse! Dass du das noch weißt. Und jetzt setz dich zu mir, Liebes.« Tante Fillys Blick folgte ihr, als Lexi den einzigen anderen Stuhl aus einer Ecke holte und sich nahe zu ihr setzte. »Wie geht es dir, mein Kind? Hast du einen Liebsten?«

Zu ihrer eigenen Überraschung spürte Lexi, wie warm ihr Gesicht plötzlich wurde. »Ja, habe ich«, sagte sie. »Wir sind zusammen hier. Er wartet unten.«

»Dann musst du ihn mir nachher unbedingt vorstellen«, sagte Filly. »Ich muss doch wissen, was für einen du dir geangelt hast.« Der Schalk blitzte aus ihren blauen Augen, und für einen Augenblick fühlte Lexi sich in ihre Kindheit zurückversetzt, als Tante Filly ihr von tanzenden Feen, verzauberten Einhörnern und Ähnlichem mehr erzählt hatte.

Sie spürte Fillys knochige Hand auf ihrer. »Ist er ein guter Mann?«

Lexi nickte. »Das ist er.«

Es war eine solche Erleichterung gewesen, sich bei Ben endlich alles von der Seele reden zu können. Damit war zwar das Problem mit Rob nicht gelöst, aber sie fühlte sich endlich nicht mehr allein damit. Die beständige Angst, die sie mal unterschwellig, mal ganz massiv begleitete, war viel weniger geworden.

Und ganz abgesehen davon war es herrlich, wieder frisch verliebt zu sein – dieses Hochgefühl, als könnte man die ganze Welt umarmen.

»Mein Grandpa war auch ein guter Mann«, sagte Tante Filly. »Ich weiß noch, wie er mich immer auf seinen Schultern getragen hat, als ich noch klein war.«

Würde sie sich jetzt in der Vergangenheit verlieren? Das wäre sehr schade. Lexi sah sich suchend nach einem möglichen Gesprächsthema um.

»Was ist das?« Sie deutete auf eine kleine Schatulle mit bemaltem Deckel.

»Oh, das.« Filly lächelte. »Darin habe ich all meine Erinnerungsstücke. Sie helfen mir, dass ich nicht vergesse. Gib sie mir doch mal.«

Okay, das hörte sich nicht nach einem Abgleiten in die Demenz an. Lexi stand auf und reichte Filly die Schatulle. Die alte Dame öffnete sie und streckte sie Lexi entgegen. »Sieh mal nach, ob irgendetwas darin ist, was du haben möchtest.«

»Nicht doch, Tante Filly, das sind deine Sachen.«

»Es ist nichts von Wert dabei«, wehrte diese ab. »Und ich kann sie ja nicht mitnehmen ins Grab.«

Lexi setzte sich wieder, dann sah sie vorsichtig den Inhalt durch. Es war tatsächlich nichts Wertvolles – einige Knöpfe, alte Pennystücke, eine benutzte Kino-Eintrittskarte, ein paar kleine Muscheln. Dann sah sie ganz unten auf dem Boden der Schatulle, zwischen ein paar Sandkörnern und Papierschnipseln, etwas silbrig glänzen. Sie griff danach und nahm es heraus.

Es war ein alter silberfarbener Metallknopf, wie man ihn früher an Jacken oder Westen getragen hatte. Auf seiner Unterseite war eine Öse zum Annähen angebracht, und auf seiner Oberseite war ein ihr inzwischen sehr vertrautes, dreiarmiges Wappen zu sehen. Dasselbe Wappen, das sie mit Ben zusammen auf dem Friedhof in St Ewe gesehen hatte. Das Wappen, das ihr schon mehrfach in Heligan begegnet war.

Das Wappen der Tremaynes.

Lexi fühlte sich plötzlich seltsam unwirklich. Als würde sie einen Roman lesen und kurz darauf im wirklichen Leben einer der fiktiven Figuren daraus über den Weg laufen.

»Woher hast du diesen Knopf, Tante Filly?«

Die alte Dame lächelte. »Gefällt er dir? Dann nimm ihn.«

»Nein, nein«, wehrte Lexi ab. »Ich möchte lediglich wissen, woher du ihn hast.«

Filly legte die Stirn in Falten, als würde sie angestrengt überlegen. »Das weiß ich nicht mehr«, sagte sie dann.

»Das macht nichts«, gab Lexi zurück. Es war sicher nichts weiter als ein lustiger Zufall – und ihr wohl nur aufgefallen, weil sie sich selbst gerade so viel mit den Tremaynes befasste. Vermutlich hatte ihn Filly oder Granny Violet irgendwo gekauft. Womöglich in Heligan selbst – durchaus denkbar, dass schon früher dort solche Devotionalien vertrieben wurden. Tante Filly war ja nicht immer alt gewesen. Oder vielleicht war sie schon in ihrer Jugend in Heligan gewesen. Damals war das Gelände zwar verwildert und überwuchert gewesen, aber möglicherweise hatte sie den Knopf ja irgendwo auf dem Gelände gefunden?

Für ein paar Sekunden stellte Lexi sich vor, wie Filly als junge Frau ausgesehen haben musste – zierlich, elegant und sicher von einer unwiderstehlichen Lebenslust.

»Ach ja, doch«, sagte Tante Filly plötzlich. »Jetzt weiß ich es wieder. Der Knopf hat meiner Mum gehört.«

»Deiner Mum?« Das wurde ja immer interessanter. »Du meinst, jemand hat ihn deiner Mum geschenkt?«

»Nein, nicht geschenkt. Er gehörte ihr.«

»Aber Tante Filly, dieser Knopf trägt das Wappen der Tremaynes.«

»Ja, natürlich.« Filly sah sie an. »Mum war ja auch in den ersten fünf Jahren ihres Lebens eine Tremayne.«

Lexi lachte auf. Langsam wurde es absurd. »Wir sind ganz sicher nicht mit den Tremaynes verwandt!«

Die alte Dame lächelte versonnen. »Ich weiß, mein Kind. Dennoch war meine Mutter einst eine Tremayne. Das kannst du deiner alten Großtante ruhig glauben. Komm her, Liebes, ich will dir etwas zeigen.«

Sie erhob sich langsam, ging ein wenig wackelig zu dem hässlichen braunen Wandschrank und öffnete ihn. Aus seinen Tiefen förderte sie einen schuhkartongroßen Kasten zutage. Dann schlurfte sie zurück zu ihrem Sessel, setzte sich und öffnete den Karton, der übervoll war mit Fotos.

Lexi seufzte leise. Der arme Ben langweilte sich inzwischen sicherlich schrecklich. »Tante Filly, ich sollte vielleicht so allmählich …«

»Wie heißt er?«

»Wer?« Lexi blinzelte verwundert.

»Der Mann, mit dem du hier bist.« Filly zwinkerte sie verschwörerisch an. »Ich bin zwar alt und manchmal ziemlich vergesslich, aber nicht dumm. So ungeduldig, wie du bist, wartet sicher ein Mann auf dich.«

Lexi musste lachen. »Ben«, sagte sie. »Er heißt Ben, und ja, er wartet unten auf mich.«

Das hatte sie ihr vorhin zwar schon einmal gesagt, aber das war nicht schlimm.

»Dann kann er sicher noch ein bisschen länger auf dich warten. Nur ein paar Bilder, dann gehen wir gemeinsam nach unten.« Filly sah sie an. »Ist er ein guter Mann?«

»Oh ja, Tante Filly, das ist er«, bestätigte Lexi abermals. »Welche Fotos wolltest du mir zeigen?«

Sie war überrascht – und ein wenig erschrocken –, wie viele Fotos ihre Großtante aufgehoben hatte. Womöglich waren die Bilder einmal nach Ort oder Zeit sortiert gewesen, aber inzwischen waren sie nur noch kreuz und quer gemischt. Es waren etliche alte, zum Teil vergilbte Fotos, die Filly ihr jetzt nacheinander reichte, manche mit umgeknickten Ecken und in unterschiedlichen Formaten mit weiß geriffeltem Rand, andere neueren Datums. Darauf waren größtenteils Leute, die Lexi noch nie gesehen hatte, aber auch Kinderbilder von ihr selbst. Auf einigen war Lexis Mutter Constance zu sehen: ein kleines Mädchen mit dunklen Haaren neben ihren Eltern in der schrillen Mode der frühen Siebzigerjahre – der Vater mit Schlaghosen, die Mutter in einem langen Kleid im Hippie-Look.

Lexi bemühte sich, ihre Ungeduld zu zügeln. Sie war wegen Tante Filly hier, die sie lange nicht mehr gesehen hatte. Und nach all der vielen Zeit, die sie inzwischen mit der Geschichte der Familien Tremayne und Harrington verbracht hatte, war es durchaus angebracht, auch ein wenig in der eigenen Familiengeschichte zu stöbern. Außerdem wollte sie ja selbst wissen, was es mit diesem Wappenknopf auf sich hatte.

Tante Filly reichte ihr das nächste Bild. Es war ein altes Foto in Schwarz-Weiß, mit einigen gut gekleideten Menschen darauf, und Lexi nickte in langsamem Erkennen. Sie kannte diesen Ort, und zwar ziemlich gut: War das nicht auf der Wiese im Sonnenuhrgarten? Ja, sie war sich sicher: Dort hinten erstreckte sich die lange Ziegelmauer, und da wuchs ein üppiger Strauch, den man bei näherem Hinsehen als den noch um einiges kleineren Taschentuchbaum erkennen konnte.

»Das ist in Heligan!«, stellte sie erfreut fest.

Filly nickte, kramte ein bisschen in dem Karton und zeigte Lexi dann ein weiteres Schwarz-Weiß-Foto. »Und das ist auch in Heligan.«

Ein Mann, eine Frau und ein kleines Kind, ein Mädchen in einem Matrosenkleid und mit einer großen Schleife im Haar, neben einem quadratischen Wasserbecken. Auch dieser Ort kam Lexi extrem vertraut vor.

Sie drehte das Bild um. *Heligan 1920* stand in verblasster Tinte in Tante Fillys Handschrift darauf. *Mum mit Grandpa, Granny und Mr Pepper im italienischen Garten.*

Komisch, dachte Lexi. Sie sah nur drei Personen. »Wer ist Mr Pepper?«

»Schau genau hin, dann siehst du ihn.«

Also sah Lexi genauer hin, und tatsächlich: An der Hand des Mädchens, halb verdeckt von einem dichten Palmwedel, war noch jemand zu sehen.

Lexi beugte sich näher über das Foto, um es genauer zu erkennen. »Ein Affe?«, fragte sie dann ungläubig. »Mr Pepper ist – war – ein Affe?« Kein Plüschtier, das war ein echter Affe.

Filly nickte, so zufrieden, als hätte sie soeben ein Geheimnis enthüllt. »So ist es. Mum hatte als Kind einen zahmen Affen.«

»Das kleine Mädchen ist also deine Mutter?«

»Ja, das ist meine Mutter Susannah als Kind. Mit ihren Eltern.«

»Deine Mutter, von der du sagst, sie sei anfangs eine Tremayne gewesen?«

Filly antwortete nicht und sah nur ein wenig verloren aus dem Fenster.

»Es fällt mir schwer, das zu glauben, Tante Filly. Inwiefern soll deine Mutter eine Tremayne gewesen sein? Und wie hast du das gemeint mit den ersten fünf Jahren? Kann es sein, dass du da irgendetwas verwechselt hast?«

Fillys Blick richtete sich wieder auf sie, und ein freundliches, aber irgendwie unverbindliches Lächeln erschien auf ihrem Gesicht.

»Der Kuchen soll hier sehr gut sein«, sagte sie.

Lexis Herz sank. »Weißt du, wer ich bin, Tante Filly?«

Wieder das unverbindliche Lächeln.

»Ich bin es, Emilia.«

Tante Filly lächelte sie freundlich an. »Emilia. Was für ein schöner Name. Wissen Sie, ich habe eine Großnichte, die auch Emilia heißt.«

31

LEXI

Daffodil House, Moretonhampstead, Devon,
Anfang Juni

Lexi fragte nicht weiter –Tante Filly hatte sich in der Vergangenheit verloren, in den verwinkelten Räumen der Erinnerung, aus denen sie vermutlich so schnell nicht mehr herausfinden würde.

Es klopfte, dann ging die Tür auf, und eine stämmige Pflegerin in hellblauer Schwesterntracht kam herein.

»Oh, ich wusste nicht, dass Sie Besuch haben«, sagte sie zu Filly. Und, an Lexi gewandt: »Ich wollte sie mit hinunternehmen zur Teestunde, aber wenn Sie lieber mit ihr hier oben bleiben wollen …«

»Nein, ich komme mit.« Lexi erhob sich. »Was hältst du davon, Tante Filly, wenn ich dich nach unten begleite? Dann können wir noch ein wenig plaudern. Und du kannst Ben kennenlernen.«

Lexi hatte zwar nicht den Eindruck, als könnte Filly etwas mit diesem Namen anfangen, aber vielleicht hatte sie ihn ja doch behalten.

Als sie aus dem Aufzug traten, war die Tür zum Garten noch immer weit geöffnet und ließ den Duft des frühen Sommers hinein. Lexi konnte eine niedrige Steinmauer sehen, die den Garten in zwei Bereiche unterteilte, und viele blühende Blumen.

Die Tische im Erdgeschoss waren eingedeckt und bereits

fast alle besetzt, auf jedem Tisch standen Teekannen und ein paar Stücke Kuchen und Scones. Lexi entdeckte Ben bei den drei älteren Damen, die schon zuvor unten gesessen hatten.

»Na, hier ist ja noch Platz für Sie beide«, sagte die Pflegerin.

Ben erhob sich.

»Darf ich dir meine Großtante Phyllis Butterworth vorstellen?«, sagte Lexi. »Filly, das ist Ben.«

»Ben Pascoe.« Er schüttelte die dargereichte Hand ausnehmend vorsichtig. »Sehr erfreut, Mrs Butterworth.«

»Miss«, gab sie mit einem kleinen Augenzwinkern zurück und ließ sich von der Pflegerin beim Hinsetzen helfen.

Auch Lexi und Ben setzten sich. Ben sah sie prüfend an. »Alles klar bei dir?«

Sie nickte. »Du hast ja schon einen richtigen Fanklub«, sagte sie grinsend.

»Das will ich doch meinen.«

Unter dem Tisch fasste sie nach seiner Hand. »Ich hoffe, du hast dich nicht zu sehr gelangweilt.«

»Keine Sorge, ich amüsiere mich prächtig. Ich habe gerade erfahren, dass Mrs Ruskins eine begnadete Köchin ist. Mrs Windermere hat früher Opern gesungen. Und Mrs McNamara hat sogar einmal die Queen getroffen.«

»In London«, bestätigte Mrs McNamara mit wichtiger Miene. »Bei dem großen Picknick zum neunzigsten Geburtstag Ihrer Majestät.«

»Erstaunlich«, sagte Lexi höflich.

Eine der beiden anderen älteren Frauen am Tisch wandte sich an Lexi.

»Das ist ein guter Mann«, sagte sie so laut, dass jeder im Raum es mitbekommen musste. »Den können Sie behalten.«

Lexi schoss die Hitze ins Gesicht, während sie Bens amüsierten Blick auffing. »Das habe ich vor, Mrs …«

»Mrs Windermere.« Die ältere Frau schien zufrieden und nahm sich noch ein Stück Kuchen.

Als sie sich nach der gemeinsamen Teestunde verabschiedeten, wandte Filly sich an Ben.

»Das war sehr schön. Ich habe mich so gefreut, dich wiederzusehen.«

Oh nein. Lexi versuchte, Bens Blick zu erhaschen, aber er hatte sich ganz Filly zugewandt. Sein Gesichtsausdruck war sehenswert. »Ich mich auch«, antwortete er geistesgegenwärtig.

Sie lächelte – ein hinreißendes, faltenreiches Lächeln. »Ich weiß noch, wie du mich früher auf deinen Schultern durch den Garten getragen hast.«

»Ich fürchte«, sagte Ben freundlich, »Sie verwechseln mich da mit jemandem.«

Filly schaute versonnen. »Oh ja, ich weiß es noch. Du hast mir immer Geschichten erzählt, Grandpa.« Kurz flackerte Verwirrung in ihrem Blick auf. »Aber damals hattest du graue Haare. Jetzt siehst du viel jünger aus.« Dann schien sie diesen Widerspruch auch schon wieder vergessen zu haben. »Und du hast mir ein Äffchen versprochen, so eines, wie Mummy es hatte. Aber ich habe nie eines bekommen.«

Ben ließ sich nicht aus der Ruhe bringen. »Ich werde sehen, was ich tun kann«, gab er zurück.

»Tut mir leid«, sagte Lexi wenige Minuten später, als sie über den Parkplatz zu seinem Motorrad gingen. »Filly war anfangs so klar, so orientiert, bis sie dann wieder abgedriftet ist in die Vergangenheit. Aber du hast toll reagiert.«

»Habe ich das richtig verstanden? Sie hat mich für ihren Großvater gehalten?«

»Ja, für Grandpa Gus. Tut mir leid. Vermutlich war ich schuld daran, schließlich haben wir viel von früher gesprochen.«

Ben schüttelte den Kopf. »Das muss dir nicht leidtun. Alte

Leute sind wichtig. Sie bewahren die Vergangenheit. Vor allem die der eigenen Familie.«

Neben einem großen Blumenkübel summten etliche Hummeln und Bienen in lila blühendem Eisenkraut, sammelten eifrig Pollen und taumelten schwer beladen zur nächsten Blüte. Da das Wetter sich an diesem Tag von seiner besten Seite zeigte, hatte Lexi sich spontan entschieden, ihren Arbeitsplatz nach draußen zu verlegen. Sie hatte sich am westlichen Ende des Sonnenuhrgartens auf einer weiß gestrichenen Metallbank niedergelassen, auf der eine kleine metallene Plakette angebracht war. *Für Marvin*, stand darauf. Solche Bänke, viele davon mit Inschriften, gab es überall in Heligan.

Hinter ihr, nahe an der Mauer, erhob sich eine ganz besondere Pflanze: der Taschentuchbaum. Lexi liebte diesen Baum. Jetzt, zur Blütezeit, war er voller üppiger weißer Hüllblätter, die beim kleinsten Windhauch flatterten, sodass der ganze Baum aussah, als säße er voller riesiger weißer Schmetterlinge. Oder eben, etwas profaner, voller Taschentücher.

Sie blieb nicht lange allein. Orlando schlenderte heran, beide Hände in den Hosentaschen, die langen Rastalocken hingen ihm weit bis über die Schultern. Orlando arbeitete als Guide und Kinderunterhalter in Heligan und war einer der Ersten gewesen, mit denen Lexi bei ihrer Ankunft hier zu tun gehabt hatte. Inzwischen war er mit Eliza zusammen, aber davor hatte er sich auch für Lexi interessiert. Die freundliche Abfuhr, die sie ihm damals erteilt hatte, hatte er ihr nicht übel genommen.

»Hi, Lexi. Weißt du, wo meine Süße steckt?«

»Ich glaube, sie wollte noch was erledigen und sich dann mit dir treffen.«

»Okay.« Er nickte, aber statt zu gehen, blieb er stehen und

wies mit dem Kinn auf den Baum hinter ihr. »Wunderbar, nicht wahr? Zu dieser Zeit sieht er am schönsten aus. Dann wirkt er, als wäre ein ganzer Schwarm weißer Tauben auf ihm gelandet.«

Sie sah auf, die Augen gegen die Sonne verengt. »Weiße Tauben? Mir war gar nicht bewusst, dass du so ein Romantiker bist«, neckte sie ihn.

»Hat Eliza dir nicht erzählt, dass ich der größte Romantiker unter Cornwalls Himmel bin? Zeige mir einen traurigen romantischen Film, und ich heule wie ein Schlosshund. Wusstest du übrigens, dass dieser Baum schon über hundert Jahre alt ist?«

»Ja, wusste ich. Er wurde angeblich um 1905 gepflanzt, hab ich gelesen.«

Orlando hob erstaunt die dunklen Brauen. »Ich sehe schon, du übertriffst mich bald noch, was du alles von der Historie des Gartens weißt.«

Sie zuckte leicht verlegen die Schultern. »Na ja, ich befasse mich ja auch viel damit. Und erst vor Kurzem habe ich den Baum auf einem alten Foto gesehen. Damals war er aber noch viel kleiner.«

Er sah ihr über die Schulter und auf den Schreibblock in ihrem Schoß. »Was machst du da eigentlich?«

»Ich versuche, einen Stammbaum zu erstellen. Könnte ich mir gut für die Ausstellung vorstellen.«

»Einen Stammbaum? Über die Tremaynes?«

»Ja. Und zwar nicht nur über die direkte, bekannte Linie, sondern auch über die Seitenlinien, nämlich die Rashleighs und die Harringtons. Aber leider habe ich von Letzteren noch nicht allzu viele Daten.« Sie drehte das Blatt so, dass Orlando es gut sehen konnte. »Ganz oben haben wir natürlich Henry Hawkins Tremayne, den Gründer der Heligan-Gärten, verheiratet mit Harriet. Sie hatten nur ein Kind, nämlich John Hearle, der ab 1829 Gutsherr von Heligan war. John Hearle Tremayne heiratete Caroline Lemon und bekam sechs Kinder mit ihr, sein Sohn, der auch John hieß, übernahm später Heligan. Caroline hatte eine Schwester namens Isabella, die mit einem gewissen Sir Anthony Buller verheiratet war, der als Richter mit seiner ganzen Familie für einige Jahre nach Indien ging.«

Während sie sprach, malte sie zur Verdeutlichung einige Verbindungsstriche zwischen den bereits aufgeschriebenen Namen.

»Dann haben wir noch Henrys Schwester Grace, deren Mann Charles und ihre vier Kinder – drei Töchter und einen Sohn.« Sie zog einen langen Strich quer über das Blatt.

»Und jetzt kommen wir zu den anderen, weniger bekannten Mitgliedern der Familie. Damaris Tremayne, Henrys Verwandte, die ihn auf seiner Grand Tour begleitet hat. Sie heiratete Julian Harrington, einen ehemaligen Schiffbrüchigen und späteren Wildhüter der Tremaynes. Damaris und Julian hatten mindestens ein gemeinsames Kind, einen Sohn namens Avery.«

»Ah, *dieser* Avery. War das der, den es nach Indien verschlagen hat?«

Sie sah ihn erstaunt an. »Das weißt du?«

Er nahm die Hände aus den Hosentaschen und hob entschuldigend die Schultern. »Hat mir Eliza erzählt.«

»Okay. Und dann haben wir noch Allie – also vermutlich Alison – Tremayne, Damaris' Schwester. Über sie weiß ich noch nicht viel, nicht einmal, ob sie verheiratet war oder Kinder hatte. Das ist echt kompliziert.« Lexi legte den Block frustriert zur Seite. »Vielleicht ist das doch keine so gute Idee mit dem Stammbaum. Allein schon, wer wen geheiratet hat, wer wie viele Kinder hatte und was aus ihnen geworden ist … schwierig. Am besten, ich konzentriere mich doch nur auf die bekannten Fakten und zähle lediglich die offiziellen Mitglieder der Familie Tremayne auf.«

»Wird wohl das Beste sein.« Orlando warf seine langen Rastalocken zurück. »Dann noch viel Erfolg. Ich geh mal wieder.«

Sie sah ihm nach, wie er den Garten durch den Durchgang in einer Hecke verließ, dann wandte sie sich wieder dem Versuch eines Stammbaums auf ihrem Block zu. Nein, sinnlos, sie hatte zu wenige Informationen. Das würde sie wohl wirklich aufgeben.

Gedankenversunken ließ sie ihren Blick über den schmalen, zum Teil von einer Ziegelmauer umgebenen Garten schweifen, in dessen Mitte ein steinerner Sockel mit der namensgebenden Sonnenuhr stand. Der Metallzeiger warf einen scharf umrissenen Schatten auf das Ziffernblatt darunter. Einige Besucher flanierten durch den Garten und unterhielten sich leise.

Diese Sonnenuhr gab es schon lange. Das früheste Bild, das Lexi gefunden hatte, stammte von 1908, und auf einer der Fotografien aus Tante Fillys Sammlung war die Uhr ebenfalls zu sehen gewesen.

Wo sie gerade dabei war, Stammbäume zu erstellen, konnte sie sich doch auch an ihrem eigenen versuchen. Lexi schlug eine neue Seite in ihrem Notizblock auf und schrieb auf den unteren Teil den Namen ihrer Mutter – Constance Andrews, geborene Davies. Über diesen kam der Name von Lexis verstorbener Großmutter Violet Davies, geborene Butterworth, und daneben der von Violets Schwester Phyllis, von allen nur Filly genannt. Fillys und Violets Mutter hatte Susannah geheißen – sie war das kleine Mädchen, das auf dem Bild mit ihren Eltern zu sehen gewesen war. Susannah, die angeblich eine Tremayne gewesen war. Nein, nur die ersten fünf Jahre ihres Lebens, hatte Filly gesagt.

Und diese ersten fünf Jahre hatte sie in Heligan verbracht? Das Foto bewies nur, dass Lexis Vorfahren Heligan besucht hatten. Nicht etwa, dass sie selbst dort gelebt hatten.

Wobei das Vorhandensein des Äffchens Mr Pepper, das angeblich der kleinen Susannah gehört hatte, schon daraufhin hindeutete. Sie hatte das Tier wohl kaum zu einem Besuch mitgenommen. Alles sehr rätselhaft.

Sie hatte Ben davon erzählt, aber der hatte es ebenfalls angezweifelt.

»Bist du sicher, dass du sie richtig verstanden hast?«, hatte er gefragt.

»Ja, hab ich. Und dann war da ja noch dieser Knopf mit dem Wappen. Darüber bin ich ja überhaupt erst darauf gekommen.«

»Ich weiß nicht. So schön es klingen mag – ich glaube, da hat deine Tante Filly sich irgendetwas falsch zusammengereimt.«

Ja, das vermutete Lexi auch.

Das war alles ziemlich verwirrend, und die Einzige, die Licht in dieses Dunkel bringen könnte, hatte sich in ihrer Erinnerung verlaufen.

Nein, vielleicht doch nicht die Einzige! Lexi fasste sich an die Stirn. Warum hatte sie nicht gleich daran gedacht: Einen Menschen gab es womöglich doch noch.

»Emilia? Ach, ist das schön, dich wieder einmal zu sehen! Dein Vater ist gerade mit ein paar neuen Tauchschülern unterwegs, aber so können wir ja ein wenig plaudern. Warte, ich muss nur etwas richten.« Das Bild ihrer Mutter auf Lexis Laptop wackelte ein wenig, als Constance Andrews die Kamera ihres Computers neu ausrichtete, dann hatte sie alles in Ordnung gebracht und setzte sich. Im Hintergrund sah man eine Wand ihres Strandhauses und eine Uhr – auf den Malediven war es jetzt halb eins am Mittag. Lexi hatte wegen der Zeitverschiebung bis zum nächsten Morgen gewartet, bevor sie ihre Eltern über Skype kontaktierte.

Nach ein wenig Vorgeplänkel und dem Austauschen der

neuesten Nachrichten kam Lexi darauf zu sprechen, was ihr unter den Nägeln brannte.

»Mum, ich habe neulich Tante Filly besucht.«

»Tante Filly?« Ihre Mutter stieß einen Seufzer der Erleichterung aus. »Dann bist du also noch in England? Ach, das beruhigt mich!«

Lexi nickte ungeduldig. Ihrer Mutter von dem Besuch im Altenheim zu erzählen, barg ein gewisses Risiko, aber das glaubte sie eingehen zu können. Von Rob hatte sie schließlich länger nichts mehr gehört.

»Kannst du dich noch an Tante Fillys und Granny Violets Mutter erinnern?«

»Meine Granny Susannah? Natürlich. Warum fragst du?«

»Weil Filly etwas Komisches gesagt hat. Sie hat behauptet, ihre Mutter sei in den ersten fünf Jahren ihres Lebens keine Hayford gewesen.« Hayford war der Name von Lexis Ururgroßeltern mütterlicherseits. Den Namen Tremayne erwähnte Lexi sicherheitshalber nicht – es wäre zu einfach, von dort auf ihren Aufenthaltsort zu schließen. »Weißt du etwas darüber, dass Susannah adoptiert gewesen ist oder so ähnlich?«

»Adoptiert?« Constance runzelte die Stirn, dann schüttelte sie den Kopf. »Nein, Liebes, davon habe ich noch nie gehört. Und leider können wir sie nicht mehr fragen, weil sie schon vor vielen Jahren gestorben ist. Aber wenn es so gewesen sein sollte, dann weiß ich es zumindest nicht. Ich nehme an, über so was wurde nicht gesprochen. Du weißt, die Leute waren früher etwas weniger offen und immer ›auf den guten Eindruck bedacht‹.« Die letzten Worte sprach sie mit so gespielter Hochnäsigkeit aus, dass Lexi lachen musste. Auch Constance fiel mit ein.

Dann wurde ihre Mutter unversehens wieder ernst. »Dein Freund hat übrigens hier angerufen.«

»Ben?«, fragte Lexi irritiert. Sie wüsste nicht, dass sie ihm den Skype-Account ihrer Eltern gegeben hätte. Andererseits konnte man jemanden auf Skype durchaus finden, wenn man Namen und Standort hatte. Aber warum hätte Ben das tun sollen?

»Nein, ich hätte wohl besser Ex-Freund sagen sollen. Es war Rob.«

Alle Wärme schien aus Lexi zu schwinden, ihr wurde eiskalt.

»Er … Rob hat bei euch angerufen? Warum sagst du mir das erst jetzt?«

»Weil ich nicht dachte, dass es wichtig wäre. Und es war ja auch nichts.«

»Was wollte er denn?«, fragte Lexi schwach. Ihre Stimme hörte sich in ihren Ohren an, als spräche sie durch Watte.

»Er wollte mit dir reden. Sagte, er hätte gehört, du wärst bei uns auf den Malediven.«

»Und?« Lexi ertrug es kaum, ihrer Mutter jedes Wort einzeln aus der Nase ziehen zu müssen.

»Du hast ja gesagt, wir dürften ihm unter keinen Umständen verraten, wo du bist – was wir, ganz nebenbei gesagt, ja wirklich nicht wissen«, warf Constance in leisem Vorwurf ein. »Und so habe ich ihm erzählt, dass du gerade unterwegs bist und ich nicht weiß, wann du wiederkommst. Das war doch richtig, oder?«

»Große Klasse«, gab Lexi tonlos zurück. »Und dann?«

»Nichts weiter. Er hat sich verabschiedet und das Gespräch beendet.«

»Wann war das?«

»Gestern. Nein, vorgestern. Ich weiß noch, dass ich gerade die frisch gewaschene Wäsche draußen aufhängen wollte, als ich die Skype-Klingel hörte.«

»Und seitdem hat er sich nicht mehr gemeldet?«

»Nein.« Constance' Ausdruck nach versuchte sie, einen Blick hinter Lexi zu werfen. »Ich sehe kaum etwas vom Hintergrund. Ist das deine neue Wohnung? Willst du uns nicht doch sagen, wo genau du bist? Oder was eigentlich los ist? Ich habe ja verstanden, dass es aus ist mit Rob – obwohl ich denke, dass sich selbst nach einem schlimmen Streit manches wieder einrenken lässt. Aber wovor hast du so große Angst?«

Lexi rieb ihre Handflächen langsam aneinander. Sie war Ben gegenüber offen gewesen. Vielleicht sollte sie allmählich auch ihre Eltern einweihen.

Sie holte tief Luft. »Also gut. Aber Mum, bitte, was ich dir jetzt sagen werde, muss unter allen Umständen unter uns bleiben.«

Ihre Mutter nickte. »Natürlich. Und was ist mit deinem Vater?«

»Dad darfst du es natürlich sagen. Aber niemandem sonst, hörst du? Ihr beide dürft es wirklich niemandem erzählen!«

Nachdem ihre Mutter hoch und heilig versprochen hatte, sich daran zu halten, begann Lexi, ihr von der verhängnisvollen Zeit mit Rob zu berichten. Es ging einfacher, als sie gedacht hatte – vermutlich aufgrund der Tatsache, dass sie es bereits Ben erzählt hatte.

Als sie geendet hatte, schwieg ihre Mutter für eine Weile. »Mein armes, armes Kind«, sagte sie schließlich leise. »Warum hast du uns denn bloß nicht schon früher etwas davon gesagt?«

Lexi hatte einen Kloß im Hals. »Ich ... konnte nicht. Ich hatte zu viel Angst.«

»Willst du mir sagen, wo du jetzt bist?«

Lexi zögerte. Die Vergangenheit mit Rob war die eine Sache, ihren Eltern ihren jetzigen Aufenthaltsort zu verraten, war eine andere. Sie könnten – natürlich nur unbewusst – Lexi damit in Gefahr bringen. Es reichte schon, dass sie wussten, dass sie noch in England war.

»An einem sicheren Ort«, sagte sie schließlich. »Mehr will und kann ich euch nicht verraten. Aber es geht mir gut.«

Das tat es nicht wirklich. Nach dem Gespräch saß sie für eine Weile wie erstarrt vor ihrem Rechner und kämpfte mit der aufsteigenden Panik. Wenn Rob jetzt sogar bei ihren Eltern anrief, dann hatte er noch immer nicht aufgegeben.

Andererseits: Er vermutete sie auf den Malediven. Daran würde sie sich festhalten.

32

LEXI

Heligan Gardens, Juli

Auf den abgeernteten Getreidefeldern wuchsen vereinzelt kleine Mohnblumen, Saatkrähen pickten dazwischen nach Essbarem. Im Obstgarten hingen Bäume und Sträucher voller Früchte – Kirschen, Johannisbeeren und auch schon die ersten kleinen Weintrauben, die noch reifen mussten. Die wundervollen weißen Flügelblüten des Taschentuchbaums waren abgefallen, dafür hatten sich die Staudenrabatten an der Mauer des Sonnenuhrgartens in ein Meer aus Farben und Formen verwandelt, in dem Bienen summten und Schmetterlinge von Blüte zu Blüte flatterten. Irgendwo hatte Lexi gelesen, dass dieser Teil des Sonnenuhrgartens in einem Gartenjournal vor mehr als hundert Jahren als *die schönste Staudenrabatte Großbritanniens* bezeichnet worden war. Das, fand Lexi, traf immer noch zu.

Eine besonders warme Nacht verbrachten sie und Ben – verbotenerweise, aber sie schadeten ja niemandem – unter freiem Himmel im Lost Valley. Aus den hohen Gräsern zirpten ringsum die Grillen, ein schwacher Wind raschelte in den Bäumen, und aus dem nahen Wald hörten sie die leisen Rufe eines Uhus. Es war unglaublich romantisch, und Lexi war glücklich und sehr verliebt.

Sie hatte Ben bislang nichts davon erzählt, dass Rob sich bei ihren Eltern gemeldet hatte. Nicht aus Misstrauen, sondern weil sie alles, was mit Rob zu tun hatte, in die hinterste, unterste Schublade ihres Gedächtnisses packen und es einfach vergessen wollte.

Und das gelang ihr auch recht gut.

Der zweite Teil ihrer Heligan-Ausstellung nahm allmählich Gestalt an, demnächst würde sie weitere große Schautafeln drucken lassen, darunter eine Übersicht, die die allmähliche Entwicklung und Veränderung Heligans von den Anfängen bis zur Mitte des neunzehnten Jahrhunderts darstellte. Um diese Zeit hatte sich Heligan zu einem recht bekannten Landschaftsgarten entwickelt, der als beeindruckendes Beispiel für den zeitgenössischen Geschmack gelobt wurde. Auf der Übersicht würde man sehen können, dass im Lauf der Jahre weitere Gebäude entstanden, dass der Talgarten südlich des Hauses zum heutigen Dschungel umgestaltet wurde und dass sich zu dem bislang einzigen Teich dort drei weitere gesellten.

Auch 1816, das »Jahr ohne Sommer«, sollte eine eigene Schautafel bekommen, auf der nicht nur die Hintergründe dieses Wetterphänomens erklärt wurden, sondern die auch Beispiele über die Auswirkungen auf Malerei und Literatur gab. Außerdem würde es einen offiziellen Stammbaum der Tremayne-Familie geben sowie einige Abzüge von Briefen, die Lexi in Kresen Kernow fotografiert hatte.

Und natürlich würde es um die Pflanzenjäger des neunzehnten Jahrhunderts gehen. Der bekannteste von ihnen, Sir Joseph Hooker, war für den Großteil der riesigen Rhododendren verantwortlich, die bis zu diesem Tag in Heligan wuchsen. Vor allem aber sollte sich ihre Ausstellung um die weniger bekannten Pflanzenjäger drehen, darunter Nathaniel Wallich und Avery Harrington. Wallich mochte zwar nicht so berühmt wie Hooker sein, dennoch hatte er ein umfangreiches Werk über die Pflanzenwelt Nepals veröffentlicht. Und ganz unbekannt war er auch nicht: Er hatte eine eigene Sammlung in den Londoner Kew Gardens, und nach ihm waren etliche Pflanzen und sogar ein Vogel, der Wallichfasan, benannt worden.

Um diese Zeit hatte auch Henry Tremaynes Sohn John Hearle damit angefangen, den Talgarten zu roden und dort exotische Pflanzen anzusiedeln, die ihm von Pflanzenjägern aus aller Welt mitgebracht worden waren. Erfreulicherweise hatte sich nämlich das Klima in Cornwall als gut geeignet für viele der weniger winterharten Pflanzen erwiesen, die nach und nach aus fernen Teilen der Welt in Heligans Dschungel eine neue Heimat gefunden hatten.

Lexi und Eliza erstellten eine große Übersichtskarte mit den Standorten der damals angepflanzten subtropischen Exoten. Leider gab es aus dieser Zeit keine Pflanzpläne mehr, sodass es Lexi oft nicht möglich war, zu erfahren, welche Pflanze von wann stammte. Vor allem im Dschungel waren viele dieser alten Gewächse anzutreffen – Baumfarne aus Neuseeland, ein Riesenmammutbaum aus Kalifornien oder zwei prächtige Ginkgos mit fächerförmigen Blättern aus China –, aber auch an anderen Stellen: der Hooker-Rhododendron in Flora's Green, der Taschentuchbaum im Sonnenuhrgarten und verteilt in ganz Heligan viele, viele Kamelien und Rhododendren.

Manche dieser Pflanzen waren inzwischen über einhundertfünfzig Jahre alt, hatte Lexi von Obergärtner Derek erfahren, und gehörten zu einer nationalen Sammlung. Er hatte ihr auch erzählt, dass zahlreiche dieser alten Exoten vor allem deshalb überlebt hatten, weil sie so lange vernachlässigt worden waren. Während des langen Dornröschenschlafs nach dem Ersten Weltkrieg hatten überwuchernde Brombeerranken und hohes Gestrüpp sie vor den klimatischen Extremen geschützt. Nur auf diese Weise hatten manche der Heligan-Rhododendren eine solche Größe erreichen können.

Im August reiften die Pflaumen, und in der Sommerhitze hing der Geruch gärender Früchte, die bereits vom Baum gefallen waren. Und schneller, als Lexi es für möglich gehalten hatte, ging der Sommer auch schon in die allmählich kürzer werdenden Herbsttage über.

Sie telefonierte, meist per Skype, weiterhin regelmäßig mit ihren Eltern, deren Tauchschule sich regen Zulaufs erfreute. Zu ihrer großen Erleichterung hatte Rob sich nicht noch einmal bei ihren Eltern gemeldet. Auch davon erzählte sie Ben nichts. Rob war Vergangenheit.

Mitte Oktober, als Möwen und Krähen auf den abgeernteten Feldern saßen und dort nach Futter suchten, begannen die Vorbereitungen zum Erntefest. Zu diesem Anlass gab es im ummauerten Garten eine Ausstellung, in der die geernteten Feldfrüchte – Rüben, Beten und Pastinaken sowie Kürbisse in jeglicher Form, Farbe und Größe – kunstvoll drapiert wurden. Für die Besucher des Gemüsegartens wurde in diesen Tagen zudem eine Führung mit Erklärungen über die Erntemethoden früherer Zeiten angeboten. Auch Lexi machte eine dieser Führungen mit. Über eine auf ihr Handy herunterladbare Audiodatei lauschte sie einem Hörspiel, bei dem sie den Chefgärtner William Hovel und seine Mitarbeiter aus dem neunzehnten Jahrhundert kennenlernte, die hier in Heligan einen der produktivsten Gärten von ganz England gegründet hatten. Es fühlte sich seltsam für sie an, einen Teil der Vergangenheit, mit der sie sich selbst jetzt schon länger befasste, auf diese Weise zu erleben. Als die Audioführung vorbei war und sie die Ohrhörer wieder herauszog, fühlte sie sich eigenartig fremd in der Gegenwart. Sie wäre gern noch etwas länger im Gestern geblieben.

Der Herbst hielt farbenfroh Einzug. Die fächerförmigen Blätter der Ginkgos im Dschungel und nah am Gemüsegarten färbten sich leuchtend gelb, und die überlebensgroße, auf der

Seite liegende Gestalt der Mud Maid, die im Frühling voller sprießender hellgrüner Schösslinge gewesen war, lag jetzt in einem Bett aus buntem Herbstlaub, als hätte jemand eine Decke aus Blättern über ihr ausgeschüttelt.

Kaum war das Erntefest vorüber, ging es fast nahtlos in die Vorbereitungen zu Halloween über. Jede Hand wurde gebraucht, und auch Lexi half mit beim Schmücken des Halloween-Parcours, indem sie große Spinnenattrappen zwischen die Zweige setzte. In den Bäumen hingen kleine Spukgestalten aus Stoff, und ein Teil der Wege war mit künstlichen Spinnweben geschmückt, sodass man sich vorkam, als ginge man durch ein mystisches Zauberland.

Ende Oktober hatten die Kinder eine Woche lang schulfrei, und kaum öffneten sich Heligans Tore am Morgen, stürmten auch schon die ersten kleinen Besucher mit ihren Familien den Garten. Lexi hatte bislang noch nie wirklich darüber nachgedacht, aber beim Anblick dieser lachenden, schnatternden Sprösslinge wünschte sie sich plötzlich sehnlich, selbst Kinder zu haben. Am liebsten gleich mehrere.

Es gab viel zu tun, und fast alle beklagten sich über ihre Arbeit.

Derek ächzte über die Menge der verzierten Kürbisse, die zum Wettbewerb im Kürbisschnitzen abgegeben wurden. Als Chefgärtner musste er die gesammelten Werke begutachten und einen Gewinner küren, der einmal freien Eintritt in Heligans Gärten bekommen würde.

Ben beschwerte sich, dass er jeden Abend aussah wie ein Grubenarbeiter. Er war dazu eingeteilt, im Lost Valley beim Kohlenbrennen mitzuhelfen, was zur Folge hatte, dass er von oben bis unten mit feinem schwarzem Staub bedeckt war, wenn sie sich nach der Arbeit trafen.

Auch Cait stöhnte über den vermehrten Besucherandrang

in der Cafeteria und dass sie kaum noch dazu kam, Pause zu machen.

»Ich kann bald keinen Kürbis mehr sehen«, schimpfte sie eines regnerischen Abends, als sie sich neben Lexi auf die Couch sinken ließ. »Ich glaube, ich habe heute gefühlte hundert Cornish Pastys mit Kürbisfüllung in den Ofen geschoben und dann noch mal genauso viele Muffins mit orangefarbenem Überzug versehen. Allmählich hasse ich diese Farbe!«

Lexi begann leise zu lachen.

»Was?«, fragte Cait gereizt. »Warum lachst du?«

»Weil du dich seit Tagen jeden Abend über dasselbe beschwerst.«

»Ist das so?«

»Oh ja. Und weil ich sicher bin, dass du morgen früh wieder wie jeden Tag mit neuem Elan zur Arbeit gehen wirst, um weitere Muffins mit orangem Überzug zu bestreichen.«

Cait rümpfte die sommersprossige Nase, dann nickte sie. »Da magst du wohl recht haben. Nach einer Nacht mit genügend Schlaf sieht alles wieder ganz anders aus.« Sie musterte Lexi prüfend. »Warum bist du eigentlich so unheimlich entspannt? Hast du nicht auch viel zu viel zu tun?«

Lexi zuckte mit den Schultern. »Doch, schon. Aber ich empfinde es nicht so.«

Eine Windböe drückte einen Regenschauer prasselnd gegen die Scheibe. »Oje«, sagte Cait mit einem skeptischen Blick auf den dunklen Regenvorhang draußen. »Da schickt man ja keinen Hund auf die Straße.«

»Deswegen haben wir ja auch Nelson«, sagte Lexi. Der Kater blickte kurz auf, als er seinen Namen hörte, schloss aber gleich darauf wieder schläfrig die Augen. »Und eigentlich finde ich das ganz gemütlich.«

33

ALLIE

Willow Cottage, Heligan, Mai 1825

Ein heftiger Regenschauer prasselte ans Fenster von Allies und Tristans Heim. Obwohl es Frühjahr war, fühlte es sich eher an, als ginge es auf den Herbst zu. Es war erst drei Uhr, aber mit den dunklen Wolken am Himmel kam es Allie vor, als wäre es schon früher Abend. Sie war froh, dass sie an diesem Samstagnachmittag nichts Wichtiges mehr erledigen musste. Weitere Kräuter waren gesammelt, zu Bündeln gedreht und zum Trocknen aufgehängt, und sie konnte sich mit Lowenna, die wie so oft bei ihnen war, einem Spiel widmen. Ihre älteste Nichte war ledig geblieben und wohnte noch immer bei ihren Eltern Damaris und Julian im Steward's House.

Allie selbst war inzwischen Anfang fünfzig, und manchmal fühlte sie sich wie eine alte Frau. Im vergangenen Winter hatte sie länger gekränkelt – die Knochen taten ihr weh, und dann hatte sie sich auch noch einen hartnäckigen Husten eingefangen – und war erst allmählich auf dem Weg der Genesung.

Seit Kurzem war auch Heligan House wieder mit Leben erfüllt. John Hearle und seine Frau Caroline, die vor wenigen Wochen einen Jungen zur Welt gebracht hatte, waren für eine Weile zurück in Cornwall. Seine Tätigkeit als Abgeordneter machte es nötig, dass John Hearle regelmäßig zwischen London und Heligan hin- und herreiste.

John Hearle und Caroline Tremayne hatten es nicht leicht gehabt in den vergangenen Jahren. Drei Söhne waren ihnen gestorben – einer wurde nur sechs Stunden alt, ein anderer starb mit dreizehn Monaten, und ihr Erstgeborener Harry war nach einer langen Leidenszeit mit neun Jahren gestorben. Das lag jetzt zwei Jahre zurück, dennoch konnte Allie sich noch lebhaft an John Hearles verzweifelte Versuche erinnern, überall zwischen London und Cornwall medizinische Hilfe für seinen Sohn zu finden. Harry hatte seit seinem sechsten Lebensjahr unter wiederkehrenden Krämpfen, Kopfschmerzen und Sehstörungen gelitten und war schließlich immer schwächer geworden, ohne dass ihm irgendein Arzt oder eine Medizin hätte helfen können.

Der Tod des Kindes hatte sie alle sehr mitgenommen. Allie hoffte sehr, dass den beiden jetzt, nach der Geburt eines weiteren Sohnes, etwas Glück vergönnt war.

Das Kaminfeuer brannte, es war angenehm warm in ihrem kleinen Zuhause. Frances, die noch immer Haushaltshilfe bei ihnen war, hatte an diesem Tag frei, daher würde es am Abend nur ein wenig kalten Braten mit Brot und eingelegtem Gemüse geben. Denzell, ihr junger Bediensteter, hatte es sich vor dem brennenden Kamin gemütlich gemacht und sah versonnen ins Feuer. Der Junge war vierzehn Jahre alt und der bislang Letzte in einer langen Reihe von ehemaligen Kaminkehrerjungen, die bei ihnen eine neue Bleibe gefunden hatten. Er war ein wenig einfältig, aber fleißig und wissbegierig.

Lowenna befreite einen Packen Mikado-Stäbe aus ihrem Futteral, stellte sie in einem Bündel aufrecht auf den Tisch und ließ los. Ihre Nichte spielte leidenschaftlich gern, und am liebsten Mikado, auch wenn das eigentlich ein Kinderspiel war. Es gab ein helles, klingendes Geräusch, als sich die Stäbe auf der Tischplatte verteilten.

Tristan, der am Fenster saß, hatte seine Zeitung sinken lassen. »Ich glaube, John Hearle und Caroline bekommen Besuch«, sagte er. »Gerade ist eine Kutsche die Einfahrt hinaufgefahren.«

Lowenna sah auf. »Ob das schon die Bullers sind?«

Anthony und Isabella Buller waren nach ihrer langen Zeit in Indien vor Kurzem wieder nach England zurückgekehrt.

»Ist es wirklich schon zehn Jahre her?«, fragte Allie. Nur zu gut konnte sie sich an den Tag erinnern, als die Bullers zum Abschied in Heligan vorbeigeschaut hatten, bevor sie zusammen mit ihrer sechsköpfigen Kinderschar nach Indien segeln wollten. »Unglaublich, wie die Zeit vergeht.«

Am Abend würde es den Bullers zu Ehren natürlich ein großes Essen in Heligan House geben. Vorher würde man im kleinen Kreis zum Tee zusammenkommen.

»Ich bin so gespannt, was Isabella und Anthony über Indien zu erzählen haben«, sagte Lowenna.

Allie warf einen raschen Blick in Tristans Richtung. Auch wenn sie es nicht aussprach, wusste doch jeder im Raum, woran der andere dachte: was wohl aus Avery geworden war, ihrem Neffen beziehungsweise Bruder. Allie seufzte unhörbar. Averys letzter – und einziger – Brief lag etliche Jahre zurück, als er ihnen mitteilte, dass er vorhatte, mit einem dänischen Arzt und Botaniker auf eine Expedition nach Nepal zu gehen. Seitdem war nicht eine einzige Zeile von ihm bei ihnen angekommen. Aber genau wie seine Mutter Damaris weigerte Allie sich beharrlich zu glauben, dass er tot sein könnte.

Der starke Regen hatte aufgehört, jetzt war nur noch ein gelegentliches Tröpfeln vom Dach zu hören. Allie wandte sich wieder dem Spiel zu, dessen viele kleine Elfenbeinstäbchen in wildem Durcheinander auf der Tischplatte zwischen Lowenna und ihr lagen.

»Was gibt es Neues in der Welt, Bruderherz?«, erkundigte sich Lowenna, während sie geschickt eines der Stäbchen aus dem Durcheinander entfernte, ohne an ein anderes zu stoßen.

»In London hat man mit dem Bau eines Tunnels unter der Themse begonnen«, las Tristan vor. »Man ist gerade dabei, einen großen Schacht am Südufer zu errichten. Dafür wird ein eiserner Ring mit fünfzig Fuß Durchmesser gebaut, und darauf kommt dann eine Backsteinmauer.«

»Wofür das denn?«, fragte Allie interessiert.

»Für die Dampfmaschine.« Tristan blätterte die Zeitung um, um die nächste Seite zu lesen. »Hier steht, die Maschine soll die Pumpen antreiben, die das Wasser aus dem Tunnel fernhalten. Das alles wiegt zusammen über eintausend Tonnen. Wirklich raffiniert: Die Arbeiter entfernen unterhalb der scharfen unteren Kante des Ringes das Erdreich, und dann sinkt der ganze Schacht unter seinem eigenen Gewicht allmählich nach unten.«

»Das funktioniert?«

Er nickte. »Zumindest steht es hier so. Wenn der Schacht tief genug ist, wird mit den Tunnelbauarbeiten begonnen. Das soll noch in diesem Jahr sein.«

»Ich habe gehört«, sagte Lowenna, während sie sich an den nächsten Stab machte, »dass ein junger Franzose eine Schrift entwickelt haben soll, die für Blinde lesbar ist.«

Tristan ließ die Zeitung sinken. »Wie soll denn das gehen?«

»Mit in Papier geprägten Punkten. Jeder Buchstabe hat dabei ein anderes Muster.« Lowenna zog die Hände zurück, als sie nun doch einen der Stäbe sichtbar berührt hatte. »Ich stelle mir das wirklich schlimm vor, nichts mehr sehen zu können. Wenn man überlegt, wie …«

Sie unterbrach sich, als ein Klopfen an der Tür ertönte.

Tristan gab dem vor dem Kamin ausgestreckten Jungen einen Wink. »Denzell, sieh nach, wer es ist.«

Der Junge erhob sich, schlurfte zur Tür und öffnete sie. Allie hörte ihn kurz mit jemandem reden, dann schloss er die Tür wieder.

Tristan warf Allie einen überraschten Blick zu, dann wandte er sich an den Jungen. »Wer war das?«

Denzell hob die Schultern. »Ein Betrüger«, sagte er in breitem kornischen Dialekt.

Tristan hob belustigt eine Braue. »Woher willst du wissen, dass es ein Betrüger ist?«

»Weil er gesagt hat, er is Ihr Bruder. Aber Sie ham doch gar kein Bruder. Und er sah auch gar nich aus wie Sie. Das war ganz sicher ein Betrüger.« Denzell nickte, wie um sich seiner Aussage zu versichern, und wollte es sich wieder vor dem Kamin bequem machen.

Schon bei dem Wort »Bruder« war Tristan aufgestanden, und auch Allie stützte ihre Hände auf die Tischplatte und erhob sich ebenfalls.

»Bruder?«, wiederholte Lowenna, schob ihren Stuhl mit einem lauten Knarren nach hinten und sprang auf.

Es klopfte erneut. Tristan war schneller als Lowenna und riss die Tür auf. Allie konnte ihn überrascht aufkeuchen hören.

»Avery«, vernahm sie dann seine erstickte Stimme. »O mein Gott, Avery, das – das kann nicht sein!«

Hinter ihm stieß Lowenna einen jubelnden Schrei aus und drängte an Tristan vorbei nach draußen. Allies Herz fing an zu rasen. Träumte sie?

»Tristan! Lowenna!« Da war eine andere Stimme – so lange nicht gehört und doch so vertraut …

Allie trat einen Schritt näher zur Tür, und da war er, Avery.

»Tante Allie«, rief er aus. Er ließ seine Geschwister los,

schloss Allie ohne weitere Umstände in seine Arme und hob sie hoch. »Du bist noch immer so klein und leicht, wie ich dich in Erinnerung habe!«

Er war es tatsächlich – ihr Neffe Avery, Damaris' und Julians Sohn! Allie lachte und weinte gleichzeitig. Er war wieder zurück, lebendig und gesund!

»Lass mich runter«, protestierte sie, nicht ganz ernst gemeint, und er gehorchte.

»Aber wie … wo …« Sie brauchte ein paar Sekunden, um ihre Gedanken zu ordnen. Dann hatte sie alles richtig sortiert. »Du bist mit den Bullers gekommen.«

Er nickte lächelnd. »Den ganzen Weg von Indien bis hierher. Unser Schiff ist erst vor wenigen Tagen in Falmouth angekommen.«

Er hatte schon immer gut ausgesehen, aber jetzt umgab ihn zusätzlich noch ein Hauch von Exotik. Natürlich war er älter geworden, wie sie alle, seine schwarzen Locken waren hier und da mit ein paar grauen Strähnen durchsetzt, aber das tat seiner Attraktivität keinen Abbruch. Seine Haut war dunkel gebräunt, und mit der Kleidung fremdländischen Schnitts hätte er gut und gern als Orientale durchgehen können.

»Komm rein, Bruder, du bist mehr als willkommen.« Tristan trat einen Schritt zurück, um ihn einzulassen. Erst jetzt sah Allie den kleinen Jungen, der ein paar Schritte hinter Avery wartete und der ebenfalls indisch anmutende Kleidung trug. »Und bring deinen Diener ruhig mit, er muss ja nicht dort draußen stehen.«

Avery schüttelte lächelnd den Kopf. »Das ist nicht mein Diener«, sagte er. »Komm her, Naveen, hab keine Angst.« Er winkte den Jungen zu sich, der schüchtern näherkam: ein sechs- bis siebenjähriges Kind mit olivfarbener Haut und schwarzen Haaren. »Das ist mein Sohn.«

Allie konnte es noch immer nicht glauben: Avery war zurückgekehrt! Und er hatte einen Sohn!

»Wo ist seine Mutter?«, stellte Lowenna die Frage, die auch Allie auf den Lippen lag. Ihr Blick ging zurück zum Eingang. »Hast du sie auch mitgebracht?«

Avery sah sie einige Sekunden lang wortlos an, dann senkte er den Blick. »Nein, das habe ich nicht. Aber das werde ich euch alles noch erzählen.«

»Damaris ist bestimmt außer sich vor Freude. Und Julian erst …« Allie verstummte, als sie Averys Gesichtsausdruck sah. »Du warst noch gar nicht bei ihnen?«

Er verneinte. »Ich wollte erst einmal … auf sicherem Terrain vorhorchen.«

Allie verkniff sich ein Lächeln. Obwohl Avery inzwischen ein Mann im besten Alter war – er dürfte fast vierzig sein –, erschien er ihr in diesem Moment wieder wie ein kleiner Junge, der Angst hat, nach Hause zu gehen.

»Wie geht es ihnen?«, fragte er.

»Gut.« Tristan nickte. »Das heißt, Dad musste sich nach seinem Herzanfall ein wenig schonen, aber das liegt ja schon lange zurück.«

»Dad hatte einen Herzanfall?« Averys Blick umwölkte sich vor Sorge.

Tristan zuckte mit den Schultern. »Es geht ihm wieder gut. Und jetzt komm, lass uns zu ihnen gehen.«

Avery zögerte sichtlich. »Ich … bin nicht sicher, ob sie mich sehen wollen. Das heißt, es ist eher Dad, bei dem ich mir unsicher bin. Mum wird sich bestimmt freuen.«

»Natürlich wollen sie das.«

Und so waren sie jetzt alle gemeinsam langsam auf dem Weg zum Steward's House. Tristan war ein paar Schritte vorgegangen, um seinen Eltern die frohe Kunde mitzuteilen.

Damaris erschien in der Tür, vermutlich noch etwas fülliger, als Avery sie in Erinnerung hatte, aber sonst so gut wie unverändert. Kaum hatte sie Avery erspäht, lief sie ihrem Sohn ungeachtet ihrer einundsechzig Jahre eilig entgegen und fiel ihm um den Hals.

»Avery!«, schluchzte sie. »Avery, du bist es wirklich!«

Als Allie den Blick von den beiden löste, sah sie Julian in der Tür stehen. Avery ließ seine Mutter los und ging langsam seinem Vater entgegen, der ihn von der farbenprächtigen Jacke bis zu den robusten Stiefeln musterte.

»Guten Tag, Dad.«

»Avery.«

Sie schüttelten sich die Hand – reichlich förmlich für den Anlass, wie Allie fand, aber immerhin, sie taten es.

»Es tut mir leid«, sagte Avery dann leise, und Julian nickte.

»Schon gut. Reden wir nicht mehr darüber.«

»Wie geht es dir?«

Ein winziges Lächeln erschien auf Julians Gesicht. »Du bist wieder da. Jetzt geht es mir gut.«

Auch Avery lächelte. »Das freut mich zu hören.« Allie konnte ihm die Erleichterung ansehen.

Dann schob er den Jungen vor sich. »Ich habe jemanden mitgebracht. Meinen Sohn. Deinen Enkel.« Er legte dem Kind beide Hände auf die Schultern und beugte sich vor. »Naveen, das ist dein Großvater. Na komm, stell dich ihm vor«, sagte er leise.

Der Junge sah aus großen, dunklen Augen zu Julian auf. »Mein Name ist Naveen Julian Harrington«, sagte er mit klarer Kinderstimme.

Allie biss sich auf die Lippe, um nicht laut aufzuseufzen: Avery hatte seinem Sohn als zweiten Namen den seines Vaters gegeben. Sie hatte Julian lange nicht mehr so gerührt gesehen.

»Ich freue mich sehr, dich kennenzulernen, Naveen«, sagte er. Sein Blick ging zurück zu seinem Sohn. »Und ich freue mich auch sehr, dich zu sehen, Avery.«

Und dann sah Allie zu ihrer großen Freude, wie Julian seinen Sohn an sich zog und umarmte. Damaris und sie wechselten einen kurzen, strahlenden Blick.

Sie spürte, wie jemand an ihrem Rock zupfte. Naveen stand neben ihr und sah ein wenig verwirrt von seinem Vater zu seinem Großvater.

»Warum weint Dad?«, flüsterte er. »Ist er traurig?«

»Nein, Naveen, er ist nicht traurig«, gab Allie lächelnd zurück. »Man kann auch weinen, wenn man sehr, sehr glücklich ist.«

Die Freude war auf allen Seiten groß. Henry Tremayne, inzwischen vierundachtzig Jahre alt und krumm wie ein knorriger Baum, ließ zur Feier des Tages ein kleines Festmahl auftischen. Isabella Buller war sichtbar in Umständen, was sie aber nicht weiter zu belasten schien. In wenigen Wochen wollten sie und ihr Mann nach Frankreich zu einer weiteren Schwester reisen.

Es wurde ein wundervoller Abend. Anthony Buller und Avery unterhielten die Runde mit Erzählungen und Anekdoten aus ihrer Zeit in Indien. Aber sie hatten nicht nur abenteuerliche Geschichten zu erzählen, sondern auch viele Sachen mitgebracht, die sie jetzt nach und nach auspackten: eine Kiste mit einer Kollektion exotischer Gewürze, von denen Allie nur die Hälfte kannte: würziger Zimt, herzhaft-nussiger Koriandersamen, zitronig-süßlicher Kardamom, herb-erdige Kurkumawurzeln, dazu noch Kreuzkümmel, Nelken, Muskatnüsse und natürlich Pfeffer, der in der Nase biss.

Als besondere Gabe hatte Avery noch ein winziges Glas mit roten Safranfäden dabei und ein Schächtelchen mit Weihrauchharz für Allie. Das sei gut gegen rheumatische Erkrankungen und Knochenschmerzen, versicherte Avery ihr. Außerdem noch ein paar farbenprächtige Stoffe, aus denen sich sicher herrliche Kleider schneidern ließen und die vor allem Caroline entzückten.

Nach dem Essen, als Caroline und Isabella sich am Tischende angeregt unterhielten – die Schwestern hatten sich schließlich viele Jahre lang nicht gesehen –, präsentierten die Männer ihre botanischen Mitbringsel: etliche sorgfältig in wachsgetränkte Tücher und braunen Zucker verpackte kleine Päckchen, die getrocknete Exemplare und Samen exotischer Pflanzen enthielten. Zu einem großen Teil waren sie von Avery selbst gesammelt worden, andere von dem dänischen Botaniker Wallich, auf den Avery große Stücke hielt. Bei jeder Pflanze war zudem der Fundort verzeichnet und wie sie aussah, wenn sie gepflanzt worden und zu voller Größe gewachsen war.

Allie sah hinüber zu Henry, John Hearle und Avery, die sich gemeinsam über eine geöffnete Kiste beugten. Allen dreien war die Freude anzusehen, mit der sie begutachteten, was dort aus den fernen Ländern Indien und Nepal jetzt in Heligans Salon präsentiert wurde.

Was zusätzlich für Begeisterung sorgte, waren die farbigen Abbildungen, die jedem der Päckchen beigefügt waren. Vor allem Damaris, die früher selbst viel und gut gezeichnet hatte, konnte sich kaum sattsehen an den kunstvollen Pflanzenbildern. Das waren Werke indischer Zeichner – oder vielmehr Zeichenkünstler, wie sie neidlos gestehen musste. Die Striche waren mit so viel Sorgfalt ausgeführt worden, dass man jede Einzelheit, jede noch so feine Struktur der Pflanze erkennen konnte.

»Und, zu guter Letzt, etwas ganz Besonderes.« Avery entnahm einer Kiste, die zum Schutz beim Transport voller brauner Zuckerkörner war, ein weiteres, wachspapierumwickeltes Päckchen und öffnete es. Darin lagen eine Vielzahl von maiskorngroßen gelben Körnern. »Die Samen der *Cornus capitata*, ein Hartriegelgewächs. Von mir selbst gefunden.«

Auf den beiden dazugehörigen Zeichnungen war eine sehr schöne, hellgelb blühende Strauchpflanze zu sehen, die vor allem John Hearle ausnehmend gut gefiel.

Was folgte, war eine unterhaltsame Schilderung des Tages, an dem Avery diese Pflanze zusammen mit Wallich in den Bergen um Kathmandu entdeckt hatte, und wie sie ihr später gemeinsam einen Namen gegeben hatten.

Aber Avery zeigte nicht nur Pflanzenbilder, er hatte auch einige Landschaftszeichnungen der fremden Länder mitgebracht, die er bereist hatte – Indien, Nepal und Assam. Allie war hingerissen und konnte gar nicht genug bekommen von seinen Erzählungen.

Es wurde spät. Naveen war trotz aller Bemühungen, wach zu bleiben, auf einem Sessel am Kaminfeuer eingeschlafen. Auch Henry fielen immer wieder kurz die Augen zu. Schließlich entschuldigte der alte Squire sich – so sehr er auch weiter anhören wolle, was sein Patensohn alles Spannendes erlebt habe, er sei jetzt müde und müsse ins Bett. Und auch für den kleinen Naveen sei es allerhöchste Zeit.

Das war das allgemeine Zeichen zum Aufbruch, und man ging auseinander mit dem Versprechen, am nächsten Tag mehr zu erfahren.

34

AVERY

Steward's House, Heligan, Mai 1825

Avery strich sich über den gut gefüllten Bauch. An diesem Mittag waren sie bei seinen Eltern zum Essen eingeladen gewesen. Es hatte ein feines, mehrgängiges Menü gegeben – Geflügelpastete, Lammbraten mit Minzsauce und zum Dessert Weincreme –, und jetzt war er so satt, dass er beim besten Willen keinen weiteren Bissen mehr herunterbekam.

Diesmal blieb man *en famille*. Die Bullers waren nach dem Frühstück zum zwanzig Meilen entfernten Carclew aufgebrochen, wo sie Isabellas Bruder Charles besuchen wollten, und Naveen war mit John Hearle auf dem Anwesen unterwegs: Der Junge war enttäuscht darüber gewesen, dass es keine gleichaltrigen Kinder in Heligan gab, worauf ihm der künftige Squire von Heligan angeboten hatte, ihm die neu geborenen Kälber und Ferkel zu zeigen. Naveen hatte begeistert zugestimmt und war gleich nach einem kleinen Imbiss mit John Hearle losgezogen.

Und so waren sie jetzt nur zu siebt – Avery, seine Eltern, Allie und sein Bruder Tristan sowie seine Schwester Lowenna. Und Henry, sein Pate, der es sich nicht hatte nehmen lassen, noch mehr von Averys Abenteuern zu erfahren.

»Und nun, lieber Bruder«, sagte Tristan und legte die Serviette auf den Tisch, »brennen wir alle darauf, dass du uns erzählst, was du uns bislang verschwiegen hast.«

»Wie kommt es, dass du einen Sohn hast?«, fragte Damaris, bevor Avery antworten konnte. »Wer ist seine Mutter? Warum hast du sie nicht mitgebracht?«

»Warum hast du nicht geschrieben, dass du kommst?«, fragte Julian.

»Warum hast du überhaupt nicht geschrieben?«, setzte Lowenna vorwurfsvoll hinzu. »Wir dachten, du wärst tot. Vielleicht von einem Tiger gefressen worden. Oder von einem Elefanten gefallen.«

Ihre letzten Sätze sagte sie in scherzhaftem Ton, aber Avery wurde jetzt erst klar, wie viel Angst sie alle um ihn gehabt haben mussten.

Ein Dienstmädchen kam und stellte eine weitere Karaffe mit rotem Bordeaux auf den Tisch, dann zog sie sich wieder zurück. Nun ja, essen konnte er nichts mehr, aber für den Wein hatte er noch ein bisschen Platz. Er goss sich ein weiteres Glas ein.

»Ja, es wird wohl Zeit, einiges zu erklären.« Er nahm einen großen Schluck und stellte das Glas wieder ab. »Ich bin weder von wilden Tieren gefressen noch von Banditen getötet worden. Dennoch bin ich fast gestorben.«

Er griff in seine Westentasche und holte das mit einem festen Korken verschlossene schmale Glas heraus. Das Gefäß gab einen dumpfen Ton von sich, als Avery es vor sich auf den Esstisch stellte. Darin befanden sich einige kleinere und größere, unregelmäßig geformte Brocken.

»Was ist das?«, fragte Lowenna neugierig.

Avery blickte ihr in die Augen. »Das, was mich fast umgebracht hat.«

Er sah allgemeine Verwirrung auf den Gesichtern seiner Familie. Nur in Allies Blick glaubte er, erst einen Hauch von Verstehen und dann von mitfühlendem Entsetzen zu erkennen.

Er nickte ihr zu, dann goss er sich erneut ein, trank sein Glas aus und begann zu erzählen. Von seinem Aufenthalt in Madras und seinem Umzug nach Kalkutta, seiner Bekanntschaft mit Wallich und dessen Angebot, ihn auf eine Expedition zu begleiten und von dieser Reise mit dem dänischen Arzt und Botaniker bis nach Nepal. Er erzählte von der Schönheit der Berge, von den Touren zum Pflanzensammeln und von seiner Liebschaft mit der falschen Prinzessin Ishani. Ohne Beschönigung legte er dar, wie Ishani ihn umgarnt und ihn und auch alle anderen getäuscht hatte, wie sie überstürzt aus Kathmandu hatten abreisen müssen, bis er zu dem Morgen auf dem Flussboot kam, an dem sie den Rest der Reisekasse an sich genommen hatte und verschwunden war. Er erzählte, wie er ihr auf einem Maultier gefolgt war, wie er sie gestellt und das Geld wieder an sich genommen hatte. Bis ihn eine Kolik hatte zusammenbrechen lassen.

Seine Zuhörer hingen gebannt an seinen Lippen. Er sah, dass seine Mutter ganz blass geworden war, aber auch sie unterbrach ihn nicht, hörte einfach nur stumm seiner Erzählung zu.

»Ishani hätte einfach gehen können«, fuhr er fort, »aber sie hat ihr Versprechen gehalten und mich zu Wallich gebracht.«

Ab da wurde er einsilbiger. Er berichtete lediglich von Wallichs erschreckender Diagnose und deren Bestätigung durch Dr. Kapoor, den indischen Arzt.

»Ich erspare euch die Schilderung der Operation«, sagte er. Erleichtertes, mitleidvolles Nicken folgte dieser Aussage. Dabei wollte er weniger seine Zuhörer schonen, sondern vor allem sich selbst – die Erinnerung an die nicht enden wollende Agonie des Eingriffs war einfach zu schrecklich. »Es reicht zu wissen, dass ich es überlebt habe. Wenn auch nur knapp.«

Allie deutete auf das gläserne Behältnis vor ihm. »Dann sind das also die Steine, die Dr. Kapoor entfernt hat?«

Avery nickte grimmig. »Jeden einzelnen von ihnen.«

»Wie furchtbar«, flüsterte Damaris. »Mein armer Junge.« Er sah Tränen in ihren Augen. Auch sein Vater und sein Bruder bemühten sich um Fassung, wenn auch mit mehr Erfolg. Tristan sah aus, als wäre ihm ein wenig übel.

»Aber er hat dich wieder gesund gemacht«, sagte Lowenna.

»Und was wurde aus Ishani?«, fragte Henry.

»Dazu komme ich gleich. Aber vorher brauche ich noch mehr zu trinken.« Avery goss sich erneut etwas Wein ein und leerte das kleine Glas in einem Zug.

Nach dem Eingriff war es ihm bis auf heftige Wundschmerzen verhältnismäßig gut gegangen, aber am zweiten Tag setzte ein Fieber ein, das ihn vollends niederstreckte. Für etliche Tage schwebte er zwischen Leben und Tod. Während dieser Zeit, so hatte er später erfahren, waren es nicht nur Wallich und dessen Frau Sophia, die sich um ihn kümmerten, sondern auch Ishani.

»Ich dachte, sie sei fortgegangen«, warf Allie ein.

»Das dachte ich natürlich auch. Aber sie war noch in Wallichs Haus.«

»Und Wallich hat zugelassen, dass diese … diese Person in seinem Haus bleibt?«, fragte Lowenna. »Hatte er keine Angst, dass sie ihn bestiehlt?«

Avery hob die Schultern. »Sie konnte sehr überzeugend sein. Ich nehme an, sie hat es irgendwie geschafft, ihn zu überreden.«

»Aber ich verstehe das nicht«, beharrte Lowenna. »Warum ist sie geblieben? Hatte sie dich – euch – nicht gerade erst betrogen und bestohlen? Sie musste doch fürchten, dass Wallich sie den Behörden übergibt.«

»Ich denke, sie wusste, dass er das nicht tun würde. Sie hatte uns schließlich auf unserer Reise mehrfach geholfen, das rechnete er ihr hoch an. Ich glaube, auf ihre Art hat sie mich geliebt.« Er schwieg einen Augenblick, dann fuhr er fort. »Sie ging, als halbwegs sicher war, dass ich überleben würde. Dann war sie eines Tages wirklich verschwunden – ohne Abschied, ohne ein Wort.«

Seine Genesung hatte sich hingezogen. Aber irgendwann wurde es besser, die Wunde heilte, und er erholte sich von Tag zu Tag mehr. Allerdings stellte sich schon bald heraus, dass eingetreten war, was Dr. Kapoor als mögliche Folge des Eingriffs erwähnt hatte.

Etwas, was er seinen Verwandten nicht erzählte.

»Es tut mir sehr leid, Mr Harrington«, hatte er die Stimme des indischen Arztes nach der abschließenden Untersuchung noch im Ohr. »Den Beischlaf werden Sie zwar vollziehen können. Aber ich fürchte, Sie werden keine Kinder mehr zeugen können.«

Nach dieser Hiobsbotschaft war Avery in tiefe Melancholie verfallen. Bis jetzt hatte er nur selten über mögliche Nachkommen nachgedacht, aber nun, da es nicht mehr möglich war, traf ihn diese Nachricht wie ein Hammerschlag. Er würde sich nie fortpflanzen können. Er würde nie Kinder bekommen, nie seinen Namen fortführen, nie sein Erbgut weitergeben.

Aber davon erwähnte er jetzt nichts. Es war noch immer zu schmerzhaft, darüber zu sprechen.

Dazu kam noch, dass er Ishani vermisst hatte. Sicher, sie hatte ihn furchtbar enttäuscht, hatte sie alle belogen und betrogen und auch bestohlen, und dennoch: Die Liebe, die er mit ihr erlebt hatte, war unvergleichlich gewesen. Hatte sie ihm das alles nur vorgespielt? Nein, das konnte er einfach nicht glauben. Sie war schließlich bis vor Kurzem an seiner Seite gewesen, um sich um ihn zu kümmern. Das hätte sie sicher nicht getan, wenn er ihr vollkommen gleichgültig gewesen wäre.

Aber jetzt war sie fort. Verschwunden, als hätte der Erdboden sie verschluckt. Vermutlich war sie schon längst in einer anderen Stadt und suchte sich den nächsten reichen Gönner, den sie mit einer Lügengeschichte um den Finger wickeln konnte. Womöglich behauptete sie diesmal, eine Forscherin zu sein. Oder sie erneuerte einfach ihre aberwitzige Geschichte um die geflohene Prinzessin, die ihren Peinigern gerade noch einmal, aber leider vollkommen mittellos, entkommen sei.

Ach, es half ja nichts, sich zu quälen. Sie war fort, und er würde sie nie wiedersehen, damit musste er sich abfinden.

In dieser Zeit war Wallich ihm ein guter Freund gewesen. Zu Averys Erleichterung verzichtete der Däne darauf, einen besserwisserischen Ton anzuschlagen und ihm seine Fehler unter die Nase zu reiben. Er schlug sogar vor, Ermittlungen zu veranlassen, um Ishani aufzuspüren, aber das lehnte Avery ab. Er wollte nicht riskieren, dass seine frühere Geliebte möglicherweise ins Gefängnis kam.

In den nächsten Wochen und Monaten durfte er bei Nathaniel und Sophia Wallich wohnen. Wenn er sich nicht gerade ausruhte, half er Wallich wie schon früher beim Katalogisieren und Beschriften der vielen botanischen Proben, die sie aus Nepal mitgebracht hatten. Und auch wenn Wallich anfangs davon nichts hören wollte, bestand Avery darauf, ihm das Geld zurückzuzahlen, das Wallich für ihn und Ishani ausgegeben hatte. Außerdem übernahm er einen Teil von Wallichs Briefwechsel mit Forschern und Laien aus aller Welt. Diese Arbeit lenkte ihn ein wenig ab von der brütenden Schwermut, die ihn immer wieder überkommen wollte, wenn er an all das dachte, was er verloren hatte.

Mit dem neuen Jahr war die heiße Saison in die Stadt zurückgekommen. Und dann, eines Tages Ende Februar, als die Hitze besonders unerträglich in den Straßen hing, war Ishani plötzlich wieder da.

Zuerst hatte Avery die abgerissene Gestalt gar nicht erkannt, die da eines Nachmittags, als die Wallichs Bekannte besuchten, vor dem Haus stand und um Einlass bat. Nichts war mehr zu sehen von ihrer früheren Lieblichkeit und Anmut. Jetzt stand dort eine Frau mit schmutzigen Kleidern und zerzausten, verdreckten Haaren, die aussah, als hätte sie eine ganze Weile auf der Straße gelebt.

»Avery. Ich freue mich zu sehen, dass es dir besser geht.« Nur ihre Stimme war noch dieselbe. Ihre Stimme und die wunderschönen, mandelförmigen Augen.

»Was willst du?« Trotz seiner abweisenden Worte klopfte sein Herz einen unglaublich raschen Takt. O Gott, er liebte sie noch immer.

Sie sah ihn einen Augenblick lang an, als müsse sie erst sichergehen, dass er es auch wirklich war. Dann öffnete sie das verdreckte Gewand, in das sie gehüllt war, und präsentierte ihm ihren erschreckend dicken Bauch.

»Ich bekomme ein Kind.«

Ein heißer Stich des Bedauerns durchzuckte ihn, als er ihren schwangeren Leib sah.

»Du hast offenbar nicht lange gewartet und dich von dem nächstbesten Galan schwängern lassen.«

»Es ist dein Kind, Avery.«

Er lachte auf. »Das möchte ich doch bezweifeln. Du bist hier, um mir deinen Bastard unterzuschieben. Aber das wird nicht funktionieren, Teuerste.« Er vermied es zu sagen, dass er nicht mehr in der Lage war, Kinder zu zeugen. »Ich glaube dir kein Wort, Ishani – Charlotte. Du hast mich lange genug getäuscht.«

Sie schüttelte den Kopf und setzte sich – langsam, als hätte sie Schmerzen, die Hände in den Rücken gestützt – auf die Bank vor dem Haus. Dieselbe Bank, auf der damals auch Avery gesessen hatte, als sie ihm geholfen hatte, zu Wallich zu kommen.

»Ich stehe kurz vor der Niederkunft, Avery. Das heißt, dieses

Kind wurde vor acht oder neun Monaten gezeugt. Du weißt, wo ich zu dieser Zeit war.«

Ja, das wusste er. Zu dieser Zeit war er in Kathmandu fast Tag und Nacht mit Ishani zusammen gewesen. Da hatte es keinen anderen Mann gegeben.

Das konnte nur eines bedeuten.

»Es ist mein Kind?«, flüsterte er tonlos. »Du meinst … Ich werde Vater?«

Sie nickte. Mehr nicht.

Und trotz aller Zweifel – er wollte ihr glauben.

»Warum kommst du jetzt erst zu mir? Warum hast du dich nicht schon früher gemeldet?«

Sie senkte den Kopf. »Weil ich angenommen habe, dass du mich gleich wieder fortschicken würdest. Aber jetzt …« Sie holte tief Luft. »Ich bin krank, Avery. Und ich kann mein Kind nicht auf der Straße bekommen.«

Er musste nicht mehr hören. Ihre Lügengeschichte von der geflohenen Prinzessin – oder was auch immer sie ihrem nächsten Gönner erzählt hatte – funktionierte nur so lange, bis sie ihren wachsenden Leib nicht mehr vor ihm verbergen konnte. Und dieser neue Liebhaber war offensichtlich nicht so arglos zu glauben, dass ihre fortgeschrittene Schwangerschaft auf ihn, der sie gerade einmal wenige Wochen lang kannte, zurückzuführen sei, und hatte sie vor die Tür gesetzt.

»Kann ich hierbleiben? Wenigstens, bis ich mein Kind geboren habe?«

»Das habe ich nicht zu entscheiden«, sagte er. »Aber ich werde ein gutes Wort für dich bei Nate einlegen.«

Wallich war selbstredend nicht begeistert. Es war schließlich seine Frau Sophia, die trotz aller Vorbehalte ihres Mannes bestimmte, dass Ishani erst einmal im Roxburgh House bleiben durfte. Wallich sorgte dafür, dass stets ein Diener vor der Tür ihres Zimmers stand, um zu verhindern, dass sie irgendetwas an sich nahm, was ihr nicht gehörte. Aber das war gar nicht nötig. Ishani war so erschöpft, dass sie meistens nur im Bett lag und viel schlief.

Die Wehen setzten bereits nach wenigen Tagen ein – als hätte das Kind sich gerade so lange Zeit gelassen, bis seine Mutter einen sicheren Platz gefunden hatte. Und Avery ertappte sich dabei, wie er unruhig in Wallichs Räumen umherging.

Die Geburt zog sich eine ganze Nacht und auch noch einen Großteil des nächsten Tages hin, bis Ishanis Schreie irgendwann am Nachmittag endlich verstummten.

Als Sophia Wallich einige Zeit danach zu ihm kam, ein kleines Paket im Arm, da war ihm plötzlich so schwindelig, dass er sich setzen musste.

»Die Mutter ist wohlauf, nur sehr schwach nach der großen Anstrengung«, erklärte sie und drehte sich so, dass er das kleine, in ein weißes Leintuch gehülltes Bündel Mensch sehen konnte. »Herzlichen Glückwunsch, Avery. Du hast einen Sohn.«

Das Kind wurde auf Ishanis Wunsch Naveen getauft, dem Avery noch Julian, den Vornamen seines Vaters, mitgab. Die Taufe fand in Wallichs Haus statt – ein anglikanischer Geistlicher kam und hielt eine kleine, unspektakuläre Zeremonie ab. Ansonsten war Ishani dem Kind gegenüber seltsam gleichgültig. Sie vernachlässigte es zwar nicht, aber sie beschäftigte sich auch nicht weiter mit ihm. Es war, als hätte sie mit der Geburt ihre Pflicht und Schuldigkeit getan. Meist kümmerte sich eine einheimische Amme, die Wallich für seinen eigenen Sohn eingestellt hatte, um den Säugling.

Der Burgfrieden währte nur kurz. An einem Morgen zwei Wochen nach Naveens Geburt wachte Avery aus einem wirren Traum auf und hörte seinen kleinen Sohn schreien. Die Amme eilte zur selben Zeit wie er herbei und nahm Naveen auf, um ihn zu trösten. Das Bett, in dem Ishani gelegen hatte, war leer, und auf der Decke lag ein kleiner, zusammengefalteter Brief, adressiert an ihn.

Avery faltete ihn mit zitternden Händen auseinander.

»*Vergib mir, Avery*«, stand dort in großer, geschwungener Handschrift. »*Aber ich eigne mich nicht als Mutter. Ich lasse den kleinen Naveen – Deinen Sohn, dessen sei versichert, sieh Dir allein seine Augen an! – in Deiner Obhut. Bitte sorge gut für ihn.*

In Liebe,

Ishani (Charlotte Ishani Watson)«

Avery hatte es versucht. Er hatte versucht, dem Kind ein guter Vater zu sein, aber es gelang ihm nicht. Ishanis erneuter Weggang hatte ihn tief getroffen, und obwohl sie eine Amme hatten, die sich um den Säugling kümmerte, zerrte das schreiende Kind mit seinen Ansprüchen an seinen Nerven. Und so entschloss er sich schweren Herzens, seinen Sohn in einem der Waisenhäuser Kalkuttas abzugeben, wo man sich besser um ihn kümmern würde als er.

Aber als er dann innerhalb der geschlossenen Mauern des Hauses stand, mit seinem Sohn im Arm, und die vielen braunen Gesichter der Waisenkinder erblickte, die ihn aufmerksam ansahen, fragte er sich, was er da eigentlich tat. Hatte er nicht wochenlang darum getrauert, dass er niemals Vater werden könnte? Wie konnte er da seinen Sohn weggeben?

Und mit plötzlicher Wucht kam ihm zudem das Schicksal seines älteren Halbbruders Tristan in den Sinn. Tristan hatte in seiner Kindheit einige Jahre in einem Waisenhaus leben müssen, bis Damaris, Allie und Henry ihn dort aufgespürt hatten. Dieses Schicksal wollte und konnte er seinem eigenen Kind unmöglich antun.

Dieses Kind in seinen Armen, sein Sohn, *hatte* einen Vater.

Neu erwachter Lebensmut durchströmte ihn. Er war jetzt nicht mehr nur für sich selbst verantwortlich. Und obwohl er es bislang abgelehnt hatte, stellte er diesmal selbst Nachforschungen über Ishani an. Sein Sohn hatte schließlich ein Recht darauf zu erfahren, wer seine Mutter war und wo sie sich aufhielt.

Aber dann begann im August 1818 eine Cholera-Epidemie in den Straßen und Häusern von Kalkutta zu wüten. Es gab viele Tote, und Wallich war lange Tage nur mit der Behandlung von Cholerakranken beschäftigt. Kurz darauf, als Naveen gerade anfing, sich allein aufzusetzen, hatte Avery die Nachricht erreicht, dass auch seine ehemalige Geliebte Ishani dieser Krankheit erlegen war.

»Das tut mir wirklich sehr leid, Avery«, sagte Damaris jetzt. »Auch wenn sie sicher kein einfacher Mensch gewesen ist, ich hätte sie gern kennengelernt. Sie war ja immerhin so etwas wie meine Schwiegertochter.«

»Danke«, murmelte Avery. Der Schmerz über Ishanis Tod saß noch immer tief. »Naveen weiß nicht, dass seine Mutter eine gewiefte Betrügerin war. Wenn er älter ist und mehr versteht, werde ich es ihm wohl erzählen, aber bis dahin soll er weiterhin glauben, dass sie eine Frau war, die ich sehr geliebt habe. Und das habe ich ja auch«, setzte er noch leise hinzu.

»Für die Liebe muss man sich nicht schämen«, sagte Julian ruhig.

Avery sah ihn überrascht an und nickte dankbar, einen Kloß im Hals.

Zu seinem eigenen Erstaunen war Avery von der Cholera in Kalkutta verschont geblieben. Er war nun schon mehrfach dem

Tod entkommen – allmählich begann er zu glauben, dass das etwas zu bedeuten hatte.

Seine nächsten Jahre waren von einer unbestimmten Unrast geprägt gewesen. Es hielt ihn nicht lange in Kalkutta, er musste wieder fort, der Enge der Stadt entfliehen, etwas Neues sehen, Abenteuer erleben. Da kam es ihm gelegen, dass Wallich jemanden brauchte, der erneut für ihn auf Pflanzenjagd ging. Nathaniel, stellte sich heraus, hatte sich irgendwo Malaria eingefangen und litt immer wieder unter quälenden Fieberattacken. Daher war es ihm nur recht, dass jemand anderes das Reisen für ihn übernehmen konnte. Und so führten Averys nächste Expeditionen ihn zuerst in die Wälder Hindustans und danach nach Assam, von wo er viele neue, unbekannte Pflanzen mitbrachte.

In dieser Zeit, während er wochen- und monatelang unterwegs war, blieb sein Sohn bei den Wallichs. Naveen nannte sie Tante Sophia und Onkel Nate. Sophia hatte im Frühjahr, kurz nach Ishanis Niederkunft, eine kleine Tochter geboren, die auf den Namen Hannah Sarah getauft wurde, sodass nun drei Kinder bei den Wallichs lebten.

Mit fünf Jahren wurde Wallichs Erstgeborener George Charles nach Kopenhagen zu Wallichs Eltern geschickt, damit er eine europäische Schulbildung bekam. Als Naveen allmählich älter wurde, musste sich Avery auch für ihn etwas überlegen. Der Junge wirkte zwar mit seiner olivfarbenen Haut und den schwarzen Locken recht indisch, aber Avery sah Naveens Zukunft eher in Europa. Er sollte in England zur Schule gehen und die Familie seines Vaters kennenlernen.

Da passte es gut, dass Avery eines Tages bei den Wallichs wieder auf Anthony und Isabella Buller traf, die er lange nicht mehr gesehen hatte. Die Bullers, deren Kinderschar auf inzwischen neun angewachsen war, planten allmählich ihre Heimreise nach

England. Wallich hatte vor, den Bullers etliche Pflanzenproben und Samen nach England mitzugeben, wofür einiges an Überlegung und Vorbereitung nötig war. Und da auch Avery an eine Rückkehr dachte, bestieg man Anfang Januar gemeinsam einen Ostindienfahrer, der von Bengalen aus in Richtung England in See stach.

Natürlich hätte Avery in Indien bleiben und den Jungen in der Obhut der Bullers nach England schicken können. Aber Naveen war alles, was er hatte, und er wollte seinen Sohn nicht allein in einer für ihn fremden Umgebung lassen. Und er selbst hatte auch wieder nach Hause gewollt. Nach Heligan. Um sich endlich seiner Schuld zu stellen.

»Warum hast du nicht geschrieben?«, fragte Julian, als Avery geendet hatte. »Deine Mutter war vor Sorge fast von Sinnen. Und ich auch«, setzte er nach einer kleinen Pause hinzu.

Avery senkte den Blick. »Ich konnte nicht. Ich hatte zu viel Angst zu erfahren, dass ich Perys getötet habe.«

»Aber das hast du ja nicht!«, warf Lowenna ein.

»Ich weiß«, sagte Avery. »Das heißt, es hat lange gedauert, bis ich erfahren habe, dass Perys überlebt hat und wieder ganz genesen ist. Bis kurz vor der Abreise, um genau zu sein, als ich mit Anthony darüber sprach. Ich glaube, ich war noch nie in meinem Leben so erleichtert. Dennoch wird es Zeit, ein paar Sachen zu klären.«

35

AVERY

Heligan House, Mai 1825

Kies knirschte unter den Rädern der offenen Kutsche, als der Wagen auf der Einfahrt zum Stehen kam. Kaum hatte der Kutscher die vier Pferde angehalten, die den Wagen zogen, erhob sich eine elegant gekleidete Frau mit großem Hut von ihrem Sitz. Averys Herz schlug schneller vor Freude, als er die schlanke Gestalt seiner jüngsten Schwester erkannte. Aus der hübschen jungen Frau, die er in Erinnerung hatte, war eine Dame geworden. Er reichte ihr galant die Hand, und ihre vornehme Haltung änderte sich abrupt.

»Avery!« Fast wäre sie gestolpert, so eilig hatte sie es, aus der offenen Kutsche zu steigen.

»Florrie!« Er hielt sie fest und half ihr aus dem Wagen. »Meine kleine Florrie!«

»Nichts mehr mit Florrie!« Sie schlug ihm spielerisch mit einem zusammengelegten Fächer auf den Arm. »Ich bin jetzt achtbare Ehefrau und Mutter, mein Lieber.« Dann ließ sie die Koketterie sein und schlang ihrem Bruder die Arme um den Hals. »Ich bin so froh, dass du lebst! Und dass du zurückgekommen bist.«

»Und du bist jetzt also verheiratet?«

»Ja, wer hätte das gedacht, nicht wahr?« Sie lächelte und wandte sich dann an den stattlichen Herrn, der nach ihr aus der

Kutsche gestiegen war. »Darf ich dir meinen Mann vorstellen? Gordon Curfey, Partner in einer Schifffahrtsagentur in Falmouth.«

»Freut mich sehr, Mr Curfey.«

»Ganz meinerseits, Mr Harrington. Ich habe schon viel von Ihnen gehört.«

Die Männer schüttelten sich die Hände – und beschlossen dann schnell, dass man sich ja auch duzen könne, schließlich sei man verschwägert.

»Gordon ist demnächst übrigens Teileigentümer eines eigenen Dampfschiffs«, setzte Florence stolz hinzu.

Avery nickte anerkennend. »Ich bin beeindruckt.« Er wandte sich wieder an seine Schwester. »Und das sind deine Kinder?«

Sie lächelte in unübersehbarem Stolz, während sie den beiden etwa sechs und sieben Jahre alte Jungen, die noch in der Kutsche saßen, einen Blick zuwarf. »Meine beiden Ältesten, Bernie und Allan. Sie wollten unbedingt mitkommen, als sie hörten, dass ihr unbekannter Onkel einen Sohn in ihrem Alter aus Indien mitgebracht hat. Meine kleine Evie ist mit dem Kindermädchen zu Hause geblieben. Kommt, ihr beiden, stellt euch eurem neuen Cousin vor.«

»Du bist also Naveen«, wandte seine Schwester sich dann fragend an den Jungen, der neben seinem Vater stand und sich jetzt artig vor ihr verbeugte. »Avery, er ist dir ja wie aus dem Gesicht geschnitten!«, stellte sie entzückt fest.

Während die Erwachsenen miteinander sprachen, waren die beiden Jungen aus dem Wagen gestiegen und liefen sogleich zu Naveen. Der Junge strahlte: Endlich hatte er ein paar gleichaltrige Spielgefährten gefunden.

Florrie sah sie zärtlich an, dann hakte sie sich bei Avery ein. »Komm, lass uns gehen, Mum und Dad warten sicher schon.

Aber du musst mir versprechen, ganz genau zu erzählen, was du alles erlebt hast.«

Avery zügelte sein Pferd nahe der kleinen Geschützbatterie, die Charles Rashleigh während der napoleonischen Kriege zum Schutz vor marodierenden Franzosen hatte erbauen lassen. Von hier oben hatte er einen guten Blick auf die vielen Fischerboote, die soeben wieder in den Hafen von Charlestown einliefen. In den Booten türmten sich silbrig glänzende Sardinen, die die Fischer mit ihren Netzen gefangen hatten. Die Hauptfangzeit für Sardinen begann eigentlich erst im August, aber in diesem Jahr war der Fang offenbar schon im Juni äußerst ertragreich. Ein paar Möwen kreischten heiser, während sie unablässig über dem Hafen kreisten. Einige Fischer hatten bereits angelegt und ihren Fang ausgeladen. Ihre Frauen standen bereit, nahmen die Sardinen aus und schichteten sie abwechselnd mit dicken Lagen von Salz in Fässer, um sie länger haltbar zu machen. Über allem lag ein strenger Geruch nach Fisch. Es war ein friedliches, vertrautes Bild, das Avery lange nicht mehr gesehen hatte, und er genoss es nach all den Jahren in der Fremde.

Er wünschte, er könnte noch länger hier auf dem Pferderücken sitzen und den Fischern und ihren Frauen zusehen. Aber er hatte etwas zu erledigen, und auch wenn ihm diese Sache schwer im Magen lag, würde er es jetzt endlich hinter sich bringen. Für ein paar Minuten sah er noch dem geschäftigen Treiben im Hafen zu, dann trieb er sein Pferd an und wandte sich landeinwärts.

Nach einer halben Meile hatte er sein Ziel erreicht: das herrschaftliche Duporth Manor, Heimat der Rashleigh-Familie. Grace und Charles Rashleigh waren inzwischen gestorben – Grace vor fünf und Charles vor zwei Jahren –, und jetzt gehörte das Haus ihrem einzigen Sohn Perys.

Avery war ziemlich aufgeregt, als er dem Butler, der ihm öffnete, seinen Namen nannte. Er hatte Perys geschrieben und gefragt, ob er ihn besuchen dürfe. Die Antwort seines früheren Freundes hatte auf sich warten lassen. Als sie nach einigen Tagen endlich kam, war sie relativ knapp und kühl, aber immerhin nicht vollkommen ablehnend ausgefallen: Perys hatte geschrieben, er sei häufig unterwegs, daher sei es nicht immer einfach, Zeit für Besuche finden, und ihm einen Termin für diesen Tag genannt.

Da Avery erwartet wurde, führte ihn der Butler in den Salon, in dem mehrere fein geschwungene Stühle um ein kleines Tischchen standen, und dort wartete er ein paar Minuten, während er nervös die gestreifte Tapete betrachtete.

Als sich die Tür öffnete, erhob er sich mit klopfendem Herzen von dem Stuhl, auf dem er gesessen hatte.

»Avery?« Die Stimme war ihm vertraut. Aber es war nicht Perys, der ihm da langsam entgegenkam.

»Martha!« Er ging mit raschen Schritten auf sie zu, beide Hände ausgestreckt. Wie hatte er nur Perys' Schwester vergessen können?

»Perys wird auch gleich kommen. Aber ich wollte dich nicht länger warten lassen.« Sie nahm seine Hände und musterte ihn anerkennend. »Du siehst … gut aus«, sagte sie, und ein leichter rosiger Schimmer überzog ihr blasses Gesicht.

»Du auch«, gab er zurück, und diesmal meinte er es ehrlich. Zwar war sie noch immer keine Schönheit, aber sie hatte sich deutlich zu ihrem Vorteil entwickelt. Die Frau, die ihm hier gegenüberstand, hatte wenig Ähnlichkeit mit der spröden grauen Maus, die er in Heligan so forsch geküsst hatte. O Gott, ein ganzes – na ja – halbes Leben schien das schon zurückzuliegen. Martha war ein paar Jahre älter als er, das hieß, dass sie jetzt Mitte vierzig sein musste. Ihre noch immer braunen Haare waren zu einem festen Haarknoten am Hinterkopf gebunden, zu beiden Seiten ihres Gesichts hingen züchtige Korkenzieherlocken.

»Du lebst also auch hier?«, fragte er.

Was für eine dämliche Frage. Offensichtlich tat sie das.

Sie lächelte nachsichtig und zog mit einem freundlichen Nicken ihre Hände zurück. »Vater hat Perys das Haus vermacht, aber ich darf ebenfalls hier wohnen.«

»Mein aufrichtiges Beileid zum Tod eurer Eltern.«

»Danke. Das ist sehr nett von dir.«

»Ich …« Er sah ihr ins Gesicht, in die sanften hellbraunen Augen. »Ich wollte mich bei dir entschuldigen, Martha. Was ich damals getan habe, war unverzeihlich.«

Sie neigte den Kopf ein wenig. »Du meinst, mich zu küssen, war unverzeihlich?«

Sie spielte mit ihm. Das war ihr gutes Recht, und er lächelte unsicher und suchte für ein paar Augenblicke nach der passenden Antwort.

Aber sie sprach bereits weiter. »Ich habe dir längst vergeben, Avery.«

»Das erleichtert mich sehr. Danke«, sagte er schlicht.

»Setzen wir uns doch.« Sie griff nach dem Handarbeitskorb, der am Fenster stand, und ließ sich an dem kleinen Tischchen nieder, wo sie eine der halb fertigen Stickarbeiten aufnahm.

Auch Avery nahm wieder Platz. »Woran arbeitest du da?«, fragte er, mehr aus Höflichkeit als aus Neugier.

»Ein Taufbändchen. Für meinen jüngsten Neffen.«

Avery musste entsprechend verwirrt ausgesehen haben, denn sie erklärte: »Für den kleinen John Tremayne. Sein Vater, John Hearle Tremayne, ist mein Cousin, also ist der kleine John mein Neffe zweiten Grades. Siehst du, das J ist schon fast fertig.«

»Das wird bestimmt sehr schön.«

Für ein paar Augenblicke sah er ihr zu, wie sie stickte, suchte nach einem unverfänglichen Thema und fand keines.

»Ich habe gehört, du hast einen Sohn«, sagte sie in die Stille hinein.

»Ja, das habe ich. Sein Name ist Naveen, und er ist sieben Jahre alt.«

»Und seine Mutter lebt nicht mehr? Das tut mir sehr leid.«

»Danke.«

Auf diese Weise ging es ein paar Minuten weiter – etwas gezwungen, aber durchaus erträglich. Avery erzählte ein wenig über Naveen, was ihm weitaus leichter fiel, als über die Vergangenheit zu reden.

Er verstummte, als sich feste Schritte näherten und gleich darauf die Tür zum Salon geöffnet wurde.

Es war ein Fehler gewesen hierherzukommen. Das war Avery in dem Moment klar, als Perys den Raum betrat. Aber er würde das jetzt durchstehen und sich seiner Verantwortung stellen.

»Sieh an«, sagte Perys kühl. Er trug die blaue Uniformjacke eines Marineoffiziers, in der er ziemlich schneidig aussah. »Avery Harrington. Der verlorene Sohn ist zurückgekehrt.«

»Perys. Ich bin so unglaublich froh, dass du lebst.«

»Ja, das kann ich mir vorstellen. Wäre ich tot, hätten sie dich vermutlich gehängt.« Perys bedachte ihn mit einem abschätzigen Blick. »Ich kann mir denken, warum du hier bist. Aber bevor wir über diese … Sache reden, möchte ich, dass du dich bei meiner Schwester entschuldigst.«

»Das hat er bereits, Perys«, fiel Martha ihm ins Wort, bevor Avery antworten konnte.

»Tatsächlich?« Perys hob eine Augenbraue. »Nun, das zumindest ehrt dich.«

»Perys.« Avery trat einen kleinen Schritt auf ihn zu. »Vermutlich wirst du mir nie vergeben können, aber …«

Perys sah ihn nur an, wortlos, abwartend.

Sein Schweigen verunsicherte Avery – so sehr, dass die Sätze, die er sich schon lange zurechtgelegt hatte, plötzlich wie fortgeblasen waren aus seinem Hirn. Und so sprach er einfach das aus, was ihm in den Sinn kam.

»Es …. Es tut mir leid, Perys. Ich hatte niemals die Absicht, auf dich zu schießen, aber es ist passiert. Und als ich dich dort liegen sah, hatte ich schreckliche Angst, dich getötet zu haben. Und auch, deswegen ins Gefängnis zu müssen oder gar gehängt zu werden.« Er senkte den Kopf. »Ich war schwach und ein Feigling. Damals sagte mir mein Vater, ich müsse mich meiner Verantwortung stellen, aber das konnte ich nicht. Deswegen bin ich geflohen. Bis nach Indien.«

Perys schwieg. So lange, dass Avery schon glaubte, er würde gar nichts mehr sagen.

»Ich weiß nicht, ob ich schon bereit bin, dir zu vergeben, Avery«, sagte er schließlich.

»Das erwarte ich auch gar nicht. Ich wollte nur, dass du weißt, wie leid es mir tut und wie sehr ich das alles bereue.«

Perys nickte. »In den ersten Jahren habe ich dich verflucht und dir die Pest an den Hals gewünscht.« Er rieb über seine Weste. »Weißt du, wie es sich anfühlte, als sie mir deine Kugel herausschnitten? Der Schuss hatte mich in der Brust getroffen. Sie haben warten müssen, bis ich kräftig genug war, um die Operation durchzustehen. Und dann haben sie unendlich lange dafür gebraucht. Ich glaube nicht, dass du dir vorstellen kannst, welche Schmerzen ich dabei hatte.«

Avery schüttelte sacht den Kopf. Er würde Perys jetzt nicht erzählen, dass auch er selbst eine ähnlich qualvolle Erfahrung hinter sich hatte. Darum ging es hier nicht.

»Nein«, sagte er ohne jegliche Ironie in der Stimme. »Vermutlich kann ich das nicht.«

Es war Zeit für seine Mitbringsel. Er packte Gewürze, einen Ballen feinen indischen Stoff und die aus Samen gezogenen Stecklinge einiger exotischer Pflanzen aus und legte sie nacheinander auf das Tischchen und einen der Stühle.

Diese Gaben ließen Perys' Abwehr sichtlich schmelzen. Vor allem das kleine Paket mit Safran – dem teuersten Gewürz der Welt – machte ihn ein wenig fassungslos.

»Das ist wirklich – sehr großzügig von dir, Avery.«

»Das war das Mindeste, was ich tun konnte.«

»Das wird unsere Köchin hoffentlich ebenso zu schätzen wissen. Vermutlich muss ich ihr erst einmal erklären, was man damit macht.«

Martha bewunderte derweil das farbenfrohe indische Muster des Stoffballens.

»Wunderschön«, murmelte sie und strich über den Stoff. Dann erhob sie sich, ging zu einem kleinen Wandschrank und holte dort etwas aus einer Schublade hervor. »Ich habe auch etwas für dich.« Sie hielt ihm einen gedrechselten, in einer Spitze auslaufenden Stab hin, an dem ein kleiner Ball mit einer Schnur befestigt war. »Für deinen Sohn. Ich dachte, vielleicht freut er sich über ein Spielzeug. Siehst du, der Ball hat ein Loch, und man muss versuchen, ihn durch geschicktes Werfen mit der Stabspitze zu fangen.«

Ein Bilboquet. Avery kannte diese Art von Geschicklichkeitsspiel noch aus seiner Kindheit. »Vielen Dank, Martha, das ist sehr aufmerksam. Darüber freut er sich ganz sicher.«

»Du hast also einen Sohn und bist verwitwet, habe ich gehört?«, fragte Perys und setzte sich.

Avery schüttelte den Kopf. »Wir waren nicht verheiratet. Aber ansonsten hast du recht. Naveens Mutter lebt nicht mehr.«

»Und wie findet er sich hier ein?«

»Anfangs hat er seine Freunde aus Indien vermisst. Aber jetzt hat er Bernie und Allan kennengelernt, die Söhne meiner jüngsten Schwester, und hört nicht mehr auf, von ihnen zu erzählen und was sie ihm alles schon gezeigt haben. Angeblich hat er den beiden im Gegenzug ein paar Worte Hindi beigebracht.« Er lachte.

Auch Martha lachte. »Ich wünschte«, sagte sie, »du würdest uns ein wenig von Indien erzählen.«

Also tat er es. Er gab ein paar Anekdoten zum Besten, wobei er sich auf die harmlosen Sachen beschränkte. Über Ishani berichtete er nur das, was er auch Naveen immer erzählte: dass sie eine anglo-indische, wunderschöne Frau gewesen war, die er in Nepal kennengelernt und mit der er eine kurze, glückliche Liebe erlebt hatte, bis sie kurz nach Naveens Geburt viel zu früh an der Cholera gestorben war.

Perys hatte sich erhoben und griff nach einer Flasche Brandy, die zusammen mit anderen Flaschen auf einer Anrichte standen. »Du auch, Martha?«

»Nein, danke.« Sie wandte sich an Avery. »Mein Bruder will mich immer zum Trinken verleiten, aber das wird ihm nicht gelingen.«

Perys zuckte mit den Schultern. »Aber du trinkst einen mit mir, Avery?«

»Sehr gern.«

Er goss zwei Gläser Brandy ein. »Du hast dich verändert, Avery.«

Dieser sah ihn an. »Zum Guten oder zum Schlechten?«

Perys erwiderte seinen Blick und reichte ihm ein Glas. »Da bin ich mir noch nicht ganz sicher. Aber ich denke zum Guten.« Er stieß mit ihm an. »Auf dich, Avery. Und auf deine Heimkehr.«

Sie tranken.

»Wann geht es bei dir wieder los?« Avery stellte das Glas auf den kleinen Tisch vor sich.

»Mein Schiff läuft in zwei Tagen aus.«

»Du bist nicht verheiratet?«

Perys schüttelte den Kopf. »Nein, das verträgt sich nicht mit meinem Beruf. Als Marineoffizier bin ich zu oft fort, um einer Frau ein guter Ehemann zu sein.« Er schien kurz mit sich zu ringen, dann sprach er weiter. »Dürfte ich dich um etwas bitten, Avery?«

»Natürlich.«

»Ich würde es sehr zu schätzen wissen, wenn du meine Schwester während meiner Abwesenheit ab und zu besuchen würdest.«

War das so etwas wie ein Versöhnungsangebot? Das Herz wurde Avery leicht.

»Es wäre mir eine Ehre und eine Freude – vorausgesetzt natürlich, es wäre dir auch recht, Martha.«

Diese senkte bescheiden den Blick, aber sie lächelte. »Ja, das wäre es. Du bist hier immer herzlich willkommen, Avery. Und bring deinen Sohn beim nächsten Mal mit. Ich würde ihn zu gern kennenlernen.«

Als er sich an diesem Nachmittag von Perys und Martha verabschiedete, hatte er zum ersten Mal seit langer Zeit das Gefühl, etwas richtig gemacht zu haben.

Die Sonne schien ihm durch das Fenster ins Gesicht. Avery drehte sich noch einmal im Bett, das in seinem früheren Zimmer im Steward's House stand, und zog sich die Decke über den Kopf, um eine weitere Runde zu schlafen.

Seit er wieder zurück war, wohnten er und Naveen bei seinen Eltern. Dieses Arrangement war noch etwas ungewohnt für ihn, aber auch ziemlich bequem, schließlich musste er sich auf diese Weise mit vielen Dingen nicht herumplagen und konnte seinen Interessen nachgehen – zu denen noch immer lange Abende am Spieltisch gehörten. Außerdem machte er seinen Eltern damit eine Freude: Vor allem Damaris konnte kaum genug von ihrem kleinen exotischen Enkel bekommen, der sich allmählich immer mehr einlebte.

Er schlug blinzelnd die Augen auf.

Irgendetwas war anders. Das Haus war still. So vollkommen still, dass es ihn beunruhigte. Keine knarrenden Dielen, kein gedämpftes Klappern von Töpfen, kein Gemurmel der Bediensteten. Keine Kinderstimme. Das war … ungewöhnlich.

Andererseits musste es ihn auch nicht kümmern. Es war zwar schon hell, aber verdammt noch mal, es war Sommer, da ging die Sonne schon früh auf.

Wie spät war es? Er angelte nach seiner Taschenuhr und warf aus zusammengekniffenen Augen einen Blick darauf. Kurz nach sieben. Das war ja fast noch mitten in der Nacht.

In all den Jahren hatte er es noch immer nicht geschafft, zum Frühaufsteher zu werden, wenn es nicht sein musste. Aber irgendetwas war seltsam an dieser Stille.

Schlief Naveen auch noch?

Seufzend setzte er sich auf, griff nach seiner Hose, streifte sie sich über und ging ins Nebenzimmer, wo sein Sohn einen eigenen kleinen Raum für sich hatte. Aber das Bett war leer, die Laken ordentlich gefaltet.

Auf bloßen Füßen ging Avery die Treppe hinunter.

Auch hier war niemand. Nicht in der Küche, nicht im Salon oder den anderen Empfangsräumen. Auf dem Küchentisch fand er frisch aufgeschnittenes Brot und einen Krug Wasser, was offenbar jemand für ihn dort hingestellt hatte. Aber keine Spur von Naveen.

Avery war am Vortag bei Bekannten zum Kartenspielen gewesen, und es war spät geworden. Vermutlich hatte man ihn ausschlafen lassen. Die Bediensteten hatten offensichtlich ihren freien Tag, und seine Mutter und Lowenna, daran erinnerte er sich jetzt dunkel, wollten an diesem Tag nach Truro fahren. Womöglich hatten sie sich früh auf den Weg gemacht.

»Naveen?«

Dass die Erwachsenen nicht da waren, ließ sich erklären, aber wo steckte sein Sohn?

Er ging noch einmal nach oben und sah in jedem Zimmer im Obergeschoss nach, sogar im Schlafzimmer seiner Eltern, aber Naveen war nicht da. Wieder eilte er die Treppe hinunter.

Vielleicht war sein Sohn früh aufgewacht und hatte sich hinausgeschlichen? Er war hier noch recht fremd – womöglich hatte er sich irgendwo auf dem großen Gelände verlaufen.

Oder er war bei Tristan und Tante Allie. Ja, das war möglich.

Hastig stopfte Avery sich das Hemd, in dem er geschlafen hatte, in den Bund. Um seine Stiefel anzuziehen, die frisch geputzt neben dem Kamin standen, hatte er jetzt keine Zeit, also blieb er barfuß.

Als er aus dem Haus trat, sah er Jim Gribble, einen der Pächter Heligans, einen Zaun um eine der Weiden erneuern.

»Mr Gribble!« Avery beeilte sich, zu ihm zu kommen. Ein paar spitze Steine stachen ihm in die nackten Fußsohlen, aber das war jetzt nicht wichtig.

»Ja, Sir?« Der Mann hob den Kopf und hielt inne in seiner Arbeit.

»Haben Sie meinen Sohn gesehen? Naveen?«

»Den kleinen Inder?« Gribble rieb sich das stoppelige Kinn. »Ja, Sir, das habe ich. Er ist mit Mr Harrington ausgeritten.«

Avery fiel ein Stein vom Herzen. Naveen war bei Tristan.

»Mit meinem Bruder?«

»Nein, Sir, mit Ihrem Vater. Sehen Sie – da sind sie.« Gribble deutete auf den Reitweg, der in den Wald führte.

Avery sah in die Richtung.

Sein siebenjähriger Sohn saß stolz und aufrecht wie ein Fichtenschössling auf dem Pferderücken, hinter ihm sein Großvater Julian, der locker die Zügel hielt. Der Junge wirkte hoch konzentriert und strahlte dabei über das ganze Gesicht – zumindest glaubte Avery, das auf die Entfernung zu erkennen.

Die beiden hatten Avery noch nicht gesehen, und die Brust wurde ihm eng vor Rührung und Freude. Er konnte sich noch gut daran erinnern, dass es einmal eine Zeit gegeben hatte, als er selbst genauso vor seinem Vater auf einem Pferd gesessen hatte. Am liebsten hätte er dieses Bild für immer festgehalten.

Er trat ein paar langsame Schritte vor, und in diesem Moment sahen sein Vater und sein Sohn auf und entdeckten ihn.

Naveen hob eine Hand und winkte ihm, und er winkte zurück.

»Grandpa hat mich mitgenommen zu einem Ausritt!«, sprudelte es aus dem Jungen heraus, als sie Avery erreicht hatten. »Wir waren ganz tief im Wald. Und bei den Teichen. Wir haben ganz viele Fische gesehen.«

»Das ist sehr nett von deinem Grandpa«, sagte Avery.

Er hob den Blick und fing ein Lächeln seines Vaters auf. Dieser Ausritt hatte ihn offensichtlich mindestens ebenso erfreut wie den Jungen.

36

AVERY

Heligan House, Juni 1825

Avery war erleichtert, dass der Junge sich so gut in Heligan einfügte. Er selbst hatte sich nie für einen sonderlich guten Vater gehalten, und dass Naveen jetzt auch den Rest seiner Familie kennenlernen konnte, beruhigte und freute ihn.

Dennoch musste er sich allmählich etwas für Naveens Schulbildung überlegen, das war schließlich einer der Gründe gewesen, warum er nach England zurückgekehrt war. Fürs Erste hatte er einen Hauslehrer angestellt, der den Jungen dreimal in der Woche im Lesen, Schreiben und Rechnen unterrichtete. Aber das reichte auf Dauer nicht, meinten seine Eltern.

»Naveen fühlt sich hier wohl«, beharrte Avery. »Mit mir und euch.«

»Ja, noch«, sagte Damaris. »Aber es gibt hier keine gleichaltrigen Kinder. John Hearles Kinder sind viel jünger als er, und ohnehin sind John und Caroline meist in London. Und Florries Söhne, die im passenden Alter wären, kommen höchstens mal für wenige Tage zu Besuch. Nein, Avery, der Junge braucht gleichaltrige Freunde um sich herum.«

Sie hatte ja recht. Und so hatte Avery schweren Herzens zugestimmt, dass Naveen mit Beginn des nächsten Schuljahrs in die *Grammar School for Boys* in Truro gehen würde, ein Internat für Grundschüler.

Das Wetter war prächtig – genau richtig für das, was sie an diesem Tag vorhatten. Auf mehreren Handkarren warteten viele Dutzende kleiner grüner Schösslinge ordentlich aufgereiht darauf, gepflanzt zu werden. Etliche Gärtner und ihre Gehilfen standen bereit, aber auch einige Heligan-Bewohner ließen es sich nicht nehmen, ihren Teil zur Bepflanzung der neuen Auffahrt beizusteuern: John Hearle, Lowenna, Tristan und Avery. Sogar der junge Naveen war dabei. Henry Tremayne, der alte Squire, hatte sich gemeinsam mit Allie und Averys Eltern auf einer langen, hölzernen Bank in der Nähe niedergelassen und beobachtete das geschäftige Treiben.

Avery konnte es kaum erwarten. In den vergangenen Wochen hatte er viel Zeit mit Mr Roberts, dem Obergärtner Heligans, verbracht. Gemeinsam hatten sie jeden einzelnen der aus Nepal mitgebrachten Samen der *Cornus capitata* in die Erde eines Anzuchtbeets eingesetzt und gewässert. Fast täglich war Avery in das Gewächshaus gegangen, in dem die Samen ihrer Keimung entgegensahen, bis zu seiner Freude unter den gläsernen Rahmen aus der dunklen Erde die ersten grünen Spitzen herauslugten. Jetzt waren fast alle von ihnen zu kleinen, kräftigen Schösslingen herangewachsen, die sich hungrig der Sonne entgegenstreckten – an die fünfhundert Stück.

Als sie an diesem Tag begannen, die ersten der vielen Dutzende kostbarer Schösslinge ins Freie zu pflanzen, war Avery aufgeregt wie ein kleines Kind. Jetzt würden sich die Exoten im Freiland bewähren müssen, ohne den Schutz von Glasrahmen oder Gewächshäusern.

Aber das Wetter hier in Cornwall dürfte passend sein, dachte Avery, nicht zu warm und nicht zu kalt, mit genug Regen. Im Himalaja, wo dieser Strauch wuchs, herrschten ähnliche Bedingungen. Er hoffte sehr, dass die fremden Pflanzen auch hier anwachsen und Blüten und später Früchte tragen würden. Diese

Früchte konnte man sogar essen, hatte er gehört, auch wenn er sie noch nie probiert hatte.

John Hearle war sehr angetan gewesen von Averys Idee, die neu erbaute Zufahrt zu Heligan House nicht mit einer herkömmlichen Allee von heimischen Ziersträuchern zu bepflanzen, sondern dafür die *Cornus capitata* zu verwenden. Wenn zumindest ein Teil von ihnen anwuchs und gedieh, könnten sie vielleicht schon bald erstmals blühen. Das wäre dann die erste Allee dieser Art in England, vermutlich sogar in ganz Europa.

»Ich bin wirklich sehr gespannt darauf, wie es hier aussehen wird, wenn sie zum ersten Mal blühen«, sagte John Hearle, der zwei Schritte neben Avery auf dem Boden kniete und einen weiteren Schössling vorsichtig an seinen neuen Platz packte.

»Es wird fantastisch aussehen«, versprach Avery.

»Du hast gut reden – du hast uns ja auch etwas voraus und sie schon in voller Blüte gesehen.«

»Ich bin nur der Bote«, gab Avery in demselben flachsenden Ton zurück, die Hände ebenfalls in der Erde. »Du bist der Squire. Du hast entschieden, sie hier zu pflanzen.«

»Auf deinen Rat hin.« John Hearle wischte sich seine erdverschmierten Hände an einem Tuch ab. »Außerdem bin ich noch nicht der Squire. Mein Vater ist zwar schon alt, aber noch erfreut er sich einer erstaunlich stabilen Gesundheit.«

Er nickte in Richtung Henry, der auf seiner Bank aufmerksam beobachtete, wie sie die Auffahrt bepflanzten.

Den ganzen Vormittag arbeiteten sie Hand in Hand, Gärtner und Bewohner. Und dann war es geschafft. So weit man sehen konnte, war die neue lange Auffahrt, die in leichter Steigung von Pentewan bis nach Heligan House führte, in größeren Abständen beidseitig mit den kleinen Schösslingen aus Nepal bepflanzt.

»Was wirst du heute noch tun?«, fragte John Hearle, während er sich mit Avery zusammen die Hände in einem Wassereimer wusch.

»Briefe schreiben«, antwortete er. »Wallich wartet auf Antwort, irgendein mir noch unbekannter Botaniker will Samen haben, und wie du vielleicht weißt, kommt in der nächsten Woche wieder eine Lieferung aus Indien.«

Wallich hatte vor Kurzem weitere in braunen Zucker verpackte Päckchen mit Samen aus Indien geschickt, die Avery an etliche Herbarien in Europa verteilen sollte. Manche davon würden sogar bis in die amerikanischen Kolonien versandt werden.

Die Korrespondenz mit Wallich und anderen Botanikern und Pflanzenhändlern aus aller Welt wurde allmählich zu einem wichtigen Teil in seinem Leben. Inzwischen war er fast schon zu einem Fachmann geworden. Früher war es Mr Roberts, der Obergärtner, gewesen, der alles über Pflanzen wusste. Jetzt kam es durchaus vor, dass der Obergärtner Avery um Rat fragte – vor allem bei den neu aus der Ferne eingetroffenen Exoten.

Avery teilte sein Wissen gern. Er konnte sich sogar vorstellen, das zu seinem Beruf zu machen – den Handel mit ausländischen Samen und Pflanzen.

Er trocknete sich die Hände an dem Tuch ab, das John Hearle ihm reichte, und sah den Gärtnern nach, die sich mit den leeren Handkarren in Richtung Gemüsegarten begaben.

»Hast du über mein Angebot nachgedacht?«, fragte John Hearle.

Avery seufzte. »Das habe ich, aber ich bin noch zu keinem Entschluss gekommen.«

John Hearle hatte ihm vorgeschlagen, eines der seit Kurzem frei stehenden Pächterhäuser nach seinen Wünschen umzubauen, um danach dort einzuziehen.

»Das Angebot steht. Und bedenke: Auch wenn Naveen

demnächst in die Schule nach Truro gehen wird, wirst du womöglich nicht allein bleiben. Vielleicht wirst du heiraten und weitere Kinder haben. Dann ist ein eigenes Heim von Vorteil.«

Avery durchzuckte ein kurzer, schmerzlicher Stich. Nein, er würde keine weiteren Kinder haben.

»Ich werde darüber nachdenken«, versprach er.

37

ALLIE

Hafen von Falmouth, Cornwall,
Anfang März 1826

Eine einzelne Möwe flog tief über Allies Kopf, stemmte sich gegen den starken Wind, der vom Meer kam, sodass sie fast in der Luft zu stehen schien. Die Takelage des Dreimasters mit dem klangvollen Namen *Earl of Balcarres,* der im Hafen lag, knatterte im Wind, ein paar lose Schnüre schlugen gegen die hohen Masten.

Allie war lange nicht mehr hier gewesen. In den vergangenen Tagen hatten sie alle – Damaris und Julian, Allie und Tristan sowie Lowenna – bei Florence und ihrer Familie gewohnt, die ein großes Haus in der Nähe des Hafens besaßen. Falmouth an der Südwestspitze Englands war in den vergangenen Jahren zu einer wichtigen und bevölkerungsreichen Hafenstadt geworden. Hier lebten mittlerweile viele angesehene Familien, hatte Florence erzählt, die inzwischen selbst zu diesem erlauchten Kreis gehörte.

Trotz des starken Windes herrschte geschäftiges Treiben am Hafen. Schauerleute liefen hin und her, um den großen Ostindienfahrer mit Vorräten, Wollwaren, Proviant, Scheitholz, Wasser und vielem anderen mehr, was für die lange Reise benötigt wurde, zu beladen.

Allie und Avery standen ein wenig abseits und beobachteten

den Hafenbetrieb. Zu Averys Füßen stand ein großer Seesack – der Rest seines Gepäcks war bereits an Bord.

»Ich wünschte, du würdest bleiben«, sagte Allie.

Sie musste laut reden, um gegen den Wind anzukommen, der ihr die Worte von den Lippen zu blasen schien.

»Ich weiß«, sagte Avery ebenso laut. »Aber ich kann nicht.«

»Oh, du könntest schon«, gab Allie mit einem Zwinkern zurück. »Du willst nur nicht.«

Mit einem halben Schulterzucken gab Avery es zu.

»Als ich damals von hier fortging, war es eine Flucht. Vor der Verantwortung, vor der Strafe.« Er strich sich die dunklen Locken aus dem Gesicht. »Jetzt ist das anders. Jetzt *will* ich wieder fort. Dabei hatte ich gedacht, ich wäre langsam alt genug, um sesshaft zu werden, und dass der Handel mit ausländischen Pflanzen mir reichen würde.«

»Aber das tut es nicht.«

»Nein, das tut es nicht«, bestätigte er. »Ich muss noch einmal etwas von der Welt sehen, bevor ich zu alt dafür bin. Weißt du, Tante Allie, trotz all der Menschen und meiner Familie fühle ich mich hier manchmal einsam. Es ist wie Heimweh, aber nach der Ferne. Nach den weiten Ebenen Indiens, nach den Bergen Nepals, nach all den vielen Dingen, die es noch zu entdecken gibt.«

»Ich bin nicht sicher, ob ich wirklich nachvollziehen kann, was du meinst. Schließlich war ich noch nie weiter fort als Truro oder Falmouth«, sagte Allie. »Aber doch, wenn ich ein wenig überlege, dann glaube ich, ich kann es verstehen. Auf mich hast du immer wie jemand gewirkt, der ein wenig lebensmüde am Rand einer Klippe marschiert.«

»So siehst du mich?« Er lachte. »Aber ja, womöglich hast du recht. Dass Wallich mich gefragt hat, ob ich ihn noch einmal begleiten will, kam wie ein Geschenk des Himmels.«

Allie seufzte. Der Gedanke, dass er erneut gehen würde, dass sie ihn womöglich nie wiedersehen würde, war wie ein Messerstich ins Herz. Und dennoch wusste sie, dass es richtig so war. »Was wird dein erstes Ziel sein?«

»Kalkutta«, sagte er. »Von dort reisen Wallich und ich mit einer kleinen Expedition nach Birma. Und dann mit einem Raddampfer den Fluss hinauf bis nach Ava.«

Avery hatte es ihr erklärt und ihr auch die Briefe gezeigt, die zwischen ihm und Wallich gewechselt worden waren. Nach dem anglo-birmanischen Krieg vor wenigen Jahren waren einige Gebiete in Birma an die englische Krone abgetreten worden. Eine diplomatische Mission sollte in diese Gebiete reisen und dort die reichen Holzvorkommen begutachten, wofür sie unter anderem einen botanischen Berater brauchten.

Avery strich sich erneut – und vergeblich – die dunklen Locken zurück, die der Wind ihm ins Gesicht wehte.

»Lass es uns kurz machen. Ich hasse Abschiede. Zumindest die tränenreichen.«

»Wolltest du deshalb nicht, dass dich deine Eltern und deine Geschwister hierher begleiten?«

Er nickte. »Genau deswegen. Die Vorstellung, dass Mum, Lowenna und Florrie hier weinend am Kai stehen, bricht mir das Herz.«

»Und du meinst, ich tue das nicht?«

Er grinste. »Nein, du tust das nicht. Ich habe dich noch nie weinen gesehen.«

»Weil ich das immer nur heimlich mache.«

Er wurde unvermittelt ernst. »Versprich mir, gut auf sie alle aufzupassen, Tante Allie.«

Sie nickte. »Das werde ich«, gab sie genauso ernst zurück. »So gut es mir möglich ist.«

»Vor allem auf Naveen.«

Naveen ging seit Kurzem auf das Internat in Truro, und seine Briefe von dort überschlugen sich fast vor Begeisterung über die vielen neuen Freunde, die er dort gefunden hatte, und was er alles lernen konnte. Von seinem Sohn, wusste Allie, war Avery der Abschied am schwersten gefallen. Aber es war tatsächlich Naveen gewesen, der seinem Vater zum Aufbruch geraten hatte. Und irgendwann, hatte Avery ihm versprechen müssen, würde er zurückkommen, und dann würde er ihn mitnehmen auf eine große Reise.

»Selbstverständlich«, sagte Allie. »Und um Martha kümmern wir uns natürlich auch.«

Zur allgemeinen Bestürzung war Perys Ende des vorigen Jahres gestorben – an einem nicht näher bekannten Fieber an Bord seines Schiffs. Martha hatte daraufhin nicht allein in Duporth Manor wohnen bleiben wollen, hatte das Haus verkauft und war in ein kleines Cottage in der Nähe gezogen.

»Ich werde euch allen so oft schreiben, wie ich nur kann«, versprach Avery.

»Das hoffe ich doch.«

Er sah sie lange und zärtlich an. »Leb wohl, Tante Allie.«

»Nein, ich sage dir nicht Lebwohl. Ich sage: Auf Wiedersehen, Avery.«

»Nun denn: Auf Wiedersehen, Tante Allie.«

Er drückte sie kurz an sich, nahm dann seinen Seesack auf und drehte sich um.

Allie sah ihm nach, wie er an Bord ging. Ein letztes Winken in ihre Richtung, dann war er verschwunden.

38

LEXI

Heligan Gardens, November

Am Rand von Flora's Green, Heligans weiter Rasenfläche in der Nähe des Eingangs, erhoben sich die riesigen Rhododendronsträucher, die mit fast sechzig Yards Durchmessern zu den größten Englands gehörten. Jetzt bestanden sie fast nur noch aus dichten, dunkelgrünen Blättern, aber im Frühjahr würden sie in Wolken aus Purpur und Magenta aufblühen. Tief im Inneren konnte man ein Gewirr von bronzefarbenen Stämmen sehen.

Aber Lexis Ziel waren nicht die Rhododendren. Dahinter, etwas versteckt in einer vergessenen Ecke, wuchs eines der wenigen noch übrig gebliebenen Exemplare der *Cornus capitata*. Diese Pflanzen hatten Nathaniel Wallich und Avery Harrington einst in Nepal gefunden, und durch Anthony Buller waren sie nach Heligan gekommen.

Auch Avery, das wusste Lexi inzwischen, war nach Heligan zurückgekehrt. Zumindest für eine Weile.

Bis vor Kurzem war dieser Baum ihr kaum aufgefallen, aber jetzt, wo sie seine Geschichte kannte, hatte sie eine besondere Beziehung zu ihm. Bei ihrer Recherche hatte sie einige Seiten eines alten Buches im Internet entdeckt. *Das Blumenkabinett* lautete der schöne Titel, und ein längerer Eintrag aus dem Jahr 1833 befasste sich auch mit der *Cornus capitata*.

Vermutlich würde sie diesen Auszug auch in ihrer Ausstellung bringen, schließlich war diese Pflanze einer der letzten Überlebenden der ersten Pflanzenjäger Heligans.

»*Ein wahrhaft prachtvoller immergrüner Strauch*«, hatte sie den fraglichen Eintrag noch fast wörtlich im Kopf. »*Die Samen wurden von Sir Anthony Buller an seinen Verwandten, J.H. Tremayne, geschickt, in dessen Garten die Pflanze gezüchtet wurde. Dr. Wallich hat sie unter dem Namen* Cornus capitata *der Öffentlichkeit vorgestellt. Die größte Pflanze in Europa steht jetzt in Heligan, wo sie in der Strauchrabatte am üppigsten wächst. Sie ist siebzehn Fuß hoch und blüht schon seit mehreren Jahren, aber in diesem Sommer blühte sie prächtiger als je zuvor.*«

Nun, jetzt war kein Sommer, sondern Spätherbst, und der immergrüne Strauch von der Größe eines Apfelbaums hing voller kugeliger, rötlicher Früchte, die entfernt an Erdbeeren oder Litschis erinnerten.

Die Früchte konnte man angeblich essen – zumindest hatte Lexi schon das ein oder andere Eichhörnchen gesehen, das es tat. Vorsichtig drehte sie eine der hellroten Früchte ab und biss hinein. Sie war süß und saftig und erinnerte geschmacklich entfernt an eine überreife Banane. Lecker. Nur der maiskorngroße Samen war ungenießbar, und sie spuckte ihn aus.

Es war recht kühl und windig. Sie blieb nicht lange stehen, sondern machte sich auf einen kleinen, ziellosen Rundgang durch das spätherbstliche Heligan.

Auf ihrem Weg sah sie einen Eichelhäher, der fleißig Eicheln sammelte, die er eine nach der anderen herunterschluckte und dann davonflog. Die inzwischen leuchtend gelben Blätter des Ginkgos in der Nähe des Gemüsegartens waren fast alle abgefallen und hatten sich wie eine gelbe Decke um den Fuß des Baums gelegt. Jetzt erinnerten die kahlen Äste ein wenig an eine abgemagerte Tänzerin, die ihre Glieder von sich streckte.

Einige Heligan-Mitarbeiter fegten die herabgefallenen Blätter der Bäume von den Gehwegen und Rasenflächen und türmten sie zu großen Haufen auf.

Lexi war in einer seltsamen Stimmung – sie fühlte sich ein wenig einsam und wollte doch keine Gesellschaft. Ben war an diesem Vormittag mit einigen seiner Kollegen ins nahe gelegene Portmellon gefahren, um auf dem dortigen Strand körbeweise Seetang zu sammeln. Dieser Seetang wurde – so hatte er es ihr erklärt – in einer dicken Mulchschicht zur Bodenverbesserung auf Heligans Spargelbeeten verteilt, denen sie damit wichtige Mineralien zuführten. Sie hatte keine Ahnung, wie lange diese Aktion dauern und wann er zurückkommen würde. Vermutlich bald. Aber sie wollte noch eine Weile allein sein.

Sie hatte gerade das nördliche Sommerhaus erreicht – hier war angenehm wenig los –, als sie Ben auf sich zukommen sah.

»*Hier* bist du!« Der Vorwurf in seiner Stimme war nicht zu überhören. »Ich suche dich schon seit einer halben Ewigkeit. Warum gehst du nicht an dein Handy?«

»Sorry, ich hatte den Ton ausgestellt.« Sie holte ihr Handy hervor, warf einen Blick darauf und sah, dass verschiedene Anrufe und Textnachrichten eingegangen waren, alle von ihm.

»So geht das nicht, Lexi! Ich habe mir schon sonst was gedacht, was passiert sein könnte.«

Sie sah zu ihm auf. »Du hörst dich ja fast an wie Rob!«

»Wie bitte?«

»Ja, du verhältst dich fast genauso besitzergreifend.«

»Besitzergreifend?«, wiederholte er ungläubig. »Verdammt, ich mache mir Sorgen um dich!«

»Musst du nicht.«

»Ach, muss ich nicht? Und wer hat mir von ihren Problemen mit einem gewissen Ex erzählt, mit dem nicht zu spaßen ist? Da soll ich mir keine Sorgen machen, wenn du dich nicht meldest?«

Er schnupperte an seinem Jackenärmel. »Wie auch immer. Ich muss dringend aus diesen Klamotten raus und brauche eine Dusche – nach der Strandaktion rieche ich wie ein Iltis.«

Das stimmte – auch wenn sie nicht wusste, wie ein Iltis roch, verströmte Ben einen schwachen Geruch nach Fisch, Algen und Salzwasser.

Aber er war offenbar doch noch nicht ganz fertig. »Hast du noch mal was von Rob gehört?«

»Nicht direkt.«

»Das soll heißen …?«

»Er hat sich bei meinen Eltern gemeldet«, gab sie zu.

»Er hat sich … Himmel, Lexi, warum sagst du mir nichts davon?«

»Jetzt warte doch mal. Das liegt ja alles schon eine ganze Weile zurück.«

»Wie lange?«

Sie hob die Schultern. »Ein paar Wochen.«

Ben sah sie fassungslos an. »Der Idiot hat deine Eltern vor ein paar Wochen angerufen, und du erzählst mir das nicht?«

»Er hat sich ja seitdem nicht mehr gerührt. Und ich muss dir doch nicht alles erzählen.«

»Doch, solche Sachen schon.«

»Wer bin ich – dein Kind?« Sie sah ihn trotzig an. »Ach, lass mich doch in Ruhe!« Sie drehte sich um und ging einige Schritte weiter.

»Lexi!«

Sie blieb stehen, wandte sich aber nicht um.

»Lexi, bitte.« Er hatte sie mit wenigen Schritten eingeholt, nahm sie bei den Schultern und drehte sie sanft zu sich um. »Es tut mir leid. Es ist nur … Seit ich das mit deinem bekloppten

Ex erfahren habe, habe ich einfach Angst um dich. Du bist mir nämlich wichtig. Unglaublich wichtig sogar. Ich will dich nicht verlieren.«

Sie senkte beschämt den Kopf. »Mir tut es auch leid. Ich weiß nicht, warum ich so überreagiere.«

»Vermutlich, weil ich dich an Rob erinnert habe?«

»Nein, das hast du natürlich nicht. Sorry, dass ich das gesagt habe.«

»Dann schieben wir es auf den November. Der lässt viele Menschen trübsinnig werden.«

Sie hob die Schultern. »Möglich. Vielleicht hängt es auch damit zusammen, was ich herausgefunden habe.«

»Was denn?«, fragte er, plötzlich besorgt. »Über Rob?«

»Nein, über Avery.«

Er entspannte sich sichtlich. »Und was?«

»Ich wollte schauen«, erklärte sie, »ob ich nicht doch noch irgendwas über ihn herausbekommen könnte. Und irgendwann fiel mir ein, dass ich ja auch mal in den damaligen Zeitungen aus Indien recherchieren könnte. Und zwar nicht nur um 1815, als er dorthin ging, sondern etliche Jahre später. Also habe ich das getan – habe in allen möglichen Archiven und Suchmaschinen nach seinem Namen geforscht. Und zwar auch lange nach 1815.«

»Und jetzt bist du offenbar fündig geworden.« Es war eine Feststellung, keine Frage.

Sie nickte und kramte aus ihrer Hosentasche einen Ausdruck hervor. »Ein Eintrag aus dem Jahr 1838. Aus einem Buch namens *Der bengalische Nachruf.*«

Der Untertitel kennzeichnete es als »*Aufzeichnung zur Erinnerung an Verstorbene, versehen mit biographischen Memoiren von Personen, die sich in der Geschichte Britisch-Indiens besonders hervorgetan haben.*«

»Und da drin habe ich Avery dann gefunden«, sagte sie.

»Hier, ich lese es dir vor: ›*Zum Gedenken an Avery Harrington, der am 7. Oktober 1838 im einundfünfzigsten Jahr seines Lebens von uns gegangen ist.*‹« Sie schluckte, dann las sie weiter vor. »*Mr Harrington wurde in Heligan, Cornwall, am 4. Dezember des Jahres 1786 geboren. Er war der zweitälteste Sohn von Julian Harrington, dem Gutsverwalter von Heligan. Im Jahr 1815 kam er das erste Mal nach Indien. Für eine kurze Zeit hielt er sich danach wieder in England auf, um ab 1826 erneut in Indien, Birma und Assam zu forschen.*«

»Dann ist er also zurückgekehrt nach England«, sagte Ben. »Und dann ist er noch mal nach Indien gegangen.«

»Ja, so war es wohl.« Sie las weiter. »*Wie sein Begleiter, ein Mr Francis de Silva, berichtete, kam Mr Avery Harrington zu Tode, als er in den Khasi-Bergen von Assam versuchte, eine seltene Magnolie zu erreichen. Dabei gab ein Vorsprung unter ihm nach, und er stürzte in die Tiefe. Sein Leichnam wurde später geborgen und auf dem Friedhof von Shillong in Assam beigesetzt.*« Sie ließ den Ausdruck sinken.

»Puh«, machte Ben. »Das ist … heftig. Kein Wunder, dass du etwas durch den Wind bist.«

»Ja, irgendwie schon. Ich meine, natürlich *weiß* ich, dass er nach all der Zeit schon lange nicht mehr lebt. Aber dann tatsächlich diese Todesanzeige zu finden, hat mich etwas umgehauen. Und was für einen grausamen Tod er hatte!«

»Findest du?«

»Du nicht?«

Ben schüttelte den Kopf. »Nein, gar nicht. Er ist bei etwas gestorben, was er gern getan hat, und das offenbar ziemlich schnell. Womöglich hat er gar nicht richtig mitgekriegt, was mit ihm passiert ist. So was kann man sich doch nur wünschen.«

»Wenn man es so sieht … Ja, dann war es vielleicht doch gar nicht so schlimm für ihn.«

Sie schwieg und schaute über eine kleine Kübelpflanze hinweg auf die Bucht von St Austell und das Meer.

»Ich glaube, du solltest mal raus«, sagte Ben.

»Raus? Du meinst, Urlaub machen?«

»So was in der Art. Zumindest für ein, zwei Tage oder so was anderes sehen.«

»Was anderes sehen?« Sie grinste und deutete in einem großen Bogen auf die wunderschöne Parklandschaft. »Weil das hier eine solch schreckliche Umgebung ist?«

Er lächelte ebenfalls. »Genau. Weil dieser Ort einfach nur furchtbar ist.«

»Und wohin soll es gehen?«

»Meine Mutter hat uns beide eingeladen. Für das nächste Wochenende. Wir könnten am Samstag hinfahren, bleiben über Nacht und fahren am Sonntag wieder zurück. Natürlich nur, wenn du willst.«

Warum eigentlich nicht? Sie brannte doch schon lange darauf, Bens Familie kennenzulernen. Oder zumindest das, was davon übrig war: seine Mutter und seinen Großvater. Bens Eltern hatten sich getrennt – sein Vater wohnte inzwischen in Manchester –, und seine Schwester lebte nicht mehr.

»Ja, das ist gar keine schlechte Idee. Ich würde deine Mutter sehr gern endlich kennenlernen.« Sie stellte sich auf die Zehenspitzen und küsste ihn. »Ich muss doch wissen, wer diesen fantastischen Mann an meiner Seite großgezogen hat.«

Sie rümpfte die Nase, als sie der fischige Algengeruch traf, den er ausströmte. »Aber jetzt sollte dieser fantastische Mann doch erst mal duschen gehen.«

Am Samstag des Remembrance Weekend fuhren Ben und sie in den Norden Cornwalls nach Camborne, wo Bens Mutter mit ihrem Vater in einem der typischen englischen Reihenhäuser wohnte, die überall gleich auszusehen schienen. Es war in freundlichem Zitronengelb gestrichen und hatte einen kleinen, gepflegten Vorgarten, in dem ein paar Hortensien wuchsen, deren verblühte Dolden noch immer aufrecht standen.

Lexi war ziemlich aufgeregt, schließlich war das hier Bens Familie. Aber ihre Befürchtungen waren völlig unbegründet: Bens Mutter (»Sagen Sie doch Anett zu mir«) war eine freundliche Frau von ungefähr fünfzig Jahren, die Lexi sofort sympathisch war.

»Ben spricht ständig von Ihnen«, sagte Anett Pascoe mit einem Augenzwinkern zu ihrem Sohn. »Und jetzt lerne ich Sie endlich mal persönlich kennen. Aber lassen Sie uns doch ins Wohnzimmer gehen, es gibt gleich Tee.«

»Wo ist Grandpa?«, fragte Ben.

Seine Mutter deutete mit dem Finger nach oben, dann ging sie ein paar Schritte die schmale Treppe hinauf und rief: »Dad, kommst du? Ben und seine Freundin sind da.«

»Alles klar!«, erklang es nach kurzer Zeit von oben.

Lexi musste grinsen. Das hörte sich fast genauso an wie Ben.

Als sie ins Wohnzimmer gingen, sah Lexi in einem Regalfach das kleine, gerahmte Bild einer jungen, dunkelhaarigen Frau. Sie blieb stehen, ihr Blick suchte Ben.

»Ist das … Rebecca?«, fragte sie leise und ein wenig befangen. Seine jüngere Schwester, die vor zwei Jahren an Leukämie gestorben war.

Er nickte.

Wenig später hörte sie schwere Schritte auf der Treppe, und dann war er da, Bens Großvater: ein kräftiger Mann Anfang siebzig mit einem kurzen weißen Bart, die noch immer vollen weißen Haare zu einem kurzen Pferdeschwanz gebunden.

»Darf ich dir meinen Grandpa Richard vorstellen? Gramps, das ist Lexi.«

Der ältere Mann schüttelte ihr mit kräftigem Druck die Hand. »Richard Payne. Freut mich sehr.«

»Lexi Davies.«

Es gab Tee und selbst gebackene Cornish Splits, kleine Hefebrötchen, die sie mit Clotted Cream und Marmelade aßen und die wirklich gut waren. Bens Mutter reichte auch noch weiteres Gebäck dazu.

Erst als sie ihr letztes Brötchen verputzt hatte, merkte Lexi, wie die Anspannung von ihr abfiel. Und wie wichtig es ihr offenbar gewesen war, einen guten Eindruck zu machen. Aber jetzt, da sie alle gut gesättigt um den Wohnzimmertisch herumsaßen, fühlte Lexi sich zu Hause.

Sie sprachen über Lexis Job und ihre Vorbereitungen für die große Heligan-Ausstellung, für die sich vor allem Richard interessierte, über Bens weitere Pläne und über Anetts Ärger mit ihrem Vorgesetzten.

Bens Mutter arbeitete als Verkäuferin in einem kleinen Costcutter-Supermarkt, was Schicht- und Wochenendarbeit bedeutete.

»Kein Traumjob«, gab sie mit einem halben Lächeln zu, »aber es reicht, um die Miete zu bezahlen.«

»Dann lebt Ihre Familie also schon lange hier?«, wandte Lexi sich an Bens Großvater, der neben ihr auf dem Sofa saß.

»Oh ja. Nicht unbedingt hier in Camborne, aber schon immer in Cornwall.«

»Du musst ein bisschen deutlicher reden, Gramps«, sagte Ben liebevoll. »Lexi ist eine echte Londoner Stadtpflanze, sie könnte Probleme mit deinem dicken kornischen Akzent haben.«

»Nein, keine Sorge. Ich bin inzwischen lange genug in Cornwall, um fast alles zu verstehen.« Lexi überlegte kurz. »*Wasson, shag?*«, gab sie dann grinsend den kornischen Ausdruck zum Besten, der so viel bedeutete wie »Was geht ab, mein Freund?«

Richard lachte. »Ich bin beeindruckt«, sagte er, bemühte sich aber dennoch im Folgenden, sich etwas verständlicher auszudrücken.

Nach dem Tee trugen Ben und Lexi gemeinsam das Geschirr in die Küche.

»Tut mir leid, wenn meine Mutter es manchmal zu gut meint«, sagte Ben leise. Hier, bei seiner Familie, war auch sein kornischer Akzent stärker zu hören. »Aber das bedeutet nur, dass sie dich mag. Bei Leuten, die sie nicht mag, ist sie ganz anders.«

»Ich mag sie auch«, sagte Lexi ebenso leise. »Und jetzt weiß ich auch, woher du deine Fürsorglichkeit hast.«

»Benesek?«, kam es in diesem Moment von seiner Mutter aus dem Wohnzimmer. »Könntest du dir wohl mal den Abfluss in der Küche ansehen? Er läuft nicht mehr gut ab. Und Dad ist nicht mehr so gelenkig, dass er nachsehen könnte.«

»Mach ich gleich, Mum«, gab Ben zurück.

Lexi sah ihn irritiert an. »Wie hat sie dich gerade genannt?«

»Benesek«, sagte er. Dann hob er erstaunt die dunklen Brauen. »Du wusstest nicht, dass ich so heiße?«

»Nein! Ich dachte, Ben sei die Abkürzung für Benjamin. Oder für Benedict.«

Er hob die Schultern. »Ist es ja auch. Benesek ist die kornische Variante von Benedict.«

Sie schüttelte den Kopf. »Unfassbar, dass ich das noch nicht von dir wusste.«

Er grinste. »Ich bin eben ein Mann mit Geheimnissen.«

Anett erschien in der Küche und lächelte Lexi an. »Ich nehme an, dass der Abfluss verstopft ist«, sagte sie zu Ben, der nickte.

»Kann ich irgendwie helfen?«, fragte Lexi.

»Nein, das kriege ich schon allein hin. Geh du nur zu meinem Opa und löchere ihn mit Fragen über den Ersten Weltkrieg, dann ist er glücklich. Nicht wahr, Gramps?«, sagte er etwas lauter in Richtung Wohnzimmer.

»Natürlich«, gab sein Großvater zurück. Er wandte sich an Lexi, die jetzt wieder im Wohnzimmer war. »Wenn ich es richtig verstanden habe, dann erforschen Sie als Nächstes die Geschichte der jungen Gärtner von Heligan, die vor mehr als hundert Jahren in den Krieg gezogen sind.«

»So ist es«, bestätigte sie. »Und von denen kaum einer wieder zurückgekehrt ist. Ja, darum soll es im dritten Teil der Ausstellung gehen.«

»Wenn Sie sich so dafür interessieren – dann möchte ich Ihnen gern etwas zeigen. Warten Sie, ich hole es.«

Lexi blieb im Wohnzimmer, während Richard sich erhob. Sie hörte ihn ein wenig schwerfällig die Treppe hinaufgehen und kurz darauf in einem der oberen Zimmer herumkramen.

Sie blickte auf, als sie ein leises Räuspern hörte. Ben stand im Durchgang zur Küche, einen Lappen in der Hand, und sah sie fragend an.

»Alles klar?«

»Ja, alles bestens. Dein Opa ist gerade nach oben gegangen, um etwas zu holen, was er mir zeigen will.«

Ben nickte wissend und wandte sich dann wieder der Küche und seinem Auftrag zu. Kurz darauf hörte sie erneut Richards schwere Schritte auf der Treppe.

»Ich hab's gefunden«, verkündete er, als er zurück ins Wohnzimmer kam. In der Hand hielt er ein kleines, rechteckiges Holzkästchen, das er jetzt auf den Tisch stellte.

Der Schaumstoff der Couch gab ein wenig nach, als er sich neben sie setzte. Er nahm das Kästchen, öffnete den Deckel und holte etwas heraus.

»Hier«, sagte er feierlich und legte es Lexi in die Hand.

Auf ihrer Handfläche lagen zwei durch eine kurze Schnur verbundene münzgroße Scheiben mit eingeprägten Buchstaben. Eine der Scheiben war achteckig, dunkelgrün und mit zwei Löchern am Rand versehen, die andere rot und kreisförmig und hatte nur ein Loch. Auf beiden Scheiben waren Zahlen und Buchstaben eingeprägt.

»Ist das eine – wie nennt man das? – militärische Erkennungsmarke?«

Richard nickte. »Richtig. Eine Hundemarke, wie man das damals schon nannte, aus dem Ersten Weltkrieg. Und zwar eine ganz besondere. Sie gehörte meinem Großvater.«

Lexi war ergriffen. »Das hier in meiner Hand ist also wirklich und wahrhaftig die Dienstmarke Ihres Großvaters? Das heißt, das wäre dann Bens Ururgroßvater?«

»Ja, ganz genau so ist es.«

»Wofür stehen die Zahlen und Buchstaben?«

Er zog eine Brille aus seiner Hemdtasche hervor und setzte sie auf. Dann beugte er sich näher zu ihr und deutete auf eine der Scheiben. »Hier, die sechs Zahlen am oberen Rand, das war die Identifikationsnummer. Das CE in der Mitte steht für *Church of England*, also Anglikaner, und darunter der Name des Soldaten.«

»V. Payne«, las Lexi. »Wofür steht das V?«

»Für Vincent«, sagte Richard. »Mein Großvater hieß Vincent Payne. Er war einer der Gärtner von Heligan – dort, wo auch mein Enkel jetzt arbeitet.«

»Vincent Payne«, wiederholte Lexi ehrfürchtig. »So hieß also Bens Ururgroßvater. Ein Heligan-Gärtner und Soldat.«

Richard nickte. »Jeder Soldat im Ersten Weltkrieg trug dieses Schild«, er deutete auf die achteckige grüne Scheibe, »an einer langen Schnur um den Hals. Die rote Scheibe war dann mit dieser kürzeren Schnur an der grünen Scheibe befestigt. Sie wissen, warum es zwei waren?«

»Um sie im Todesfall abzuschneiden?«, vermutete Lexi.

»So ist es. Die rote Marke wurde abgeschnitten, um die Todesnachricht zu überbringen. Die grüne Marke verblieb zur späteren Identifizierung an der Leiche.«

»Aber da Sie beide Marken haben, ist Ihr Großvater offenbar nicht gestorben.«

Das wusste sie zwar schon von Ben, aber sie wollte es auch Richard gegenüber erwähnen.

Ben kam zurück zu ihnen und setzte sich in einen Sessel gegenüber der Couch.

»Alles klar?«, fragte Lexi. Allmählich übernahm sie selbst manche kornischen Ausdrücke.

»Ja, kein Problem. War wirklich nur ein verstopfter Abfluss. Jetzt läuft es wieder wie vorher. Und, hat Grandpa dich mit Informationen versorgen können?«

Sie nickte glücklich. »Ja, sieh nur, das hier sind die Dienstmarken deines Ururgroßvaters.« Und, an Richard gewandt: »Darf ich die Marken fotografieren? Ich würde ein Foto davon sehr gern für die Ausstellung verwenden – natürlich nur, wenn Sie es erlauben.«

»Aber sicher. Warten Sie, ich lege sie hierhin, auf den Couchtisch, dann kommen sie besser zur Geltung.« Richard platzierte die beiden Dienstmarken auf dem weißen Tischtuch und richtete sie aus. »Mein Großvater wäre bestimmt geehrt, wüsste er, dass er in einer Ausstellung auftaucht.«

Lexi machte mit ihrem Handy ein paar Fotos von den Kriegsplaketten.

»Kannten Sie ihn eigentlich noch persönlich?«, fragte sie danach.

»Oh ja, er starb erst, als ich fünfzehn war«, erwiderte er.

Dann schien ihm noch etwas einzufallen. »Möchten Sie ihn sehen? Ich habe ein Bild von ihm. Ein Foto, das gemacht wurde, kurz bevor er in den Krieg zog.«

»Sehr gern. Aber nur, wenn es Ihnen nichts ausmacht.«

»Ach was.« Richard hievte sich schon wieder vom Sofa hoch. »Sie müssen nur einen Moment warten, bis ich es gefunden habe.«

Er ging zum Wohnzimmerschrank, zog nacheinander ein paar Schubladen auf und holte schließlich eine gerahmte, runde Schwarz-Weiß-Fotografie heraus. Diese drückte er Lexi in die Hand und ließ sich dann wieder schwer aufs Sofa fallen.

»Hier. Da muss er ungefähr zweiundzwanzig gewesen sein.«

Das Bild zeigte einen blonden jungen Mann in Uniform, der stolz und doch ein wenig schüchtern in die Kamera blickte.

»Ein gut aussehender junger Mann«, sagte Lexi anerkennend.

»Ja, aber nach dem Krieg war er nie wieder derselbe.« Richard seufzte. »Grandpa Vincent war ein wundervoller Mensch, sehr großzügig, sehr aufgeschlossen. Und dennoch erinnere ich mich auch an einen Mann, den stets eine gewisse Schwermut umgab, auch wenn er das meist zu verbergen versuchte. Wir haben nie darüber gesprochen, aber ich vermute, es war der Krieg mit seinen vielen Toten, der auf seiner Seele lag. So etwas lässt niemanden unversehrt zurück.«

Lexi betrachtete das Foto lange. Für einen Moment überlegte sie, ob sie Richard um Erlaubnis fragen sollte, ob sie Vincents Porträt ebenfalls fotografieren dürfe. Aber das erschien ihr doch zu aufdringlich, also ließ sie es.

Bens Großvater war in Gedanken versunken. »Es gibt noch ein anderes Bild, von vor dem Krieg, wo er mit vielen anderen seiner Gärtner-Kollegen in Heligan fotografiert wurde. Ich habe schon danach gesucht, aber ich finde es nicht mehr.«

Lexi nickte nachdenklich. Irgendwo, glaubte sie sich zu erinnern, hatte sie dieses alte Foto mit den Heligan-Gärtnern auch schon einmal gesehen. Womöglich im Archiv des Gartens?

»Wenn ich zurück in Heligan bin, werde ich gerne schauen, ob ich es irgendwo entdecke«, sagte sie. »Und wenn ich es finde, dann kriegen Sie natürlich einen Abzug.«

Richard sah sie an und lächelte. »Das würde mich wirklich sehr freuen.«

Als sie sich am späten Abend zurückziehen wollten, stand Anett auf und sagte dann merklich zögerlich: »Ich hätte Ihnen ja Rebeccas Zimmer hergerichtet, aber …«

Sie brach ab und sah ihren Sohn hilfesuchend an.

»Kein Problem, Mum«, sagte der. »Ich hab genug Platz. Wir schlafen beide in meinem alten Zimmer. Ich auf der Luftmatratze, und Lexi in meinem Bett.«

Auch Lexi bestätigte schnell, dass das überhaupt kein Problem sei. Ben hatte ihr erzählt, dass seine Mutter noch immer nicht wirklich über den Tod ihrer Tochter hinweggekommen war und Rebeccas ehemaliges Zimmer nahezu unberührt ließ.

Natürlich schliefen sie *beide* in Bens Bett. Lexi war klar, dass er die Luftmatratze nur seiner Mutter wegen erwähnt hatte. Es war ein wenig eng, aber gleichzeitig herrlich warm und kuschelig.

»Meine Mutter hat damit sicher kein Problem«, sagte Ben leise, als sie sich unter seiner Decke aneinanderschmiegten, »aber vielleicht solltest du Gramps nichts davon erzählen, dass wir beide unverheiratet zusammen in einem Bett schlafen. Er hat da manchmal noch ein paar … recht konservative Ansichten.«

»Kein Problem, er muss es ja nicht erfahren.« Sie legte den

Kopf an seine Schulter. »Ich mag deinen Opa. Wirklich. Er ist ein interessanter älterer Herr.«

»Er mag dich auch.«

»Meinst du?«

»Ganz sicher«, murmelte er, schon halb im Schlaf. »Sonst hätte er dir nicht die Hundemarke seines Großvaters gezeigt. Das ist so was wie sein Heiligtum.«

39

LEXI

Camborne, Cornwall, Mitte November

Das Stück orangefarbener Pears-Seife im Badezimmer mit dem unverwechselbaren Duft nach Zeder, Rosmarin und Thymian erinnerte Lexi an die glücklichen Tage ihrer Kindheit.

Sie frühstückten ausgiebig mit Eiern, Speck und Würstchen und sahen sich vormittags im Fernsehen einen Teil der Feierlichkeiten zum Remembrance Sunday an, an dem der Gefallenen der beiden Weltkriege gedacht wurde. Nach der feierlichen Kranzniederlegung durch den Prince of Wales am Londoner Kenotaph folgte die Parade der Veteranen.

Zu viert saßen sie vor dem Fernseher; Richard hatte an jeden eine Mohnblume aus Plastik verteilt, die an diesem Tag überall zu finden waren als Erinnerung an die Toten. Lexi trug ihre Blüte am Pullover, während Ben sie im Knopfloch seines Hemdes hatte – beide auf der linken Seite, über dem Herzen, wie es empfohlen wurde. Zwar war damals niemand aus Bens Familie gefallen, aber Richard legte dennoch Wert darauf.

Sie blieben bis zum Mittagessen. Es gab einen köstlichen gedämpften Fleischpudding mit Wurzelgemüse, ganz ähnlich den Speisen, die zu Kriegszeiten gern im Familienkreis gegessen wurde, wie Anett erklärte. Dazu reichte sie Bratensauce und Erbsen, und Lexi musste wieder einmal zugeben, dass Bens Mutter eine begnadete Köchin war.

Dann machten sie sich auf dem Rückweg. Kurz vor Heligan kamen sie erneut durch das winzige St Ewe, wo sie vor einem halben Jahr schon einmal gewesen waren. Damals hatten sie Henry Hawkins Tremaynes Familiengruft besucht. Diesmal waren sie aus einem anderen Grund hier.

»Ich will dir noch was zeigen«, sagte Ben, als sie vom Motorrad stiegen.

An diesem Tag zog es ihn nicht in die Kirche, sondern nur bis zum Weg davor, wo sich, eingerahmt von dem lange verblühten Kamelienstrauch, ein Mahnmal auf einem steinernen Sockel erhob. Auf dem Kriegerdenkmal, das ein keltisches Hochkreuz darstellte, stand in Kopfhöhe »1914 – 1918«. Irgendjemand hatte am Fuß des Denkmals einen Strauß aus künstlichen Mohnblumen abgelegt. Auf der dem Weg zugewandten Seite des Kreuzes stand in aufgesetzten Lettern eine Inschrift.

»Es gibt keine größere Liebe, als wenn einer sein Leben für seine Freunde hingibt«, las Lexi leise vor. »Das ist aus der Bibel, glaube ich.«

»Glaube ich auch. Aber frag mich bitte nicht, woher genau.«

Auf dem wetterfleckigen Stein des Sockels waren einige Namen aufgeführt, die zum Teil schlecht zu erkennen waren. *P. Carhart, Pengrugla,* konnte Lexi entziffern. Er kam ihr seltsam vertraut vor.

»Kann es sein, dass ich diesen Namen schon in Heligan gelesen habe? An der Wand des Donnerbalken-Raums?«

Ben nickte. »Das ist sehr gut möglich.«

Im August 1914 hatte also auch der junge Carhart mit etlichen Kollegen seinen Namen auf die Wand des Donnerbalken-Raums von Heligans Melonenhof geschrieben, wo die Unterschriften bis zum heutigen Tage zu sehen waren. Das war, kurz bevor ein Großteil der Gärtner Heligans in den Krieg gezogen war. Und jetzt stand sein Name gemeinsam mit anderen Gefallenen auf diesem Kriegerdenkmal.

Es war eigenartig und auf gewisse Weise verstörend, die Zeugnisse des Lebens und Sterbens dieser Menschen hier fast mit Händen greifen zu können.

Sie machte ein paar Fotos von dem Denkmal – damit würde sie sich später noch einmal ausführlicher befassen.

»Ist dir aufgefallen, dass es etwas schief steht?«, fragte Ben.

Lexi sah sich das Monument genauer an. Tatsächlich, das keltische Hochkreuz auf dem hohen Sockel war ein wenig zur Seite geneigt.

»Daran ist ein Autofahrer schuld, der vor etlichen Jahren dagegen gestoßen ist. Er fuhr durch die schmalen Torpfosten und prallte gegen das Denkmal. Seine Handbremse hat angeblich nicht funktioniert.«

»Oder er war einfach nur betrunken«, gab Lexi trocken zurück.

Sobald sie zurück in ihrer und Caits gemeinsamer Wohnung war, ausgepackt und sich frisch gemacht hatte, führte sie eine ihrer ersten Aktionen an den Computer. Sie rief eine Suchmaschine auf und gab *Heligan Gärtner Erster Weltkrieg* ein.

Über die Bildersuche kam sie schnell auf eine Fotografie. Ja, das war das Foto, das ihr noch vage im Gedächtnis gewesen war. Sie öffnete und vergrößerte es, sodass es den gesamten Bildschirm ausfüllte.

Sie fühlte eine eigentümliche Scheu, als sie das Foto betrachtete. Bislang hatte sie sich bei ihren Recherchen in Zeiten bewegt, in der es noch keine Fotografie gegeben hatte und in der höchstens einmal eine Porträtzeichnung existierte – wenn überhaupt. Aber das hier, das war noch näher, noch unmittelbarer. Es war wie ein Fenster zu einer anderen Welt, ein Blick in die Vergangenheit, die noch gar nicht so furchtbar lang zurücklag.

Das sepiabraune Foto war Anfang des zwanzigsten Jahrhunderts aufgenommen worden, die Jahre also, als Heligan seine beste Zeit hatte. Es zeigte eine Gruppe von Heligan-Mitarbeitern, im Hintergrund konnte Lexi die große Holztür erkennen, die auch derzeit in den Blumengarten führte. Insgesamt waren es zwölf Männer – acht standen, vier saßen. Sie alle trugen ihren Sonntagsstaat – dreiteilige Anzüge mit passender Weste und langen Hosen, manche mit Krawatte. Ob man sie alle an einem Sonntag für dieses Foto zusammengerufen hatte?

Fast jeder Mann trug einen Bowler oder eine Schiebermütze, nur einer der Sitzenden hatte seinen Hut auf sein Knie gelegt. Die älteren Männer waren bärtig, die jüngeren trugen Schnauzer oder waren glattrasiert. Ganz rechts im Bild stand ein Mann, der seine Kollegen um einen guten Kopf überragte und der eine Pfeife rauchte.

Nur wenige Monate nach der Aufnahme dieses Fotos würden einige dieser Männer ihre Namen mit Bleistift an die gekalkten Wände des Donnerbalken-Raums kritzeln, um danach in den Krieg zu ziehen.

Lexi studierte jedes einzelne der ernst blickenden Gesichter. Die meisten waren jung, Anfang zwanzig, schätzte sie. Gärtner und Arbeiter von Heligan, die hier zusammengekommen waren, um sich fotografieren zu lassen. Hinten, stehend in der Mitte, erkannte sie Vincent Payne, Bens Vorfahren, dessen Original-Dienstmarke sie erst einen Tag zuvor in der Hand gehalten hatte. Es war ein seltsames Gefühl, ihn hier inmitten seiner Kollegen stehen zu sehen.

Cait war kurz nach ihr nach Hause gekommen. Jetzt trat sie hinter sie und schaute ihr über die Schulter. »Was tust du da?«

Lexi erklärte es ihr. Und auch, dass es sich bei einem dieser

Gärtner auf dem Foto um Bens Vorfahren handelte, der damals ebenfalls in Heligan gearbeitet hatte.

»Genauer gesagt, sein Ururgroßvater. Der Großvater seines Großvaters. Den habe ich übrigens gestern kennengelernt.«

»Bens Ururgroßvater?«, feixte Cait.

Lexi verdrehte die Augen. Cait konnte manchmal schrecklich albern sein. »Seinen Opa natürlich. Richard Payne, ein wirklich netter Mann.«

»Ach so«, murmelte Cait in gespielter Enttäuschung und beugte sich ein wenig vor, um das Bild auf Lexis Rechner genauer zu studieren.

»Das ist er, nicht wahr?«, sagte sie gleich darauf und deutete auf einen der Männer auf dem Foto. »Bens Vorfahr, meine ich. Die Ähnlichkeit ist wirklich verblüffend.«

Lexi sah überrascht auf. »Nein, das hier ist er.« Sie zeigte auf den jungen Mann neben dem, den Cait meinte. »Vincent Payne.«

»Bist du sicher?«

»Ja, natürlich. Richard – Bens Opa – hat mir doch selbst ein Bild von Vincent gezeigt. Ich erkenne sein Gesicht wieder und die blonden Haare.«

Cait runzelte die Stirn. »Aber sieh doch mal selbst – der hier neben ihm sieht Ben viel ähnlicher.«

Jetzt schaute sie auch genauer hin. Cait hatte recht: Die Ähnlichkeit des dunkelhaarigen jungen Mannes neben Vincent mit Ben war erstaunlich. Fast dieselbe Form von Augen und Mund. Aber dieser Mann war nicht Vincent.

Oder zumindest war es nicht der Mann, dessen Foto Richard ihr gezeigt hatte.

Der riesige Schwarm von Staren bewegte sich auf geradezu hypnotische Art und Weise am Himmel. Er wogte in pulsierenden

Wellen auf und ab, formte sich zu Figuren und veränderte sich wellenmäßig. Ein Ballett der Lüfte, das sich wie eine Einheit bewegte, die von einem unsichtbaren Dirigenten geleitet wurde.

Die ungeheure Anzahl der kleinen schwarzen Vögel formierte sich zu einem dunklen Schleier, der sich plötzlich ausdehnte und zu einem weiten Netz wurde, um gleich darauf zu einer dunklen Wolke zu verschmelzen, so dicht, dass sie kurzfristig die untergehende Sonne verdunkelte. Sie flogen tief über der Wiese, dann stiegen sie plötzlich hoch, bildeten einen Trichter, um sich dann wieder zusammenzuziehen.

Lexi sah vollkommen fasziniert diesem Naturschauspiel zu. Sie hatte schon vom Tanz der Stare gehört, aber gesehen hatte sie es noch nie. Ben hatte sie vorhin mit der Andeutung einer Überraschung am frühen Abend ins Freie gelockt, und er hatte ihr nicht zu viel versprochen: Es war unglaublich!

Sie hätte ewig so weiterschauen können. Eigentlich hatte sie Ben nach dem Rätsel um das Foto mit den Heligan-Gärtnern fragen wollen. Aber angesichts dieses spektakulären Naturwunders über ihnen geriet diese Frage in den Hintergrund. Irgendwann würde sie ihn deswegen ansprechen. Aber nicht jetzt.

Sie lehnte den Kopf an seine Schulter, spürte den leichten Wind auf der Haut und genoss das Naturschauspiel vor dem allmählich dunkler werdenden Novemberhimmel.

Epilog

NAVEEN

Heligan House, Juli 1835

Die Hufe seines Pferdes klangen dumpf auf dem Weg, als Naveen in lockerem Trab die lange Auffahrt zu Heligan House entlangritt. Er war jetzt siebzehn Jahre alt. Die nächsten Wochen würde er in Heligan verbringen, bis das neue Semester begann.

Es drängte ihn, das Pferd zur Eile anzutreiben, aber er hielt sich zurück, um die Vorfreude noch etwas länger zu genießen. Und den Anblick: Die Auffahrt war eine prächtige Allee, die von etlichen blühenden Exemplaren der *Cornus capitata* gesäumt wurde. Er konnte sich nicht sattsehen an den vielen großen, zitronengelben Blüten, die in einer leichten Brise wogten. In den vergangenen Jahren war diese Allee immer weiter mit neuen Setzlingen bepflanzt worden, bis jetzt Hunderte der Hartriegelbüsche entlang des Weges wuchsen.

Langsam trabte er die Zufahrt entlang, die in leichter Steigung von Pentewan bis hinauf zum Herrenhaus führte. Er konnte sich noch gut an jenen schönen Julitag erinnern, an dem er mitgeholfen hatte, die ersten kleinen Schösslinge einzupflanzen. Zehn Jahre lag das jetzt zurück. Dieser blühende Strauch verband seine alte mit seiner neuen Heimat. Die Pflanze stammte aus Nepal. Dort hatte sein Vater sie in Sichtweite des Himalaja gefunden, und dort, so hatte man ihm erzählt, war auch Naveen gezeugt worden.

Allmählich kamen die hohen Schornsteine und die weiße Fassade von Heligan House mit den vielen Fenstern in Sicht.

Henry Hawkins Tremayne, der alte Squire, lebte nicht mehr. Eines Abends hatte er sich zu Bett begeben und war am nächsten Morgen nicht mehr aufgewacht. Er wurde siebenundachtzig Jahre alt.

Jetzt war sein Sohn, John Hearle Tremayne, Squire von Heligan, und seitdem hatte sich einiges verändert. John Hearle hatte weitere Dienstgebäude an Heligan House anfügen lassen, und seit Kurzem ließ er den Talgarten südöstlich des Hauses roden. Hier würde ein subtropischer Bereich, eine Art Dschungel, entstehen, wo viele exotische Gewächse angepflanzt werden sollten.

John Hearle und Caroline Tremayne waren inzwischen Eltern von sechs Kindern – drei Jungen und drei Mädchen. Der vor fünf Jahren geborene Junge war zu Ehren seines im Vorjahr verstorbenen Großvaters Henry Hawkins genannt worden. Der älteste Sohn, John, würde der nächste Squire werden.

Auch Naveens Großvater Julian lebte nicht mehr. Aber anders als bei Henry Tremayne war es nicht zu Hause im Schlaf passiert. Naveen war in der Schule gewesen und hatte erst Tage später davon erfahren. Offenbar war Julian eines Morgens wie jeden Tag ausgeritten. Als Pferd und Reiter nach längerer Zeit nicht zurückkamen, ging man sie suchen – und fand sie ein paar Schritte abseits des Weges im Alten Wald. Das Pferd stand mit gesenktem Kopf neben seinem Reiter, der im Gras neben einer kleinen Baumgruppe lag und sich nicht mehr rührte.

Der rasch geholte Arzt konnte nur noch Julians Tod feststellen. Er hatte wohl schon länger an Problemen mit dem Herzen gelitten, und der Arzt vermutete, dass er beim Reiten einen weiteren Herzanfall gehabt hatte.

Naveen vermisste ihn sehr. Julian war für ihn zu einer wichtigen Person in seinem Leben geworden, fast noch mehr als sein Vater Avery, den er schon seit Jahren nicht mehr gesehen hatte.

Vereinzelt – selten – trafen Briefe von Avery direkt bei ihm oder in Heligan ein, in denen er von seinem Leben als Pflanzenjäger auf dem indischen Subkontinent berichtete. Bislang hatte sein Vater sein Versprechen nicht eingelöst, ihn auf eine seiner Reisen mitzunehmen, aber das würde sicher bald so weit sein.

In seinem letzten Schreiben hatte Avery erzählt, dass er die Leitung einer weiteren Expedition nach Assam im Norden Indiens übertragen bekommen habe, um sich über den dort betriebenen Anbau von Teepflanzen zu informieren. Als er den Brief schrieb, befand er sich gerade im Sylhet-Gebiet nahe der Grenze zu Birma, einer Region, die seinen Worten nach größtenteils aus winzigen Dörfern inmitten undurchdringlicher Sümpfe bestand. Er und sein Reisegefährte de Silva arbeiteten daher vor allem von einem Boot aus, von wo aus sie die Gegend und ihre Pflanzenwelt erforschten. Danach, hatte er geschrieben, würde es in die Khasi-Berge gehen, die sich im Norden des Landes erhoben. Dort sollte es weitere seltene Pflanzen geben.

Häufiger als von seinem Vater hörte Naveen von Nathaniel und Sophia Wallich, bei denen er einen Teil seiner Kindheit verbracht hatte und die noch immer in Kalkutta lebten. Von Zeit zu Zeit, wusste er von Onkel Tristan und dem Squire, trafen Herbarien und Pflanzensammlungen aus Fernost und anderen exotischen Ländern in Heligan ein, und manchmal waren auch welche darunter, die Avery beigesteuert hatte. Möglicherweise würde er, Naveen, das einmal zu seinem Beruf machen und damit fortführen, was sein Vater begonnen hatte: den Handel mit Samen und Pflanzen aus fernen Teilen der Welt.

Als die Allee endete, kam auch das Steward's House in Sicht. Das Haus, in dem jetzt Großmutter Damaris, Tante Lowenna sowie Großtante Allie und Onkel Tristan, der jetzt Gutsverwalter von Heligan war, lebten.

Er zügelte sein Pferd, bis es zum Stehen kam, und ließ alles in sich ein: die zwitschernden Vögel und das Rauschen eines leichten Windes in den Ästen hoch über ihm, das leise Glucksen eines unsichtbaren Rinnsals, ein Rascheln im Unterholz. Die Sonne, die durch die Bäume fiel. Das entfernte Muhen von ein paar Rindern. Den Eindruck, dass die vielen gelben Blüten die Köpfe zusammensteckten und einander von dem fernen Land erzählten, aus dem sie ursprünglich kamen.

Und plötzlich hatte er das überwältigende Gefühl, als hätte Heligan auf ihn gewartet und freue sich über seine Rückkehr.

Nachwort – Der historische Hintergrund

Die Rashleighs

Was die Familie Rashleigh betrifft, so habe ich mir ein paar kleinere Freiheiten erlaubt: Es gab drei Töchter, aber keinen Sohn – Perys ist meine Erfindung.

Anders als von mir geschrieben, starb Charles Rashleigh bankrott und gebrochen, denn er wurde gleich mehrfach betrogen. Zum einen von seinem Bauleiter, der sein Geld veruntreute, bis er Rashleigh etwa 32 000 englische Pfund schuldete (entspricht in heutiger Währung über 2,3 Millionen Euro), zum anderen von einem seiner Diener, dem Rashleigh aufgrund falscher Versprechungen sein Haus vermachte. Rashleighs hoffnungsloser Kampf vor Gericht um die Rückgabe der Urkunden trieb ihn in den finanziellen Ruin.

Auch seine Tochter Martha, die als einzige seiner Töchter unverheiratet blieb und die eigentlich Duporth Manor hatte erben sollen, geriet nach seinem Tod in finanzielle Not und zog in ein kleines Cottage in Cuddra, wo sie bis zu ihrem Lebensende blieb.

Die Bullers

Sir Anthony Buller, mit dessen Familie Avery nach Indien reist, war tatsächlich 1815 als Richter nach Madras (heute: Chennai) berufen worden. Ob er schon zu diesem Zeitpunkt dorthin reiste, ist ungewiss, da es für diesen Roman aber wichtig war, habe ich mich dafür entschieden. Bald darauf wurde Buller eine Richterstelle in Kalkutta (heute: Kolkata) angeboten, und diese Stelle trat er nachweislich ab September 1815 an.

Sein Sohn William Charles Buller – der kleine Charly, mit

dem Avery auf dem Schiff Ball spielt – wurde später ein berühmter Cricketspieler.

Die Wallichs

Nathaniel Wallichs Expedition nach Nepal habe ich aus dramaturgischen Gründen um wenige Jahre nach vorn verlegt. In Wahrheit fand diese Reise erst 1820/21 statt. Außerdem begleitete ihn – anders als im vorliegenden Roman – seine junge Ehefrau Sophia eine große Strecke des Weges, und das schwanger und mit einem Kleinkind. Im indischen Muzaffarpur an der Grenze zu Nepal gebar sie im November 1820 einen Sohn und blieb für die nächsten Monate dort, während Wallich weiter nach Nepal reiste. Leider starb das Baby kurz darauf, und Sophia trat mit ihrer kleinen Tochter die Heimreise nach Kalkutta an.

Wallich veröffentlichte zwei Bücher über die Pflanzenwelt Nepals und Asiens und unternahm zahlreiche Expeditionen. Pflanzenjägern, die auf ihrem Weg in den Himalaja in Kalkutta Halt machten, bot er regelmäßig Hilfe an.

Außerdem erstellte er einen Pflanzenkatalog mit mehr als 20 000 Exemplaren, die zum Teil von ihm selbst, zum Teil von anderen Pflanzenjägern gesammelt wurden. Heute wird diese persönliche Sammlung im Herbarium der Londoner Kew Gardens als »Wallich Collection« aufbewahrt.

1847 kehrte Nathaniel Wallich aus gesundheitlichen Gründen nach Europa zurück und starb 1854 in London.

Das Jahr ohne Sommer

1816 ist als »Jahr ohne Sommer« in die Geschichte eingegangen. Als »Achtzehnhundertunderfroren« wurde es in Deutschland bezeichnet, im Englischen ist »*Eighteen hundred and frozen to death*« bis heute berüchtigt.

Die Ursache für diese extreme Witterung lag lange im Dunkeln und wurde erst Anfang des vorigen Jahrhunderts von einem amerikanischen Meteorologen entdeckt: Es war der Ausbruch des Vulkans Tambora in Indonesien, der in England und dem restlichen Westeuropa zu einem ungewöhnlich kalten und niederschlagsreichen Sommer führte.

Die veränderte Wetterlage schlug sich auch in der Literatur und Malerei jener Zeit nieder. Als Beispiele seien hier die Gemälde des englischen Malers William Turner mit ihren spektakulären Sonnenuntergängen oder Mary Shelleys Schauerroman *Frankenstein*, der in jenem verregneten Sommer am Genfer See entstand, genannt. Außerdem führte der Mangel an Pferdefutter zur Erfindung der Draisine, einem Vorläufer des modernen Fahrrads.

Die Pockenimpfung

Die Impfung gegen Pocken wurde 1796 vom englischen Arzt Edward Jenner erfunden, der dafür den ungefährlicheren Erreger der Kuhpocken nutzte. Gegen diese Impfung gab es anfangs massive Widerstände, und manche Leute fürchteten gar, der oder die Geimpfte würde sich in eine Kuh verwandeln. Doch mit der Zeit zeigte sich der Erfolg von Jenners Methode, und die Vakzination verbreitete sich in ganz Europa. (Das Wort »Vakzination« leitet sich übrigens von lateinisch *vacca* »Kuh« ab).

Bei meinen Recherchen stieß ich auf eine Notiz zu einem Schreiben von John Hearle an seinen Vater Henry Hawkins Tremayne, in dem man sich über die Notwendigkeit einer Pockenimpfung austauschte. Beide Tremaynes waren strikte Befürworter: »*(It is) our duty to use every means to get rid of so dangerous a disease*« – »Es ist unsere Pflicht, jedes Mittel einzusetzen, um eine so gefährliche Krankheit auszurotten.« Zwar ist nichts bekannt über eine Impfaktion in Heligan, aber es wäre durchaus möglich gewesen.

Die wilden Europäer

Die Szene mit den indischen Trägern in Kapitel 14 nimmt Bezug auf eine zeitgenössische Quelle. Dort heißt es: »Den Eingeborenen von Madras wurde erzählt, dass die jungen Männer, die jedes Jahr im Dienste der Kompanie dorthin kommen, in Europa in wildem Zustand gefangen und nach Indien geschickt werden, um gezähmt zu werden, eine Behauptung, die offenbar allgemein geglaubt wird.« (Original: »*The natives of Madras have been told, that the young men who yearly arrive there, in the service of the Company, are caught in Europe in a wild state, and sent to India for the purpose of being tamed, which declaration seems to be very generally believed.*«) Aus: James Cordiner, *A Voyage to India*, 1820.

Der Botanische Garten von Kalkutta

Die Roxburgh-Villa am Ufer des Hugli-Flusses, in der Wallich residierte, steht heute noch, wenn auch im Verfall begriffen – angeblich soll sie demnächst restauriert werden.

Auch den großen Banyan-Baum im Botanischen Garten, den Wallich so stolz erwähnt, gibt es noch. Inzwischen ist er über 250 Jahre alt und zu einem dichten Wald geworden (etwa drei Hektar), um den eine Straße herumführt. Er steht im *Guinness-Buch der Rekorde* als Baum mit der größten Ausdehnung.

Das Terai-Fieber

Beim Terai-Fieber, das auch heute noch im nepalesisch-indischen Grenzgebiet vorkommt, handelt es sich vermutlich um die Japanische Enzephalitis, eine Krankheit mit grippeähnlichen Symptomen, die durch Moskitostiche übertragen wird.

Averys unglücklichen Reisegefährten Kumar Singh, der am Terai-Fieber starb, gab es zwar nicht, dafür aber Robert Stuart, den Assistenten des britischen Residenten Edward Gardner. Stuart kam Wallichs Reisegruppe entgegen, um sie in die nepalesische Hauptstadt zu begleiten. Im feuchten Sumpfgebiet des Terai erkrankte Stuart dann am Terai-Fieber und verstarb kurz nach der Ankunft in Kathmandu.

Rhododendron und Cornus capitata

Auch wenn Avery und Wallich in diesem Roman schon die Samen des Rhododendrons mitnahmen (und wieder verloren), so war es doch erst der berühmte Botaniker und Pflanzenjäger Joseph D. Hooker, der 1847–51 nach Indien und in den Himalaja reiste. Die Rhododendren, die er von dort nach England mitbrachte, lösten eine wahre Rhododendron-Euphorie aus. Viele der alten Rhododendren, die noch heute in Heligan zu sehen sind, stammen ursprünglich von Hooker.

Dagegen war es Anthony Buller, der bei seiner Rückkehr die gelb blühende *Cornus capitata* nach Heligan brachte, wo sie bald darauf die neu errichtete Zufahrt säumen sollte. In vielen botanischen Veröffentlichungen des neunzehnten Jahrhunderts wies man darauf hin; beispielsweise wurde im *Gardener's Chronicle* aus dem Jahr 1896 Heligans Zufahrt als »eine der schönsten im Land« bezeichnet.

Zum Weiterlesen

Bei meinen Recherchen habe ich auf folgende Titel zurückgegriffen:

Tim Smit: Lost Gardens of Heligan. Die Wiederentdeckung eines Gartenparadieses in Cornwall. Ulmer Eugen Verlag 2016.

Philip McMillan Browse: Heligan Survivors: An Introduction to Some of the Historic Plantstock Discovered in the Lost Gardens of Heligan. Alison Hodge Publishers 2007.

Tom Petherick: Heligan: A Portrait of the Lost Gardens. Weidenfeld & Nicholson 2004.

Martin Krieger: Nathaniel Wallich. Ein Botaniker zwischen Kopenhagen und Kalkutta. Wachholtz Verlag 2017.

Weiter haben mich etliche zeitgenössische Berichte inspiriert, darunter u. a.:

Charles Allen: The Prisoner of Kathmandu: Brian Hodgson in Nepal 1820-43. Haus Publishing 2015.

William Hickey: Memoirs of William Hickey, Vol. II. Hurst & Blackett, Limited, 1782.

James Cordiner: A Voyage to India. Aberdeen 1820.

Lady Maria Callcott: Journal of a Residence in India, 1813.

William Kirkpatrick: An Account of the Kingdom of Nepal. London 1811.

Dank

Mein Dank geht an:
- meine Lektorinnen Gerke Haffner und Dr. Ulrike Brandt-Schwarze sowie an das ganze Team bei Lübbe,
- meine wunderbaren Testleser und Testleserinnen, deren Kritik stets hochwillkommen ist,
- meine tägliche kleine Inspirationshilfe Charlotte

und an
- Stefan, meinen Mann, dem das klangvolle »Kumpuradjani« eingefallen ist. Und noch vieles mehr.

Drei Frauen, die Jahrhunderte voneinander trennen
Ein prächtiger Garten, der sie verbindet

Inez Corbi
DIE GÄRTEN VON HELIGAN - SPUREN DES AUFBRUCHS
Roman

368 Seiten
ISBN 978-3-404-18419-4

Die Londonerin Lexi sieht erwartungsvoll ihrem neuen Job entgegen: der Planung der großen Jubiläumsfeier in den verwunschenen »Lost Gardens of Heligan« in Cornwall. Bei ihren Recherchen kommt sie der rätselhaften Geschichte der Waisen Damaris und Allie auf die Spur, die im Jahre 1781 auf dem Landgut ihres Cousins Henry Tremayne aufwachsen. Dieser träumt davon, einen großen Garten anzulegen – ein Traum, den er mit der pflanzenkundigen Damaris teilt. Henrys Ehefrau missfällt die enge Verbindung der beiden, dabei hat Damaris sich längst in einen anderen verliebt – den geheimnisvollen Wildhüter Julian. Doch die Dämonen seiner Vergangenheit drohen ihr Glück zu gefährden ...

Lübbe